ENTERRADO EN LA MEMORIA

NICCI FRENCH

ENTERRADO EN LA MEMORIA

Traducción de Ismael Attrache

Círculo de Lectores

Para Edgar, Anna,
Hadley y Molly

1

Cierro los ojos. Todo está ahí, dentro de mi cabeza. Una neblina que se extiende sobre las ondulaciones del jardín. El intenso picor del frío en la nariz. Tengo que esforzarme si quiero recordar qué más sucedió el día en que encontramos el cadáver, el cadáver de Natalie. El hedor de las hojas mojadas y marrones.

Cuando salí de la casa y empecé a bajar la pendiente corta y embarrada, vi que los obreros ya estaban allí. Sostenían unas tazas de té, fumaban, y de sus rostros emanaba una nube de vapor producida por su aliento cálido y húmedo. Parecían una fogata casi apagada sobre la que estuviera lloviendo. Sólo estábamos en octubre, pero era muy temprano y el sol apenas se intuía en algún punto detrás de las nubes, por encima del bosquecillo de la colina más alejada. Llevaba las perneras del mono de trabajo metidas, con cierto exceso de pulcritud, en las botas de agua. Los hombres, como no podía ser de otro modo, habían recurrido tercamente a ese atuendo tradicional, rural y proletario compuesto por pantalones vaqueros, jerséis sintéticos y botas de cuero sucias. Daban pisotones para entrar en calor y se reían de algo que me resultaba inaudible.

Al verme se callaron. Nos conocíamos de toda la vida y ahora que yo era su jefa no sabían cómo comportarse delante de mí. Aunque eso no me preocupaba. Estaba acostumbrada a tratar con hombres en los edificios en obras, aunque en este caso se tratara de una obra menor, doméstica, en la empapada finca de mi suegro en Shropshire bautizada con el absurdo nombre de La Granja, una broma irónica a costa de los terratenientes rurales que había perdido su carácter humorístico con el paso del tiempo.

–Hola, Jim –dije tendiendo la mano–. No has podido resistirte a venir. Me alegro.

Jim Weston era una parte tan importante de La Granja como la casita del árbol o ese sótano en el que, todavía en Pascua, se percibía el olor dulzón de las manzanas. Él mantenía un vínculo con casi todos los objetos fabricados por manos humanas que había en la finca: había cambiado y pintado los marcos de las ventanas, pasado abrasadores días de agosto subido al tejado, con el torso desnudo, arreglando las tejas. Se producía una crisis, una humedad en la pared, un apagón, una fuga de agua, y Alan pedía a Jim que viniese de Westbury. Éste se negaba, alegaba que estaba demasiado ocupado. Una hora después aparecía entre chirridos por el camino de entrada con su furgoneta destartalada. Observaba los daños mientras vaciaba la pipa y meneaba la cabeza tristemente, y despotricaba entre dientes sobre la bazofia que se fabricaba ahora. «Veré qué puedo hacer –decía–. Intentaré algún apaño.»

En aquella región todo el mundo sabía que Jim Weston siempre intentaba comprar las cosas a un precio inferior al marcado y que nunca utilizaba dinero si podía conseguir lo que quería mediante favores, trueques o incluso métodos más turbios, contribuyendo así a la economía sumergida de Shropshire.

Cuando vio mis planos de la casa nueva adoptó un gesto aún más adusto de lo habitual, como si los dibujos de un arquitecto fueran una moda moderna que sólo les resultaba útil a los londinenses cretinos y blandengues, como yo, que nunca se habían ensuciado las manos. Yo había celebrado en silencio que no hubiera visto mi idea original. La casita, una edificación concebida para solucionar los problemas de espacio de La Granja, para todos los hijos y los nietos, las ex esposas y demás personas que acudían en tropel a las reuniones de los Martello, era el mayor regalo que le iba a hacer a la familia en toda mi vida, así que les había creado la casa de mis sueños, la que me habría construido para mí.

Había aprovechado la situación relativamente protegida del terreno para levantar una estructura absolutamente despejada y sólo había vigas, conductos, viguetas y vidrio, el sueño de todo funcionalista amante de la fusión entre lo estético y lo práctico: el objeto más hermoso que había dibujado nunca. Le enseñé los planos al que pronto iba a ser mi ex marido, Claud, quien frunció el ceño, se pasó la mano por el fino cabello castaño y farfulló que era interesantísimo y que estaba muy bien ejecutado, lo cual no quería decir nada en absoluto, porque ésa ha sido su reacción prácticamente ante todo, incluyendo el momento en que le anuncié que había decidido divorciarme de él. Creía que su hermano Theo al menos entendería cuáles habían sido mis intenciones, pero éste había comentado que los planos se parecían a uno de sus antiguos mecanos y yo había respondido: «Eso es, exactamente. Precioso, ¿verdad?», pero para él eso equivalía a un insulto. Luego se los había enseñado al Gran Hombre en persona, a Alan Martello, mi suegro, el patriarca de La Granja, y se había producido el desastre.

–¿Esto qué es? ¿La estructura de metal? ¿Y lo que se va a construir por encima de ella? ¿No puedes dibujar eso también?

–Esto es el edificio, Alan.

Él soltó un bufido a través de la barba entrecana:

–No quiero una casa que entusiasme a los críticos de arquitectura suecos. Quiero un sitio en el que se pueda vivir. Llévate ese papel y construye eso en Helsinki o algún lugar remoto, estoy seguro de que algún comité financiado con fondos públicos te concederá un premio. Si vamos a levantar un maldito edificio en este jardín, cosa de la que no estoy convencido en absoluto, lo que vamos a hacer es una casa rural inglesa, con ladrillos y muros de piedra seca u otro material local de buena calidad.

–Ésas no parecen las palabras de Alan Martello, el joven airado[1] –repuse con cariño–. Nuevos estilos de arquitectura, un cambio de actitud, ¿no es precisamente eso lo que siempre has defendido?

–En arquitectura me gusta lo antiguo. Ya no soy joven, ni tampoco estoy airado; ahora sólo estoy enfadado contigo. Convierte ese horror estructuralista en algo a lo que se pueda denominar casa.

Alan me estaba mostrando su versión más brusca, más encantadora, más coqueta, y le agradecí que no hubiera dejado de regañarme con cariño, como siempre, aunque me hallase inmersa en el proceso de divorcio de su hijo. Así que, como era de esperar, me marché y tracé unos planos de aspecto impecablemente rural, en los que no faltaba un techo a la holandesa bastante gracioso. Las labores de diseño fueron similares a las que uno pone en práctica cuando decide con qué llenar el carrito al hacer la compra en Sainsbury's. La casa, de estructura prefabricada, era noruega, aunque hecha en Malasia. A Alan seguro que le habría gustado saber que, en la extracción de las materias primas, lo más probable era que se hubiera destruido una pequeña franja de selva tropical.

–¿Esto de aquí qué es, señora Martello? –me preguntó Jim Weston, señalando los planos con la pipa.

1. La expresión «joven airado», o «*angry young man*», hace referencia al grupo literario de los Angry Young Men, surgido en la década de 1950, muy crítico con la sociedad de su tiempo y compuesto por escritores como John Osborne, Alan Sillitoe o Kingsley Amis. Supuestamente, Alan Martello pertenece a este grupo. (Salvo indicación contraria, todas las notas son del traductor.)

–Jim, por favor, llámame Jane. Son tejas de caballete, que se sujetan con argamasa.

–Ya. –Volvió a apretar fuertemente la pipa con los labios–. ¿Y para qué se toma la molestia de utilizar argamasa?

–Jim, ahora no podemos mantener esta discusión. La decisión ya se ha tomado. Los materiales se han comprado y se han pagado. Sólo hay que unir todas estas piezas.

–Ya –musitó otra vez.

–Excavamos por aquí, sin alcanzar una gran profundidad...

–Ah –dijo Jim.

–Después los cimientos, ahí y ahí; luego el balasto y a continuación la membrana aislante, después el cemento y las baldosas de la planta baja encima de todo lo anterior. Para lo demás sólo hay que ensamblar los elementos.

–¿La membrana aislante? –repitió él con gesto dubitativo.

–Sí, por desgracia en 1875 se aprobó una Ley de Salud Pública, y me temo que debemos cumplirla.

Ahora, en el momento en que se iniciaba el primer día de las obras, Jim presentaba un aspecto más similar al de una planta de jardín que al de un hombre que estuviera allí para supervisar, o para fingir que supervisaba, los trabajos que en él se iban a realizar. Su rostro había soportado las inclemencias del tiempo de todas las estaciones y había adquirido una tonalidad parecida a la del trasero de un sapo. De la nariz y los oídos brotaban unos pelos que parecían musgo sobre piedra antigua. Lo cierto es que Jim ya tenía muchos años, y su único cometido consistía en dar órdenes a su hijo y a su sobrino. El cometido de éstos consistía en hacer caso omiso de lo que les decía. También les estreché la mano a ambos.

–¿Y por qué se va a poner a cavar usted? –me preguntó Jim con suspicacia.

–Sólo una palada. Lo que he dicho es que sólo quiero sacar la primera palada, si no os importa. Para mí es importante.

Ya llevo quince años ejerciendo de arquitecta y, siempre que trabajo en una nueva edificación, observo una regla que casi equivale a una superstición: debo estar presente para ver cómo la pala se hunde en el suelo por primera vez. Lo cierto es que constituye un momento de puro placer sensual, y a veces lamento no poder hacerlo directamente con las manos. Tras meses, a veces incluso años, de trazar planos y anotar instrucciones, de conseguir licitaciones y de aplacar los nervios del cliente y de negociar con algún funcionario del Departamento de Urbanismo, después de todas las concesiones y de las discusiones por escrito, es estupendo salir al exterior y recordar que en realidad estamos hablando de tierra, de ladrillos, de cómo ensamblar las tuberías para que no se partan en invierno.

Lo mejor de todo son las excavaciones de diez o quince metros que anteceden a los edificios muy grandes. Te acercas al borde de un solar, en algún punto de la City de Londres, miras hacia abajo y contemplas dos mil años de fragmentos de vidas de otras personas. A veces ves las huellas de dónde podría haber una edificación antigua, y me han llegado rumores de que existen contratistas que, a hurtadillas, cubren con cemento un suelo de la época romana para no tener que perder el tiempo esperando a que los arqueólogos den el visto bueno, antes de erigir el edificio. Construimos los espacios para nuestras vidas sobre los restos destrozados de nuestros olvidados predecesores y, dentro de doscientos o dos mil años otras personas construirán por encima de nuestras vigas oxidadas y de nuestro cemento deshecho. Sobre nuestros muertos.

Sólo iba a practicar un agujerito, un arañazo en la superficie. John, el hijo de Jim, me tendió una pala. Ya había medido la zona el día antes y la había delimitado con una cinta; ahora me situé en el centro de aquel espacio rectangular, hendí la plancha en la tierra y la pisé para que atravesara el césped.

–Cuidado con las uñas, jovencita –dijo Jim a mi espalda.

Tiré del mango de la pala hacia arriba. La superficie de hierba se resquebrajó, se abrió, y apareció una satisfactoria porción de tierra y barro.

–Blanda y estupenda –observé.

–Los chicos ya se encargan del resto –intervino Jim–. Si no le importa, claro.

Me sobresalté al sentir una mano en el hombro. Era Theo. El Theo Martello que conservo en mi memoria tiene diecisiete años, una melena hasta los hombros con raya en medio, una piel suave, blanca y translúcida, labios carnosos y muy sinuosos que saben levemente a tabaco quemado. Es alto, delgado, y lleva un abrigo militar. Me costó reconciliar esa imagen recordada con este –oh, Dios mío– cuarentón que vi delante de mí, con rasgos marcados y rostro demacrado, una áspera barba de tres días, cabello corto y canoso y unas profundas arrugas en torno a los ojos. Era una persona de mediana edad. Ambos lo somos.

–Anoche no te vimos –me dijo–. Llegamos tarde.

–Me fui a la cama temprano. ¿Por qué te has levantado tan pronto?

–Quería verte.

Se acercó a mí y me estrechó fuertemente entre sus brazos durante un buen rato. Yo también abracé a mi cuñado favorito con fuerza.

–Oh, Theo –dije cuando nos separamos–. Lo siento. Siento lo de Claud.

Él esbozó una sonrisa.

–No te preocupes. Haz lo que tengas que hacer. Has sido muy valiente al venir aquí y enfrentarte a todo el mundo en el bastión familiar. Por cierto, ¿quién va a venir?

–Pues todos, por supuesto. Todos los Martello. Y los Crane, por si hacía falta más gente: mi padre, mi hermano y su tropa aún no han llegado pero, cuando lo hagan, calculo que habrá veinticuatro invitados. Es posible que la Familia Real se esté desmembrando, que la Navidad haya perdido su significado, pero la reunión anual en casa de los Martello para recoger setas goza de una salud espléndida.

Theo enarcó las cejas. Sonrió y se le marcaron las arrugas de los ojos y de la boca:

–Tú siempre tan burlona.

–No, es que estoy nerviosa, supongo. Theo, ¿recuerdas que, hace años, un *ferry* empezó a hundirse y un barco de rescate se le acercó, pero las mujeres y los niños no podían salir? Un hombre se tendió cuan largo era entre las dos embarcaciones para que éstos pasaran por encima de él.

–Y tú has sido ese extenuado puente humano, ¿verdad? –respondió con una carcajada.

–A veces he tenido esa sensación. O que, al menos, Claud y yo lo éramos. El débil eslabón que unía a los Crane y a los Martello.

La expresión de Theo se endureció:

–No te sobrevalores, Jane. Existen vínculos entre todos nosotros. En realidad somos una única familia. Y, en todo caso, de haber un eslabón, éste surgió con la amistad entre nuestros padres, antes de que naciéramos. Al menos, reconozcámosles ese mérito. –Volvió a sonreír–. Como mucho, vosotros constituisteis un eslabón secundario. Una ensambladura de apoyo, o como se diga eso.

No pude evitar reírme.

–¿Ahora me vienes con tecnicismos? ¿Se puede saber qué es una ensambladura de apoyo?

–Vale, vale, tú eres la arquitecta. Yo no tengo ni idea de carpintería. Y me alegro de que hayas venido, aunque para ti suponga soportar una situación difícil.

–Bueno, esto tenía que supervisarlo, en cualquier caso. Voy a acabar llorando encima de los planos y emborronándolos.

Franqueamos las cristaleras, entramos en la cocina y preparamos unos cafés. Del piso superior llegaba el sonido de unos cuerpos que se movían, de unas tazas que entrechocaban; escuchamos la cadena de un váter, detrás de nosotros, mientras volvíamos al exterior.

–Cierra la puerta al salir, coño –exclamó alguien desde el interior–. Hace un frío que pela.

–Vale, vale. Sólo había salido un momentito. –Era Jonah, el hermano de Theo.

–Hola, Fred –dijo Theo.

Al escuchar esa manida broma familiar, Jonah saludó con la cabeza. La cuestión era que Jonah y su hermano gemelo, Alfred, habían sido idénticos, al menos de niños. Theo me había contado que ambos habían llegado a acostarse con la novia del otro (sin que las jóvenes implicadas lo supiesen), cosa que yo me había negado a creer hasta que vi cómo se comportaban, ya adultos, en todos los aspectos.

–Hay un modo de distinguirnos, Theo –replicó Jonah–: Fred tiene la nariz roja y no está moreno.

–Sí, precisamente iba a comentártelo. ¿Dónde has estado esta vez?

–En Tucson, Arizona. Una conferencia sobre productos de belleza.

–¿Te ha ido bien?

–Había por ahí algunas perspectivas interesantes. –Jonah se fijó en la sonrisa de Theo–. Ahora que todo el mundo tiene una dentadura espléndida debemos inventar qué otras cosas hacer con ella.

Theo se agachó y olisqueó el vapor que emanaba de la taza de Jonah.

–Entre ellas tal vez dar con el modo de crear una pasta de dientes en forma de infusión –observó.

–Es un poleo menta –repuso Jonah–. No me gusta empezar el día con un estimulante artificial. –Entonces me miró y su expresión virtuosa dio paso a una especie de sonrisa triste. Dios mío, ¿se iban a pasar todo el fin de semana sonriéndome así?–. Jane, Jane –dijo, y me abrazó con un gesto cuya calidez se vio levemente mermada por su necesidad de no tirar la infusión al mismo tiempo–. Si hay algo que pueda hacer por ti, dímelo. Eso de ahí –añadió, señalando la actividad que se desarrollaba en el césped, delante de nosotros– supone un paso muy positivo. Es una maravilla que hayas hecho esto por nosotros, por la familia. Seguro que también te resulta terapéutico.

–Claro que sí –repliqué–, ha sido muy relajante, en los momentos bajos, tener que consultar cosas a Alan, a Claud y a Theo y después rehacerlo todo y luego volver a repasarlo en lenguaje de signos con Jim. Ojalá hubiéramos respetado mi idea original.

–Cualquier choza será mejor que tener que volver a pasar una noche como la que viví ayer en mi dormitorio, con Meredith y los niños, que no han dormido más de tres minutos seguidos. Y Fred ocupaba la habitación de al lado con los miembros de su *famille* a los que no tiene internados en un colegio. Que yo sepa, las únicas parejas con cuarto propio han sido Alan y Martha, y tu hijo y su bomboncito.

Estas últimas palabras iban dirigidas a mí.

–Alan se empeñó en que Jerome y Hana dispusieran de una habitación para ellos solos –protesté–. Creo que eso le ha procurado una especie de placer depredador. Ni siquiera sé dónde ha acabado mi hijo menor.

–Ni con quién –apostilló Jonah–. Y no seré yo quien rompa la inviolable tradición según la cual tú te quedas con la habitación de Natalie. Todo esto parece una farsa de alcoba.

Seguí a Jonah y Theo, que volvieron a entrar en la cocina, pero no me apetecía comer ni unirme a lo que ya era prácticamente una horda de personas luchando por conseguir acceso al frigorífico o a los fogones. No vi rastro alguno de mis hijos. Alan y Martha se aprovecharían de su privilegio de ser los anfitriones y bajarían tarde, pero casi todos los demás ya parecían estar allí. Claud, con un aspecto lamentable y ridículo tras haber pasado la noche en el sofá, removía los huevos de una sartén delante de la cocina de gas. El desayuno es la única comida del día cuya preparación nunca me ha interesado demasiado, pero, como no sólo se trata de una cuestión culinaria sino también de organización, a Claud siempre se le ha dado de maravilla. Me dedicó un gesto amistoso con la cabeza mientras le servía los huevos a Fred en un plato enorme.

Había transcurrido exactamente un año desde la última vez en que había visto a los cuatro hermanos juntos en la misma estancia. Allí, vestidos con la ropa propia de las vacaciones, unos pantalones vaqueros viejos, jerséis o camisas de leñador, parecía que estaban otra vez en la universidad, o incluso en el colegio, dándose empellones y riendo. Todos menos Claud, a quien la ropa informal nunca acababa de sentarle bien. Él necesitaba un uniforme y reglas estrictas. Los gemelos, con esas pieles oscuras y esos pómulos marcados, habrían seguido presentando un aspecto gamberro y atractivo aun después de pasar una noche incómoda en un sofá. A Claud le hacían falta ocho horas de sueño y un traje de un buen corte para lucir su mejor aspecto, pero ese aspecto era excelente.

Cogí a escondidas un plátano del frutero y me volví a escabullir al exterior con el café. La neblina ya se deshacía en las hondonadas. El cielo estaba azul y apenas eran las ocho. Íbamos a tener un día luminoso aunque muy frío, y el mono de trabajo no me abrigaba lo suficiente.

Supongo que casi todos tenemos un paisaje mental, el que vemos cuando cerramos los ojos, y esa ondulada y colorida extensión de colinas era el mío. Cada árbol, cada camino, cada valla me sugerían asociaciones que se fundían en una amalgama de recuerdos procedentes de las largas semanas estivales y de fines de semana más cortos, recuerdos en los que aparecen árboles pelados o flores nuevas, en los cuales los distintos años, incluso las décadas, ya no se distinguían unos de otros.

La Granja distaba mucho de ser una casa antigua –en la lápida colocada encima de la puerta de entrada se leía la inscripción «1909 – P. R. F. de Beer», el nombre del tipo que la había mandado construir–, pero a nosotros siempre nos había parecido viejísima. La mencionada puerta de entrada, aunque nunca la habíamos considerado como tal, se encontraba en el otro lado del edificio; el camino que llevaba a ella desembocaba en la carretera B8372, que termina en Gales si giras a la izquierda y en Birmingham si lo haces a la derecha. Pero, desde el lugar donde me encontraba en ese momento, delante del bosque de Pullam, divisaba una pequeña depresión que se hallaba ante la verdadera fachada, las puertas que daban al salón y a la cocina, encima de las cuales se encontraban las ventanas de los dormitorios de Alan y Martha y las habitaciones de invitados; un piso más arriba, ocupando toda la planta, se ubicaba el estudio de Alan, su sanctasanctórum, coronado por un ridículo chapitel de madera. Era una casa enorme, pero resultaba acogedora; sólida, si bien los suelos de madera estaban destartalados y las paredes eran tan finas que parecían de papel.

Llegué a los márgenes del bosque –al que nunca entro– y giré a la derecha, alejándome de la granja de Pullam; bajé, describiendo un semicírculo, hasta el lugar donde los obreros jugueteaban con la excavadora. Oí que llegaba un coche, el inconfundible Saab de gama alta de Paul, magnífico pero no tanto como para traicionar algún principio político. Mi padre bajó del vehículo con paso inseguro por el lado que me quedaba más lejos. No advirtió mi presencia y se dirigió renqueante a la casa. Luego apareció Erica por el mismo lado. Debía de haber ido en el asiento de atrás y llevaba en los brazos a la pequeña Rosie, dormida, cuyo letargo casi resultaba histriónico. También entró rápidamente. Paul me vio; nos saludamos. Ya no había que esperar a nadie más.

A las diez, no muy en punto, todos se congregaron en el jardín antes de la gran excursión para buscar setas, la inviolable tradición otoñal de los Martello. La reunión de todos los miembros de la familia convocaba a tanta gente que, con algunas chaquetas de color escarlata y una jauría de perros, aquello habría parecido una expedición de caza regional. Todos los hermanos con sus respectivas familias y, en el caso de mi hermano Paul, con su familia anterior y la actual. Me acordé de uno de esos capítulos ilegibles del Antiguo Testamento. Alan engendró a Theo y a Claud y a Jonah y a Fred. Y Chris engendró a Paul y a Jane. Conté a veinte personas, sin incluirme, y tampoco a los obreros de Jim, que pululaban por allí charlando, como si no pensaran ir a ninguna parte. El grupo no podía salir debido a la incomparecencia de ciertos miembros de la generación más joven, sobre todo las tres hijas que Paul había tenido con Peggy, su primera mujer, que acabaron presentándose sobre las diez y diez como si tal cosa, con unas botas enormes, largas melenas, vestidas de negro de pies a cabeza y luciendo una expresión de sarcasmo que alguien parecía haberles dibujado en sus agraciados rostros. Como yo me iba a quedar a supervisar las obras, me separé un poco y pude observar toda la escena. Cielo santo, qué familia. Todos iban hechos una pena, con vaqueros y jerséis viejos; sólo

Alan y Martha llevaban la ropa adecuada. Aquél era su día. Alan se había puesto una chaqueta larga excesivamente correcta con la que no se habría mojado ni estando debajo de las cataratas del Niágara. Siempre parecía rodeado de una especie de aura teatral y afectada, como si lo hubieran mandado al departamento de vestuario con las instrucciones de que lo vistiesen como a un escritor maduro que llevaba la vida de un terrateniente. Incluso sus empleados presentaban el aspecto de los actores contra los que Errol Flynn luchaba en parajes con arroyos atravesados por troncos. Martha, en cambio, estaba preciosa: cabello níveo, tan delgada como sus nietas y con ropa negra muy parecida a la de ellas, aunque sin las Doc Martens. Lucía una cazadora que había sufrido las inclemencias del tiempo durante muchos paseos de verdad y había cogido una cesta de mimbre adecuada para colocar en ella las setas sin mezclarlas ni estropearlas. Casi todos los demás llevaban bolsas de plástico. En cierta ocasión yo había tratado de explicarle a Martha que, contrariamente a lo que se cree, las bolsas de plástico son convenientes si vas a comerte las setas el mismo día, que era lo que nosotros hacíamos, puesto que las ablandan y ayudan a que adquieran una textura algo más esponjosa, como si fueran carne de caza. Pero no me había hecho caso.

Alan dio unos golpes en el suelo con el bastón. No me habría extrañado que se hubieran oído unos truenos.

–Emprendamos la marcha –proclamó.

Eso, en labios de cualquier otra persona, habría resultado ridículo.

Después de eso todo pareció suceder a gran velocidad. Entré en la casa y me senté a la mesa de la cocina, esperando a que volvieran a necesitarme en el exterior. Me leí la mitad del periódico y rellené parte del crucigrama; se produjeron unos golpecitos en la ventana, levanté la vista y vi el rostro de Jim a través del cristal de la puerta. Estuve a punto de decirle algo a gritos, pero advertí la palidez de su rostro y que mostraba una expresión de alarma. Me hizo un ademán para que me acercase; noté en mí un amago de reticencia, de no querer ir.

Tras franquear la puerta, Jim se dirigió con paso cansino a la zanja; vi que casi la habían terminado y pensé que todo aquello sólo era una manera exagerada de comunicármelo. Los obreros se habían arremolinado en torno a la excavadora. El grupito se disolvió cuando me aproximé.

–Hemos encontrado una cosa –anunció uno de ellos, el sobrino de Jim, de forma casi furtiva.

Miré hacia abajo. En un primer momento no tuve la sensación de ver gran cosa. Tierra arcillosa con textura de *toffee*, algunas baldosas rotas. ¿De dónde procedían? Ah, sí, en aquel lugar debía de haber estado la antigua barbacoa. Había transcurrido mucho tiempo desde entonces. También, intensamente blancos, vi unos huesos que sobresalían de la tierra de forma irregular. Miré a los obreros. ¿Esperaban que yo me ocupara de todo aquello?

–A lo mejor es un animal –afirmé ridículamente–. Una mascota enterrada.

Jim negó lentamente con la cabeza y se arrodilló. Yo no quería verme obligada a mirar.

–Aquí hay restos de ropa –dijo–. Muy deshechos. Y la hebilla de un cinturón. Debe de ser ella, ¿verdad? La hija pequeña, Natalie.

Tuve que echar un vistazo. Sólo había visto un cadáver en toda mi vida. Había estado al lado de mi madre, dándole la mano, en los últimos momentos de sus años de sufrimiento. Había visto cómo la muerte le borraba toda expresión del rostro, cómo su cuerpo devastado había quedado tendido y relajado en la cama. Le había besado el rostro aún cálido. Un día después lo había vuelto a tocar en el velatorio: estaba frío, parecía de cera; la habían peinado y vestido con sus mejores galas, incluso un bolsito que asía de forma patética con la mano izquierda. Y aquél era el cadáver de Natalie, mi amiga del alma que siempre tendría dieciséis años, un cuarto de siglo después. Me agaché y me obligué a examinar más de cerca los huesos. Debían ser de las piernas, largos y anchos. Había trozos de ropa de color negro, cubierta por una espesa capa de mugre. De pronto sentí una curiosidad desapasionada. No quedaba carne, claro. Ni tendones. Los restos óseos que ya habían emergido estaban completamente sueltos. La tierra en la que habían estado enterrados era más oscura que el resto. ¿Se habría deteriorado el cabello? El cráneo seguía bajo tierra. Recordé su cuerpo esbelto. Moreno durante aquel verano. Me acordé del lunar que tenía en el hombro derecho, de los largos y simiescos dedos de sus pies. ¿Cómo era posible que la hubiera olvidado durante tanto tiempo?

–Alguien debería llamar a la policía.

–Sí, Jim, desde luego. Ya lo hago yo ahora. Deberíamos dejar ya de excavar. ¿Hay comisaría en Westbury?

No la había. Consulté la guía telefónica y tuve que ponerme en contacto con los agentes de Kirklow, los que más cerca quedaban. Me sentí un poco ridícula contándole a alguien a quien no conocía que habíamos encontrado un cadáver y que tenía bastantes años, unos veinticinco; que creía que era muy probable que se tratase del cuerpo de Natalie Martello, desaparecida en el verano de 1969. Pero se lo tomaron en serio y al cabo de poco tiempo aparecieron dos coches de policía, otro vehículo camuflado y después una ambulancia, o más bien una especie de ambulancia que parecía una furgoneta. Resultaba extraño que viniera esta última a recoger los huesos de una persona muerta hacía tanto tiempo que cabían perfectamente en una cajita de cartón. Uno de los agentes me hizo unas preguntas vacilantes en las que apenas me pude concentrar. La ambulancia no se llevó los restos enseguida. Montaron una especie de carpa en miniatura por encima de casi todo el hoyo. Caía una fina lluvia.

No quería acercarme y observar lo que estaban haciendo, pero tampoco podía irme de allí, así que me senté en un banco cerca de la puerta de la cocina y me quedé contemplando la carpa y el bosque que se extendía por detrás. Me pregunté si los otros volverían pronto. Llevaba el reloj, pero no recordaba a qué hora se habían marchado ni tampoco lo que suelen durar las excursiones micológicas en general, aunque había participado en muchas. Me quedé en el banco hasta que al fin vi a un grupito que salía de entre los árboles. Siempre nos separábamos en esas expediciones e íbamos volviendo por tandas. Ese grupito vería los coches de policía y la ridícula carpa, pero yo no podía distinguir los posibles gestos de sorpresa. Me puse en pie para acercarme a ellos y explicarles lo que había sucedido, pero los ojos se me empañaron repentinamente y no pude distinguir quiénes eran. Podían haber sido cualesquiera de ellos.

2

El cuchillo atravesó las capas esponjosas y llegó a la carne de color beis. Quité un poco de piel viscosa y puse un trozo comestible de *boletus edulis* en un cuenco grande. Peggy entró con otro cubo lleno de setas; traía con ella el olor a bosque, a tierra densa. Llevaba manchados los pantalones de color caqui; se había quitado las botas en el vestíbulo y ahora avanzaba silenciosamente, con los pies enfundados en unos gruesos calcetines grises.

–Ah, estás ahí –dijo.

Con las puntas de los dedos cogí los rebozuelos amarillos laminados, que estaban en la parte superior como si fueran flores de cera; olisqueé sus formas curvadas, como de trompeta. Olían a albaricoque.

–¿Quién ha encontrado éstos? –inquirí.

–Theo, quién si no. ¿Estás bien, Jane?

–¿Te refieres a lo de Claud?

–No, a lo de hoy.

–No lo sé.

En el cubo había bejines bulbosos con aspecto de verruga, bolas de nieve que desprendían un ligero aroma a anís y los delicados matacandiles con los sombreros medio deshechos. Un olor húmedo y fungoide invadía la cocina; unos parasoles con aspecto de gusano taponaban el fregadero, y los pies de las setas, hechos jirones, cubrían las encimeras. Me sequé las manos, aún temblorosas, con el delantal, y me recogí el pelo. La iluminación de la cocina era deficiente, pero nada me parecía real del todo, ni el horror del jardín, ni esa parodia de normalidad en medio del caos que imperaba en la cocina de los Martello, el centro de la enorme casa. ¿Nos habíamos vuelto todos locos, estaba aquel lugar lleno de personas en estado de *shock* atrapadas dentro de un ritual? Me mantuve ocupada para no pensar.

–No os ha ido mal –le comenté a Paul cuando atravesó la cocina sosteniendo contra el pecho unas polvorientas botellas de vino tinto.

–Tendrías que haber visto cuántas había: podíamos haber cogido el doble. Aunque algunas no son comestibles.

Lanzó una mirada furtiva a Peggy mientras salía; lo vi agobiado. Todos estábamos solos frente a nuestros pensamientos y nuestras angustias íntimas. Él, además, tenía el inconveniente adicional de encontrarse encerrado en una casa con su ex mujer, su esposa actual y una hermana que estaba en proceso de divorcio de su mejor amigo. Imperaba la necesidad de no cavilar demasiado.

Empecé a cortar las setas en rodajitas; la carne estaba esponjosa y blanda. Les di la vuelta y las dividí sin problemas de forma transversal. Las ollas hervían. El esfuerzo de coordinación me tranquilizó. Abrí la puerta del horno y toqué los aceitosos pimientos rojos con un tenedor: en las pieles se estaban formando ampollas. Inhalé profundamente.

–Jane, Claud me ha pedido que te dé esto. –Mi padre me tendió tres grandes cabezas de ajo. Se dio la vuelta para continuar, seguramente, con el crucigrama al lado de la chimenea, pero de repente añadió–: Saldrá todo bien, ¿verdad?

Vi que tenía los ojos hinchados, como si hubiera estado llorando. Le apreté el hombro.

–Todo saldrá bien –respondí, sin referirme a nada en concreto.

Quité la piel a seis dientes de ajo, los aplasté y los eché a una sartén grande que tenía en un fogón. Peggy, que estaba agachada delante del fregadero, separando pacientemente las capas esponjosas de los boletus que quedaban, tarareó una canción entre dientes y luego dijo de forma abrupta:

–Lo siento un montón. Ha debido de ser horrible para ti lo de encontrarlo... encontrarla.

–Sí –repuse–. Supongo. Aunque no más difícil de lo que ha sido para los demás.

No tenía ganas de hablar. Estaba reprimiendo mis emociones, no quería darles rienda suelta allí, mientras preparaba la cena. No delante de Peggy, pero no había forma de detenerla.

–Todos fuisteis muy valientes en su momento. Resulta bastante curioso: es la primera vez que me siento excluida en esta familia. Vosotros sabéis cómo mantener la compostura delante de los demás.

La miré y le di la mano:

–Eso no es cierto, Peggy –objeté en un tono de cansancio–. Tú ya sabes que no excluimos a nadie. Formamos una familia numerosísima que empieza en Alan y Martha y que no tiene fin.

–Ya... A lo mejor la cuestión es que yo no llegué a conocer a Natalie.

–Aquello pasó hace mucho tiempo.

–Sí –respondió Peggy–, es parte de la fabulosa y legendaria infancia de los Martello. Todos la vivisteis, ¿verdad? Eso siempre me recuerda que... –Se calló al ver algo por la ventana–. ¡Míralas! ¡Las voy a matar! ¿Por qué no las controla Paul? Se supone que es el padre.

Salió a toda prisa de allí. Por la ventana divisé a sus hijas, que se habían colocado en actitud conspiradora detrás de un arbusto para fumar. Debían de creerse invisibles. Peggy, descalza, se acercó a ellas con paso rápido y sin hacer ruido. Jerome y Robert solían fumar en su habitación con las ventanas abiertas de par en par y después bajaban al piso inferior oliendo a pasta de dientes, pero yo no decía nada. Yo también fumaba a escondidas en el jardín, de madrugada, cuando no podía dormir porque no dejaba de darle vueltas a mi futuro. Después se acostumbraron a hacerlo delante de mí, incluso a ofrecerme un cigarrillo. Llevaba todo el día con unas ganas locas de coger un pitillo, mientras daba vueltas intranquila en torno al hoyo, pululaba por el jardín y esperaba a que todos volviesen y se enterasen de lo que yo ya sabía. Removí el ajo de color claro, cada vez más amarillo, en la sartén. Era una forma de ir pasando el rato, de ir dosificando el tiempo que quedaba de tarde.

–Mamá, ¿cómo estás? ¿No te importa que te haya tocado cocinarlo todo?

Robert, mi alto y guapo hijo, apareció a mi lado. El cabello lacio y teñido de rubio le tapaba uno de los ojos claros. Llevaba unos vaqueros con agujeros, una vieja camiseta azul que casi estaba gris por el uso y, por encima, una camisa de cuadros colocada de cualquier manera con los puños desabrochados, todo desabrochado. Iba descalzo. Tenía buen aspecto.

–No pasa nada. La verdad es que esto me viene bien. ¿Puedes lavar la lechuga?

–Pues ahora mismo no –respondió mientras abría la nevera y examinaba el interior–. ¿No hay nada de comer?

–No. ¿Qué hacen los otros?

–Veamos por dónde empiezo. –Comenzó a contar con los dedos de forma teatral y sarcástica–. Theo está jugando al ajedrez con el abuelo Chris; papá está básicamente decidiendo dónde se sienta cada uno y delegando la tarea de poner la mesa; Jonah, Alfred y Meredith se han ido a dar un paseo, seguramente para echar un vistazo a la carpa esa sin que nadie se dé cuenta; Hana y Jerry están en el baño, en el mismo baño; eso para empezar. No he visto a los otros abuelos. Deben de estar en su habitación.

Se produjo un silencio. Robert se mostró expectante. Metí las setas en el aceite caliente. Él esperaba algo.

–¿Qué? –pregunté.

Me temblaron las piernas y sentí un repentino retortijón en el estómago. Hizo una bocina con las manos y empezó a hablar como si tuviera un megáfono; su voz resonó atronadora en el cocina, rabiosa y enfadada:

–Hola, hola, ¿hay alguien ahí? Rob Martello al habla, un visitante del mundo real. Querríamos anunciar que han encontrado un cadáver en esta casa. La única hija del señor Alan Martello y su esposa llevaba veinticinco años enterrada en el jardín, más o menos a un metro de distancia de la puerta trasera y a unos escasos cinco centímetros de profundidad. La dirección lamenta comunicar que, como consecuencia de este hallazgo, es posible que la cena se sirva un par de minutos tarde. Confiamos en que todo esto no les estropee la tarde.

No pude evitar soltar una carcajada desganada.

–¡Robert! –Era Claud. Apareció detrás de Robert, y también sonreía–. Sé que es muy extraño... –empezó a decir, pero mi hijo lo interrumpió enseguida.

–¿Ah, que es raro? ¿El qué?, ¿que hayan desenterrado a tu hermana en el jardín? ¿Por qué iba a ser raro? Y en todo caso ya han pasado unas horas, ¿no? La policía ya se ha llevado los huesos. Quizás Alan debería haberles pedido que rellenaran el hoyo antes de marcharse, ya puestos. Tal y como lo han dejado, cabe la posibilidad de que alguien se caiga ahí dentro mañana y tengamos que recordar todo el asunto. Alguien que salga a otra puta excursión para recoger setas.

Claud intentó adoptar un gesto severo, pero no le salió, y esbozó una sonrisa de resignación:

–Tienes razón, Rob, a lo mejor no estamos llevando muy bien el tema, pero...

–Pero hay que guardar las apariencias. No nos conviene que un cadáver, por ejemplo, interrumpa uno de los espléndidos fines de semana de los Martello. Porque entonces a lo mejor puede fallar algo grave. Por ejemplo, que se sirva un vino poco adecuado para cada tipo de seta.

Claud se puso serio:

–Robert, basta ya. La desaparición de Natalie ocurrió antes de que nacieras, para ti no es fácil de entender. Poco a poco fuimos asumiendo que había muerto. Tu abuela, mi madre, no llegó a aceptarlo. Siempre quiso creer que se había fugado y que algún día regresaría. –Le pasó el brazo por el hombro a Robert. Era lo bastante alto para poder hacerlo–. Hoy es un mal día para ella; lo es para todos nosotros, pero especialmente para ella, y debemos ser fuertes y ayudarla. La verdad es que al menos ha sido una suerte que esto haya sucedido cuando estamos todos juntos. Podemos apoyarnos unos a otros. Y, sobre todo, apoyar a Martha. Hay muchas cosas de las que hablar, Robert. No sólo de Natalie: de todo. Y así será, te lo prometo. Pero quizás hoy sólo nos toca estar unidos. No olvides que todavía no la han identificado oficialmente.

–Y está bien que vayamos a cenar todos juntos –añadí–. Ven, cariño. –Me acerqué a Robert y lo abracé con fuerza–. Sólo te llego a la barbilla, me siento ridícula.

–Rob, ¿me vas a ayudar, entonces? –quiso saber Claud.

–Vale, papá, vale –accedió Robert–. Comportémonos con madurez. A lo mejor deberíamos conservar el hoyo. Mamá, ¿no podrías volver a diseñar la casa y construirla en torno a él, como hiciste aquella vez con el árbol ese?

–¿Eso es un sí o un no? –insistió Claud en ese tono implacable que a veces podía imprimir a su voz.

Nuestro hijo alzó las manos como si se estuviera rindiendo.

–Un sí. Me portaré bien –aseguró, y salió de la cocina.

Claud y yo encogimos simultáneamente los hombros en un gesto de impotencia. Nuestra relación era mucho mejor ahora que antes de separarnos. Me di cuenta de que debía tener cuidado con la nostalgia engañosa.

–Gracias –le dije–. Has estado muy bien.

Claud se agachó delante de una olla borboteante.

–Esto huele de maravilla –declaró–. Tal y como tú misma has dicho, seguimos llevándonos estupendamente, ¿no?

–No vayas por ahí.

–No iba por ningún lado. –Hizo una pausa–. Tengo entendido que cenamos a las nueve. ¿Te viene bien?

Me miró de arriba abajo. Yo llevaba los pantalones de un chándal y una camisa de hombre que había sido de Jerome. Me había puesto lo primero que había pillado después de una ducha con agua hirviendo. Quería quitármelo todo de encima: el sudor del esfuerzo, las lágrimas, la tierra arcillosa que había rodeado al cadáver.

–Es buena hora si pongo la carne ahora mismo.

Espolvoreé hinojo sobre el cordero y lo metí en el horno. Luego subí el fuego que calentaba las judías verdes, eché arroz en la sartén de las setas y la removí vigorosamente. Como siempre, Claud tenía muchas cosas que hacer pero ahora no parecía muy dispuesto a marcharse. Se apoyó en una encimera y se puso a manosear lo que quedaba de una seta parasol que yo había desechado.

–Creen que estamos locos.

–¿Quiénes?

–Los lugareños. Ellos sólo se comen las que tienen el mismo aspecto que las que compras en cajas en el supermercado. Aunque se puede entender por qué repugnan a la gente, ¿verdad? Se parecen un poco a la carne, como si no fueran del todo sanas. –Cogió una seta y le dio un golpecito con un dedo–. ¿Sabías que no tienen clorofila? No pueden fabricar carbono. Sólo extraen el alimento de otro material orgánico.

–¿No lo hacen todas las plantas?

–A veces me preocupa que digas cosas como ésa –afirmó con ese deje plañidero que, advertí repentinamente, ya no tendría que soportar.

–¿Cómo está Martha? ¿La has visto?

–Mi madre lo está llevando muy bien –respondió.

Detecté un tono de exclusión en su voz que me produjo un escalofrío; me disponía a replicar cuando Peggy irrumpió en la cocina con las mejillas arreboladas y la parte inferior de los calcetines de lana ennegrecida por haber estado en el jardín. Cogió un vaso y una botella de whisky y volvió a salir con paso firme.

–Peggy –le dijo Claud a la espalda que se iba alejando–, no olvides que cenaremos dentro de una horita y que habrá vino a raudales.

–¡Claud! –le espeté entre dientes, pero ella no necesitaba mi ayuda.

Oí un bufido que podía interpretar como una respuesta mientras Peggy subía ruidosamente las escaleras.

Claud se volvió hacia mí y me preguntó con suma amabilidad:

–¿Estás bien, Jane? ¿Puedo hacer algo por ti?

Erica entró como un torbellino en la cocina: una amalgama de perfume, uñas de color morado y rizos cobrizos.

–Ah, Claud, estás aquí. Theo quiere que lo ayudes a cambiar de sitio unas camas en el piso de arriba. Jane, cielo, ¿qué puedo hacer para ayudarte?

Ya se había vestido para la cena: iba arrastrando una larga falda con abertura lateral, la camisa de seda de color berenjena apenas le contenía los enormes pechos (bueno, al menos más grandes que los míos), las pulseras le entrechocaban en las muñecas y unos largos pendientes le colgaban de los pronunciados lóbulos de las orejas. Soltó una risita y recordé lo bien que me caía, a pesar de todo, la joven mujer de Paul, que parecía una flor exótica al lado del aspecto maltrecho, cansado y ostentoso que ofrecía la pobre Peggy.

–Acabo de ver a las hijas de Peggy metiéndose a escondidas en el cobertizo. Ay, quién tuviera otra vez quince años para fumar en una caseta. Cielo santo, qué día tan raro y tan espantoso. Pobre Natalie. Vamos, supongo que será Natalie, no una reliquia arqueológica. Debe de serlo, y no me extraña que estéis hechos polvo. La verdad es que mi opinión sobre la muerte de un niño ha cambiado radicalmente desde lo de Rosie. No es que antes estuviera a favor de ella, desde luego. En mi caso creo que me suicidaría. Según Frances, Theo y ella sostienen que debe de suponer un alivio para Martha, pero no estoy muy convencida.

Introdujo unos dedos que parecían garras en un cuenco de aceitunas y se metió distraídamente unas cuantas en la boca ávida y roja.

Claud empezó a descorchar las botellas de forma metódica, hasta que las ocho formaron una fila destaponada. Rallé queso parmesano y lo eché sobre la sartén humeante del *risotto* de setas; añadí una nuez de mantequilla blanda y sin sal que no saqué del frigorífico sino de la despensa, donde hay que guardarla. Yo siempre había querido tener una despensa. Theo y su mujer, Frances, pasaron por delante de la ventana, altos y elegantes. Ella hablaba con mucha viveza, con una mirada intensa, pero no distinguí las palabras y tampoco pude ver la cara de Theo. Entonces mi cuñado volvió la cabeza y me miró directamente a los ojos. El tiempo retrocedió. Él esbozó una sonrisita azorada pero ella siguió hablando. Él volvió a clavar la vista en ella y continuaron andando.

Cuando estoy en La Granja ocupo la misma habitación que me llevan asignando desde que era pequeña. Natalie y yo, más como hermanas que como mejores amigas, nos peleábamos por ver quién se quedaba con la cama más próxima a la ventana, y solía ganar ella. Era su casa, su habitación, su cama. Tras su desaparición ya no pude dormir donde siempre lo había hecho ella. Me acostaba en el otro extremo del dormitorio, debajo del techo abuhardillado, y oía el reloj de su abuelo en el salón y, a veces, el ulular de los búhos que anidaban en el bosque. En ocasiones me despertaba de madrugada y durante unos segundos, hasta que lo recordaba todo de nuevo, veía su silueta debajo de las sábanas. Martha no había tirado ninguna de sus cosas; siempre había estado esperando a que volviera. Todos los años, cuando llegábamos para pasar las vacaciones, me veía obligada a colocar mi ropa entre las prendas de Natalie, momificadas en bolsas de plástico, que empezaron a resultarme cada vez más ajenas, hasta que me di cuenta de que pertenecían a una chica de la que me había ido separando, sin darme cuenta, al convertirme en adulta. Un día, las dos se habían ido.

Ahora descorrí las cortinas y miré por la ventana que daba al jardín, que comenzaba a verse sumido en la penumbra. El césped mojado desprendía una neblina vespertina que parecía humo. El cielo casi había oscurecido, pero el horizonte seguía teñido de rosa. Mientras contemplaba aquello pensé que al día siguiente haría buen tiempo. Por la hierba se veían montículos de hojas formando extrañas figuras, esperando a ser quemadas. En el extremo derecho divisé otra silueta de menor altura: la carpa de la policía. ¿Existe en algún lugar una empresa que fabrica carpas para montarlas en los lugares donde se han hallado cadáveres? Debe de existir. Reinaba un gran silencio. Las hijas de Paul estaban sentadas en la linde del bosque formando un triángulo de complicidad, que apenas era una sombra de tres picos en la penumbra. Subían unas voces del piso inferior, aunque no alcanzaba a entender lo que decían. Una tubería borboteó, se produjo un ruido de agua en el desagüe del exterior, unos pasos pasaron por delante de mi puerta e imaginé a Jerome y a la preciosa Hana, con la piel roja como un tomate, recorriendo el pasillo a toda prisa envueltos en toallas. Me pareció percibir un sollozo ahogado.

Abrí la maleta y saqué una chaqueta victoriana de cuello alto y muñecas estrechas, sexy y austera a la vez. Al ponérmela sentí que dominaba un poco más la situación. Me puse unas gotas de perfume detrás de las orejas y unos pendientes. Me acordé de Natalie durante aquel último verano, cuando se aplicaba lápiz de labios morado y se contemplaba fijamente en el espejo, como una gata, con esos ojos tan azules como los míos. Recordé también los ridículos huesos fragmentados que había visto esa mañana en medio de la tierra. ¿Qué hacía yo en esa casa con Claud, de quien me estaba divorciando, con sus padres, a quienes estaba causando dolor, y con su hermano Theo, con quien intercambiaba miradas de complicidad a través de la ventana de la cocina, como una adolescente?

–¡Jane, Hana, Martha, Alan! –nos llamó Claud desde el piso inferior–. Bajad todos. Estoy a punto de abrir el champán.

3

Martha y Alan hicieron su entrada como si fueran unos invitados de postín. Él llegó completamente absorbido por la conversación que mantenían, gesticulando con las manos anchas, la tripa sobresaliendo de forma abundante por encima del cinturón, con la barba descuidada y el cabello canoso rozándole el desgastadísimo cuello de la camisa. Aunque la corbata resultaba elegantemente llamativa y a la chaqueta de *tweed* no se le podía poner ni un pero. Siempre como un bohemio al que no le importaba la ropa; un bohemio rico, eso sí. Abrazó a Frances, que por casualidad se hallaba cerca de la puerta, y dio unas vigorosas palmadas en la espalda a Jerome; éste, que llevaba el pelo corto siguiendo el estilo de Keanu Reeves, y unos vaqueros y una camiseta negra, parecía deprimido e incómodo. Sólo hablaba con Hana. Ella también iba de negro de pies a cabeza, cosa que acentuaba sus rasgos eslavos. Jerome se quedó mirando de hito en hito a Alan, que no se dio cuenta.

–¡Pues ya estamos todos! –exclamó Alan–. Me muero por tomar una copa.

A su lado Martha presentaba un semblante pálido, más enjuto a como lo recordaba, la piel menos tersa por la llegada de la vejez. Advertí que había estado llorando sin parar: su mirada brillante y frágil lo delataba. Jonah se acercó a ella y le dio un beso en la mejilla. Pensé que era un hombre muy apuesto, con ese cabello negro y esos ojos azules. ¿Por qué nunca me habían parecido atractivos ni Fred ni él del modo en que Theo sí me lo había parecido, durante aquel largo y caluroso verano? El verano por antonomasia. Quizá cada uno de ellos me parecía un hombre a medias; cuando los recordaba seguía empleando una única palabra, Jonah-Fred, los gemelos. Y sus rostros idénticos también se me antojaban algo cómicos o absurdos. Ahora les empezaba a clarear el pelo, su belleza había empezado a resquebrajarse. Me asaltó la idea de que no iban a envejecer bien. Ni siquiera las respectivas esposas, familias o trabajos habían conseguido sacar de cada uno de ellos una personalidad diferenciada. Me pregunté si todavía le gastarían bromas a la gente.

Claud empezó a descorchar la primera botella de champán; todos alzaron las copas, expectantes. Oí un cuchicheo a mi lado. Allí se había colocado Peggy.

–No sé si el champán es lo más adecuado, dadas las circunstancias –aventuró.

Le respondí con un gesto de indiferencia que podía significar cualquier cosa. Se produjo un tintineo áspero. Todos miramos en derredor. Alan estaba dando unos golpecitos en la copa con el mechero. Una vez que nos tuvo pendientes de él se situó en el centro de la sala. Se produjo una larga pausa y Alan adoptó una expresión pensativa. Si no lo hubiera conocido, ese silencio excesivo me habría causado inquietud o vergüenza. Pero entonces me acordé de un programa de televisión que había visto sobre otro megalómano histrión, Adolf Hitler, quien comenzaba los larguísimos discursos con las mismas pausas tímidas y prolongadas para captar la atención total del público. Cuando Alan hablaba, al principio su tono de voz era tan bajo que nos veíamos obligados a acercarnos para oír lo que decía.

–Ya sabéis que me gusta daros la bienvenida a todos con un par de chistes, pero esta reunión se ha convertido en otra cosa distinta a lo que habíamos planeado. Quizás os interese saber que acabo de mantener una conversación telefónica con el superintendente de policía Clive Wilks, responsable del Departamento de Investigación Criminal de Kirklow. Se ha mostrado muy cauto y correcto; sin embargo, cuando le he preguntado si los restos podían pertenecer a una chica de dieciséis años, ha respondido que sí. Cosa que, por otro lado, a nadie sorprende. –Esbozó una sonrisa desdibujada–. Y me temo que habrá que parar temporalmente las obras de la maravillosa casa de Jane.

»Esta cena con las setas que hemos recogido constituye una de nuestras tradiciones. Esta reunión de nuestras dos familias con todos los hijos y seres queridos tiene un enorme valor para mí. –En ese instante el grupo se revolvió en las sillas con cierta incomodidad. ¿Qué iba a decir?–. Pero la cena de esta noche la recordaré durante el resto de mi vida. Hace veinticinco años desapareció nuestra hija Natalie. Durante cierto tiempo creímos, o intentamos creer –estas últimas palabras las pronunció mirando a Martha, que temblaba y estaba a punto de echarse a llorar–, que se había fugado y que volvería. Si bien esa esperanza se marchitó, nunca se desvaneció. Esperar a alguien que nunca llega es algo terrible, terrible. Hoy la hemos encontrado y al fin podemos llorar su muerte y honrar su vida. Ella podrá descansar. Siento que debo decir algo sobre ella. Describirla, a mi única hija. No sé muy bien por dónde empezar.

De pronto se había convertido en un anciano desconcertado. Escuché un susurro beodo junto a mí.

–Qué teatrero. Se lo está pasando en grande, ¿verdad?

Era Fred. Ya estaba muy borracho. Le pedí que se callara.

–Era inteligente, guapa y joven; su vida apenas empezaba. –Oí un sollozo reprimido, pero no supe de quién procedía–. Era tozuda y rebelde. –A Alan ya le corrían lágrimas por las mejillas; no se molestó en secárselas, sino que siguió sin interrumpirse–. Nunca le gustaron las despedidas, ya desde muy pequeña se zafaba de mí si intentaba darle un abrazo en la puerta del colegio. Jamás saludaba cuando se marchaba el autobús: se quedaba mirando al frente. Así era mi niña, nunca miraba hacia atrás. Pero ahora ya podemos despedirnos de ella. –Fijó la mirada en la copa que estaba sosteniendo y, más sereno, prosiguió–: Entramos en una nueva etapa de nuestra vida –dijo mientras colocaba el brazo sobre los finos hombros de Martha, que estaban tensos para soportar el dolor–. A lo mejor ahora seré capaz incluso de volver a escribir un libro en condiciones –añadió con una tímida carcajada–. En cualquier caso, os quería decir que estoy muy contento de que nos hayamos reunido todos. Todos queríais a Natalie, y ella a vosotros. –Alzó la copa y la luz de la chimenea se reflejó titilante en las burbujas–. Quiero proponer un brindis. Por Natalie.

Los presentes se miraron unos a otros. ¿No era aquello de mal gusto?

–Por Natalie.

Antes de que pudiera llevarme el champán a la boca derramé la mitad cuando Fred me abrazó sin poder contener la emoción.

–Siento lo de tu matrimonio, Jane –dijo con voz pastosa–, y también lo de tu edificio. Nunca he visto una de tus casas y tenía muchas ganas de dormir en ésa. Pero ahora siempre habrá un fantasma en ella...

–Yo no diría eso.

–Pues yo sí. Yo lo digo –replicó él–. Aunque la verdadera pregunta es la siguiente. –En ese momento hizo una pausa tan larga que creí que ya había terminado. Me habría apartado si no me hubiera estado agarrando de la manga–. La pregunta es la siguiente: ¿se trata de un fantasma feliz o de uno desgraciado?

–No lo tengo muy claro –respondí mientras buscaba un modo de liberarme.

–¿Y qué secretos puede contarnos?

–Oye, es hora de cenar –dije, y añadí con más fuerza–: Todo el mundo a la mesa.

Habíamos terminado. Arroz esponjado con setas fáciles de masticar; un cordero rosado con especias; soufflés de chocolate con los bordes inflados. La luz de las velas suavizaba los rasgos de todos; las voces cobraban intensidad y la perdían como si siguieran un ritmo. Incluso los jóvenes, que jugaban al Scrabble al lado de la chimenea, hablaban en voz baja. Ni siquiera Alan, que jugueteaba con el tallo de su copa y peroraba sobre el estado de la novela contemporánea (pésimo, desde luego, en su ausencia), levantó la voz. Fred me había vuelto a acorralar y me decía que Claud y yo debíamos recurrir a los servicios de su mujer, Lynn, para que nos llevara el divorcio, pero su plan se vio interrumpido cuando Lynn se dio cuenta de lo que tramaba y se lo llevó para acostarlo.

–Vas a tener que empujarme para que me tumbe –anunció Fred mientras ella lo acompañaba al piso superior con semblante severo.

–¿Se encuentra bien? –le pregunté a Lynn cuando volvió a bajar, sola.

Era una mujer guapa y segura de sí misma, vestida impecablemente con una falda y una chaqueta de terciopelo oscuro.

–Ha estado llevando la reestructuración de la compañía –me contó–. Ha sido muy estresante.

–¿Despidos?

–Reducción de plantilla –me corrigió.

Esperaba más explicaciones, pero ella quiso brindarme apoyo emocional y perdí el interés. En cuanto pude me separé de ella y me acerqué a Jerome, que seguía con gesto sombrío, y a Hana. Él respondió a mis preguntas con monosílabos. Crucé el salón para hablar con Theo, que miraba fijamente el fuego. Le puse la mano en el hombro y se sobresaltó.

–Lo siento –me disculpé.

Él se dio la vuelta; tenía la mirada perdida.

–Estoy pensando en cosas absurdas –me confesó–. Cuando ella era más pequeña, con once o doce años, dábamos volteretas en verano, cuando el césped estaba seco. A mí sólo me salían si las hacía muy deprisa. Ella se reía de mí y me decía que no subía las piernas lo suficiente. Cuando las daba ella se le bajaban la falda o el vestido, a veces tapándole la cabeza, y nosotros (los chicos, me refiero) nos burlábamos de ella. Pero le salían despacio, que es como hay que darlas. Te apoyas en las manos, subes una pierna lentamente, luego la otra siguiendo la misma trayectoria, como dos radios de una rueda. Después bajas. Le salían perfectas pero el orgullo nos impedía reconocérselo.

–No creo que le importase –lo tranquilicé–. Ella siempre supo qué se le daba bien.

–También recuerdo que, cuando se sentaba a leer, ahí en el banco de la ventana, siempre ponía cara de disgusto. Era el gesto que adoptaba cuando estaba concentrada. De disgusto. Tenía gracia.

Asentí, incapaz de hablar. No estaba preparada para aquello.

–Ya sabes lo que suele decirse, que un día vuelves del colegio y te das cuenta de que tu hermana pequeña se ha convertido en una mujer. Más o menos eso pasó cuando ella tenía catorce, quince, dieciséis años. Volví del colegio para pasar las vacaciones y ella ya salía con los chicos con los que antes jugaba. Luego estuvo lo de Luke, ¿te acuerdas? –Asentí–. Me sentí raro. Algo incómodo. Fue la primera vez en la vida en que me di cuenta de que todos acabaríamos haciéndonos mayores. Y que vería cómo Natalie se convertía en adulta, en madre y todo eso, aunque nunca llegó a suceder.

Se volvió hacia mí. Tenía los ojos empañados. Le di la mano.

–Yo también recuerdo ese gesto de disgusto –le dije quedamente–. Y ese verano espantoso en que no dejó de llover, en el que ella declaró que iba a aprender a hacer malabares, en que se pasó todo el día con esas malditas pelotas rellenas de arena o de lo que estuviesen hechas. Tenía esa expresión de disgusto; también sacaba la lengua por una comisura de la boca, un día tras otro; al final lo consiguió. –Ya sólo me separaban unos pocos centímetros de Theo. Estábamos cuchicheando como si fuéramos amantes–. Y la recuerdo tumbada delante de esta chimenea. El fuego se reflejaba en sus ojos. Yo me ponía a su lado, muy cerca. Si alguien nos decía algo, respondíamos con unas risitas. Madre mía, debíamos de resultar tan irritantes...

Theo sonrió por primera vez.

–Sí, eso es cierto.

Se rompió el hechizo. Claud estaba al fondo abriendo una botella de oporto. El espeso líquido morado fue vertido con un leve borboteo en una bandeja llena de vasos. Él levantó una mano y los murmullos del salón se acallaron.

–Por la cocinera –dijo, y me dedicó una sonrisa tristona desde el otro lado de los restos de la comida.

De repente tuve la sensación de que esa cena era una despedida. Me pregunté qué sería de mí a partir de entonces, y el futuro me dio miedo.

–Por Jane –repitieron todos.

–Por Alan y Martha –intervino mi padre.

Advertí por su voz, algo más trastabillante de lo habitual, que estaba un poco borracho.

–Y por Claud, que lo ha organizado todo –exclamó Jonah para hacerse oír por encima del barullo.

–Y por Theo, que ha encontrado los parasoles –apostilló alguien por detrás.

Aquel hechizo dulce y melancólico se había roto.

–Por todos nosotros –dijo Alan.

–Por todos nosotros.

4

Al principio el coche no me arrancaba. Esa mañana hacía frío; el motor resopló y se apagó varias veces antes de encenderse como si estuviera tosiendo. Bajé la ventanilla. Delante estaban mis hijos, con cara de funeral. Robert se venía conmigo.

–Adiós, Jerome; adiós, Hana. Llamadme cuando lleguéis a Londres. Conducid con cuidado.

Hana se acercó y me besó a través de la ventanilla. Le lancé un beso a Rosie, que me señaló con un dedo que después se metió en la nariz. Paul estaba cargando una cantidad inverosímil de equipaje en su coche. Lo llamé. Me saludó con la mano. Alan y Martha estaban uno al lado del otro para despedirme. Saqué medio cuerpo, le di la mano a Alan y se la apreté.

–¿Nos veremos la próxima vez que vengas a Londres? –le pregunté.

Me sentí incómoda, como si le estuviera pidiendo que mantuviéramos el contacto. Él me acarició la cabeza y me despeinó, como si todavía fuera una adolescente.

–Jane –respondió–, tú siempre serás nuestra nuera. ¿Verdad, Martha?

–Desde luego –confirmó ella, dándome un abrazo.

Desprendía un olor muy familiar: a polvos de talco, levadura y humo de leña. Martha siempre había conseguido resultar apabullantemente atractiva y tranquilizadoramente hogareña al mismo tiempo. Tenía lágrimas en los ojos cuando me besó y, durante un instante, me acometieron unas ganas abrumadoras de deshacer todo lo que había iniciado: la separación de su hijo, esos condenados planos de la casita, motivo por el cual se habían desenterrado los restos de su hija. Me apretó la mano.

–La verdad, Jane, es que eres más una hija que una nuera. –Titubeó y después añadió–: No me defraudes, cielo.

¿A qué se refería? ¿Cómo iba a defraudarla?

Claud salió de la casa con una pulcra maleta. Empezó a caminar hacia nosotros pero se detuvo. Estaba dispuesto a llevar todo el tema con una gran dignidad. No se va a rendir, pensé mientras lo miraba: qué figura tan familiar. Sabía dónde se había comprado los vaqueros y en qué orden había metido las cosas en la maleta. Sabía qué música pondría en el coche, que no llegaría a rebasar los ciento diez kilómetros por hora, y supuse que, en cuanto llegara a su nuevo pisito en Primrose Hill, lo primero que haría sería llamarme para cerciorarse de que había llegado bien; después se serviría un whisky y se prepararía una tortilla. A mi lado estaba sentado Robert, callado y tenso. Su rostro pálido y lampiño carecía de expresión. Puse mi mano encima de la suya durante un instante y enseguida la aparté para saludar a Claud, que me dedicó un ademán con la cabeza.

–¡Adiós, Jane! –exclamó; después se metió en su utilitario.

Salimos a la vez de La Granja y, a lo largo de muchos kilómetros, mientras atravesaba el paisaje campestre de Shropshire, seguí viendo su cochecito azul y su cabeza oscura en el retrovisor. Al llegar a la autopista Robert puso la música a un volumen muy fuerte, yo pisé el acelerador y dejamos muy atrás a Claud.

Los cigarrillos son maravillosos. Todas las mañanas me duchaba, bajaba al piso inferior en bata, molía café, me servía un vaso de zumo de naranja recién hecho y encendía un pitillo. Estudiaba los planos de mi nuevo proyecto con un cigarrillo. Fumaba siempre que cogía el teléfono. Lo hacía en el coche: desde luego, eso Claud jamás lo habría soportado. También fumaba frecuentemente en penumbra, al final del día, mientras observaba cómo la punta candente trazaba líneas en el aire. Medía mis días según el número de esas barritas de nicotina. Fumaba todas las mañanas mientras hojeaba los periódicos para ver si habían publicado más noticias sobre el descubrimiento del cadáver de Natalie, ahora que ya la habían identificado, únicamente gracias al registro dental. «La infortunada hija de un Joven Airado», tituló *The Guardian*. «Tragedia en casa de los Martello», en el caso de *The Daily Mail*. Alan concedió entrevistas, normalmente acompañadas por unas imágenes de archivo en las que él aparecía muy joven y saboreando las mieles del éxito.

Volví a Londres el domingo; a finales de esa semana recibí una llamada de un agente del Departamento de Investigación Criminal de Kirklow. Querían entrevistarse conmigo, aunque sólo se trataba de una mera formalidad. No, no tenía que presentarme en Kirklow, un par de agentes debían desplazarse a Londres la semana siguiente. Concertamos una cita y, el martes por la mañana, a las once y media en punto, ya tenía a esos dos agentes en mi salón. Se trataba de la sargento detective Helen Auster, que fue la única que habló, y del oficial de policía Turnbull, un hombre corpulento y pelirrojo con el cabello muy pegado al cráneo, que abrió un cuaderno en el que no anotó nada. Preparé café, y Turnbull y yo también fumamos.

Auster llevaba una sobria chaqueta de franela gris con una falda. Su cabello era de un color castaño claro y su mirada intimidatoria, inquietante, parecía fijarse en algo que quedaba a mi espalda. Lucía un anillo de casada y era joven, unos diez años menor que yo, supuse. Mientras tomábamos el café intercambiamos unos comentarios triviales sobre las enormes dimensiones de Londres. Daba la impresión de que no tenían prisa por entrar en materia; fui yo la primera en abordar la cuestión.

–¿Están visitando a todos los miembros de la familia que viven aquí?

Helen Auster sonrió y consultó un cuaderno.

–Acabamos de estar en casa de su padre, el señor Crane –dijo. Hablaba con un leve acento de Birmingham–. Después de comer tenemos una cita con Theodore Martello en su oficina, en la zona de Isle of Dogs, y después iremos al BBC Television Centre para ver a su hermano Paul.

–Se van a pasar el día de atasco en atasco –observé, compadeciéndolos–. ¿Creen que la gente se acordará de algo después de tanto tiempo?

–Hay ciertas preguntas que debemos plantear.

–¿Están tratando la muerte de Natalie como si fuera un homicidio?

–Existe esa posibilidad.

–Por haberla encontrado enterrada, supongo.

–No, hay ciertos indicios que apuntan a la estrangulación.

–¿Cómo pueden saber eso a partir de los huesos?

Auster y Turnbull se miraron.

–Sólo es un detalle técnico –me explicó Auster–. En un estrangulamiento casi siempre se fractura un hueso llamado hioides, que se encuentra debajo de la lengua. En la fallecida, dicho hueso estaba roto. Aunque también es verdad que el cadáver llevaba mucho tiempo bajo tierra.

–Alguien debió de enterrarlo –apunté.

–Sí –dijo Auster.

–Y esa persona también debió de matarla.

–Es posible. En estos momentos nos estamos limitando a recoger información. Seguramente estará usted al corriente de que, durante bastante tiempo, se pensó que Natalie Martello se había fugado. La última vez que alguien la vio con vida fue la mañana del 27 de julio de 1969.

–El día después de la gran fiesta, sí –intervine.

–No se tomaron declaraciones hasta que hubieron transcurrido varios meses, y la investigación no avanzó gran cosa. Natalie Martello siguió apareciendo en los registros de desaparecidos.

Se produjo un silencio que yo me apresuré a romper, como siempre:

–Seguro que a estas alturas prácticamente no quedan pistas. ¿Cómo van a conseguir datos?

–Lo que estamos intentando transmitir a la gente es que, si alguien recuerda algo, por insignificante que sea, nos lo diga.

–Desde luego.

Auster volvió a consultar el cuaderno:

–La última persona que la vio fue un residente de las inmediaciones, Gerald Francis Docherty. La recuerda a la orilla del río que recorre el margen septentrional de la finca de sus suegros. Evidentemente, nos gustaría saber si alguien tuvo noticias de ella después.

–Creo que en su momento ya nos lo preguntaron. Yo no la vi tras la fiesta.

–Hábleme de esa fiesta.

–Seguramente mi padre ya se lo ha contado todo. Celebramos el vigésimo aniversario de boda de Alan y Martha. Habían hecho un crucero no sé por dónde; mi padre fue a recibirlos a Southampton el mismo día de la fiesta y los trajo directamente a Shropshire. La familia había organizado una celebración por todo lo alto. Asistieron muchos invitados y docenas de ellos se quedaron a dormir, en la casa o en alojamientos cercanos. Creo que muchos durmieron en el suelo, en sacos de dormir. Lo que más recuerdo son los preparativos. Me acuerdo sobre todo de que Claud y yo estuvimos haciendo recados, trayendo cosas, comida, bebidas. Creo recordar que Natalie también. La tarde de la fiesta hizo un tiempo espléndido, con ese calor casi sofocante que sientes al final de un día estival. Hicimos una barbacoa. Claud se encargó de ella y Paul lo ayudó... ¿por qué siempre hacen los hombres las barbacoas, por qué manipulan ellos la carne muerta? Creo que Natalie llevaba un vestido negro sin mangas. Ese verano siempre vistió de negro; yo la imité, y Luke también. Este último era su novio, como ya sabrán. Iban muy a la moda; muy delgados y siempre con cara seria. A su lado me sentía torpe y pueblerina, aunque era yo la que vivía en Londres. Me estoy yendo por las ramas. ¿Qué quieren que les cuente?

Helen Auster mostró un semblante algo inexpresivo y azorado. Me dio la impresión de que no sabía qué quería que les dijese.

–¿Recuerda cómo estuvo Natalie en la fiesta?

–¿A qué se refiere?

–¿Parecía deprimida? ¿Enfadada? ¿Exultante?

Noté un rubor en mis mejillas. Cuando me acordaba de la fiesta no era ella quien me venía a la mente, sino Theo.

–Creo que apenas la vi. Vino muchísima gente, unas cien personas.

–¿No era usted su mejor amiga?

–Sí, pero los detalles de las fiestas se olvidan con facilidad, ¿no?

–Cierto –convino Helen Auster–. ¿Qué sucedió al día siguiente?

–Me parece que la celebración prosiguió. Muchos de los invitados todavía no se habían marchado, otros volvieron. Algunos salieron a dar un paseo y cosas así; después todos empezaron a tomar champán a mediodía.

–¿Había acudido la familia al completo?

–A la fiesta propiamente dicha, sí. Como es habitual en él, después de haberlo organizado todo, Claud se fue antes del alba a Londres, el domingo por la mañana, junto a Alec, su mejor amigo, para coger un avión a Bombay. Se pasó dos meses deambulando por la India con unas veinte libras en el bolsillo. Él y yo siempre hemos querido visitar ese país juntos. Ahora eso ya no parece muy probable. No sé si les he dicho que nos vamos a divorciar.

–Lo siento.

–No pasa nada. La decisión la he tomado yo. La gente anduvo dispersa todo el día. Me da la sensación de que va a ser totalmente imposible reconstruir de forma precisa el paradero de cada uno a lo largo de la jornada.

–A excepción de Natalie, a orillas del río, poco antes de la una de la tarde. ¿Existía algún motivo en especial para que se encontrara allí?

–Que yo sepa, no. No hay ningún motivo en concreto, aunque tampoco parece tan raro que estuviera allí. Lo siento, creo que no les estoy ayudando demasiado.

–No se preocupe. En todo caso, tengo entendido que usted fue responsable, indirectamente, de que descubrieran el cadáver. ¿Por qué decidió construir la casita justo en ese punto?

Le expliqué que mi idea original había sido levantar la casita –aunque en ese primer momento no podía considerarse como tal, sino sólo una estructura– en la colina, a mayor distancia, pero que había cambiado mi planteamiento inicial cuando descubrí que un pequeño afluente del río discurría justo por detrás de esa zona. Drenarlo habría sido muy complicado y excesivamente costoso. Le hablé de las labores de excavación y de cómo habíamos desenterrado los huesos de Natalie.

–¿Por qué supuso que eran de ella?

–No lo sé –respondí, un tanto perpleja–. Supongo que porque había desaparecido y porque siempre había pensado que estaba muerta, aunque Martha se negase a creerlo, y cuando apareció un cuerpo junto a la casa, pues... –Me quedé en silencio; intenté expresarme mejor–. Siempre he pensado que un día encontraríamos su cadáver. En cierto sentido lo he estado esperando, y es posible que los demás también. Pero no se me llegó a ocurrir que... bueno, que la hubieran asesinado. Suponía que había sufrido un accidente o algo así. Su hallazgo ha sido espantoso, no sólo por tratarse de ella, sino porque alguien tuvo que enterrarla. Lo cierto es que quería hablar con ustedes de este punto. ¿No les parece que es un lugar muy extraño para enterrarla, ahí en el jardín, a un tiro de piedra de donde vivía?

Auster volvió a lanzarle una sonrisa a su colega:

–Sí, lo hemos estado comentando, ¿no es así, Stuart? También podría considerarse una elección muy inteligente para ocultar un cadáver. A la mayoría de los asesinos se les da muy mal esconderlos. Un lugar alejado y lleno de matorrales, o un páramo, pueden parecer una buena opción, pero son zonas con escasa actividad y resulta sencillo detectar que se ha cavado un hoyo. En un jardín se excava continuamente.

–Pero en un jardín hay mucha gente –objeté.

–Sí –respondió ella con evidente desinterés. Estaba claro que no le apetecía en absoluto dedicarse a analizar teorías conmigo–. Como ya le he dicho, si recuerda cualquier detalle que sea significativo, le ruego que se ponga en contacto con nosotros.

Se miró el reloj y preguntó si había algún pub en las inmediaciones. Le indiqué que teníamos uno al final de la calle; me preguntó si quería comer con ellos. Odio los pubes y no tenía hambre, pero les dije que me tomaría algo con ellos. Turnbull anunció que quería pasar por Oxford Street antes de llegar a Isle of Dogs, así que la agente y yo recorrimos la distancia que nos separaba del Globe Arms, donde ella pidió una pinta de cerveza amarga y una lasaña y yo me dediqué a manosear un vaso de zumo de tomate y a fumar. Helen, pues así la llamaba ya, empezaba a caerme bien. Me habló de las dificultades de ser mujer y agente de policía y del corporativismo de su gremio; también de su marido, que era coordinador logístico en el supermercado Sainsbury's de

Shropshire. Me preguntó por mi divorcio y le confesé algunos detalles intrascendentes. Cuando ya casi había llegado el momento de que nos fuéramos volví al caso.

–Ya es demasiado tarde, ¿verdad? No vais a poder descubrir nada.

–Existen un par de posibilidades, pero será difícil.

–Da la impresión de que habéis tenido mala suerte.

–Eso pensaba. Aunque ahora los Martello me están empezando a parecer una familia interesante.

Me dio su tarjeta y me anotó su número de teléfono personal. Al despedirnos en la acera de Highgate Road, le dije que me llamara la próxima vez que viniera a Londres y ella me lo prometió. ¿Era posible que acabara haciéndome amiga de una agente de policía?

–¿No crees que ha llegado el momento de que dejes de fumar?

Kim estaba al otro extremo de la mesa, delante de mí; una vela que se alzaba sobre el mantel de papel proyectaba unas sombras en el triángulo pálido de su rostro. Pinchó un trozo de pez espada con el tenedor y se lo tragó con un sorbo de vino.

–¿Cuántos caen ahora al día? ¿Treinta? –añadió.

Yo ya había acabado la comida; más bien la había apartado sin apenas probarla y me hallaba sumida en un estado de aturdida placidez, exhalando humo azul por encima de los restos de la mesa. Hice un gesto al camarero italiano y le señalé la botella de vino vacía.

–Otra, por favor.

Eché en el cenicero la columna de ceniza.

–Espero que sean más de treinta. Lo voy a dejar pronto. En serio. Lo malo es que me encanta. No me produce malestar físico ni nada.

El camarero se acercó, descorchó una botella de vino de color ámbar y me sirvió una copa para que lo probara.

–Ya lo he dejado sin que me costara –añadí–. Y volveré a hacerlo.

–Ayer vi los resultados de una radiografía de tórax de una mujer. Presentaba una tos persistente y ciertos dolorcillos en el pecho. Dentro de un año habrá muerto. Tiene cuarenta y cuatro años y tres hijos adolescentes.

–No empieces.

–¿Y cómo avanza lo de tu albergue?

–No empieces tampoco con eso.

El albergue no estaba avanzando en absoluto: no era más que un solar señalado en un folio, conversaciones en el despacho, objeto de reuniones en las oficinas municipales y un proyecto en espera de licencia de obras. En el despacho tenía docenas de hojas de papel milimetrado en las que había trazado mis propuestas: diseños geométricos, cuadrado a cuadrado, con lápices afilados. Estaba esperando que alguien me diera luz verde. Entretanto se comentaba que había que consultar a los habitantes de la zona. Esa idea no me gustaba nada.

–Bueno, pues no hablamos del albergue –accedió Kim–. Hablemos de ti. Ahora que estás sola, ¿qué vas a hacer con tu vida?

Encendí otro cigarrillo y me serví otra copa de vino.

–Ahora soy esa soltera que siempre resulta práctica –respondí–. En las cenas empiezan a sentarme al lado del divorciado. ¿A ti te pasa mucho?

–Ya no –dijo con un gesto de indiferencia.

–Normalmente no tenemos mucho de qué hablar –proseguí–. También están los amigos a los que llevo siglos sin ver y que de repente me llaman; después de mi separación de Claud parece que les doy mucha pena, y no puedo evitar pensar que algunos de ellos están encantados de sentir pena por mí. Pero la verdad es que me está gustando bastante lo de vivir sola. –La firmeza de mi voz me sorprendió incluso a mí–. Veo películas en la tele a mitad del día, voy a exposiciones y retomo el contacto con personas a las que había perdido de vista. Puedo ser desordenada. Aunque la casa me queda muy grande. Durante muchísimo tiempo hemos vivido cuatro personas en ella, y ahora sólo estoy yo. En algunas habitaciones no entro nunca. Supongo que en algún momento tendré que venderla.

La casa no sólo me parecía excesivamente grande; allí también me sentía sola. Pasaba en ella el menor tiempo posible, aunque antes me habían encantado los momentos en que Claud y los chicos salían y me dejaban sola. Llevaba casi dos décadas saliendo a trabajar todos los días laborables y al volver a toda prisa me encontraba con una casa alborotada llena de ruido, caos y chicos vociferantes que reclamaban mi atención. Pasaba la aspiradora, planchaba, ponía lavadoras y cocinaba, y cuando se fueron haciendo mayores llevaba y traía a mis hijos a acontecimientos sociales cada vez más relevantes. Había organizado cenas para colegas, míos o de Claud. Había asistido a funciones teatrales de Navidad, a competiciones deportivas en verano y había conseguido improvisar unos bocadillos para llevar a partir de una nevera vacía. Había jugado al Monopoly, aunque lo detesto, y al ajedrez, al que siempre pierdo, mientras soñaba con un libro junto al fuego. Había preparado bizcochos para los mercadillos benéficos del colegio. Había cocinado a altas horas de la noche para sentirme a mí misma como una buena madre, sobre todo después de que muriera la mía. Había soportado música a un volumen atronador de los grupos más en boga que habían hecho que me sintiera mayor cuando todavía andaba en la treintena. Había vigilado el acné, las caras largas y los deberes. No había salido de nuestro dormitorio cuando los chicos montaban una fiesta. Todas las noches me había tomado un gin-tonic con Claud antes de la cena. Todas las madrugadas me había despertado con un montón de listas en la cabeza, me había levantado por la mañana con dolor de cabeza a causa del cansancio, me había ido a dormir a la noche siguiente sabiendo que mis días estaban tan ocupados que no me quedaba espacio para mí.

Ahora ya no había música, ni caras largas, ni llamadas desde una cabina telefónica a la una de la madrugada: «Mamá, nadie puede llevarme a casa, ¿puedes venir a recogerme?». Todos se habían marchado y yo podía hacer lo que me apeteciera: mi tiempo era mío, precisamente lo que siempre había echado en falta. Pero no sabía cómo utilizar ese tiempo, así que me dediqué a llenarlo. Me marchaba tardísimo de la oficina, muchas veces a las ocho de la tarde. Y después casi siempre salía. Es verdad que recibía muchas invitaciones de personas que pensaban que necesitaba que me levantaran el ánimo, o de otros a quienes les hacía falta una mujer más en la mesa. Iba al cine, con frecuencia en horario laboral, de forma ilícita.

Al llegar a casa me servía una copa de vino, fumaba un par de cigarrillos y me iba a la cama con un libro de misterio. Las largas novelas victorianas que me había prometido leer tendrían que esperar. Los fines de semana iba a la primera sesión de los cines y después a pasear por el parque de Hampstead Heath. ¿Eran siempre tan húmedos los otoños?

Un domingo fui a casa de mi padre para prepararle la comida; después de comer le pregunté si podía echar un vistazo a las fotos antiguas. Quería encontrar alguna imagen de Natalie; no tenía ninguna. Sin darnos cuenta, Claud y yo la habíamos eliminado de nuestras vidas. Ahora quería recuperarla. Hojeé los viejos álbumes buscando una fotografía suya. Muchas veces sólo aparecía como una mancha borrosa en un borde, o como un rostro apenas reconocible en las instantáneas de grupo para las que posábamos todos los veranos: once rostros contemplando la cámara que los contemplaba a ellos. También se veía a Alan y Martha, jóvenes, glamurosos y exuberantes; a mi madre, siempre apartada y mirando a un lado: siempre había detestado que la fotografiaran. Tras su muerte, mi padre había buscado algún retrato perfecto de ella entre todos esos años en que la había estado inmortalizando, pero nunca salía de frente. De Paul y yo había muchas –de muy pequeños, con tripitas redondeadas y piernas desnudas, serios con siete u ocho años, avergonzados con trece–, captados por la lente de la cámara y pegados en el álbum de mi padre, con su recargada caligrafía en el pie. Encontré una en la que se nos veía a Natalie y a mí con ocho años, cogidas de la mano delante de La Granja y mirando fijamente a la cámara. En aquella época nos parecíamos bastante, aunque yo mostraba una sonrisa nerviosa y ella lanzaba una mirada intensa desde debajo de unas cejas densamente pobladas. Natalie casi nunca sonreía, jamás lo hacía para dar gusto a otro. Cogí esa foto y otra que debió de hacerse apenas una semana antes de que muriera. Llevaba una camiseta sin mangas y unos vaqueros recortados, y leía un libro en el jardín de su casa. Había cruzado esas piernas largas y desnudas; un único mechón de cabello negro le caía sobre el rostro; estaba absolutamente concentrada. Me pregunté si nuestra última conversación había sido amistosa o si, por el contrario, nos habíamos peleado. No lo recordaba.

¿Y qué recordaba? Que había ido con ella a una fiesta en Forston, cerca de Kirklow, debíamos de tener unos catorce años. Le había hablado de un chico al que tenía muchas ganas de ver. ¿Cómo se llamaba? Tenía el pelo rubio, peinado con la raya en medio. Al cabo de un rato ella había desaparecido. Después, mientras iba deambulando, casi me había tropezado con ella y aquel chico de pelo rubio enroscados en el suelo. No se separaron durante toda la fiesta, que me pareció que duraba una eternidad. Alan nos había recogido a las once en su Rover. Yo me había quedado hecha polvo en el asiento de atrás y ella se había acercado a mí. Sin decir nada me había abrazado con fuerza. Olí el pachuli de él en su pelo. ¿La había perdonado yo o me había perdonado ella?

Una tarde, un mes después del descubrimiento del cadáver, asistí a una exposición privada de los cuadros de un artista y conocí a William, un abogado que había estado casado con una mujer con la que había perdido contacto hacía mucho tiempo. Era un hombre alto y rubio, dueño de un cierto atractivo tranquilo y descuidado. Antes había sido delgado, pero ahora lucía una visible tripa. Recorrimos juntos la sala con nuestras copas de tallo largo llenas de vino espumoso y contemplamos aquellos lienzos enormes y poco originales. El vino me relajó. Le conté que mi matrimonio estaba roto, y él me preguntó por qué había dejado a Claud. Yo no quería entrar en ese tema.

–Supongo –contesté lentamente– que no podía soportar la idea de que ya no me fuera a pasar nada más en la vida. Resulta difícil expresarlo.

Me contó que llevaba siete años separado de su mujer, Lucy, y que veía a su hija en fines de semana alternos. La relación había terminado porque él había tenido una aventura con una mujer de su oficina.

–No sé por qué lo hice –me confesó–. Aquello fue una locura, como un abismo al que me vi impelido a lanzarme.

Le dije que ya había oído esa excusa antes y él respondió con una sonrisa afligida:

–Dios, Jane, ya lo sé. Cuando Lucy me dejó, miré a la otra mujer y, evidentemente, no sentí el menor atisbo de deseo por ella: nada. Me cargué mi matrimonio y perdí a mi única hija.

Se quedó mirando de hito en hito una explosión en tonos naranja (setecientas cincuenta libras, según el catálogo).

–Me detesto por haberlo hecho –añadió.

Tampoco parecía detestarse demasiado. Me llevó a un bar de vinos ubicado en un sótano, pidió una botella de blanco seco y unos sándwiches de pollo. Me dijo que me había reconocido nada más verme en la exposición, que siempre le había gustado. A esas alturas yo ya estaba algo borracha pero al mismo tiempo mantenía una claridad mental sobrenatural. Pensé que me podía permitir aquello. William no era un hombre que fuera a dejar una gran huella. Pero estaba nerviosa. Fumé, me enrollé un mechón de pelo en el dedo, mastiqué el pollo seco y salado, seguí bebiendo. Cuando terminamos la botella me preguntó si quería otra, pero me oí responder:

–¿Por qué no me acompañas a casa y nos la tomamos ahí? Sólo son diez minutos en taxi.

Una vez hubimos llegado corrí todas las cortinas, puse música e incluso bajé la intensidad de la luz. Serví dos copas de vino y me senté en el sofá, a su lado. Tenía la boca seca y me escuchaba los latidos del corazón en los oídos. Él me puso una mano en la rodilla y yo miré fijamente esos dedos anchos y desconocidos; con el rabillo del ojo advertí que el contestador parpadeaba porque tenía mensajes. Se me había olvidado llamar a mi padre. Me volví hacia William y nos besamos. Tenía el aliento algo ácido. Noté que su mano ascendía por debajo de la falda y que me recorría el muslo, cubierto por una media; me pregunté con cuánta frecuencia haría aquello. Me aparté y le dije:

–He perdido práctica; se me ha olvidado cómo se hacen estas cosas.

Él movió la cabeza y volvió a besarme.

–¿Dónde está el dormitorio? –preguntó entre susurros.

Se descalzó y metió los calcetines en los zapatos con gran esmero. Yo me quité la chaqueta y empecé a desabotonarme la camisa. Él se abrió la hebilla del cinturón y se quedó sin pantalones; los dobló primorosamente y los dejó en una silla. Me inspiró una punzada de repulsión, pero al mismo tiempo sentí un débil deseo. Al quitarme la camisa noté frío en la piel; mi cuerpo me transmitía una sensación de falta de uso, de torpeza. Me vi en el espejo mientras me desabrochaba el sujetador: detecté unas leves estrías en los senos, y la fea cicatriz de la cesárea que me habían practicado al nacer Jerome me atravesaba el vientre. Había perdido peso desde octubre: tenía los brazos flacos y las muñecas huesudas. Miré a William, que ya sólo llevaba los calzoncillos.

–¿Y ahora qué hago? –inquirí.

–Túmbate y deja que te contemple. Eres preciosa...

Me quité las bragas, me tendí en la enorme cama y cerré los ojos. Una mezcla de excitación y de vergonzosa timidez se apoderó de mí cuando las manos de William empezaron a recorrer mi cuerpo. Oí que sonaba el teléfono y que saltaba el contestador. La voz llegó con absoluta claridad desde el piso inferior: «Hola, mamá, soy yo, Robert. Es jueves por la noche. Sólo quería saber si estás bien, que me contaras qué has estado haciendo». Eso mismo me preguntaba yo: ¿qué estaba haciendo?

A Kim no le di muchos detalles de lo que había pasado esa noche con William; sólo le dije entre dientes que me había acostado con un hombre que no era Claud por primera vez en veinte años y que no había estado mal, aunque me había puesto un poco nerviosa.

–Estuve todo el rato esperando a que se abriera la puerta y que entrara Claud.

–¿Lo pasaste bien? –me preguntó ella lanzándome una mirada de extrañeza.

–Más o menos. Es decir, fue agradable estar con él, sentí placer. Cierto placer. Aunque también es verdad que al día siguiente me noté un poco rara. Todavía me noto así, como si le hubiera pasado a otra persona.

–Vamos, Jane. –Kim se puso en pie–. Te llevo a casa.

Preparé café mientras ella encendía la chimenea. Siempre le había encantado hacerlo, incluso cuando éramos estudiantes. En mi segundo año de universidad habíamos compartido casa; ella se pasaba horas observando las llamas, echándoles leña, a veces incluso viejos trabajos académicos, como en una versión de provincias de *La Bohème*. Como si me hubiera leído el pensamiento, dijo:

–Jane, ¿te das cuenta de que hace más de media vida que nos conocemos?

Intenté decir algo, pero me callé. Ella se acuclilló delante de mi butaca, me cogió ambas manos y clavó la vista en mí.

–Mírame –me pidió.

Contemplé esos ojos grises e inteligentes. Se sacó un pañuelo del bolsillo y me enjugó las lágrimas que me corrían por las mejillas.

–Se te ha corrido todo el rímel –anunció–. Con ese aspecto no vas a atraer a ningún hombre, a no ser que quieras salir con una cebra.

–No sé por qué lloro –repuse entre sollozos. Tenía un nudo de dolor en el pecho y moqueaba–. Estoy cansadísima. De verdad, sólo estoy cansada, Kim, estas últimas semanas he tenido las emociones a flor de piel.

–Cielo, escúchame –me pidió–. Has dejado de comer. Fumas como un carretero. Bebes más de lo habitual. Trabajas diez, doce horas diarias. No duermes en condiciones. Sales todas las noches como si quisieras huir de algo. Mírate en el espejo: no estás cansada, estás agotada, exhausta. Has dejado a Claud, tus hijos se han ido, has encontrado el cadáver de Natalie en un hoyo. En el transcurso de pocas semanas toda tu vida ha quedado patas arriba y es más de lo que puedes soportar, así que no te esfuerces tanto por aguantarlo. No seas tan valiente. Si fueras una de mis pacientes, te recomendaría que recurrieras a la ayuda de un profesional.

–¿A qué te refieres?

–Creo que te vendría bien un terapeuta –prosiguió–. Estás en estado de *shock*. Tal vez te ayudara hablar con alguien.

Me soné la nariz, me sequé la cara y encendí otro pitillo; después sacamos un té y unas galletas y jugamos una partida de ajedrez, que yo perdí, como era de esperar. Luego volví a llorar, un llanto entrecortado de tristeza, y declaré entre gemidos que echaba de menos a Claud, a mis hijos, que no sabía qué hacer con mi vida; finalmente Kim me metió en la cama como si fuera una niña y se quedó a mi lado hasta que me dormí.

5

Era más joven de lo que esperaba. Y, además, mujer. Se me debió de notar en la cara.

–¿Sucede algo? –inquirió.

–Disculpe –repuse–. Seguramente esperaba a un anciano con barba blanca y acento vienés.

–¿Un judío, quiere decir?

–No, no me refería a eso.

–¿Le resulta incómodo que sea mujer?

–Bueno, ni siquiera he podido sentarme todavía, doctora Prescott.

La doctora medía al menos un metro ochenta, lo que confería fuerza a un aspecto ya de por sí imponente. Tenía una piel clara, casi transparente, y una nariz larga y fina, muy plástica. Llevaba el cabello, castaño y ondulado, bien recogido, de forma que sólo unos pocos mechones le ondeaban en torno al cuello, lo que le confería el semblante de una de las hermanas Brontë. Una hermana Brontë de salud de hierro. Una hermana Brontë de salud de hierro que vestía ropa de ejecutiva. Yo me había presentado allí después de ir al supermercado Waitrose y antes de visitar el solar propuesto para el albergue; esa vestimenta pulcra y profesional me causó cierto azoramiento. Y me azoré por sentirme azorada. ¿Acaso esperaba que las terapeutas llevasen vestidos de estopilla y se dedicaran a quemar incienso?

–¿Tengo que rellenar algún impreso?

–Jane... ¿le importa que la llame Jane? –Me estrechó la mano pero después no me la soltó, como si estuviera calculando mi peso–. ¿Siente usted la necesidad de formalizar esta situación?

–¿Es esto parte de la terapia?

–No la entiendo.

Guardé silencio durante un rato y respiré de forma lenta y parsimoniosa. Todavía no me había sentado. Mi nueva analista seguía dándome la mano.

–Discúlpeme, doctora Prescott –dije con una tranquilidad forzada–. En estos momentos mi vida se encuentra en un estado bastante caótico. Y una amiga mía, que es médico, y la persona en quien más confío en este mundo, me ha asegurado que atravieso un período de crisis. El día de hoy también está siendo bastante caótico. He llegado a Waitrose cuando abrían, luego he vuelto corriendo a casa para dejar la compra aunque, ahora que me acuerdo, no he metido el helado en el congelador; a continuación he venido a toda prisa. Cuando acabemos tengo que ir al solar de un edificio que he diseñado. Me espera una reunión con una funcionaria de Urbanismo que me dirá que hay que modificar los planos con un dinero con escasas posibilidades de materializarse, y ése sólo es el inicio de un proyecto por el que profeso un gran cariño y por el que lo voy a pasar muy mal.

»Ahora he venido a su consulta, que espero que se convierta en una especie de refugio de lo que considero mis problemas. Supongo que podríamos empezar hablando de qué podría conseguir en un proceso de terapia. Podríamos abordar las normas básicas, fijar los temas que vamos a tratar, todo eso. Aunque en este momento lo que quiero es sentarme y empezar todo esto con cierta sensatez.

–Pues tome asiento, Jane.

La doctora Prescott me señaló el desgastado diván junto al cual había colgado un tapiz de apariencia oriental. Eché un rápido vistazo por la sala. Resultaba evidente que no había ningún detalle al azar. Detrás del diván vi una butaca. De la pared colgaba un póster de Mark Rothko que el paciente recostado no podía divisar. En el antepecho de la ventana, detrás de la butaca, se alzaba una pequeña escultura abstracta con un agujero en el centro, tallada, creo, en esteatita. La pintura de las paredes y el techo era de un blanco supuestamente neutro. No había nada más.

–¿Me siento o me tumbo?

–Lo que prefiera.

–Eso de ahí es un diván.

–Lo que más le apetezca.

Resoplé, me tendí en el diván y me quedé mirando el papel de virutas de madera, vestigio de una chapucera reforma de la década de los ochenta. A saber qué habría debajo. Aunque la doctora Prescott hubiera comprado aquello después de la crisis de 1987, seguro que el precio actual del inmueble en el mercado ya era inferior al importe de la hipoteca. Se sentó detrás de mi hombro izquierdo.

–¿No podemos llevar a cabo ni una sola transacción de forma sencilla?

–¿Por qué ha elegido usted el término «transacción»?

–No, no, no, no quiero hablar de por qué he elegido esa palabra. Doctora Prescott, tengo la impresión de que hemos empezado con mal pie. A este paso, vamos a acabar la hora sin haber llegado a darnos los buenos días.

–¿Qué quiere hacer?

Noté un escozor en las comisuras de los ojos, como si fuera a echarme a llorar.

–Quiero fumarme un pitillo. ¿Puedo?

–Me temo que no.

–¿Por qué lo teme?

–Es una forma de hablar.

Giré el cuello de forma bastante dolorosa y la miré a los ojos.

–¿Una forma de hablar?

Ella seguía impertérrita.

–Jane, ¿qué quiere usted?

–Supongo que esperaba que me preguntase qué problema tenía y después contarle lo que me preocupaba, las tensiones a las que he estado sometida, y que fuéramos viendo a partir de ahí.

–En ese caso, hable.

–Doctora Prescott, ¿puedo hacerle una pregunta?

–Puede decir o preguntar todo lo que quiera.

–¿Tiene usted experiencia? Estoy destrozada, en un estado vulnerable. Quizá deberíamos hablar sobre cómo puedo coger confianza para abrirme a usted.

–¿Por qué siente usted la necesidad de coger confianza?

–Si dejara el coche en un taller para arreglarlo querría saber si los mecánicos son competentes. Preguntaría si el taller es bueno. Antes de entregarme al proceso de terapia necesito comprender en qué me va a ayudar.

–Jane, el proceso de terapia es precisamente esto. En esta sala no hay nada ajeno a ese proceso. El paciente se siente cómodo cuando confía en él, se entrega a él.

En torno a la mesa todos reían. En su momento lo había vivido como una pesadilla pero, al describir el incidente esa noche, acabó fundiéndose con el vino y la *crême brulée* y el queso, y se convirtió en un episodio cómico.

–Tenía la sensación de que todo me sobrepasaba –proseguí–; necesitaba agarrarme a un clavo ardiendo y acabé en una especie de sesión de rehabilitación para deconstructivistas. No había manera de que esa mujer respondiera a nada. Cada vez que le preguntaba algo salía por peteneras. Siempre escurría el bulto.

Evitaba el tema y aseguraba que de lo que verdaderamente debíamos hablar era por qué necesitaba yo hacerle esa pregunta. Lo que sí habría necesitado hubiera sido una Magnum del 45 para conseguir que me dijera qué hora era.

Ése era el tipo de terapia que me convenía. Me encontraba en la suntuosa casa de Paul y Erica en Westbourne Grove, al otro lado de la ciudad, en esa zona exótica de Londres en la que nunca me había sentido cómoda de veras. A la misma cena asistían Crispin, uno de los directores del concurso televisivo de Paul, *Valor añadido*, y la novia de éste, Claire; también Gus, el obligatorio soltero de oro al que se empeñaban en acercarme. No estaba mal, pero me atraían mucho más los otros dos hombres, dos albañiles australianos llamados Philip y Colin: cualquiera de ellos habría sido un candidato mucho más idóneo para mi desesperado rollo de una noche que el otro, como se llamase, aunque desgraciadamente no sólo eran homosexuales sino que además vivían juntos. Sus conocimientos técnicos no me resultaban especialmente interesantes, pero le habían sacado otro provecho a las horas pasadas bajo el sol trasladando objetos pesados.

–¿Y no llegaste a conseguir que reaccionara? –inquirió Paul.

–Pues sí. Al final sólo pude hacer una cosa: me levanté y le dije: «Me marcho. Para que lo entienda bien, quiero decir que voy a salir de aquí y no voy a volver jamás». Y a eso me respondió, os lo juro: «¿A qué se está resistiendo usted?». De pronto me imaginé atrapada en esa conversación durante el resto de mi vida, como si hubiera entrado en un bucle. Así que lamento anunciar que al final le dije que le dieran por culo y salí hecha un basilisco, sí, ésa es la expresión, hecha un basilisco. –Di un sorbo al vino y una insuperable calada al cigarrillo–. Y ahora aquí estoy, contandoos toda la historia como si tal cosa.

–Le tendrías que haber tirado un cubo de agua por la cabeza

–intervino Paul–. Seguramente se habría desintegrado. Muy bien hecho, en cualquier caso.

–Pero ¿por qué te has resistido tanto?

Se produjo un silencio absoluto en la mesa. Aquello lo había dicho Gus, el profesor hasta entonces callado.

–¿Qué? –pregunté.

–No le has dado una oportunidad –explicó–. Tu joven terapeuta tenía cierta razón. Si uno de mis alumnos empieza a preguntarme por qué es necesario aprender historia le digo que cierre el pico. Al ser tan joven y no saber nada de esa materia no comprendería ninguno de mis argumentos. Sólo puede encontrar la respuesta a esa pregunta aprendiendo historia.

–Que te den por culo a ti también –le espeté.

Hubo otro silencio espantoso, pero entonces Gus sonrió y soltó una carcajada, con lo que dio la impresión de que mis palabras habían sido muy ingeniosas, en vez de escandalosamente groseras, y a continuación se desarrolló una discusión bastante relajada sobre terapias; Erica y Gus se mostraron a favor, aunque con reservas; Paul afirmó que «ellos» demostraban que las personas que no se sometían a terapia se curaban más deprisa de sus síntomas de neurosis que aquellos que sí lo hacían. Crispin y su novia estaban al otro lado de la mesa y cuchicheaban. Empecé a recoger los platos pero Paul, que estaba a mi izquierda, me hizo un gesto para que no me levantara y me dijo a media voz:

–¿Estás bien?

–Estoy bien –respondí con cautela–. ¿Has visto a Claud?

–Sí –respondió–. Esta mañana he jugado con él a *squash*.

–¿Y?

–Me ha ganado tres a uno.

–No me refería a eso.

–¿Qué quieres que te diga? Lo está pasando mal. –Reflexionó durante un instante y luego se tiró a la piscina de forma evidente–. Jane, cielo, sólo te lo voy a decir una vez. Bueno, más bien dos o tres cosas, y no quiero que respondas nada. En primer lugar eres mi hermana, te quiero y siempre confiaré en tus decisiones. Claud es mi mejor amigo. Siempre lo ha sido y siempre lo será. Así que mi posición es algo complicada, aunque ese problema es lo de menos. En segundo lugar, tampoco voy a decir que Claud esté hundido, pero lo cierto es que se halla perplejo, francamente, por lo que ha pasado con su vida. Le ha desconcertado muchísimo que de repente hayas decidido romper un matrimonio idílico al cabo de veintiún años. –Alzó la mano para impedir que yo interviniera–. No respondas nada, por favor. No te estoy acusando ni criticando, en absoluto. Ni te lo voy a decir ni lo pienso. No tienes que justificarte. En tercer lugar... –Ahora hizo una pausa y me dio la mano. Pensé que se iba a echar a llorar, aunque cuando retomó la palabra su voz era muy tranquila–. La familia, nuestras dos familias, Natalie y aquellos veranos... Todo eso ha sido tan importante para mí que apenas puedo expresarlo. ¿Cómo iba ese poema, el que incluyó Dennis Potter en la película en la que los adultos interpretaban a niños, *Aquellas colinas azules*? ¿Cómo era? Espera un segundo.

Se levantó de la mesa y bajó por las escaleras con tal estrépito que el suelo tembló bajo nuestros pies. Yo me quedé un poco descolgada, aislada de la conversación que se desarrollaba a mi alrededor. Gus se estaba levantando para irse. Me sentí fatal. No íbamos a marcharnos juntos. Ni siquiera íbamos a darnos nuestros números de teléfono. Se me acercó desde el otro lado de la mesa y me tendió la mano:

–Encantado de conocerte, Jane.

–Igualmente. Siento haberte dicho «que te den por culo». No suelo soltar cosas así en las cenas.

–Ah, qué pena –respondió con bastante buen humor.

Seguramente era muy simpático.

Paul volvió al piso superior, saludó con la cabeza a Gus, que bajaba, y estuvo un buen rato hojeando un libro.

–Aquí está –anunció–. «Es la tierra de la plenitud perdida; / intensamente la veo brillar: / caminos felices que transité / ya no podré regresar.» Así es como me siento.

–Pero sí que puedes recorrerlos de nuevo. Pasas por ellos casi todos los veranos. Acabamos de estar en ellos.

–Ya, pero me refiero a la infancia, cosas así. Cuando vuelves te acuerdas de ella. Y también al encontrar a Natalie, claro.

Me cogió la mano y no dije nada. Fue Paul quien rompió el silencio:

–Ah, y quería comentarte otra cosa. –De repente me pareció que estaba inquieto. Su aire de despreocupación resultaba forzado–. Ese fin de semana me ha causado una honda impresión. Sentí que era uno de esos momentos que te cambian la vida. He pensado que igual hago una película sobre la familia.

–¿Hablas en serio?

–Sí. Empecé a darle vueltas a la idea cuando Alan pronunció aquel discurso. Es lo que toca ahora. Tengo la sensación de que debo enfrentarme a ello.

–Bueno, a lo mejor tú sí, pero ¿los demás también?

–No, no te preocupes. El proyecto tendrá calidad. Quiero volver a ponerme detrás de la cámara, a rodar documentales. Me ha llegado el momento.

–Te has cansado de ganar dinero, ¿eh? –le pregunté en un tono socarrón. A Paul aquel tema nunca le hacía gracia.

–A estas alturas *Valor añadido* se dirige prácticamente solo. Pregúntaselo a Crispin. La fórmula es sencillísima. Sólo hay que darle un empujoncito de vez en cuando. Necesito un reto. –Se llenó otra vez la copa. Esa noche había bebido mucho. Empezó a recurrir a un tono de voz muy bajo que casi era un susurro–. El detonante ha sido el hallazgo de Natalie. Ella era muy importante para mí. Y aún lo es. Representa la inocencia perdida, todo lo que se va escurriendo de entre los dedos a medida que pasan los años, todo aquello que querías ser pero que no has cumplido.

–Pues sí que representa cosas –comenté recelosa.

Lo último que me apetecía era una discusión sobre para quién de nosotros Natalie había sido más importante, pero Paul se limitó a quedarse mirando solemnemente la copa. La gente empezó a cambiar de asiento y Claire, la novia de Crispin, se sentó a mi lado y me dedicó una sonrisa. Tenía una melena oscura, a medio camino entre Louise Brooks y un *beatle*, y una cara redonda como de osito de peluche con unas gafas de abuela que le conferían un aspecto aún más redondo.

–¿De cuánto estás?

–Madre mía, ¿tanto se me nota?

–No, la verdad es que no. Al principio no me he atrevido a decirte nada. Viví una de las peores experiencias de mi vida cuando le di la enhorabuena a una señora por su embarazo y resultó que sólo estaba gorda. Pero si la mujer con cierta pinta de embarazada también lleva un pantalón con peto muy amplio, no bebe ni fuma en toda la velada, y tampoco prueba el queso, entonces puedo arriesgarme a felicitarla.

–Anda, no sabía que me había pasado toda la noche sentada enfrente de Sherlock Holmes. ¿Qué más sabes de mí?

–Nada. Aparte de que tienes un aspecto espléndido.

–Me temo que eso te va a restar un punto en la calificación. He estado vomitando todos los días. Pensaba que sólo pasaba durante el primer trimestre.

–Nunca se sabe –repuse con una sonrisa–. Una amiga mía todavía tuvo arcadas matutinas mientras estaba de parto.

–Muchas gracias –repuso Claire–. Eso sí que me da náuseas. –Se me aproximó un poco–. Oye, siento mucho el horrible tema ese de tu cuñada y todo lo demás que te ha pasado. Ha debido de ser tremendo.

–Estoy bien, pero te lo agradezco.

–Y has estado muy graciosa cuando has contado tu experiencia con esa mujer a la que has consultado pero, por lo que has dicho, me ha parecido espantosa.

–Eso no lo sé, pero no era lo que necesito en este momento. Creo que tendrías que gozar de una salud mental perfecta para enfrentarte a la doctora Prescott.

–Me da la impresión de que eres muy fuerte, Jane. Sólo te hace falta alguien con quien hablar de todo. Lo cierto es que no me conoces, y no me hagas caso si lo que voy a decirte te molesta, pero tenemos referencias de un terapeuta que es un hombre encantador. A lo mejor es el tipo de persona que te convendría.

Seguramente puse cara de duda porque un gesto de inquietud se dibujó en a su rostro.

–Alex no es un gurú ni ningún bicho raro, Jane. No utiliza bolas de cristal. Es médico con todas las de la ley, con su título y todo. Pero lo más importante es que se trata de un hombre estupendo, muy simpático. Te voy a dar su número. Aunque no lo tengo. Crisp, cariño, ¿tienes el teléfono de Alex Dermot-Brown?

Crispin se hallaba muy enfrascado en una conversación con Paul sobre alguna cuestión técnica y sólo oyó la pregunta cuando ella se la repitió.

–¿Para qué?

–¿No crees que a Jane le vendría bien hablar con alguien como él?

Crispin reflexionó brevemente y sonrió.

–Sí, creo que sí. Pero trátalo bien. Es amigo de toda la vida.

Tenía la agenda abierta en la mesa; pasó unas hojas y lo halló.

–Aquí tienes –dijo, tendiéndome un papel–. Si tu misión fracasa, Jane, negaremos ser conocidos tuyos, evidentemente.

6

A la mañana siguiente escribí una carta a Rebecca Prescott en la que incluí un cheque por la sesión, y en la que le anunciaba que había decidido no continuar. Después, sintiéndome idiota, llamé al número que Crispin me había dado. Alguien descolgó el teléfono y dijo algo incomprensible.

–Hola, ¿podría hablar con el doctor Alexander Dermot-Brown, por favor?

Más palabras incomprensibles.

–¿Se pueden poner tu padre o tu madre?

Así al menos conseguí algo y aquel galimatías se convirtió en un «papá, papá» inteligible. Al parecer, el auricular le fue arrebatado a ese primer interlocutor, que emitió un agudo chillido.

–Calla, Jack. Hola, ¿quién es?

–Hola, quería hablar con el doctor Alexander Dermot-Brown.

–Soy yo.

–Usted es terapeuta.

–Sí, lo sé. –Se produjo un estruendo al fondo y él soltó unos gritos–. Lo siento, nos ha pillado en medio del desayuno.

–Lo lamento, intentaré ser breve. Me han dado su número Crispin Pitt y Claire... esto...

–Sí, Claire Swenson.

–¿Podría recibirme?

–De acuerdo. –Un silencio–. ¿Sobre las doce?

–¿De hoy?

–Sí. Un paciente se ha ido de vacaciones. Si no le viene bien, tendrá que ser en otro momento de la semana que viene. O de la siguiente.

–No, las doce es una buena hora.

Me dio su dirección, en Camden Town, cerca del mercado. Cielo santo, más ausencias de la oficina. Tampoco es que importase mucho. Las instalaciones de mi estudio de arquitectura, el CFM, se encontraban en la última planta de una antigua fábrica de melaza que daba al canal y a la dársena de Islington. La C –Lewis Carew– había muerto de sida en 1989. Ahora sólo quedábamos la F, Duncan Fowler, y yo; tras años de recesión apenas empezábamos a tener suficiente trabajo para los dos. Mientras yo no faltara a las reuniones sobre «mi» albergue, llevara los papeles al día y apareciera regularmente en el estudio, nada grave podía suceder.

En cualquier caso, me acerqué a la oficina en bicicleta. Revisé el correo y estuve charlando con nuestra ayudante, Gina (en realidad es nuestra secretaria, pero la llamamos así en compensación por lo poco que le pagamos). Duncan llegó a las once con el mismo aspecto relajado de siempre. Es un hombre corpulento, de baja estatura, prácticamente calvo pero con un flequillo pelirrojo y rizado y una barba casi excesivamente expansiva. Le conté ciertas complicaciones que habían surgido en el albergue; él me habló de un encargo para una cooperativa de viviendas con la que ganaríamos aún menos dinero. Aunque tampoco tenía muchos motivos para preocuparme. No tengo que satisfacer una hipoteca, mis hijos ya no viven en casa y de su manutención se ocupa prácticamente Claud. Duncan tampoco tiene hipoteca; está divorciado, sin hijos y sin pasar pensión. El local del estudio también es nuestro. Tal como lo expresó Duncan en la época aciaga de los primeros años noventa, para declarar la bancarrota antes tendríamos que recibir más encargos.

Le conté que iba a ver a mi segundo terapeuta en dos días; él soltó una carcajada, me abrazó, y después cogí la bici. Iba predispuesta a que Alexander Dermot-Brown me cayera bien porque pude recorrer casi todo el camino de la oficina a su casa, a orillas del canal, sin bajarme de la bici. Sólo tenía que cruzar Upper Street, de ahí pasar por los antiguos gasómetros y los terrenos ferroviarios, dejar a un lado los almacenes de Correos y salir del camino de sirga al llegar a la esclusa de Camden Lock. Después de unos cien metros ya estaba candando la bici a una reja.

Alexander Dermot-Brown llevaba zapatillas de deporte, pantalones vaqueros y un jersey fino y desgastado con agujeros en los codos, a través de los cuales se veía una camisa de cuadros. Tenía un mentón muy marcado, casi como el Clark Kent de los tebeos antiguos, un cabello castaño y ondulado que empezaba a encanecer ligeramente, y ojos muy oscuros.

–Es usted el doctor Dermot-Brown, ¿verdad?

Él sonrió y me tendió la mano:

–¿Jane Martello?

Nos saludamos y me hizo un ademán para que pasara al piso inferior, a la cocina del semisótano.

–¿Quiere un café?

–Me encantaría, pero ¿no deberíamos ir a una sala para que me tienda en un diván?

–Bueno, alguno podremos encontrar en la casa si lo necesita imperiosamente. Pero antes estaría bien que mantuviéramos una pequeña charla para ver cómo enfocamos las cosas.

Con un suelo de cerámica y unos paneles y armarios de madera veteada, la cocina habría resultado elegante si hubiera estado vacía. Pero había juguetes esparcidos por el suelo, las paredes estaban atestadas de pósteres, postales y dibujos infantiles colocados desordenadamente y sujetos con chinchetas, cinta adhesiva y Blu Tack. Esas paredes apenas tenían más espacio libre que el corcho, que ocupaba una zona bastante grande sobre una de las encimeras, y en el cual se habían pegado menús de comida para llevar de restaurantes locales, invitaciones, circulares escolares y fotografías, formando varias capas. Dermot-Brown advirtió que yo contemplaba todo aquello.

–Lo siento, debería haber ordenado esto un poco.

–No pasa nada. Pero creía que los analistas tenían que trabajar en un entorno neutral.

–Éste lo es, si lo comparamos con mi despacho.

Sacó granos de café del congelador, los molió, los metió en una gran cafetera de émbolo y vertió agua hirviendo en el interior. Empezó a rebuscar algo en un armario.

–También debería ofrecerle unas galletas, pero sólo he encontrado estos bizcochitos de chocolate. Si le dejo uno a cada niño, todavía queda otro. ¿Lo quiere?

–No se moleste. Únicamente tomaré el café. Solo, por favor.

Lo sirvió en dos tazas y nos sentamos en extremos opuestos de la mesa, de pino lijado. Esbozó una sonrisa, como si todo aquel encuentro le pareciera levemente cómico, como si sólo fingiera ser adulto.

–Bueno, Jane... ¿Puedo llamarte Jane? Y tú llámame Alex. ¿Por qué crees que necesitas terapia?

Bebí un poco de café y noté el habitual y abrumador deseo:

–¿Puedo fumar?

Alex volvió a sonreír:

–Jane, tal y como yo la entiendo, la terapia debe ser una especie de juego, y para que funcione ambos debemos acordar unas reglas básicas. Una de ellas es que no fumes. Aquí viven niños pequeños. Así también obtienes al menos un beneficio seguro de las sesiones, aunque no consigas nada más. La otra ventaja de esta regla es que me resulta muy fácil cumplirla porque yo no fumo. Hay muchas posibilidades de que yo me sienta relajado, de que controle la situación, mientras que tú sufres de forma neurótica por la falta de nicotina, cosa que también viene bien, al menos a mí.

–De acuerdo, me abstendré.

–Estupendo. Háblame de ti.

Respiré profundamente y le hice un repaso somero de mi situación, ahí, mientras tomábamos el café, él nos rellenaba las tazas en aquella cocina, y yo apoyaba los codos en la mesa más bien pegajosa. Le hablé de mi separación y del hallazgo del cadáver de Natalie. Le conté ciertos detalles de la familia Martello, de aquel grupo maravilloso y acogedor, que debía inspirarnos la sensación de que éramos unos privilegiados por estar relacionados con él. Le describí mi vida de soltera en Londres y la insatisfacción que me producía, aunque omití mi aventura sexual. Me tomé mi tiempo –que no fue poco– y, cuando terminé, Alex hizo una pausa antes de decir nada. Sus primeras palabras fueron para ofrecerme más café. Me sentí un tanto decepcionada.

–No, gracias. Si tomo demasiado me tiembla el pulso.

Él pasó el dedo por el borde de su taza con un leve nerviosismo.

–Jane, no has respondido a mi pregunta.

–Sí lo he hecho; he dicho que ya no quería más.

Él soltó una carcajada:

–No, me refiero a por qué crees que necesitas terapia.

–¿No resulta evidente?

–Para mí, no. Tienes que enfrentarte a la vida en solitario después de... ¿Cuántos? ¿Veintiún años de matrimonio? ¿Habías vivido sola antes?

Negué con la cabeza.

–Bienvenida al mundo de los solteros –dijo él en un tono irónico–. A veces fantaseo, imagino cómo sería no estar casado y no tener hijos. Por la noche podría decidir salir de improviso, ir al cine o a tomar una copa en un bar. También, de vez en cuando, veo a alguna mujer en una fiesta y pienso: «Si estuviera soltero, podría tener una aventura con ella y sería de lo más excitante». Sin embargo, si de pronto lo estuviera, las cosas no serían así en absoluto. Cabe la posibilidad de que atravesara un período inicial de euforia. Incluso, que viviera un par de experiencias sexuales. Pero dudo que todo resultase tan divertido como había previsto. Además, todo aquello a lo que estoy acostumbrado, la seguridad de ver a personas que conozco cuando vuelvo a casa... habría desaparecido. Sería duro.

–Creía que la que tenía que hablar era yo.

Alex soltó otra carcajada.

–¿Eso quién lo dice? Seguramente has leído demasiado a Freud. En tu lugar, yo no prestaría demasiada atención a un hombre que se psicoanalizó a sí mismo, y también a su propia hija. En cualquier caso, no sólo tienes que sobrellevar todo lo anterior, sino que también has vivido una tragedia familiar muy evidente. Tienes todo el derecho a estar triste una temporada. ¿Acaso quieres que saque una varita mágica y que aleje todo eso de ti?

–No estaría mal.

–Te voy a dar un diagnóstico muy chapucero, Jane, e invita la casa. Creo que eres una mujer fuerte, que no te gusta tener la sensación de que las cosas te superan, no quieres inspirarle pena a la gente. Ése es el problema. Lo que yo puedo decirte es que la vida resulta dolorosa. Date permiso para aceptar eso. Puedes venir a mi consulta, desde luego, pero también puedes gastarte el dinero de otras formas. Podrías darte un masaje todas las semanas, salir a buenos restaurantes, irte de vacaciones a algún sitio donde haga calor.

Entonces fui yo quien soltó la carcajada:

–Eso sí que no estaría nada mal.

Ambos sonreíamos; se produjo una pausa bastante incómoda, de esas que, en otras circunstancias, quizás habría intentado romper besando a Alex.

–No me gusta utilizar esta expresión de «y ahora hablando en serio»... Pero ahora, hablando en serio, anoche tuve una conversación con mi hermano, al que, por cierto, se le ha ocurrido la descabellada idea de hacer una película sobre la familia, así que es bastante probable que dentro de poco puedas enterarte de todos mis problemas viendo la BBC2, y Paul (así se llama mi hermano) se puso a hablar de nuestra idílica infancia. Yo siempre había tenido ese mismo recuerdo de una infancia idílica, pero cuando empezó a hablar con esa nostalgia hubo algo en mi interior que me decía: «No, no, no». Hay una imagen que lleva unos días preocupándome, debe de estar relacionado con el descubrimiento de Natalie. Pero he estado pensando en esa infancia tan, tan idílica y en su interior he visto un agujero negro que no sé lo que es, que no comprendo. Pero está ahí, siempre en los márgenes; cuando me vuelvo para mirarlo desaparece con el rabillo del ojo. Lo siento, seguramente lo que estoy diciendo no tiene ningún sentido. Ni siquiera yo lo entiendo. Estoy escuchando mis propias palabras a ver si lo comprendo, no sé si me explico. Creo que lo que te estoy pidiendo es que confíes en mí, porque siento que detrás de todo esto hay algo que merece la pena descubrir.

Mientras pronunciaba ese largo e inconexo discurso me quedé mirando la mesa; al terminar levanté la vista, casi con miedo de encontrarme con la mirada de Alex. Éste fruncía el ceño y mostraba un gesto de sagaz concentración que no le había visto hasta entonces.

–A lo mejor tienes razón –dijo, casi entre dientes.

Recogió mi taza y la suya y las dejó en el fregadero. En vez de volver a la silla empezó a pasearse por la estancia. Yo no sabía si era mi turno de hablar, pero decidí seguir callada. Al final volvió a sentarse.

–Seguramente tienes un falso concepto del proceso de terapia. A lo mejor has visto películas en las que el problema psicológico de una persona se resuelve de forma dramática. Quizá tengas amigos que se han convertido en adictos al psicoanálisis, que te cuentan lo bien que han conseguido comprender sus problemas y que gracias a él son mucho más felices. Eso es posible, pero si has estado cinco años dedicándole a ello tres horas a la semana, aparte de veinte mil libras, tienes un cierto interés creado en que funcione.

–Pero ¿por qué...?

Él levantó una mano para que me callara.

–Me interesas, Jane. Me parece que podríamos hacer algo. Aunque creo que antes debemos dejar algunas cosas claras. Este proceso no se parece a ir al médico aquejado de una infección o con una pierna rota. Podrías preguntarme si voy a conseguir que mejores, y podríamos tener una aburrida discusión filosófica sobre mi capacidad o no de ayudarte, y de lo que significa que mejores o no.

–No busco respuestas fáciles.

–Esa impresión me daba. Pero te voy a explicar con la mayor claridad posible lo que es probable que suceda, aunque no necesariamente. A lo mejor crees, como le sucede a mucha gente, que no hay nada más agradable que pasar dos o tres horas por semana manteniendo una agradable charla sobre tus problemas, para quitártelos de encima. Según mi experiencia, las cosas casi nunca son así. Cabe la posibilidad de que el procedimiento resulte desagradable. ¿Cómo podría describírtelo? –Miró en derredor y sonrió–. El caos de esta cocina quizá te horrorice. A mí, desde luego, me deprime, y a mi mujer le saca de quicio. ¿Y por qué no ordenamos? Porque, aunque su aspecto es espantoso, estamos acostumbrados a él y encontramos lo que necesitamos con bastante rapidez. Si me pusiera a ordenar, durante cierto período el caos sería aún mayor; además, tendría que vaciar todos los armarios. Llegaría una fase en la que todo estaría peor, con el temor añadido de que perdiéramos ímpetu y lo dejáramos en ese estado desastroso. Seguiría ofreciendo peor aspecto hasta poco antes de la culminación de la limpieza. E incluso entonces no resultaría tan cómodo como lo era antes. Y, pese a que teóricamente la nueva disposición sería más funcional, dado que se habría guiado por criterios racionales, en la práctica probablemente nos costaría más encontrar algunas cosas porque seguiríamos acostumbrados a la antigua irracionalidad. Así pues, como verás, en este caso he decidido dejar las cosas tal como están.

»A lo mejor ni siquiera consigues nada. No te garantizo en absoluto que después de... no sé, seis meses o un año, seas más feliz o más capaz de lidiar con los problemas de índole práctica de tu vida. Seguirás viviendo en un mundo en el que la gente muere y en el que existen diferencias irreconciliables. Pero al menos puedo prometerte una cosa. Quizás en este momento piense en tu vida como una colección de notas apresuradas y de impresiones. Te ayudaré a que las conviertas en un discurso que tenga sentido para ti. Así podrás responsabilizarte de tu vida y, a lo mejor, incluso aprender a controlarla mejor.

»Eso no deja de ser algo, y es lo mínimo a lo que podemos aspirar. Existen otras posibilidades. Te voy a plantear una hipótesis. Me ha suscitado un gran interés eso que has dicho de que tu cuñada estaba enterrada allí, en el centro mismo de ese paisaje de tu infancia. Es una imagen reveladora. Algunos de nosotros tenemos cadáveres en la mente, ocultos, esperando a ser descubiertos.

–¿Qué quieres decir?

–No te inquietes, sólo es una idea, una imagen.

–¿Y las cuestiones prácticas? ¿Cómo se desarrolla el proceso?

–Bien. Llegamos a la parte sencilla. Quiero verte dos veces a la semana, durante una hora que en realidad son cincuenta minutos. Mi tarifa son treinta y ocho libras por sesión, que se pagan por adelantado al inicio de la semana. Como ya he dicho, sería muy comprensible que no te sometieras a terapia. Te puedo garantizar casi al cien por cien que, con o sin tratamiento de la clase que sea, te sentirás sustancialmente mejor al cabo de un año, más o menos. El dolor causado por la reaparición de tu cuñada habrá remitido y te habrás acostumbrado a tu nueva vida. Si decides empezar, y espero que lo hagas, tendrás que comprometerte. Con eso quiero decir que las sesiones son sagradas, que no puedes faltar excusándote en el trabajo, una enfermedad, una aventura sexual, el desánimo, cansancio o lo que sea. Si te rompes una pierna, pásate por aquí antes de ir a urgencias. Naturalmente, tienes todo el derecho a interrumpir la terapia en cualquier momento, pero creo que debes adquirir el compromiso personal de continuar durante al menos cuatro o cinco meses. También, realizar la promesa mental de que vas a darle un voto de confianza. Me refiero en el plano emocional y en el intelectual. Sé que eres inteligente, que seguramente habrás leído a Freud hace menos tiempo que yo. Si vienes y te pones a hablar de la transferencia, en la que, en cualquier caso, no creo, ambos estaremos perdiendo el tiempo y tú, tu dinero. Ya está. ¿Se me ha olvidado algo?

–¿Lo vamos a hacer siempre aquí? –pregunté–. ¿En tu cocina, tomando café y charlando?

–No. Como tú misma acabas de decir, esto es una charla, y estamos estableciendo las reglas. Cuando empecemos tendremos que, por así decirlo, salir a la cancha e iniciar el partido. En mi opinión, para que el asunto funcione hay que ritualizarlo, debe ser algo ajeno a tu vida social de siempre. Si quieres continuar, la próxima vez que vengas será distinta. Estaremos en la sala que utilizo para la terapia –pronunció la palabra «terapia» como si se tratase de un término farragoso que le hubiesen impuesto–. No será una reunión social. No tomaremos café ni charlaremos. Te tumbarás en un diván, no porque forme parte de la iconografía psicoanalítica, sino porque la situación debe diferenciarse precisamente de la de hoy, en la que nos sentimos cómodos, llevándonos bien, mirándonos a la cara. Quiero que te lo pienses y después me llames.

–Ya sé lo que quiero hacer. Quiero empezar. Si no me convence el proceso, te aseguro que lo dejaré.

Alex sonrió y me tendió la mano.

–Supongo que eso implica que asumes el compromiso. Muy bien. Trato hecho.

7

Era un día claro y frío. Después de firmar por triplicado los papeles del divorcio en la oficina de mi abogado y de rechazar la idea de acudir a un consejero matrimonial, atravesé el norte de Londres en bicicleta para dirigirme a mi albergue en construcción; sólo con pensar en él ya sentía una punzada. La idea original había sido erigir un edificio completamente nuevo que albergaría a ciento quince personas pertenecientes a la Sección 117, es decir, a pacientes con problemas mentales que habían recibido el alta pero que todavía necesitaban algún tipo de supervisión, aunque sólo fuera para asegurarse de que tomaban la medicación. Yo había propuesto un diseño elegante, funcional y económico que, de forma no del todo inesperada, había sido rechazado sin más explicaciones. Si mi carrera continuaba por esos derroteros, no tardaría en haber diseñado tantos edificios no construidos como Piranesi o Hitler. El plan B consistía en convertir un edificio que había sido una casa *okupa* y que llevaba dos años sin tejado.

Cuando llegué, dos hombres y una mujer trajeados ya se encontraban en la puerta. Mi amiga, Jenny, de Servicios Sociales, parecía agobiada, como siempre. Me presentó al señor Whittaker, de Sanidad, y al señor Brady, de Vivienda.

–¿De cuánto tiempo disponéis? –pregunté.

–Ya vamos diez minutos tarde –repuso Jenny.

–Vale, os haré la visita rápida. Por cierto, todo sería más fácil si no viera caras nuevas cada vez que me toca una reunión.

Subí con ellos al lugar donde debía estar el tejado y de ahí fuimos bajando, desde lo que quedaba de las vigas reticuladas hasta el sótano que había conseguido recuperar; les expliqué las labores más importantes de reconstrucción, las reparaciones básicas, la salida de incendios de la fachada posterior y las inteligentes adaptaciones que había llevado a cabo en los espacios comunes y en los pasillos para que el edificio acabara teniendo una planta más.

–Ya hemos terminado –proclamé al llegar a los escalones de entrada–; no sólo estamos ante una obra genial y útil, sino que además su coste es prácticamente cero.

El señor Brady esbozó una sonrisa azorada.

–Bueno, tal vez lleve usted algo de razón, y ojalá los cálculos de la auditoría tengan en cuenta esa consideración.

–No se preocupe, señor Brady –repuse–, todos obtendremos nuestra recompensa el día del Juicio Final.

El señor Whittaker y él intercambiaron una mirada. Se produce un fenómeno desconcertante cuando los funcionarios de Urbanismo empiezan a ser más jóvenes y a ir mejor vestidos que tú.

–Jane, es un diseño muy inteligente. Estamos muy contentos. Pero existe un problema, y es que nos han impuesto un recorte general del quince por ciento, el cual vamos a tener que aplicar de modo uniforme a todos nuestros proyectos, así que esperamos que lo tengas en cuenta. Aparte de eso, todo resulta plenamente satisfactorio.

–¿Cómo que «aparte de eso»? Ya han conseguido un proyecto a un precio de risa. Han aceptado nuestra oferta de licitación.

–Sujeta a la aprobación... etcétera, etcétera, ya sabe cómo van estas cosas.

Adopté mi tono de voz oficial.

–Señor Whittaker, no me cabe duda de que usted es consciente de que con este albergue se ahorrará una buena suma de dinero, dado que quince personas dejarán de hospedarse en pensiones o de ocupar otros alojamientos durante largos períodos.

–Jane, sabes tan bien como yo que eso es cierto en teoría pero irrelevante desde un punto de vista contable.

–Si queréis no pongo el tejado hasta el próximo ejercicio fiscal. Después de todo, tampoco queda tanto para la primavera. Además, en realidad tampoco hace falta construir nada. Igual podría pedir que dejaran un contenedor para escombros ahí en la calle. Si queda dinero, podéis pintar el nuevo logo del ayuntamiento en él y los locos podrían vivir dentro. Incluso podríais mandarles la medicación por correo. ¿Qué te parece, Jenny?

El semblante de Jenny era la viva imagen de la angustia. Me di cuenta de que me estaba comportando como uno de sus pacientes.

–Jane, así no llegamos a ninguna parte –repuso el señor Brady–. No tiene sentido que te enfrentes a nosotros. Todos estamos en el mismo barco. Lo cierto, lo incontestable, es que no podemos elegir entre erigir una versión modificada de tus planos y la original. O hacemos concesiones o no hay nada, e incluso así puede haber dificultades. Deberías ver lo que está sucediendo en otros departamentos. A lo mejor la escuela primaria Tressell, de esta misma calle, sólo abre cuatro días a la semana el próximo trimestre.

–Vale, llevaré a cabo los recortes y también me cerciroraré, si me da un ataque de esquizofrenia mientras los hago, de encontrarme fuera de este distrito para no ser una molestia. Bueno, ¿cuándo celebramos nosotros cuatro, u otros representantes nombrados a tal efecto, la próxima reunión?

–Yo llamaré a tu secretaria –respondió el señor Brady–. Gracias por reaccionar de un modo tan relativamente razonable.

Volví a coger la bici y pedaleé todo lo velozmente que pude hasta que noté que me ardían los músculos de los muslos; durante el trayecto fui suprimiendo mentalmente pequeños detalles y remates del albergue.

Mi siguiente e ingrata tarea en ese día de ingratas tareas fue visitar a mi padre, que quería enseñarme unos planos. No iba a verlo sola. Yo le había comentado la invitación a Paul por teléfono y él se había empeñado en venir también, supuestamente para ver cómo estaba nuestro progenitor, aunque yo sospechaba que más bien era por su documental. Por lo menos así me llevaría en coche. Dejé la bici en la parte posterior de mi casa y esperé a que llegara mi hermano, lo que me brindó la excusa para fumarme un par de cigarrillos. Luego pusimos rumbo a Stockwell; Paul no dejó de protestar, diciendo que era el peor momento para ir en coche al sur, a lo que yo repuse que no hay nada más veloz que la línea Northern del metro, cosa que produjo un silencio hasta que llegamos al puente de Blackfriars.

Mi padre nació en 1925. Tiene sesenta y nueve años. Es un anciano. Intelectualmente lo sé, pero normalmente no soy consciente de ello. Al fin y al cabo, era prácticamente de mi misma edad cuando salió el *Sergeant Pepper*, y no me parece que haya pasado tanto tiempo desde entonces. Yo tenía quince años. Casi ya no era virgen. A él siempre lo he visto con la misma edad. Sin embargo, cuando nos abrió la puerta noté que se abría de veras un abismo entre nosotros, que estaba más frágil, más canoso, con los hombros más rígidos, que las manchas hepáticas de las manos se le resaltaban de manera llamativa. Pero al abrazarlo y examinarlo más detenidamente me di cuenta de que seguía siendo apuesto. Tenía más pelo que su hijo, y también le cubría una parte mayor de la cabeza; le pasé la mano por él y se lo peiné con un gesto que esperaba que denotase afecto.

–¿Los dos queréis té? –preguntó.

–Tú siéntate, que ya lo preparo yo –respondí–. He traído crema de limón; si tienes pan, podemos tomárnosla con unas tostadas.

Mi padre y Paul entraron al salón, un espacio atestado, lleno de libros y papeles entre cuatro paredes de un rojo oscuro. Pero la cocina se parecía más a un templo cuáquero, con un enlucido basto, paredes encaladas y unos incómodos bancos de madera. La nota discordante la daban unos halógenos de bajo voltaje del techo, que, en mi experiencia, se utilizan fundamentalmente en locales comerciales y resultan del todo inadecuados para una cocina, máxime en una con una instalación eléctrica tan deficiente como la de mi padre. Lleva toda la vida, desde mucho antes de que muriera mi madre, con la intención de echar un vistazo el cableado, pero las implicaciones de lo que podría haber encontrado eran demasiado alarmantes. Así que se ha dedicado a poner extensibles. Mires donde mires hay un haz de cables pegados a la pared.

Cuando llevé la bandeja del té y las tostadas al salón, él estaba sentado en la butaca y Paul, encaramado a una banqueta, estaba agachado para estar más cerca de él y lucía un gesto cómplice. La penumbra en que se hallaban sumidos era otra consecuencia de las estrategias de iluminación de mi padre, aplicadas desde mediados de la década de los setenta, basadas en la idea de que no se iluminan las habitaciones, se iluminan los «espacios». En consecuencia, los cables habían sido extirpados de todos los plafones de la casa y se habían colocado unas horribles lámparas de cromo en las esquinas. Ahora la vivienda se dividía en espacios de luz y espacios de oscuridad; ambos se hallaban sentados en uno de estos últimos. Cuando me acerqué lo bastante para poder ver, reconocí el brillo decidido de la mirada de mi hermano: estaba investigando. Incluso le sobresalía un cuaderno del bolsillo de la chaqueta.

–Papá, ¿te ha comentado Paul que va a hacer un documental sobre la familia? –pregunté con voz animada mientras dejaba la bandeja estrepitosamente.

Mi hermano se incorporó y puso mala cara.

–Se lo iba a contar, Jane –dijo–. No seas tan pesada.

Un chorro amarillo empezó a correr por el mentón de mi padre.

–¿Por qué? ¿Tan interesantes somos?

Paul tomó aire y dejó su tostada.

–Una muy buena pregunta –respondió; mi padre adoptó un semblante de sorpresa–. Al hablar de mi familia, que a mí, desde luego, me resulta interesante, también le estoy ofreciendo al espectador, en cierto sentido, la oportunidad de reflexionar desde una nueva perspectiva sobre su familia y su infancia. Todas las familias son distintas, pero también parecidas.

–¿Eso lo has sacado de algún sitio? –farfullé.

Paul no me hizo ni caso.

–Al hablar sobre nuestra familia, sobre ti, mamá, Jane y sobre mí, y también sobre los Martello, porque es imposible no incluirlos, ¿qué aspectos debo tratar? –Él no esperaba respuesta, así que cogí su tostada y la mordí con ganas. Me había saltado la comida–. La nostalgia. La intimidad y el alejamiento. El período dorado de la infancia. Los sentimientos de posesión y celos. El dolor de convertirse en adulto. Las esperanzas que los padres depositan en los hijos. El rencor que los padres inspiran a los hijos. Todo eso, y más, puede indagarse a través de una familia. Espero que queráis colaborar.

–Ya basta de bobadas –soltó mi padre–. Paul, acábate ese té, que quiero enseñarle una cosa a Jane. Ven aquí.

Me llevó al escritorio de la esquina. En él se alzaba una montaña de dibujos y enormes libros antiguos.

–¿Qué tal va tu proyecto? –me preguntó.

–¿Cuál?

–No me refiero a La Granja. El albergue.

–Se está convirtiendo en una tortura.

–Lo siento. ¿Puedo ayudarte en algo?

–Sí, mata a todos los miembros del departamento de Vivienda.

–Eso no lo arreglaría todo –repuso distraído–. Te he pedido que vinieras por una razón. Quería que le echaras un vistazo a esto.

–¿El qué?

–Esto va a ser el proyecto de mis últimos años. Voy a reformar el interior de esta casa.

–¿Cómo?

–Voy a restaurarla y a dejar la estructura y la decoración básicas del interior, tal y como se concibieron originalmente a mediados de la década de 1880. Como verás, ya he trazado algunos esbozos preliminares. La distribución, en esencia, sigue siendo la misma. La mayor parte de la obra consistirá en recuperar el tabique de esta sala y del primer piso.

Paul se había colocado detrás de nosotros y miraba por encima de mi hombro.

–O sea, que vas a volver a erigir las partes que tiraste en los sesenta –intervino.

Le di una patada, pero mi padre prosiguió como si no hubiera oído nada.

–Habrá que restaurar algunas cornisas y algunos plafones, claro, pero afortunadamente podemos sacar un molde de los que quedan.

–Me he quedado patidifusa –manifesté–. ¿No va a ser bastante caro?

–Lo voy a hacer yo mismo.

–No es posible.

–Sí. Pat Wheeler ha prometido ayudarme.

No supe qué decir, pero tampoco hizo falta porque él parloteaba visiblemente animado. Hojeó unos esbozos preliminares y especificaciones. Siguió hablando de roldanas para ventanas de guillotina, de tapaporos y trashogueros, de placas de escayola, de cantoneras y molduras para puertas. Le Corbusier se había reencarnado en William Morris.[1] Paul le preguntó socarrón si iba a instalar lámparas de gas y a quitar la calefacción central. Yo tenía sentimientos encontrados; no sólo porque aquel plan resultaba poco práctico, sino porque daba la impresión de que era una idea mediante la cual mi padre pretendía borrar metódicamente su huella en esa casa. Al final de la reforma, si es que él veía el final, el interior quedaría despojado de todas las innovaciones e ideales que habían regido su existencia. Yo farfullé unas palabras sobre el respeto por el pasado y él soltó una carcajada profundamente sarcástica.

–Cada uno se enfrenta al pasado a su manera. Yo quiero restaurarlo y conservarlo. ¿Es eso mejor que rodar un documental para televisión sobre ese pasado? –preguntó lanzando una mirada penetrante a Paul, que se ruborizó.

–Me sorprende verte tan ilusionado por una restauración –replicó mi hermano–. En tus artículos siempre decías que los edificios debían estar dentro de un contexto. ¿Qué sentido tiene recrear una casa familiar victoriana en la década de los noventa? ¿Vas a empezar también a desplazarte a caballo? Para mí, el pasado hay que reexaminarlo desde la perspectiva del presente.

–Es por Natalie –dijo mi padre abruptamente.

–¿Qué? –preguntó Paul.

–Ya sabes de qué estoy hablando. Han desenterrado a Natalie, vas a convertir eso en un documental, y quieres que todos hablemos de cómo nos sentimos al respecto, ¿verdad? Supongo que también querrás que haga referencia a la muerte de tu madre. ¿Quién más va a participar? ¿Tus dos mujeres? ¿Claud, el

1. William Morris (1834-1896) fundó en Inglaterra el movimiento Arts and Crafts, que abogaba por una vuelta a la artesanía y el trabajo manual en los campos de la arquitectura y las artes decorativas.

pobrecito abandonado? –En ese momento fue mi turno de sonrojarme de rabia y de vergüenza–. ¿Y Alan y Martha? Ella no dirá gran cosa, siempre se ha guardado sus penas para sí, pero él... ya lo estoy viendo: el anciano airado rememora su vida y la revisa. No cabe duda de que eso te aportará puntos. ¿Es eso lo que quieres, Paul, una familia de personajes televisivos?

Él parecía aturdido, pero también excitado. Acababa de atisbar cómo podía ser el programa. Respondió con su mejor tono periodístico:

–El documental se hará con todo respeto e integridad.

Mi padre se dio la vuelta y empezó a hablar de reconstruir un tiro de chimenea cuadrado con ladrillos y argamasa. Yo le indiqué que un revestimiento de arcilla podría ser mejor, pero no me hizo caso.

–No voy a cambiar de idea para ser comprensivo con los numeritos de un anciano. ¿No te parece que esa restauración de chicha y nabo es completamente ridícula? ¿Acaso papá chochea?

Las palabras de Paul, sentado en el pub y manoseando el vaso de media pinta, expresaban beligerancia, pero yo sabía que se sentía culpable.

–No te quedes echándome humo por la nariz, Jane. Tengo todo el derecho a inspirarme en mi experiencia para mi trabajo, y da la casualidad de que dicha experiencia está relacionada con nuestras dos familias. El hecho de que *Valor añadido* tenga tanto éxito no implica que sólo pueda dedicarme a los concursos.

Me quedé callada.

–Ah, ¿es que lo implica? –Me encogí de hombros y añadí–: Lo que yo piense carece de importancia. No voy a invertir dinero en el documental.

–Para mí sí es importante. Desde ese fin de semana no he dejado de pensar en Natalie. Hacer una película sobre ella, sobre nosotros, sería bueno para todos. Una forma de aceptar lo que ha sucedido.

–Terapia televisiva –dije.

–Pues no creo que sea peor que la que tú estás siguiendo ahora. Tanto tú como yo sólo intentamos solucionar nuestros problemas. ¿Qué tiene eso de malo?

Le puse la mano en el brazo, pero él se zafó irritado.

–Paul –respondí–, quieres que la gente te cuente su vida, pero la mayoría de nosotros no sabe cómo ha sido esa vida. Lo que te propones es arriesgado. Cabe la posibilidad de que trastoques los recuerdos y los sueños de la gente precisamente en el momento de mayor fragilidad para todos. Y hablamos de personas con las que vas a tener que seguir conviviendo. Yo no quiero que Claud le cuente al mundo qué sentimientos le produzco. La televisión tiene un gran poder de seducción: la gente confiesa delante de una cámara cosas que jamás se le ocurriría confesar ni a su mejor amigo.

Apagué el cigarrillo y cogí el abrigo.

–Lo voy a rodar con toda la integridad posible. Te prometo que no haré nada susceptible de manchar la memoria de Natalie.

–Esas palabras resérvatelas para la revista *Radio Times*, Paul –repliqué aunque me sentí culpable, pero después no me importó.

Nos fuimos sin despedirnos.

8

En mi primera sesión con Alex, la primera de verdad, tuve la sensación de que era mi primer día en un colegio nuevo. Estaba nerviosa. Elegí la ropa con un esmero poco habitual en mí pero después me sentí insegura con ella puesta. Incluso la casa de Alex me daba la impresión de ser distinta, aunque no me había hecho pasar a la cocina oscura, cálida, reconfortantemente caótica, sino al piso superior, a una pequeña sala al fondo del primer piso. Entré mientras él subía otro tramo de escaleras para coger un cuaderno. Me acerqué a la ventana y puse la mano en el cristal frío. Desde ahí se veía un jardín largo y estrecho que daba a otro jardín largo y estrecho situado delante de la casa de enfrente, una imagen idéntica a aquella desde la que yo miraba. En ese segundo jardín todo estaba muy podado de cara a la primavera, lo que consideré como una reprimenda por tener el mío en un estado de total abandono. Me sobresalté cuando la puerta se cerró; me di la vuelta y vi a Alex.

–Túmbate, por favor –me pidió.

Yo no había examinado la sala con detenimiento. No me había fijado en lo que había en ella, ni en la decoración ni en la alfombra. Lo único que vi fueron una butaca y un diván al lado. Me coloqué en dicho diván y oí el rechinar de unos muelles cuando Alex se sentó detrás de mí, fuera de mi campo de visión.

–No sé por dónde empezar –anuncié con voz trémula.

–¿Por qué has venido? Empieza por ahí y luego habla de lo que quieras –propuso.

–Muy bien. A principios de septiembre le dije a mi marido,

Claud, que había decidido separarme y pedir el divorcio. Fue muy repentino; toda la familia y él se quedaron atónitos.

–¿Quiénes son «toda la familia»?

–Me refiero a todo el clan familiar. Siempre que hablo de «mi» familia, no me refiero al pequeño núcleo de los Crane, sino al enorme, maravilloso y envidiable grupo de los Martello.

–Detecto cierta ironía.

–Sólo un poco. Tengo mis reservas, pero sé que realmente es una familia maravillosa. Somos muy afortunados. Ésa es la palabra que siempre empleaba mi padre. Cuando salió del ejército y entró en Oxford, justo después de la guerra, conoció a Alan el primer día. Ahora todos hemos leído ya *El primer tren* y sabemos con quién estamos tratando, así que resulta difícil imaginar lo que debió de sentir una persona como mi padre, que siempre había estudiado con becas, muy inteligente, muy tímido, al llegar a Oxford, totalmente boquiabierto e intimidado, y después conocer a aquel en quien se inspiraba el personaje de Billy Belton. Y, si tenemos en cuenta el impacto que causó a la gente como héroe del libro, imagínalo en persona, graciosísimo, mostrando un desprecio absoluto por todo aquello que uno debía supuestamente respetar. Creo que en esa época casi estuvieron enamorados.

»Un par de años después tanto Alan como mi padre se habían casado y sus dos familias casi formaban una sola. Alan ganó una fortuna cuando *El primer tren* se convirtió en un best seller, cuando lo adaptaron al cine y todo eso; se compró la casa y los terrenos de Shropshire y empezamos a pasar ahí las vacaciones. Era el lugar perfecto que todo el mundo imagina; los visitantes se quedaban deslumbrados por esa familia increíble y por los cuatro hijos, tan guapos... y por la hija también guapísima, claro. Aquello constituía el centro de mi vida. Natalie era mi hermana, mi mejor amiga. Theo fue mi primer amor. Mi boda con Claud pareció algo normal, dinástico.

–¿Theo era el mayor?

–No, Claud lo es; después va Theo, después Natalie; los pequeños son Jonah y Alfred, gemelos.

–¿Cómo se han tomado tu separación?

–Es difícil de decir. El fin de semana en que se encontró el cadáver de Natalie se organizó, entre otras cosas, para demostrar que yo seguía formando parte de la familia.

–¿Era importante para ti que ellos te concedieran su aprobación?

–La verdad es que no.

–¿Y por qué fuiste?

–Precisamente estaba pensando en eso mientras venía en bici. Sabía que iba a tener que responder de algún modo a esa pregunta, pero no puedo. ¿No es extraño? Tengo cuarenta y un años; me casé con Claud con veinte, todavía en la universidad. He echado todo eso por la borda. La gente me ha preguntado el motivo, evidentemente. Claud se ha quedado destrozado; mis hijos se han enfadado mucho, querían que les diera una respuesta clara, algo a lo que pudieran aferrarse, supongo, pero no fui capaz. No porque haya un motivo que quiera ocultarles. Lo único que podría haber dicho es que creo que hice algo a ciegas; que me desperté de un largo sueño, eché un vistazo a mi alrededor y, cuando Jerome y Robert ya eran mayores y se habían ido de casa, decidí que tenía que salir de ahí. Siento haberme extendido tanto y haberme explicado tan mal.

Se produjo un largo silencio y empecé a llorar. Me enfurecí conmigo misma, pero no podía contenerme: las lágrimas me corrían por las mejillas. Me sorprendió notar la mano de Alex en el hombro.

–Lo siento –farfullé llena de mocos–. Es que me siento fatal por lo que he hecho y ahora me han entrado la tontería y el bajón. Discúlpame.

Él cruzó la sala y volvió con unos cuantos pañuelos de papel.

–Aquí tienes –me dijo.

Me soné la nariz y me sequé la cara. Alex me sorprendió al acuclillarse delante de mí en vez de volver a su butaca. Cuando la cortina de lágrimas que tenía en los ojos se secó, advertí que me escrutaba con suma concentración.

–Te voy a decir un par de cosas –anunció–. Ya sabes que no pasa nada porque llores en esta sala. Es más, puedes hacer lo que quieras, siempre que no me manches el diván. Pero hay otra cosa más importante. Durante todo el período que vengas a mi consulta, voy a intentar ser todo lo abierto y claro que pueda contigo. Para empezar, quiero decirte que no creo que seas débil, no debes sentir remordimientos por no poder aducir un motivo sencillo para dejar a tu marido. Para eso hace falta valor. En realidad, si hubieras atribuido alguna causa estereotipada a tus acciones, nuestra primera tarea debería ser descartarla y ver qué hay detrás. No estás buscando una solución fácil, lo cual constituye una señal positiva. ¿Te encuentras ya mejor?

Me incorporé para sonarme la nariz, arrugué con vergüenza el pañuelo y me lo metí en el bolsillo. Asentí. Él me dio unas palmaditas de consuelo en el hombro y empezó a pasearse por la estancia; me di cuenta de que era su costumbre cuando se hallaba muy concentrado. Al parecer aclaró sus pensamientos y volvió a la butaca.

–No voy a empezar a darte respuestas, desde luego. Eso te corresponde a ti. Lo que necesito saber es en qué dirección nos movemos. Si no te encuentras cómoda con cualquiera de las cuestiones que yo intente introducir debes decírmelo, pero me gustaría que confiaras en mí en la medida de lo posible. Mi primera impresión, a partir de lo que me cuentas, es que no sólo has puesto fin a tu matrimonio, sino que además has cortado los lazos con una parte importante de tu pasado y de tu infancia. El primer impulso de muchas personas en una situación como la tuya habría sido huir de la familia, y me resulta interesante que tu reacción instintiva haya sido volver y buscar la aceptación de dicha familia. Tengo la sensación de que no debemos hablar de los detalles de tu divorcio, sino más bien alejarnos casi de ellos y centrarnos en esa familia. ¿Estás de acuerdo?

Me sorbí la nariz. Ya había recobrado la compostura y podía hablar.

–Si piensas que es lo mejor...

–Jane, una de las cosas que quiero ayudarte a hacer es la siguiente: coger las diferentes tensiones que te están abrumando y conseguir que vuelvas a controlarlas. Una de las maneras de lograrlo es buscar patrones ocultos para intentar reconocerlos. Has venido a mi consulta diciendo que querías hablar de tu divorcio, y eso es importante, abordaremos el tema, pero uno de los problemas esenciales consiste en decidir qué estás pidiendo; quiero aventurar una cosa. La idea que quiero proponerte es que no resulta una coincidencia que a tu mejor amiga, casi tu gemela, la hayan encontrado enterrada, la hayan desenterrado, exhumado, y que tú hayas decidido pedir ayuda por primera vez en tu vida para desenterrar también tu pasado, para exhumar tu secreto. ¿Te parece que tiene sentido?

Al principio aquello me sobresaltó y me desconcertó un poco.

–No sé. Es verdad que ha supuesto una terrible conmoción para todos nosotros. Pero sólo se trata de un trágico acontecimiento externo. No entiendo por qué hay que hablar de eso.

Alex se mostró firme y tranquilo:

–Me interesan las palabras que empleas. Ha sido una conmoción para «todos nosotros». Pero se ha tratado de un acontecimiento «externo». ¿Ha sido así realmente? A veces pienso que los aspectos sobre los que la gente no quiere hablar suelen ser los mejores para empezar. Tu divorcio es un asunto en el que entran en juego las opiniones, las emociones, las actitudes. La muerte de Natalie es un hecho. Su hallazgo y su exhumación son hechos. Creo que deberíamos comenzar por ahí.

El discurso terapéutico sobre la emoción siempre me había despertado recelos, esa desconfianza en la realidad de los hechos, así que el enfoque práctico de Alex me impresionó mucho. Me convenció.

–Estoy de acuerdo. Me parece que tienes razón.

–Estupendo, Jane. Háblame del momento en que Natalie desapareció.

Volví a recostarme en el diván. Me quedé cavilando sobre dónde empezar.

–Es horrible. Aunque fue una tragedia espantosa y debería recordar todos los detalles, en gran medida tengo la sensación de que aquello sucedió hace mucho tiempo, de que es algo impreciso. Al fin y al cabo ha transcurrido un cuarto de siglo desde el verano de 1969. Natalie desapareció justo después de una gran fiesta en La Granja, la casa de los Martello en Shropshire, organizada para celebrar el vigésimo aniversario de la boda de Alan y de su esposa, Martha. Quizá se debe a que no hubo ningún acontecimiento repentino, el hallazgo del cadáver o algo así, ya que eso habría cristalizado en mi mente. Lo que recuerdo nítidamente es que fue vista por última vez el día después de la fiesta, por un habitante del pueblo. –Hice una pausa–. Es curioso, porque yo también estaba.

–¿Que estabas dónde?

–No acompañándola, evidentemente, pero sí a poca distancia. Debí de ser la persona situada a menor distancia de ella, aparte del hombre que la vio, y quizá también de la persona que... bueno, de quien ya sabes.

–De quien la mató.

–Sí. Tal vez debería describirte ese lugar. ¿Puedo?

–Por supuesto.

–La última vez que la vieron fue a orillas del Col, que es un riachuelo o un arroyo grande que discurre por una de las lindes de la finca de los Martello. Hay un caminito que parte de Westbury, el pueblo más próximo, que cruza el Col, se adentra en la finca y después pasa junto a la casa. El hombre avanzaba por ese sendero para llevar algo a La Granja, o para recoger algo, no me acuerdo, y vio a Natalie en el camino, a orillas del río, al pie de la ladera de la cumbre de Cree. Llegó a saludarla, pero ella no advirtió su presencia. Ésa fue la última vez que la vieron con vida.

–¿Y tú dónde estabas?

–Al otro lado de la cumbre de Cree. Con ese nombre, parece la cima de una montaña o algo así, pero en realidad sólo es una elevación del terreno en torno a la cual el arroyo describe una curva.

Cerré los ojos.

–No he vuelto allí desde ese día, me resultaría insoportable, ni siquiera paseo por esa parte del terreno, pero recuerdo todos los detalles. Si Natalie se hubiera alejado del puente y hubiera seguido el camino que avanza paralelo a la orilla meridional del Col, por el lado de Alan y Martha, habría llegado a un sendero pedregoso, habría pasado entre unos árboles de la cima y, desde allí, habría podido verme. A pie, no estábamos a más de dos o tres minutos de distancia la una de la otra.

–¿Tú qué hacías ahí?

–Eso es lo único que recuerdo con absoluta nitidez. Todos y cada uno de los detalles. A los dieciséis años yo era una chica taciturna. Seguramente no te habría caído muy bien. Estaba un poco enamorada, me sentía un poco desamparada, y ese verano lo pasé casi entero con Natalie, aunque no tanto como antes, por diversos motivos, o con Theo, o sola. Ese día, a primera hora de la tarde, me encontraba especialmente triste. Cogí el único ejemplar manuscrito de los poemas de amor que había estado escribiendo ese verano, me dirigí al Col y me quedé allí, justo en la orilla, apoyada en una roca donde comienza la ladera de la cumbre de Cree, sin moverme durante un par de horas, releyendo los poemas y escribiendo otro. Entonces, llevada por un impulso, los arranqué del cuaderno uno a uno, los arrugué para que parecieran un clavelito blanco y los tiré al río; me quedé mirando cómo se los llevaba la corriente hasta que desaparecieron de mi vista. La verdad es que no creo que tenga sentido seguir hablando de esto.

–Por favor, Jane, no te detengas.

–Si insistes... El problema que me plantea este proceso, lo que me suscita desconfianza, es que tengo la sensación de que me estás animando a regodearme en unas emociones, quizás incluso a aumentarlas, que no considero particularmente valiosas ni positivas.

–¿Qué emociones?

–No me refiero a ninguna en concreto. Pero tomemos como ejemplo la situación que acabo de describir. Durante muchos años he tenido un sentimiento de culpa muy intenso, porque pensaba que podría haber hecho algo para impedir lo que pasó. Estaba muy cerca; si las cosas hubieran cambiado un ápice, si hubiera decidido acercarme a la cumbre de Cree, es posible que nada hubiera sucedido, que hubiera salvado a Natalie. Al mismo tiempo era consciente de que eso era ridículo, y de que puedes aplicarle ese razonamiento a casi cualquier situación.

–Tienes un intenso sentimiento de culpabilidad.

–Sí.

–Bien, creo que lo dejamos aquí. –Me ayudó a incorporarme–. Lo has hecho estupendamente –añadió.

Noté que me sonrojaba, como en las ocasiones en que me alababan públicamente en el colegio y yo me enfadaba un poco por ser tan vulnerable.

9

Entre los huesos había otros huesos. Cuando la estrangularon, Natalie estaba embarazada. La policía se lo dijo a Alan y Martha; éste llamó a sus hijos, y Claud me llamó a mí el día antes del funeral. Al principio fui incapaz de procesar la información que me daba esa voz reconfortante. Como acostumbraba a pasar cuando él asumía ese papel profesional y tranquilo, yo empecé a despotricar de forma irracional. Sólo se me ocurrían preguntas inconexas.

–Pero ¿cómo podía estar embarazada?

–Jane, esto es duro para todos.

–¿Quién pudo ser el padre?

Su voz empezó a denotar hartazgo e impaciencia:

–Acabo de enterarme, sé lo mismo que tú.

–El funeral se va a celebrar igualmente, ¿verdad?

–Sí. La policía nos ha entregado los restos.

–¿Y no pueden llevar a cabo ningún examen? ¿No es posible descubrir la identidad del padre con pruebas de ADN o algo así? Tú eres médico, tienes que saberlo.

Ésa fue la señal que le permitió adoptar un tono pedagógico.

–Jane, estoy seguro de que los forenses han guardado muestras. Aunque, por lo que yo sé, será imposible trazar un perfil genético. Me parece que son necesarias muestras de sangre o de fluidos corporales.

–¿No se puede extraer el ADN de los huesos?

–¿Crees que es el momento para hablar de esto? Las células óseas tienen núcleos, por lo que evidentemente contienen ADN, pero creo que, en los esqueletos enterrados, éste se descompone: las cadenas de ADN no sólo se rompen, sino que también se contaminan. No soy un especialista en el tema. Tendrás que dirigir tus preguntas a las autoridades pertinentes, como se suele decir.

–No parece que haya muchas posibilidades –observé.

–La situación no pinta bien.

Embarazada. Me dieron ganas de vomitar; noté esa sensación ominosa que me había estado acechando, como una opresión en el corazón desbocado.

–Ay, Claud, Claud, Dios mío... ¿Qué vamos a hacer?

Me dejé caer en la vieja butaca verde que había al lado del teléfono y me mecí levemente.

–¿Hacer? –repitió–. La familia va a formar una piña, como siempre, y vamos a superar esto. Sé que es duro para todos, pero debemos ayudarnos los unos a los otros. Alan y Martha se llevan la peor parte. Para ellos es muy importante que mañana asistas al funeral. –Dulcificó la voz–. No nos abandones, Janie. Estamos todos en el mismo barco. Vendrás, ¿verdad?

–Sí.

Llamé al teléfono privado de Helen Auster en Kirklow, pero estaba muy ocupada y no pudo hablar mucho. Me dijo que al cabo de unos días se desplazaría a Londres, que tal vez podríamos vernos. En cualquier caso, ¿qué le habría podido preguntar?

El ataúd era estrecho y el cielo estaba gris. En los árboles no había hojas, aunque sí se veían flores de vivos colores en las lápidas nuevas y brillantes con inscripciones edulcoradas y rodeadas de césped sintético. Las losas antiguas, preciosas y desgastadas, no tenían flores. Contemplé la iglesia. Románico del norte, me su-

surró alguien al oído. Claud, quién si no. Me propuso que, si después me sobraba tiempo, fuese a ver la fachada normanda. Afortunadamente, las campanas ahogaron sus palabras.

La tumba parecía una herida abierta en el suelo. No tardarían en introducir en ella la caja de huesos, en cubrirla con tierra. En el transcurso de un año la hierba habría crecido sobre esa cicatriz. Se convertiría en un lugar al que acudir de forma esporádica, al que llevar flores. En Navidad dejaríamos acebo, en primavera cogeríamos narcisos y otras flores. La tumba acabaría por perder ese aspecto nuevo y lívido. Se fundiría con el paisaje desolado y los niños jugarían junto a ella. Los domingos, los grupos de fieles pasarían a su lado sin fijarse. Llegaría un día en que no quedaría nadie para visitar el lugar donde reposaba Natalie. Los desconocidos se detendrían frente a la lápida, acariciarían las fechas inscritas y dirían: murió joven.

Al ver a Martha creí que se me iba a partir el corazón. Había envejecido diez años en un período de pocas semanas. La pena le había avejentado el semblante, su cabello presentaba una tonalidad aún más pálida que el blanco. Se quedó muy erguida, frente al viento gélido, y no lloró. Decidí que seguramente ya no le quedaban lágrimas. Ella no creía en Dios, pero yo sabía que acudiría todas las semanas a la tumba de su hija. Por primera vez me pregunté cuántos años le quedarían. Siempre la había considerado inmortal pero ahora me pareció frágil, agotada. A Alan también se lo veía destrozado, como si de pronto su estatura hubiera menguado y estuviera encorvado dentro del abrigo; se aferraba a un bastón. Los cuatro hijos estaban con la espalda muy recta, quietos, apuestos en sus trajes oscuros. Los demás (mujeres y ex mujeres, nietos y amigos) nos mantuvimos a unos pasos de distancia. Ni Jerome («Tengo clase») ni Robert («No, no me gustan los funerales») habían venido, pero Hana, inesperadamente, había aparecido en mi casa a las siete de la mañana, con una larga falda de color malva, un sándwich de beicon en la mano, un termo y un ramillete de anémonas que parecían joyas.

–Si no quieres que vaya, sólo tienes que decírmelo –me espetó, pero yo sí que quería.

Me alegré de que estuviera a mi lado, dándome la mano, mientras el aire le enrojecía la nariz y su absurda vestimenta ondeaba al viento. A escasa distancia, un hombre de mediana edad cuyo rostro me era vagamente familiar –de nariz ganchuda y mirada penetrante– se sonó la nariz de forma estruendosa con un pañuelo enorme. No se oía nada más. Ningún pájaro cantaba.

Bajo ese clima gélido, el párroco pronunció torpemente el discurso típico sobre la muerte y la resurrección. Bajaron el ataúd, con su contenido doble y luctuoso, al hoyo. Martha se acercó con gran lentitud y dejó caer sobre él una única rosa amarilla. A mi espalda percibí un sollozo quedo. Nadie más emitió sonido alguno. Martha volvió a la posición anterior y le dio la mano a Alan. No se miraron, sino que se quedaron con la vista fija en la zanja que ya estaba siendo cubierta. Claud se aproximó con un ramo de flores; uno a uno, todos lo seguimos. Un montículo de intensos colores ocultó enseguida la tierra removida. La herida de la familia quedó cosida de forma exuberante.

Vista a través de mis ojos aquejados de un picor doloroso, La Granja presentaba un aspecto distinto. De pequeña me parecía la casa más acogedora del mundo. En mis recuerdos, era el lugar al que uno volvía después de largas caminatas en el ocaso: la piedra brillante, el resplandor de las ventanas, las volutas de humo de las chimeneas, todo aquello anunciaba el calor del interior. Ahora daba la impresión de estar abandonada. En las ventanas no había luz. En torno a la puerta crecían las malas hierbas. El sauce llorón que se doblaba por encima del camino de entrada estaba húmedo y descuidado.

Jane Martello, la restauradora ambulante, había llevado merengues, hermosos bollitos con mantequilla sin sal, la mermelada que había hecho el año anterior y una tarta de Madeira. La noche antes del funeral me había quedado cocinando hasta la madrugada: la cocina había quedado impregnada del olor de la esencia de vainilla y de la ralladura de limón. Cuando la tarta había empezado a subir en el horno, había llamado a Claud otra vez.

–¿Quién va a asistir? –había preguntado.

–No estoy seguro –repuso; después dijo varios nombres.

–¡Luke! ¿Luke va a estar?

–Bueno, ¿y por qué no? –me había respondido en un tono un tanto irascible; al mirar el reloj de la cocina me había dado cuenta de que ya habían dado las doce hacía mucho: seguramente lo había despertado.

–Pero si era su novio. Natalie estaba embarazada y Luke era su novio.

–Buenas noches, Sherlock. Mañana te veo.

Mientras dejaba las vituallas en la larga mesa de roble de la cocina de La Granja, me di cuenta de que era precisamente Luke quien se había sonado la nariz. Al cabo de unos minutos llegaría con los demás y charlaríamos educadamente. La intensa pena sentida junto a la tumba de disiparía en medio del tedio de los sándwiches y las conversaciones intrascendentes. Deberíamos habernos marchado cada uno por nuestro lado, habernos alejado con nuestra congoja y nuestra aprensión y haber convivido con ellas durante cierto tiempo. Metí los bollitos en el horno para calentarlos y Hana llegó con los merengues. No nos dijimos nada: ella siempre había sabido estar en silencio.

–Jane, cariño. Hana. –Era Alan, pero un Alan sin fanfarria. Tenía la barba mal recortada, o quizá no se la había peinado. A

Claud yo nunca le había permitido que se dejara barba–. Martha ha subido al piso de arriba, pero bajará enseguida. ¿Puedo ayudar en algo?

–No, Alan, no te preocupes.

–Entonces, voy a...

Hizo un ademán impreciso y se marchó arrastrando los pies.

Dejé a Hana sacando los platos y salí al jardín. Antes incluso de encender un cigarrillo, mi aliento formó unas espirales en el aire. Vi que unos grupos de personas iban avanzando ya por el camino de entrada. Todavía no me veía capaz de lidiar con ellos: salí por la puerta lateral y rodeé la fachada para evitarlos. Mi comida me sustituiría durante un ratito.

–¿Y ahora a qué te dedicas? –pregunté.

Me encontré precisamente con lo que había estado temiendo. Escudriñé a aquel hombre respetable vestido con un traje de tonos apagados, mal planchado y no demasiado limpio. Seguramente se lo ponía de vez en cuando para ir al trabajo. Sin embargo, a quien vi realmente fue a un chico delgado con gafas de montura redonda y metálica, con una melena negra, que besaba a Natalie, que prácticamente se la comía, que le sostenía la nuca con dos manos cariñosas. A Natalie le iba la marcha. De forma inexplicable, tuve la sensación de que esa pregunta lo dejaba perplejo.

–Soy profesor –contestó–. En Sparkhill. Un instituto.

Luke era alto y enjuto. Se encorvaba al hablar; con esa nariz larga recordaba un poco a un pájaro melancólico. Pero su mirada denotaba sagacidad. Automáticamente, le solté lo que siempre soltaba a los profesores, que su profesión era la más necesaria y todo eso. Blablablá.

–Te voy a dar la dirección –propuso–, y así puedes pedirnos

el folleto informativo. –Un atisbo de la antigua sorna de Luke, pero carente de entusiasmo–. Oye, Jane, ¿podemos hablar?

Me cogió del hombro, me hizo atravesar varios grupos de gente y llegamos a la puerta.

–Mejor aquí –añadió entre susurros apresurados, como si le faltara tiempo y otros pudieran oírle. Mientras me hablaba no dejaba de mirar detrás de mí, como suele hacer en las fiestas alguien que busca a un interlocutor más interesante–. Me he enterado... Theo me ha contado... que a Natalie la asesinaron. Una gran sorpresa. Y luego me ha dicho que estaba embarazada. Me he dado cuenta de que, al cabo de tantos años, no me iban a recibir con los brazos abiertos, precisamente. Martha ni siquiera ha sido capaz de saludarme. Theo, todos, creen que lo hice yo.

–¿Que hiciste el qué?

Me sentí cruel, implacable. Todos los rasgos de su rostro se derrumbaron y él volvió a sacar el pañuelo. Me vino un recuerdo repentino y breve en el que él aparecía llorando, de niño, pero se disipó. Pensé que, de todos los hombres presentes en la vida de Natalie, él era el primero a quien había visto llorar por ella.

–Yo la quería. Sé que sólo era un adolescente y un imbécil, pero la quería. Era tan cariñosa y tan... tan... despiadada.

–¿Cómo sabes que no estaba embarazada de ti? –pregunté, guardándome los adjetivos que él acababa de emplear para recurrir a ellos después.

Ya había dejado de llorar y me miraba fijamente a los ojos:

–No lo hicimos –anunció–. Ella no quería. Tuvo que haber otro.

–¿Quién? ¿Cuándo?

–¿Cómo quieres que lo sepa? He intentado dar con alguna respuesta, te lo juro, la que sea. Una vez, no tengo ni idea de dónde, nos estábamos besando, yo la estaba besando. Le brillaba una preciosa pelusilla dorada en las mejillas, aunque estaba muy oscuro. Recuerdo que la noté con los labios. Y empecé a tocar a Natalie, a acariciarla, pero ella me apartó y me espetó: «Oye, que sólo eres un crío». Y tenía un año más que ella. No me lo podía creer, pero era dada a hacer cosas así. Ya sabes cómo era. La conocías mejor que nadie.

No me apetecía mantener aquella conversación.

–Y bien, ¿ por qué me lo cuentas?

–Pero ¿me crees?

–¿A quién le importa lo que yo crea?

–A mí –repuso, y después farfulló algo que no entendí. Hizo un esfuerzo ostensible por recobrar la compostura–. Pero no hay nada que hacer, ¿verdad? Todos habéis cerrado filas. Veo que es lo más cómodo para vosotros.

Me di la vuelta y me marché.

–Estáis escogiendo el camino más fácil –añadió.

No le hice ni caso.

10

–Toma, todo esto es tuyo.

Empecé a meter discos en cajas de cartón. Cuando Claud y yo nos conocimos, él ya había reunido una extraordinaria colección de vinilos, ordenados alfabéticamente dentro de las diversas categorías por género. Había cinco míos: dos de Miles Davis y los otros tres de Neil Young, todos ellos demasiado rayados para ser reproducidos en el tocadiscos de Claud. En todo caso, él ya los tenía. Durante el transcurso de nuestro matrimonio él no había dejado de comprar música: clásica, jazz, soul, punk. Su entusiasmo era infinito; su tolerancia también. Al llegarles la época de la rebeldía, Jerome y Robert habían traído a casa los últimos ruidos: house, techno, grunge, yo nunca sabía cuál era cuál, y les seguía el juego manifestando mi espanto y mi ignorancia. Pero Claud había conseguido que todo aquello le gustara. Ponía canciones de rap que hablaban de asesinar policías y que escandalizaban incluso a Robert. Peroraba sobre la importancia de aplicarle la libertad de expresión a uno que se llamaba Iced Tea, o como fuese.[1]

Claud escuchaba entusiasmado discos de Guns 'n' Roses mientras sus hijos lo obervaban con el ceño fruncido, y yo me quedaba mirando una ilustración de portada en la que aparecía una mujer a la que, al parecer, la estaba violando un robot. Cuando venían sus hermanos revisaban la colección y ponían música

1. El rapero en cuestión no se llama Iced Tea [Té con hielo], sino Ice-T, que en inglés suena parecido.

que les traía recuerdos, por ejemplo un espantoso solo de batería de quince minutos que, por lo visto, despertaba la imagen proustiana de una fiesta largo tiempo olvidada o de alguna pobrecilla que se había hecho ilusiones con alguno de ellos.

–Y esto también –añadí. Coloqué unos ordenados montones de discos compactos al lado de las cajas. Él se me quedó mirando con los ojos empañados. No reaccioné–. He repasado casi todos los libros, pero creo que deberías mirarlos de nuevo, por si acaso. En algunos de ellos resulta difícil tomar una decisión. Los he dejado todos en este estante.

–*Venecia*, de James Morris –dijo con voz nostálgica–. ¿Te acuerdas de la vez que fuimos?

Me acordaba. Habíamos estado en febrero, cuando reinaban la humedad y la neblina y casi no había nadie. Habíamos recorrido muchos kilómetros por calles grises, sin fijarnos en el hedor dulzón de las aguas, maravillándonos ante las fachadas verdes y desconchadas y los *palazzi* antiguos, adentrándonos sin rumbo fijo en iglesias rebosantes de suntuosas obras de arte. Habíamos hecho el amor en duras camas con cabeceros de madera mientras las contraventanas crujían.

–*Setas de Europa*, *La decadencia y caída del Imperio Romano* de Gibbon, Auden, poemas de Hardy, *Aves de Gran Bretaña*. –Se había puesto a pasar el dedo por el estante–. *Estar solo es divertido:* éste debería llevármelo. Ah, este otro debe de ser mío. –Sacó una fina guía Shell de las iglesias rurales de Inglaterra y la metió en su caja–. Los libros de los dos podemos dárselos a los chicos. No sé, parece lo suyo. ¿Puedo tomar una copa ya?

–No leen. No hemos mirado las fotos ni la porcelana; gran parte de los muebles es tuya.

–Jane, ¿puedo beber algo? No tengas tanta prisa en borrar hasta mi última huella en esta casa.

Nos sentamos a la mesa de la cocina, y serví dos copas de un brebaje barato y de color rojo. Encendí un cigarrillo y aspiré profundamente todo el humo cancerígeno. Primero charlamos sobre nuestros hijos, luego sobre Natalie: esto último, sorprendentemente, de forma reflexiva y relajada. Ya estaba harta de tantas expresiones de afecto y añoranza. Él habló de sus travesuras, de sus burlas, de su capacidad para descubrir secretos y para forjar alianzas. Ésa era la Natalie de verdad, no la chica que había muerto, que no planteaba problemas y a la que se había idealizado. Yo había olvidado a la auténtica, pero en ese momento volví a notar cómo era. Él y yo compartimos recuerdos y volvimos a llenar nuestras copas. Resultaba difícil reconstruir el orden de los acontecimientos, pero ella no había estado mucho con Luke en esas últimas semanas. Él la aburría, y ella se había mostrado distante, cosa que al chico le había causado rabia y perplejidad: llamaba a ver quién estaba en casa y al final acababa hablando con Martha o conmigo.

También mencionamos la famosa fiesta, mis imágenes borrosas de aquel día y el recuerdo de una precisión extrema de Claud de su vuelo a Bombay con Air India, junto a Alec, y de los dos meses que pasó vagabundeando únicamente con veinte libras, si es que aquello había sido posible. Polvo, hachís y disentería. Yo siempre había querido ir. Durante la conversación volví a pensar que él y yo habíamos tenido la intención de repetir su viaje algún día (de forma algo más higiénica), pero esperé a que él sacara el tema. Manoseé un platito antiguo que había en la mesa. Lo había fabricado alguien famoso y era muy caro: uno de los dos se lo había regalado al otro, pero ya no sabía quién.

Aquello no era una buena idea. Alzó la copa y me sonrió de forma socarrona; sentí una desesperada y reminiscente punzada de deseo hacia ese hombre. Antes de separarnos, muchas veces nuestra relación había funcionado mejor en presencia de otras personas. Lo contemplaba al otro lado de una sala, veía que resultaba encantador, o cómo una mujer atractiva lo agarraba del brazo o reía por algo que él había dicho y que yo no había oído, y me daba cuenta de la suerte que tenía. Casi todas mis amigas lo adoraban y me envidiaban por lo guapo que era, por lo atento que se mostraba conmigo, por su fidelidad. No se percataba cuando las mujeres flirteaban con él o intentaban cosas peores, cosa que lo hacía aún más irresistible. Advertí que nos habíamos sumido en un silencio dubitativo. Fui consciente de lo que se avecinaba.

–Sé que no debería decirlo –comenzó, y supe que iba a pronunciar un discurso preparado–, pero tengo la sensación de que esto, todo esto –añadió mientras indicaba con un gesto el caos que nos rodeaba–, es un gran error. He pasado de estar hablando contigo de tus problemas a verme por ahí en un apartamentucho, y creo que deberíamos darnos una segunda oportunidad. –Su voz ahora denotaba un espantoso e intenso entusiasmo–. No me gusta nada decir esto, pero quizá deberíamos ir a un terapeuta.

No pude evitar que aquello me conmoviera: Claud siempre había manifestado su desprecio por todas las versiones de psicoterapia.

–No, Claud. –Me obligué a callar, a no desarrollar mis palabras y presentar una explicación que él podría rebatir.

–Pero no eres feliz –insistió–. Mírate: fumas compulsivamente, estás pálida y delgadísima. Sabes que has cometido un error.

–Nunca he dicho que pretendiera estar feliz –repuse–. Pero tengo que asumir mis decisiones.

–¿Qué he hecho mal? ¿Qué te he hecho, para que prefieras esto?

Más gestos. Señalando la habitación. Señalándome a mí.

–Nada. No quiero hablar del tema. No va a servir de nada.

–¿Ha pasado alguna otra cosa, algo que no me has contado?

–preguntó a la desesperada–. ¿Es por Theo? Ya está, ya lo he dicho. ¿No he estado a la altura de la imagen idealizada que tienes de él?

–Claud, no sigas, estás quedando en evidencia.

–Hay algunas cosas que podría contarte de Theo, cosas que ha hecho...

–No me las creo, Claud. Y, en cualquier caso, él no tiene nada que ver con lo nuestro.

De repente él se vino abajo.

–Lo siento. Lo lamento de veras, pero es que te echo mucho de menos.

Apoyó la cabeza en las manos y miró a través de la celda de sus dedos.

Ahí, sentados a la mesa de la cocina con Claud, en las mismas posiciones que habíamos ocupado durante tantos años y viendo cómo las lágrimas se le colaban entre las manos, sin moverme para consolarlo, fui incapaz de recordar por qué había roto nuestro matrimonio. No me sentía vinculada a la antigua sensación de rabia, de frustración arrebatadora, de pánico, de que el tiempo se me escapaba. Lo único que anhelaba era paz, amistad, rutina, un hogar. Había ido erigiendo mi vida piedra a piedra y, un día del septiembre anterior, había tirado todo el edificio y éste había caído sobre mí. Me sentí vieja, cansada, derrotada. Por un instante estuve a punto de arrodillarme junto a la silla de Claud, de abrazarlo hasta que dejara de llorar en silencio, de hundir el rostro en su regazo, de notar cómo me acariciaba el cabello y de saber que me había perdonado. Pero no hice nada, y el momento pasó. Al cabo de un par de minutos se puso en pie.

–Vendré a buscar las cosas en otra ocasión.

Yo seguía agarrando el platito.

–¿Y esto? –Se lo tendí.

–¿Esto? Es de los dos. –Lo cogió con ambas manos y, sin

mostrar emoción alguna, ni siquiera torcer el gesto, lo partió por la mitad y me dio una de las partes. Me quedé tan anonadada que no me moví, ni siquiera dije nada, aunque vi que se había hecho un corte bastante serio en un dedo–. Sólo me llevo esto.

Metió el fragmento de porcelana en una de las cajas. Le abrí la puerta y una ráfaga de lluvia entró en la casa.

–Me has decepcionado, Jane –me dijo.

Yo me encogí de hombros.

Ya en el dormitorio, me quité los pantalones vaqueros y la rebeca gris, me desabroché los pendientes, me cepillé el cabello y me puse un camisón. Tuve una idea. Me dirigí al cuarto de baño y me froté jabón sobre un dedo. Tiré con fuerza y el anillo salió por encima del nudillo. Lo enjuagué y lo llevé a mi despacho, la antigua habitación de Jerome, ahora atestado de caballetes, hojas de papel milimetrado y correspondencia sin contestar. Abrí un cajoncito del escritorio, en el que guardaba las pulseras identificativas que habían puesto a mis hijos en el hospital al nacer, el corcho de una botella de champán en la que yo había escrito a bolígrafo las palabras EXÁMENES FINALES, la última carta que me había enviado mi madre, con caligrafía temblorosa debido al dolor, y las fotografías recién recuperadas de Natalie. Dejé ahí el anillo y cerré el cajón. Luego me fui a la cama y allí permanecí tumbada durante largo rato, esperando sumirme en la inconsciencia.

11

–¿Te sorprende?

–Me deja pasmada –repuse–. Creo que no te haces una idea de lo que siento al respecto.

–Cuéntamelo –me pidió Alex.

–Es verdad, para eso estamos aquí, ¿verdad? –respondí entre risas–. Lo siento, estoy soltando frases hechas. Sólo he reaccionado de forma automática diciendo lo que uno debe decir al hablar de emociones intensas. Que no se pueden expresar. Que todo es inexpresable. Supongo que me siento estafada, aunque estafada es una palabra demasiado suave, porque demuestra que Natalie tenía otra faceta que yo desconocía. Lo puedo definir aún con mayor claridad. Nuestra amistad, desde niñas, casi parecía un juego. A los demás les decíamos que éramos amigas íntimas y hermanas. Estábamos rodeadas de chicos; las únicas chicas, nosotras. Charlábamos de todo, sobre todo de noche, en su habitación. Durante ese verano de 1969 las cosas empezaron a cambiar un poco. Ya habíamos tonteado con chicos, pero su relación con Luke era distinta, algo en lo que yo no podía participar. Al mismo tiempo, yo estaba locamente enamorada de Theo.

–Háblame de él.

–¿Que te hable de él? ¿En esa época o ahora?

–Lo que prefieras.

–Theo sigue siendo estupendo. Lo quiero. Si lo conocieras hoy, estoy convencida de que te caería bien. Es alto, bastante atractivo, se está quedando calvo; aunque su calvicie es como de artista, no como la de un director de banco que se peina los mechones de forma que le tapen la calva.

–Qué interesante –observó con una carcajada–. Debemos examinar tu rechazo a los directores de banco.

–El mío me resulta simpático –me defendí–. Ha sido muy amable conmigo, por mucho que yo lo haya provocado.

A pesar de las noticias aciagas, esa sesión con Alex fue más relajada. Percibí un ambiente de amistad, quizás incluso de flirteo. Me sentí liberada. Sabía que se me permitía decir todo lo que quisiera.

–Bueno, pero Theo no es director de banco ni artista. Ocupa una zona de lo más imprecisa, y resulta dificilísimo saber con toda precisión a qué se dedica. Es asesor de gestión de información. No, yo tampoco tengo ni idea de en qué consiste eso. Hace negocios con una empresa con sede en Zúrich y también desarrolla una carrera académica, con frecuencia lo invitan como profesor invitado a cualquier parte. Todo muy moderno, mucho más allá de los puestos directivos convencionales, muy bien remunerado, un poco abstracto y filosófico: siempre está yéndose a un congreso en Toronto o a supervisar una fusión en un castillo de Baviera. Las personas como yo, que vivimos en un solo sitio y que trabajamos en las inmediaciones, parecemos una antigualla. Es una persona impactante, siempre lo ha sido.

»Antes de ese verano de 1969 llevaba prácticamente un par de años sin verlo. Se había marchado a estudiar fuera y yo había estado saliendo con un chaval que no sólo tenía una moto, sino que además sabía desmontarla y volver a montarla sin dejarse ninguna pieza, cosa que en cierto sentido también impresionaba, pero todos acabamos encontrándonos de nuevo, poco a poco, a finales de julio, en La Granja, para celebrar la fiesta en honor a Alan y Martha, y Theo me dejó alucinada. Medía un metro noventa, llevaba el pelo largo, cursaba el bachillerato, había cogido un montón de asignaturas de ciencias pero también leía a Rimbaud y a Baudelaire en francés y sabía tocar la guitarra, tocarla de verdad, no rasguearla, sino con notas individuales, le salía una música parecida a la de Leonard Cohen, y me conquistó por completo. Desde un punto de vista espiritual, casi exclusivamente.

»Lo siento, me estoy yendo por las ramas. Lo que intentaba aclarar es que, en cierto sentido, aquél fue el verano en que Natalie y yo nos hicimos mayores. Esa separación entre nosotras, al menos esa separación relativa, marcó el hecho de que nos habíamos convertido en dos personas individuales, de que habíamos desarrollado vidas independientes y privadas. No sé cómo describirlo. Recuerdo un momento que ocurrió en torno a una semana antes de su desaparición. Fui al pueblo más cercano, a Kirklow, seguramente a comprar algo para la fiesta. Vi a un grupo de jóvenes sentados delante de un pub de la plaza, fumando y bebiendo. Natalie estaba con ellos. Con el pelo recogido, se reía por algo que habían dicho; en ese momento miró en derredor y nuestras miradas se cruzaron. Esbozó media sonrisa y apartó la vista; eso bastó para que me diera cuenta de que no me permitía acercarme y unirme a ellos. Al pensar en ese verano, creo que el dolor sentido por la horrible tragedia de su muerte se agudizó por haber coincidido con el período en que me vi obligada a dejar de ser una niña, a sumirme en la confusión de la vida adulta.

Cuando terminé se produjo un prolongado silencio, pero no noté ninguna necesidad de romperlo. Esos parones habían dejado de intimidarme.

–Ah, pues entonces ya está –dijo él; me sorprendió su tono sarcástico y despreocupado.

–¿Cómo que ya está?

–Lo has hecho muy bien, Jane. Has encajado todas las piezas.

Has conseguido enfrentarte a la muerte de Natalie y relacionarla con una evolución positiva ocurrida en tu vida. Ella murió, tú te hiciste adulta y te convertiste en arquitecta. Ya está. Fin del análisis. Felicidades.

Me dejó hecha polvo.

–¿Por qué te pones tan sarcástico, Alex? Es horrible.

–Jane, ¿te gusta leer?

–¿De qué hablas?

–Seguro que te encanta leer novelas. Seguro que, cuando estás de vacaciones, lees una al día.

–Pues no. Leo bastante despacio.

–¿Y nunca has querido escribir una?

–¿Te estás burlando de mí? Di lo que quieras decir y no me marees.

–Lo digo en serio, Jane, deberías planteártelo. Estoy convencido de que se te daría muy bien. Pero no lo hagas aquí, conmigo. Eres una mujer inteligente, y lo que me has contado es una explicación perfectamente plausible de tu experiencia. No te cuesta encontrarla. No me cabe duda de que mañana podrías llegar a este despacho, ofrecer otra versión de tu vida e interpretarla de otro modo, distinto: resultaría igual de convincente. Si estuvieras contenta con tu vida y todo marchara a las mil maravillas, eso podría funcionarte. Casi todos recurrimos a ello, aunque a la mayoría no se le da tan bien como a ti. Te inventas interpretaciones perfectas de tu vida como si fueras un pulpo que expulsa una nube de tinta y se escabulle detrás de ella. ¿Estoy siendo injusto?

Me sentía enormemente desorientada, como si hubiera soltado el ancla.

–No lo sé. No sé qué decir.

Él se acercó hasta entrar en mi campo de visión y se arrodilló a mi lado. Su semblante expresaba más diversión que censura.

–¿Y sabes qué, Jane? Sospecho que tienes una edición de bolsillo de Freud en casa y que, aunque te has prometido que un día la leerás entera, no has llegado a ponerte del todo, pero la has hojeado unas cuantas veces. Y que también has leído un par de libros sobre terapia. Una de las cosas que has aprendido es que las herramientas del análisis son la palabra y la interpretación, que apenas se ocupa de los hechos concretos, sólo del valor que nosotros les atribuimos. ¿Me equivoco?

–No estoy yo tan segura –protesté.

No quería rendirme a él. Transmitía una gran seguridad.

–Quiero que te olvides de todo lo anterior –prosiguió–. Quiero curarte... durante cierto tiempo, al menos... de tu considerable capacidad para dar coherencia a tu vida. Quiero que te fijes en las cosas que te han sucedido, en lo que ha ocurrido de verdad. Dejemos las interpretaciones para más tarde, ¿de acuerdo?

–Me sorprende que piense usted que los hechos y las interpretaciones no van de la mano, doctor.

–Y sé que tú crees que sí. Puedo soltar tantas gilipolleces como el que más si es eso lo que quieres, podemos pasarnos dos horas a la semana con esos jueguecitos y analizar hasta el último detalle el significado del significado. ¿Es lo que buscas?

–No.

–Hasta ahora me has contado la típica historia de amor veraniego en que uno se hace adulto. –Se levantó y volvió a la butaca–. Cuéntame aspectos más incómodos y desagradables de lo que pasó.

–¿No basta que Natalie estuviera embarazada y que después la mataran? ¿Te hacen falta más cuestiones desagradables?

–Jane, es que me estás presentando un verano perfecto e idílico vivido junto a una familia que todos adoraban. ¿Es ése el contexto para un asesinato?

–¿Por qué tiene que haber un contexto? A lo mejor la mató

alguien que no guardaba ninguna relación con la familia, alguien cuya existencia ni siquiera conocíamos.

–¿Y a ti qué te parece?

–¿Quieres decir que cuáles son mis emociones?

–No, qué piensas al respecto. Cuáles son tus ideas.

Me quedé callada durante un largo rato.

–La verdad es que sólo tengo una –anuncié–. A lo mejor es una tontería, seguramente es lo que creyó la agente de policía con la que hablé, pero no dejo de darle vueltas a lo más evidente, al problema que plantea el lugar donde la encontraron. Dado que el cadáver estuvo oculto durante veinticinco años, y que fue descubierto únicamente por accidente, resulta evidente que, como escondrijo, el sitio era casi perfecto, pero también muy raro. No sé cómo se comportan los asesinos, ni lo que hacen con las víctimas, pero supongo que las entierran en bosques lejanos, que las dejan en páramos o en zanjas. La última vez que vieron a Natalie fue al lado del río. La podían haber arrojado a él. Pero la enterraron delante de nuestras narices el día después de una gran fiesta, cuando la zona estaba a rebosar de gente. No le veo ningún sentido, aunque sí estoy segura de que no fue un vagabundo que pasaba por ahí quien la atacó y la ocultó prácticamente delante de la puerta de la casa.

–¿Y? ¿No tienes nada más que contarme? Tiene que haber algo –insistió Alex.

–Pues no sé. Sucedió hace muchísimo tiempo. Me da la impresión de que, al mencionar ciertas cosas, les damos más importancia de la que realmente merecen.

–Veamos si es así o no.

Me agarré al diván: mis dedos parecían garras.

–Había problemas, como en todas las familias. En cierto sentido, a lo mejor los nuestros se notaban más porque las relaciones eran muy estrechas y nos veíamos con frecuencia.

–Ahórrame las excusas, cuéntamelos y ya está.

–Eran cosillas irrelevantes. No debes olvidar la edad que teníamos en esa época, porque todavía éramos lo bastante jóvenes para que esas pequeñas diferencias importasen, y mucho. Natalie acababa de cumplir los dieciséis; Paul los dieciocho, estaba a punto de marcharse a Cambridge y andaba obsesionadísimo con ella.

–¿Mantenían algún tipo de relación?

–Natalie pasaba completamente de él. Ahora parece inconcebible, pero Paul era un adolescente muy tímido, de una timidez agresiva, y nunca había tenido novia. Yo veía que intentaba armarse de valor para seducir a Natalie y un par de veces, de madrugada, trató de pasarle el brazo por los hombros, cosas así, pero ella reaccionó de forma bastante brusca.

–¿Con una brusquedad innecesaria?

–Ni idea. ¿Cómo puede uno juzgar eso? Pero voy a decir lo que me parecía: a veces daba la sensación de que, en parte, Natalie utilizaba la atracción que Luke sentía por ella para herir a Paul. Y, cuando se distanció de Luke, quiso torturarlo usando a Paul.

–¿Y tú cómo te lo tomabas?

–¿Qué sentía al ver cómo mi mejor amiga humillaba a mi hermano? Me molestaba, aunque quizá menos de lo que debería. Fundamentalmente me producía vergüenza. A lo mejor también me inspiraba ciertos celos: todos, al menos los chicos, se fijaban en ella. Ella fingía pasar de ellos, cosa que no era cierta, evidentemente, aunque no se maquillaba y las demás sí, tampoco se reía de sus chistes y sólo flirteaba adoptando una pose irónica. La verdad es que a veces manifestaba desprecio, pero no importaba. Paul estaba coladito por ella. Pero ¿acaso no es la adolescencia un período despiadado? Por cómo lo estoy contando, da la impresión de que todo aquello revistió una importancia mayor de la que realmente tuvo.

–¿Cuáles eran los sentimientos de Paul?

–Nunca ha mencionado el tema; sólo habla de eso como si formara parte de esa juventud idílica que ahora va a convertir en un documental para la televisión.

–¿Crees que eso es lo que siente de veras?

–Es posible que ahora sí. No me parece que lo pasara particularmente bien en aquella época, al menos no durante aquel verano.

–¿Eso es todo?

–Sí.

Oí un suspiro de impaciencia detrás de mí.

–Jane, intentas distraerme. Pero no era eso lo que me ibas a contar en realidad.

Me acordé de una ocasión, de niña, en que estaba subida a un trampolín muy alto: la única forma de atreverme a zambullirme fue lanzarme sin preparación, sin pensarlo.

–Lo más complicado de aquel verano... siempre era una cuestión complicada, pero esos meses aún más... fueron las infidelidades de Alan.

–No me digas...

–Bueno, todo el mundo sabe que le ha sido infiel a Martha de forma continuada. El espantoso estereotipo de toda la vida. Él la quiere y no puede dar un paso sin ella. Pero ha tenido un montón de amantes prácticamente durante todo el tiempo que llevan casados, al menos eso tengo entendido. Supongo que habría acabado pasando de todas formas, pero a raíz del éxito de *El primer tren*, cuando se hizo famoso, empezó a tener que quitarse de encima a las jóvenes disponibles del mundillo literario.

–¿Martha estaba al corriente de esas relaciones?

–Creo que sí, aunque no conocía los detalles. Lo llevaban con discreción, y la situación se mantuvo así mucho tiempo. De las amantes no se hablaba, eran tema tabú. Me parece que el asunto se despachaba diciendo que esas relaciones carecían de importancia.

–¿A ella le molestaban?

–Yo creo que a la gente eso siempre le molesta, ¿no? Martha es una mujer sensata e imagino que desde el principio se dio cuenta de cómo era Alan, y advirtió que no podía hacer nada por cambiarlo. Aunque a lo mejor fue demasiado sensata y le faltó algo más de temperamento. Estoy segura de que ha sufrido mucho.

–¿Lo sabíais todos?

–No. Viéndolo ahora, en perspectiva, hay cosas que sólo se hicieron evidentes una vez que fuimos cayendo en la cuenta. Quizá te resulte difícil comprenderlo, pero es posible saber algo y no saberlo al mismo tiempo. No sé si me explico.

–Perfectamente.

–En cualquier caso, acabó siendo imposible seguir ignorando las andanzas de Alan. Para resumir este tema tan sórdido: nos enteramos de que el verano anterior había estado acostándose con una chica que era amiga de Natalie y mía. Tenía la misma edad que nosotras. Se llamaba Chrissie Pilkington y era hija de una familia de la zona, unos buenos amigos de los Martello, y compañera de clase de Natalie. Fue espantoso.

–¿Cómo lo descubristeis?

–Ella se lo contó a Natalie. Ésta me lo dijo a mí. Fue todo muy extraño, pasamos una tarde muy intensa hablando de ello. Yo me escandalicé más que ella, que no parecía sorprendida, pero sí... asqueada, diría yo. Habló de él en términos muy crueles, de su aliento cervecero y de su barriga. Recuerdo que lo imitó cuando estaba borracho. Pero después no volvió a sacar el tema, ni yo tampoco. Seguramente yo sabía que estaba prohibido.

–¿Le comentaste algo a Alan? ¿O a Martha?

–No, la verdad es que no encontré el momento. Pero se lo conté a Theo. Supongo que casi todos los jóvenes nos enteramos.

–¿Y qué pasó después? ¿Cómo te sentías al respecto?

–¿Qué pasó? Pues no lo sé muy bien, la cuestión pasó a un segundo plano con todo el caos de la desaparición de Natalie. Esas relaciones nunca le duraban mucho a Alan e imagino que utilizó el ambiente ominoso causado por esa desaparición para cortar con la chica.

–¿Y qué sentimientos te inspiró eso?

–Varios. Lo que siempre me sucede en el caso de Alan. A veces pienso que es un gilipollas que utiliza a los demás y que es capaz de todo con tal de conseguir lo que quiere en un momento concreto. Otras veces me parece un ser lamentable, débil, alguien a quien hay que cuidar o soportar. A veces, incluso, lo veo como aquellos que no lo conocen personalmente: el bueno de Alan, el incorregible, un histrión y estrambótico pero inimitable personaje, y siento que somos afortunados de que forme parte de nuestras vidas. Cuando me encuentro más próxima a Martha mis sentimientos son más hostiles, pero ella seguramente se lo toma con mayor estoicismo.

Me quedé callada. Tenía la mente en blanco. Todo aquello me agotaba. Alex también estaba pensando.

–Siento haber sido brusco, Jane.

–Un poco sí lo has sido.

Se levantó, alzó la silla y le dio la vuelta para que yo pudiera verla: se apoyaba en unas ruedecitas. Vi las huellas que había dejado en la alfombra. ¿Era la primera vez que la movía?

–Casi hemos terminado, sé que debes de estar muy cansada pero quiero que intentemos una cosa. Lo había pensado para sesiones posteriores, pero tal vez merezca la pena probarlo ahora.

–¿El qué?

–Un poco de paciencia. Mi intención es que tú dirijas este proceso. Yo iré siguiendo las pistas que me vayas dejando. Hablaremos de muchas cosas, o eso espero, pero tengo la sensación de que el agujero negro que constituye el meollo del asunto es el día de la desaparición de Natalie, esa coincidencia, o casi coincidencia, cuando estuvisteis a punto de veros.

–Ya. ¿Y?

–Pues que quiero que volvamos a esa cuestión.

–No estoy muy segura de que haya mucho más que añadir. Sucedió hace muchísimo tiempo.

–Sí, soy consciente de ello. Pero vamos a probar una especie de ejercicio. En cualquier caso, te vendrá bien. Túmbate, túmbate del todo, cierra los ojos y relaja todo el cuerpo, empezando por los pies y las piernas, el tórax, después los brazos y finalmente la cabeza. ¿Te has relajado?

–Mmmm.

Ahora su voz casi parecía un zumbido lejano, como el que emiten unas abejas al otro lado de una ventana.

–Ahora, sin abrir los ojos, quiero que imagines el paisaje junto al río en el día de la desaparición. No que me lo describas, ni que lo mires, sino que te imagines de nuevo en él, sentada en la orilla. Regresa a esa situación. ¿Puedes hacerlo?

–Sí.

–Estás sentada, ¿verdad? La colina queda detrás de ti.

–Sí.

–Dime cómo es.

–Noto en la espalda la piedra de la cumbre de Cree. El bosque queda a mi derecha. El bosque que separa el río de La Granja. Tengo el río Col a la derecha. Veo cómo discurre hacia abajo. Veo el curso de la corriente por los trozos de papel que arrugo y tiro a ella. Se alejan de mí y en el momento en que toman la curva empiezan a subir y bajar al superar los pequeños rápidos, bueno, que más bien son una zona de agua poco profunda por encima de unas piedras, hasta que desaparecen.

–¿Qué tiempo hace?

–Calor, mucho calor. Estamos en plena tarde. Me encuentro a la sombra, debajo de una hilera de olmos que tengo a la derecha y que conforman la linde del bosque. Noto que la piedra en la que me apoyo está fría.

–¿Haces algo?

Se me quedó la mente en blanco y farfullé algo.

–Ya está, Jane, abre los ojos. Lo dejamos aquí.

Empecé a incorporarme.

–Por cierto –añadió–, ¿debería saber por qué la novela de Alan Martello se titula *El primer tren*? ¿Es una cita, o algo así?

–¿No la has leído?

–La tengo pendiente.

–Creía que todo el mundo la había leído. El título se basa en una frase que, supuestamente, el reverendo Spencer le dijo a uno de sus alumnos universitarios, más o menos la siguiente: «Ha faltado usted a todas mis clases de historia y suspendido este trimestre. Debe usted marcharse en el primer tren». Ese primer tren es el que va de Oxford a Londres.

–Supongo que la gracia se pilla si uno lee el libro.

–La verdad es que no se trata de un chiste, más bien aspira a expresar una especie de desencanto anti Brideshead.

–Ah, pues gracias por iluminarme, Jane. A lo mejor soy yo quien te debería pagar.

Enarqué una ceja.

–Eso sí que era una broma –añadió enseguida.

12

Cuando éramos pequeñas –debíamos de tener ocho o nueve años–, Natalie y yo nos quedábamos despiertas por la noche y hablábamos de lo que íbamos a ser de mayores. Aún puedo verla ahora, cómo se abrazaba las rodillas por encima del camisón. Las dos íbamos a ser muy guapas y admiradas, y tendríamos muchos hijos. Siempre seríamos amigas, y nos visitaríamos en nuestras enormes casas de campo. Todo era posible. Ni se me pasaba por la cabeza, cuando afirmaba que me convertiría en cantante, que mi voz parece el croar de una rana toro. Un croar desafinado. Mi madre me tocaba las notas en el destartalado piano de pared que mi padre vendió tras su muerte, y yo intentaba repetirlas cantando. Cuando el gesto de aliento de su fino rostro no decaía, sino que permanecía como un banderín de vivos colores que indicaba la necesidad de paciencia, yo sabía que había fracasado. Abandoné la idea de ser cantante y empecé a elegir cosas que se me daban bien: dibujar, escribir, los números. ¿Qué se podía hacer con los números? Antes de los diez años ya había llegado a la conclusión de que quería ser arquitecta, como mi padre. Empecé a construir maquetas con viejas cajas de cartón y a dibujar planos imposibles en el papel milimetrado que robaba de la mesa de mi padre. Construí futuristas bloques de apartamentos con cajas de cerillas vacías. Aquello se convirtió en mi territorio, en el lugar que nadie invadía.

Al principio Natalie declaraba que quería ser bailarina de ballet, después actriz, luego locutora de televisión. Quería que la viesen, que la contemplasen. Con el transcurso del tiempo, cada vez pasaba más horas mirándose en los espejos, observando fijamente su pálida cara, convirtiéndose en su propio público. No daba la impresión de que lo hiciera por vanidad, sino más bien que se evaluaba fríamente, lo cual resultaba desconcertante para una persona como yo. En mi caso, los espejos originaban rechazo y, algunas veces, procuraban consuelo.

Ese día, mientras elegía la ropa, me acordé de ella. La sargento Auster iba a pasarse por mi oficina. Después tenía una comida con Paul, quien me había preguntado, como si tal cosa, si me importaba que lo acompañara un ayudante de investigación. Le habían aceptado la propuesta, el documental televisivo iba a producirse, el jefe de proyectos le estaba presionando y ya le había reservado un espacio en la parrilla de primavera. Me puse un chaleco negro, una falda de seda de color burdeos, me abroché unos ajustados pantalones negros y busqué por todas partes las botas negras. Sí, me importaba. El pánico se había apoderado de mí desde que me había enterado de lo del embarazo de Natalie. A veces me costaba respirar. Recorrí en bicicleta las calles de Londres mientras pensaba: «Ninguna persona que se fijara en mí pensaría que estoy viviendo en un ambiente ominoso». Iba disfrazada.

Al contarle a Kim lo del embarazo, en el pasillo, se le habían llenado los ojos de lágrimas. «Pobrecilla», había dicho, y su reflexiva compasión me había sobresaltado y avergonzado. Yo intentaba resolver un problema técnico. Pero ¿había pensado en mi amiga de la infancia? ¿Había tratado de imaginar lo que debía de haber sufrido? Kim me sacó de mis cavilaciones.

–Yo estuve una temporada intentando quedarme embarazada. Mientras estaba con Francis.

–No lo sabía.

–Me pareció una buena idea. No hubo suerte. Recurrimos a varios métodos, los dos nos hicimos pruebas que no arrojaron resultados concretos. En cualquier caso, ahora él está casado y tiene dos hijas. No queda más remedio que tomárselo con humor, ¿no?

–¿Por qué no me lo habías contado?

–Te lo estoy contando ahora. Para mí es importante que lo sepas. Quiero que tengas claro que puedes contar conmigo, y que no te quepa duda de que yo también cuento contigo.

–Pero en esa ocasión no lo hiciste.

–No digas tonterías, Jane. Siempre me he apoyado en ti.

Nos abrazamos y me separé de ella en la puerta, donde se quedó con una extraña sonrisa de azoramiento; esa conversación me había dejado escamada. Pensé en nuestra amistad, en la que habíamos compartido escapadas de fines de semana, comidas, tazas de té con cucharillas grasientas, largos paseos. ¿Tenía razón Kim? Yo no estaba tan segura de que la característica principal de nuestra amistad hubiera consistido en que yo buscara apoyo y ella me lo brindase. Incluso esa confesión, realizada mucho tiempo después de que resultara relevante, parecía una triquiñuela para que yo confiase en ella. Mientras avanzaba por la orilla del canal fui construyendo una versión de nuestra relación en la que yo siempre había cumplido el papel de persona imperfecta y llena de carencias, y en la que Kim siempre había sido la independiente y la fuerte. ¿Eran siempre así las amistades más íntimas? ¿Una de las dos partes daba y la otra recibía?

En esta ocasión Helen Auster había venido sola. Subió las escaleras que llevaban a nuestra oficina y apareció con un conmovedor semblante de torpeza, jadeando por lo alto que estaba nuestro piso y por lo mucho que le pesaba la bolsa que llevaba al hombro. Nos estrechamos la mano y la llevé a mi mesa. Enseguida quedó impresionada por las vistas, y yo le indiqué dónde quedaba el embarcadero, el canal, le enseñé el camino por el que volvía en bicicleta y la conduje al otro lado para mostrarle la torre que se alzaba en la zona de Isle of Dogs, que en mi opinión, le dije, había conseguido conferir una nota frívola al perfil urbano de Londres.

–Me gusta –comentó.

Nos serví un café a ambas y volvimos a mi mesa.

–¿De qué quieres hablar? –le pregunté–. En las conversaciones con la policía siempre tengo la sensación de que soy culpable de algo.

–No creo que sientas eso en este encuentro –me tranquilizó Helen.

–Debe de ser complicado iniciar la investigación de un asesinato tras un período de veinticinco años.

–Entre nosotras –me confesó–, estamos empezando de cero. En aquella época, el Departamento de Investigación Criminal consideró en todo momento que Natalie se había fugado. Así que la vamos a llevar a cabo ahora –añadió dando un golpecito a la abultada bolsa.

La abrió y sacó una fina carpeta. Me tendió dos fajos de papeles, ambos grapados.

–Aquí hay dos listas de nombres –me anunció–. En la primera aparecen las personas que asistieron a la fiesta celebrada en honor de Alan y Martha Martello el sábado 26 de julio de 1969. En la segunda se recoge a las personas que estaban presentes, esto es, que se encontraban en la casa o en las inmediaciones, o que fueron de visita ese día, o al día siguiente, el domingo, la última vez en que vieron a Natalie.

Repasé esos nombres. Llenaban varias páginas.

–Extraordinario –afirmé–. ¿Cómo habéis conseguido todos estos nombres? ¿Había una lista de invitados?

–No, pero hemos estado hablando con varios miembros de la

familia. Quien más nos ha ayudado ha sido Theodore Martello. Ya me he reunido con él unas cuantas veces. Tiene una memoria asombrosa.

¿Se había ruborizado?

–Desde luego. Veo algunos nombres que he olvidado por completo. Creo que a William Fagles no lo he visto desde la fiesta. Según veo, ahora los Courtney viven en Toronto. Eran los padres de una de las mejores amigas de Natalie. ¿Puedo sacar una copia de estas listas?

–Éstas son para ti. A lo mejor te refresca la memoria leerlas. Advertirás que a algunos invitados sólo se los identifica con el nombre de pila; a lo mejor puedes darnos el apellido. O quizá se te ocurran otros.

–Pues, para empezar, el Gordon de aquí debe ser Gordon Brooks. Era amigo de los gemelos.

–Todavía no he repasado la lista con ellos. Apúntalo.

–Qué proceso tan tedioso, ¿no?

–Te aseguro que es más emocionante que lo que algunos agentes están haciendo.

–¿Has hablado ya con Alan?

–Sí, claro –confirmó–. Te voy a enseñar lo que estoy leyendo.

Metió la mano en la bolsa y sacó una recientísima edición de Penguin de *El primer tren*.

–¿Te está gustando?

–Es una maravilla. No es que sepa mucho de literatura, pero... me parece divertidísimo. Ahora Alan Martello es un personaje tan solemne que resulta difícil imaginarlo escribiendo algo tan... bueno, tan irreverente.

–No creo que esa solemnidad sea para tanto.

–Conmigo fue muy adusto cuando le pregunté qué estaba escribiendo en estos momentos. Sois una familia de lo más peculiar.

–Sí, parece que es la opinión que tiene la gente. Si vas a leer todos los libros escritos por miembros del clan, tendrás que pedir un año sabático. Para empezar, están los libros infantiles que Martha ha ilustrado. Algunos de ellos son espléndidos. Todas las temporadas que Alan ha sufrido un bloqueo creativo, de forma ostensible e histriónica, Martha ha estado trabajando sin descanso y de forma silenciosa.

–Creo que por ahora me ceñiré a Alan Martello. ¿Sus otras obras están bien?

–Sólo tiene otra novela, y un par de libros de relatos. No hay nada que esté a la altura de *El primer tren*. Pero ni se te ocurra contarle que te lo he dicho.

Charlamos sobre otros asuntos durante unos minutos. Ella me hizo preguntas relacionadas con la arquitectura y yo quise saber por qué se había hecho agente de policía. Me confesó que había estudiado física, pero después de imaginarse toda una vida en un laboratorio de investigación se había rebelado contra esa idea. Eso hizo que me cayera bien. Apuró el café.

–Debería irme ya –dijo–. Cuando hayas revisado esos papeles podríamos reunirnos de nuevo, si no te importa. Últimamente vengo mucho a Londres.

–¿A tu marido no le importa?

–Él trabaja más que yo.

La acompañé a las escaleras. No pude reprimir las siguientes palabras:

–Helen, veinticinco años son muchos años. ¿Todo esto tiene algún sentido?

–Claro que sí.

–Había pensado que a lo mejor podíais analizar el ADN del... bueno, del feto, pero según Claud al cabo de tanto tiempo resulta imposible.

–Tiene razón –confirmó con una sonrisa.

–Entonces, no hay pruebas forenses.

–Existen otras posibilidades, no muchas. Aunque nada que pueda sustituir las labores policiales de toda la vida. Nuestro inspector jefe se pasa el día recordándonoslo. Adiós, Jane, hasta pronto.

Mi padre se negaba en redondo a participar en el programa. Paul le había rogado, había puesto el grito en el cielo, incluso le había enviado a Erica, que había aparecido con la excusa de llevarle unos bulbos para el jardín, para que lo convenciera. Pero a mí ni se me ocurrió decirle que no.

Atravesé a toda prisa el aire húmedo que se estaba convirtiendo en llovizna y llegué en bici al restaurante del Soho que Paul había elegido. Su ayudante de investigación era una joven llamada Bella, muy alta y delgada, con una aureola pelirroja y unos ojazos perfilados con *kohl* que tenía clavados en Paul como si lo adorase; fumaba unos cigarrillos de olor acre que iba encendiendo con la colilla del anterior, tomaba agua mineral y picoteaba una ensalada.

Mientras yo comía unos huevos escalfados, le pregunté a mi hermano con quién más iba a reunirse.

–¿Sabes que papá no quiere hablar? –Yo asentí–. Pero Alan ha reaccionado estupendamente –añadió–. Ya hemos tenido dos sesiones. Él sí que habla, madre mía. No sé si estabas al tanto de que se ha dejado el pelo y la barba más largos, tiene un aspecto demacrado y salvaje. Me ha recitado poemas y ha perorado durante largo rato sosteniendo que los más débiles son los más fuertes, o algo así; cuando se ha puesto a describir nuestros veranos era como si estuviera leyendo una novela en voz alta.

Yo torcí el gesto:

–Lleva un par de décadas haciendo lo mismo en pubes y restaurantes, hablando como si leyera su novela.

Paul, que estaba metiendo un trozo de pan integral en la yema del huevo y bebiendo vino tinto a grandes sorbos, no se dio por enterado.

–En realidad apenas ha hablado de Natalie, aunque me ha dado algunas fotos. Martha no había rehusado intervenir expresamente, pero cuando he encendido la grabadora y le he hecho unas preguntas se ha quedado con una sonrisa... una sonrisa tristísima, muy leve... y ha negado con la cabeza. No parece muy feliz, Jane.

–Está enferma –repuse, y después inquirí–: ¿Y los demás?

–Todos han accedido a hablar. Todo el mundo quiere salir por la tele. Theo cree que tiene madera de gurú televisivo. Alfred y Jonah lo tienen más que decidido. Claud está prestando ayuda. –Me miró con el rabillo del ojo y Bella también me contempló con curiosidad–. Esto va a ser interesante, Jane. Y tengo la impresión de que va a triunfar. Vamos a ser como los Walton.

–Me parece que voy a tomar un poco de vino –anuncié–. Entonces ¿a mí qué me vas a preguntar?

Bella se acercó al magnetófono y lo encendió.

–¿Te importa? –preguntó, aunque de forma retórica.

Aquello era para la televisión. ¿Cómo iba a oponerme?

Resulta extraño, o más bien inquietante, que estemos dispuestos a realizar declaraciones ante una grabadora, ante un público potencial compuesto por millones de personas anónimas que no nos intimidan, pero que no queramos, o seamos incapaces, de contar ciertas cosas a un amigo o a un amante. O a un hermano. Paul me preguntó por mis recuerdos de La Granja («Cuéntamelos en desorden, como te vayan saliendo», me pidió), y, mientras los carretes del magnetófono giraban y el bolígrafo de Bella se deslizaba muy atareado por el cuaderno de ésta, rescaté recuerdos que ni sabía que tenía. Cróquet en el jardín; acalorados episodios jugando al corre que te pillo; expediciones por el bosque en las que Claud asumía el papel de líder; secretos festines de madrugada con comida sustraída de la generosa despensa de La Granja; el labrador baboso y de fauces siempre abiertas que tenían los Martello (¿se llamaba *Candy*?), lanzándose con escasa agilidad al río para buscar palos; frambuesas, debajo de una tela protectora verde, que recolectábamos en las tardes calurosas; días dedicados a la preparación de mermeladas (grosella, mora, fresa, frambuesa de Logan, ciruela damascena, ciruela); el picor de las quemaduras solares cuando nos aplicábamos crema en los hombros los unos a los otros; comidas vociferantes en las que todos nos poníamos fanfarrones y Alan nos azuzaba. Recordé amaneceres en los que el rocío aún seguía en la hierba, y largas noches en las que los adultos cenaban y nosotros oíamos el entrechocar de los cuchillos y los platos, el murmullo de las conversaciones, cuando nos calzábamos unas botas de agua sin nada debajo y salíamos disparados al columpio del jardín, debajo de la enorme haya roja. En dichos recuerdos, los niños íbamos de un lado a otro formando un único grupo, los adultos siempre quedaban en segundo plano, y siempre lucía el sol. Aquello no era lo que Paul quería.

–Es curioso que sólo te acuerdes de tu primera infancia –comentó–. ¿Y después, en la adolescencia?

De pronto noté que el vino adquiría un sabor agrio. ¿Por qué estaba participando en aquello? Tuve ganas de parar.

–¿Quieres que hable del verano en que Natalie desapareció? ¿Es eso lo que te interesa?

–Si quieres, habla de ello.

–Recuerdo lo mal que lo pasaste, Paul. Yo contemplaba cómo Natalie te humillaba, sin saber qué hacer al respecto, y...

–Pero ¿qué dices? –me interrumpió de forma abrupta; Bella apagó el magnetófono y dejó el bolígrafo–. ¿Se puede saber qué estás haciendo, Jane?

–¿A qué te refieres?

–No te hagas la inocente conmigo. Sabes a qué me refiero. Estás tergiversando conscientemente los recuerdos, ¿verdad? ¿A que sí?

–No –repuse. Aparté el plato, tomé un poco de vino y encendí un cigarrillo. Ya me sentía más dueña de la situación, no tan fascinada por la suave luz dorada de mi pasado imaginario–. ¿Vas a ignorar lo colado que estabas por Natalie y lo cruel que ella era contigo? Fue complicado, ¿no? Estabais Natalie y tú, también ella y Luke, y yo y Theo, después yo y Claud, también estaban los gemelos, para darles de comer aparte, con esas bromas tan tontas, también estaba Alan tirándose a esas chicas mientras Martha nos preparaba la comida y nos ponía tiritas en las rodillas, estaba la infelicidad de mamá, ¡y vete tú a saber qué pensaría papá de todo aquello!

»Y también recuerdo –ya no podía callarme, las palabras brotaban de mí como un torrente– que, cuando yo tenía dieciséis años y tú dieciocho, Natalie desapareció. Tú lo consideras el fin de nuestra inocencia. Eso puede quedar bien en la tele, pero ¿te lo crees de veras?

En algún momento Paul había vuelto a encender el magnetófono. Me di cuenta de que mi hermano tenía sentimientos encontrados: por un lado la confusión personal y, por otro, el interés profesional. No cabe duda de que yo le estaba dando lo que quería. Pero entonces dije algo terrible. Ya había pronunciado las palabras, que se quedaron suspendidas entre nosotros como una espada, antes incluso de pensarlas:

–¿Y cuándo fue la última vez que viste a Natalie, Paul?

Para mi sorpresa, no reaccionó con hostilidad. Se quedó mirándome durante unos segundos, estudiándome; después amasó una bolita de pan con los dedos, se acercó a la grabadora y dijo delante de ella:

–No lo recuerdo. Aquello sucedió hace mucho tiempo.

Pedimos el café y Bella y yo fumamos otro cigarrillo. Paul quedó entre dos nubes de humo azulado y me planteó otras preguntas, pero la entrevista en sí había terminado. Al poco tiempo me puse la chaqueta de cuero, le di un beso en la mejilla, me despedí de Bella con una inclinación de cabeza y me marché. Londres mostraba un aspecto gris y desastrado con aquel viento húmedo, y las aceras estaban llenas de papeles. Una mujer con un niño me pidió dinero, le di cinco libras y reclamó diez. Qué desastre de mundo.

13

–Hay una pequeña parte de Alan que se lo está pasando bien con todo esto.

Le estaba preparando la cena a Kim, que había llegado del quirófano con cara de agotamiento, dos botellas de vino y unos quesos blanduzcos. Preparé el puré de patatas, una ensalada verde, puse flores frescas en la mesa: tenía alguien para quien cocinar. Ella se había quitado los zapatos y deambulaba silenciosamente por la cocina como atontada, levantando las tapas de las ollas y examinando el contenido de la nevera. Yo había pasado por el supermercado al salir de la oficina y la tenía a rebosar: tomates de un rojo sospechosamente intenso, cabezas de hinojo, una lechuga de nombre raro, una cuña de parmesano, tarrinas de yogur, pasta fresca, un sobre de salmón ahumado. Había tomado la decisión de portarme bien. No más cenas cuyo único cometido era encender e inhalar. Casi todas las mañanas iba a nadar antes de llegar al trabajo; casi todas las noches me preparaba una cena en condiciones.

–¿A qué te refieres?

Descorchó una botella de vino y nos sirvió una copa a cada una. Di un sorbo, puse cebolla picada en una sartén y empecé a extraer con el dedo la mucosidad babosa de un calamar.

–Bueno, supongo que está destrozado. Pero ¿has visto la entrevista en *The Guardian*? ¡Hay que ver! Paul me ha llamado hace poco y me ha dicho que le acaban de hacer una sesión de fotos para una revista femenina. Van a publicar un extenso artículo sobre famosos con hijos que han muerto.

–No existen los problemas –observó Kim con sorna–, sólo las oportunidades.

–¿Es eso lo que le dices a tus pacientes? Pues la mayor oportunidad de todas es el acto que se celebra mañana por la tarde en el Instituto de Arte Contemporáneo, dentro del ciclo «Ancianos Airados»: una conversación entre Alan Martello y Lizzie Judd, esa profesora universitaria que se hizo conocida gracias a aquel libro que se titulaba *Una silla incómoda*, en el que atacaba a C. S. Lewis, Roald Dahl y otros autores de libros infantiles, gracias al cual salió en los periódicos. Es de esas que van a la yugular.

–¿Piensas ir?

–Claro. Es como lo que pasa con las corridas de toros: la gente dice que debes asistir al menos a una en la vida. No sé si a Alan le dará por sacar su faceta de caballero educado, o la del hombre que no se calla las verdades y que escandaliza, pero ambas tendrán consecuencias nefastas.

–No te preocupes, Jane, la gente se divertirá. Será como una versión moderna de ese deporte en que se echaban los perros a un oso, precisamente el tipo de acontecimiento que tanto le gusta a Alan.

–No creo que sea muy divertido para la nuera del oso.

Mientras dábamos cuenta del calamar me enteré de que Kim había conocido a un hombre. Se llamaba Andreas. Tenía seis años menos que ella y era músico, bajito, guapo y sentimental; la primera cita entre ambos había durado todo un fin de semana y sólo se había visto interrumpida porque Kim había tenido que salir de la cama para acudir al domicilio de unos pacientes. Su vida sexual siempre me había inspirado envidia: la variedad, la emoción, la cantidad. Uno de sus atributos más interesantes como amiga era su disposición a comentar lo que hacía en la cama con esos hombres. Yo sólo había podido corresponder de forma muy limitada. Le pregunté, de forma tímida e imprecisa, si aquello tenía visos de convertirse en algo serio, pero ella hizo un gesto de negación con la mano, como siempre.

–¿Echas de menos a Claud? –me preguntó mientras comíamos el queso.

¿Qué podía decir? Sabía que Kim no me exigiría una respuesta rotunda.

–Me falta una parte de mi vida, pero la verdad es que también quería liberarme de esa intimidad de tantos años. Puede que me dé un poco de miedo lo que he hecho, pero al mismo tiempo me produce ilusión. –Hice una pausa para aclarar las ideas–. Tengo la sensación de que están pasando cosas muy importantes en mi vida, pero que ahora mismo no ocupo la posición que debería. Casi me apetece acompañar a la policía, participar. Como si tuviera que hacer algo para descubrir cómo murió Natalie. Necesito saber qué sucedió.

–Tuvo que ser su antiguo novio, ¿no?

–¿Te refieres a Luke?

–Sí, la policía está tras él.

–Lo están interrogando.

–Pues ya está. Luke la dejó embarazada, discutieron y él la mató, quizás accidentalmente. Y la enterró.

–¿En el jardín de Alan y Martha? ¿Delante de la casa?

–La gente no se comporta de un modo lógico cuando ha asesinado a alguien. ¿Te he hablado alguna vez de un paciente mío que mató a su mujer? Descuartizó el cadáver y mandó las partes a varias oficinas del Barclays Bank de todo el mundo.

–No parece mala idea.

–Ya, pero puso su dirección en la declaración aduanera.

–¿Por qué?

–Su psiquiatra aseguró que quería que lo atrapasen.

–¿Esa historia es cierta?

–Claro que sí. En cualquier caso, lo insólito del lugar no disipa las sospechas sobre Luke, ni sobre nadie. Alguien debió de enterrarla ahí.

–Es cierto –reconocí–. Pero debió de ser difícil para cualquiera.

Siempre se dice que, si los ahorcamientos públicos se celebraran de nuevo, atraerían a grandes multitudes. El Instituto de Arte Contemporáneo estaba atestado. El público lo componían fundamentalmente jóvenes. Estaban colocando unas cámaras de televisión cerca del escenario, y un hombre corpulento con unas gafas de montura metálica, como las de Bertolt Brecht, se paseaba por él con una tablilla sujetapapeles. Me metí a duras penas en una fila para llegar a los dos asientos vacíos del centro. Theo aún no había llegado. Al hombre que estaba en la butaca de al lado casi no se le veía a causa del enorme del abrigo de *tweed* que llevaba. Le pisé y me tropecé con una bolsa de plástico que había en el suelo.

–Perdón –dije irritada; él me dedicó un breve movimiento de cabeza y volvió a quedarse escudriñando el techo.

Apareció Theo con un traje negro y un maletín, que le daban un aspecto formal que allí desentonaba. Me dio un beso en la mejilla y me confesó en un cuchicheo:

–Acabo de ver a Alan. Está borracho.

–¿Borracho? –chillé.

–Lleva un pedo descomunal.

–Pero ¿cómo es que ha bebido? Tiene que subir al escenario dentro de nada.

–Todavía puede hablar –me aseguró Theo–. A la señora Judd le va a costar hacer que se calle.

Solté un gemido. ¿Por qué se me había ocurrido ir?

Un par de minutos después de las ocho, Lizzie Judd apareció

en la tarima con aire resuelto; era una mujer de una belleza adusta y lucía un ajustado traje gris. Llevaba el cabello rubio peinado hacia atrás, iba sin joyas ni maquillaje y no traía notas. Se sentó en una de las dos butacas y se sirvió un vaso de agua. Entonces entró Alan a grandes zancadas, como si estuviera llegando a un programa de entrevistas.

–¿Qué se ha puesto, Theo? –musité.

Pero ya conocía la respuesta. Un batín de terciopelo que a veces utilizaba en casa por las noches. Un sombrero de fieltro de ala curva coronaba su cabeza canosa. Me hizo pensar en un póster de Toulouse-Lautrec que había tenido en la pared de una de mis habitaciones de estudiante. Ese anciano ridículo y huraño me inspiró una oleada de compasión. No aplaudió mucha gente, aunque el hombre que tenía al lado sí. Alan se dejó caer pesadamente en la butaca vacía que había al lado de Lizzie Judd. Sostenía un gran vaso prácticamente lleno de un líquido del color del whisky. Le dio un sorbo y barrió la sala con la mirada.

Lizzie Judd le expresó sus condolencias («y seguro que también las del público») por el descubrimiento del cadáver de Natalie. Hizo un apresurado resumen de *El primer tren* («novela antirromántica... en la tradición del realismo cómico... clase media-baja... esencialmente masculina»). Despachó los libros posteriores, mucho menos conocidos, en una frase, y terminó afirmando que el largo silencio del autor constituía un tema al que, sin duda, volveríamos después.

–Señor Martello... –empezó a decir.

–Llámame Alan –interrumpió éste.

–De acuerdo, Alan. John Updike ha declarado que no hay ninguna necesidad de escribir novelas cómicas. ¿Qué comentarías al respecto?

–¿Quién es John Updike?

Lizzie Judd pareció sobresaltarse levemente.

–¿Perdón?

–¿Es americano?

–Sí.

–Pues ya está.

–¿Es ésa tu respuesta?

Alan se había recostado mientras ella se lo preguntaba (así pude ver que llevaba los calcetines desparejados). Se incorporó lentamente, tomó un poco de whisky y se acercó a su interrogadora.

–Mira, Lizzie, yo he escrito una novela que es la hostia de buena. La hostia de buena. ¿Tienes un ejemplar aquí? ¿No? –Miró al público–. ¿Alguien ha traído uno? –No hubo ninguna reacción–. Abrid todos *El primer tren* por la página de créditos y veréis que se han estado realizando reimpresiones ininterrumpidamente. Por lo visto, la gente se ríe con ella. ¿A mí qué más me da lo que diga un yanqui tiquismiquis?

Lizzie Judd demostró un gélido aplomo.

–Pasemos a otro tema, si te parece. En fechas recientes, tus novelas han recibido críticas procedentes de sectores feministas.

Él soltó un bufido.

–¿Te encuentras bien? –inquirió ella.

–Sí, no pasa nada, continúa.

–Se ha apuntado que las mujeres sólo aparecen en tu obra encarnando personajes arteros o como objetos sexuales de grandes pechos que devienen en el deseo de los protagonistas. Incluso algunos de tus admiradores han reconocido que, cuarenta y cinco años después, el sexismo de tus novelas continúa planteando un problema.

Él dio un gran trago al whisky, cosa que le impidió hablar durante un rato sorprendentemente largo.

–¿Y por qué supone un problema? –dijo al terminar de tragar–. Me alegro de que sigan resultando atractivas. No sé qué tiene de malo considerar atractivas a las mujeres de grandes pechos. Son espléndidas.

Hundí la cabeza entre las manos. A mi lado alguien sofocó una risita. No había sido Theo, sino el hombre del otro lado.

Alan hizo una pausa, daba la impresión de que disfrutaba del embarazoso silencio. Judd siguió callada, a la expectativa.

–Era una broma, Lizzie. Supongo que no se puede hablar de cosas como los pechos, ¿verdad? No está permitido. Lizzie, cariño, ¿estás diciendo que odio a las mujeres?

–¿Por qué crees que digo eso?

–Porque es lo que decís las personas como tú. ¿Estamos hablando de mí o de mis libros? Me encantan las mujeres. Me encanta follar. Al menos me encantaba, cuando aún era capaz. ¿Era eso lo que querías que te contara? Bueno, ¿hablamos ahora de mi libro?

Yo ya tenía la cabeza entre las rodillas; empezó a rondarme la idea de taparme los oídos. Oí el ruido de unos pies que se arrastraban. ¿Se había levantado Alan?

–Esa novela me salió del corazón. –Un puño golpeado contra el pecho. Amplificado por el micrófono inalámbrico que le habían puesto, aquello produjo un sonido parecido al de un ariete contra la puerta de un castillo–. Y la escribí cuando era muy joven, y la gente que la utiliza para debatir sobre lo que Alan Martello piensa de las mujeres me suda la polla. Estoy hasta los cojones de los que opinan que una novela es mejor que otra porque resulta menos conflictiva.

Un murmullo de agitación se extendió entre el público. Al levantar la vista me encontré rodeada por un bosque de brazos levantados. Lizzie Judd señaló a una joven sentada en uno de los laterales.

–Entonces, ¿afirma usted que el mérito literario es completamente ajeno a las cuestiones morales?

–Que te den –le espetó Alan–. Coño, que no estamos en el club de debate de Oxford, ¿no? Creía que íbamos a hablar de mis libros. ¿O vamos a hablar de sexo? Lizzie, ¿quieres contarnos qué haces en la cama y con quién, si es que haces algo?

Llegaron gritos desde varias partes del auditorio. La señora Judd no perdió los estribos y pidió silencio como si fuera el juez de silla de un partido de tenis.

–Señor Martello, ¿quiere continuar usted con esta conversación?

Alan alzó el vaso; parecía que intentaba proponer un brindis, de forma extraña e inadecuada.

–Yo estoy estupendamente –declaró.

Unas manos se agitaron en el aire. Un joven pálido y delgado se puso en pie, con una bufanda que le daba tantas vueltas al cuello que apenas se le veía el rostro.

–Yo también soy un hombre, señor Martello.

–¿Y? –repuso éste con gesto de desconfianza.

–Pero no pertenezco a su generación –prosiguió el tipo en un tono vacilante–. Creo que a las mujeres les ha hecho daño ese cariño que usted dice profesarles, esa sexualidad predatoria que usted presenta de forma positiva. El mundo no va a cambiar mientras las personas como usted, con una voz que los demás escuchan, no se desprendan de ese machismo que hacen pasar por libertad artística.

Unos murmullos de conformidad se propagaron por la sala. La luz intensa de los focos de televisión resultaba abrasadora, y Alan sudaba. Lizzie Judd presentaba un aspecto inmaculado y frío.

–Eres un imbécil presuntuoso –repuso Alan, a quien ya le costaba pronunciar las palabras con claridad–. Si las mujeres dependen de ti para ser defendidas, lo llevan claro. Las animas a que asuman el papel de víctimas, a que presenten acusaciones de acoso y de violación a las primeras de cambio. Hay que joderse.

Una mujer exclamó: «¡Cabrón!» desde el fondo del auditorio. La impavidez de Lizzie Judd empezaba a ser inquietante:

–Ésa es su postura sobre el tema de la violación, ¿verdad, señor Martello?

Él apuró el whisky y dejó el vaso, pero le faltaron unos centímetros para llegar a la mesa y éste se hizo añicos sobre el escenario.

–No pasa nada –dijo–. ¡Hay que tener huevos! A las mujeres les gustan los hombres fuertes y una cierta dosis de violencia. Sólo se quejan después. Quejarse las tranquiliza. Son reacias a reconocer que les gusta estar en celo, como las perras. Yo nunca he recibido ninguna protesta por parte de una mujer. Estas cosas no se dicen, ¿verdad? No son políticamente correctas.

–¿Es ésta la opinión de un prestigioso novelista? –inquirió la entrevistadora, mostrando ya ciertas señales de alarma por lo que se había desencadenado.

–No soy un jodido prestigioso novelista –gritó Alan con voz poco inteligible–. Llevo treinta años sin acabar una puta novela. Aunque tampoco somos trabajadores sociales. Desarrollamos nuestra actividad en un ámbito en el que los hombres de la calle son asesinos, en el que las mujeres quieren que se las follen o que las violen o les da lo mismo una cosa que otra. Hablamos del jodido mundo de la imaginación.

–También se podría afirmar que existe cierta vinculación entre las fantasías agresivas que aparecen representadas en las obras de ficción, como es su caso, y la violencia real que sufren las mujeres.

Alan se puso en pie de modo tambaleante.

–¿Quieres ver una vinculación? Vas a ver lo que es una jodida vinculación.

Como un árbol derribado, se desplomó sobre Lizzie Judd, le llevó la mano al pecho y le dio un ruidoso beso en su desprevenida boca. Ella debía de tener el micrófono cerca del rostro, porque ese ósculo desaforado resonó estruendosamente por toda la sala. Fui consciente a la vez de varias cosas. Las cámaras grababan. Gritos entre el público. Gente que se levantaba y que echaba a correr hacia el escenario. A Alan lo apartaban de la mujer. Él se zafó de una persona y empezó a decir a grito pelado:

–¿Creéis que no sé qué es una violación? A mi hija la violaron y la asesinaron, y el responsable no ha sido detenido. Ha hecho valer su puto derecho a no prestar declaración, no ha respondido a ninguna de las preguntas y la policía ha soltado a ese violador y asesino. ¡Ahora ya podéis crucificarme!

Siguió aullando de forma incomprensible sin dejar de temblar hasta que varios miembros del público, que ya llenaban el escenario, lo inmovilizaron. Theo se acercó corriendo, abriéndose paso a empellones entre la muchedumbre para llegar donde estaba su padre. A Lizzie Judd la estaban ayudando a incorporarse; estaba despeinada, se le había corrido el carmín y se tapaba un ojo. Me quedé sola en la butaca. Me sentía incapaz de moverme.

–Cielo santo –exclamé en voz alta–. Menudo desastre, joder.

–Tampoco ha sido para tanto.

Miré en derredor, sobresaltada. Lo había dicho el hombre que tenía al lado.

–¿Cómo que no? Acabo de ver cómo mi suegro defiende la violación y cómo agrede a una famosa feminista ante un público que ha pagado una entrada. ¿Cómo que no es para tanto?

–Sólo quería decir...

–Váyase.

Se marchó y me quedé sola.

14

Instituto Neville Chamberlain de Sparkhill. Un desastre de hormigón gris. Seguramente todavía no tenía veinte años y ya le habían aparecido manchas de humedad que recordaban al sudor de una axila. Un centro de interrogatorios de la policía de la República Democrática Alemana en un universo de bloques de apartamentos, de casas de ladrillo rojo de poca altura y carreteras de circunvalación. Aún no había amanecido cuando había salido de casa; ahora estaba aparcando y todavía no habían dado las ocho. La calle se hallaba vacía.

El interior del coche, lleno de vaho y cada vez más frío, me resultaba deprimente. Para leer sólo tenía un callejero de Londres, así que crucé la calle y me dirigí a una pequeña cafetería situada enfrente de la puerta de entrada del instituto. Pedí un té de color caoba, un huevo frito con beicon y un tomate asado. Casi todas las mesas las ocupaban hombres con chaquetas de trabajo; el humo y el vapor estaban suspendidos en el aire. Miré la primera página del ejemplar de *The Sun* que leía el hombre que tenía enfrente. Me pregunté si la prensa habían sacado algo acerca del desastre protagonizado por Alan.

A las ocho y veinte volvía a estar en la acera, subiendo y bajando la calle para no enfriarme. Diez minutos después lo vi, venía en una bicicleta. Llevaba un abrigo enorme, guantes gruesos y un casco, pero el rostro pálido y fino de Luke era inconfundible. Al acercarse a la puerta pasó ágilmente una pierna por encima de la bicicleta y recorrió los últimos metros de pie, apoyado en el pedal izquierdo y esquivando los grupos de alumnos que se habían congregado. Me vi obligada a cruzar la calle para detenerlo. Lo llamé; él volvió la cabeza. No pareció sorprenderse y se limitó a esbozar una sonrisa algo sarcástica. Se quitó el casco y se pasó una mano enguantada por el largo cabello entrecano.

–¿No tienes que ir al trabajo?

Durante el trayecto en coche había estado dándole vueltas a las cosas que quería que Luke me contase. Ahora que ya me encontraba allí, me era difícil plantearle las preguntas.

–¿Podemos hablar? –le pedí.

–¿Para qué has venido? ¿Qué quieres?

–Me refiero a si podemos hablar en privado.

Una vena le palpitó en la sien. Se sonrojó intensamente; creí que me iba a soltar un grito, pero miró en derredor e hizo un evidente esfuerzo por contenerse.

–Acompáñame –me dijo–. Puedo dedicarte cinco minutos.

Candó su bici a un bolardo y me hizo pasar por una voluminosa puerta batiente. Recorrimos, causando un gran estruendo, uno de los pasillos del colegio, cuya aridez gris quedaba matizada por los dibujos y los *collages* de las paredes.

–¿Has leído los periódicos de hoy? –inquirió sin mirarme.

–No.

–La verdad es que podría demandar a Alan.

–Igual perdías.

Él respondió con una risa seca; entramos en una sala tan pequeña que, cuando nos sentamos, casi nos quedamos tocándonos. Nos rodeaban estanterías repletas de libros de ejercicios nuevos y brillantes, y de fajos de papel de dibujo.

–¿Y bien? –me preguntó.

–¿Estás colaborando con la policía?

Él soltó otra carcajada, aparentemente aliviado.

–¿Eso es todo? No tienes ninguna prueba, ¿verdad?

–Pero ¿fuiste tú?

–La policía me ha interrogado y mi nombre ha aparecido en los periódicos. Me temo que no tengo muchas ganas de hablar del tema contigo. Mira, no sé qué quieres descubrir, pero, si intentas demostrar algo basándote en tus fantasías infantiles sobre Nat, más vale que lo dejes.

–Si no estaba embarazada de ti, ¿de quién podía estarlo?

Él apenas me escuchaba.

–Siempre me caíste bien, Jane. Los otros, los hermanos de Nat, me despreciaban. Inocentemente, tenía la impresión de que tú no.

–Tú me intimidabas –repuse–. Me parecías de lo más sofisticado.

–Tenía un año más.

–Luke, dame un motivo para creer que no fuiste tú.

–¿Para qué? –Consultó el reloj–. Se te han agotado los cinco minutos. Espero no haberte sido de ayuda. Sabrás encontrar la salida tú sola.

Me quedé en el coche unos minutos; luego arranqué y emprendí rumbo a la autopista, lentamente, hasta que vi un teléfono público. Llamé a Kirklow, hablé con Helen Auster y le pregunté si podía verla, ya, lo que tardase en llegar. Me dio la sensación de que se quedaba atónita, pero accedió. Al dejar atrás Birmingham y seguir dirección oeste el día se fue aclarando; cuando entré en Shropshire y empecé a avanzar por lo alto de las colinas, mi ánimo mejoró un poco. La comisaría de Kirklow era un edificio enorme y moderno que quedaba al lado del mercado central. Helen me esperaba en el mostrador de recepción; llevaba un abrigo largo y me propuso que diéramos un paseo. Fuimos charlando mientras caminábamos junto a los hermosos edificios de piedra blanda que conformaban el centro del pueblo. Hacía mucho frío; yo no sabía muy bien qué hacía allí.

–¿Estás bien? –quiso saber Helen.

–Acabo de ver a Luke McCann.

–¿Dónde?

–En su instituto, en Sparkhill.

–¿Por qué?

–¿Has visto los periódicos? ¿Lo que pasó con Alan en el Instituto de Arte Contemporáneo?

Ella sonrió levemente. Con el frío, la pálida piel se le estaba enrojeciendo y tenía las mejillas arreboladas.

–Sí, lo he visto.

–Fue espantoso, pero creo que Alan tiene razón, lo que me produce una sensación de desesperación.

–Lo dices por Luke.

–Sí –repuse–. Por eso he ido a hablar con él cara a cara. No sabía qué iba a decirle, pero me ha parecido que estaba intranquilo.

–¿No resulta comprensible?

–Helen, sé que no existe un método científico para demostrar que era él quien había dejado embarazada a Natalie, pero me he estado devanando los sesos para encontrar algún otro vínculo. He pensado que igual podíamos repasar juntas la lista de asistentes a la fiesta para identificar a todos aquellos que podían conocer a Luke. A los que éste les podría haber comentado algo. ¿Has hablado con sus padres? A lo mejor tienen algo que aportar.

Ella miró en derredor.

–Entremos ahí –dijo mientras dirigía mis pasos a un salón de té vacío, en el que ambas pedimos un café.

Después de que nos lo sirvieran nos quedamos tomándolo en silencio durante unos instantes, rodeando las tazas con nuestras manos heladas. Ella me lanzó una mirada escrutadora.

–¿Quién te ha dicho que es imposible encontrar un vínculo entre Luke y el feto?

–Claud. Según él, no se puede trazar un perfil genético porque seguramente el ADN se habrá deteriorado y, en consecuencia, contaminado.

Una breve sonrisa se dibujó en su rostro.

–Sí, tiene razón. Una de las bases del ADN se oxida y las cadenas se rompen. Y el noventa y nueve por ciento del ADN que se extrajo de los huesos recobrados estaba contaminado.

–No entiendo nada.

–Da igual. En este caso un perfil genético no sirve de nada, pero existe otra técnica, llamada reacción en cadena de la polimerasa, o PCR.

–¿Y eso qué quiere decir en román paladino?

–Consiste en ampliar cantidades muy pequeñas de restos humanos. Las cadenas de ADN siguen rotas, claro, pero en una secuencia genética se aprecian muchas repeticiones. Esas pequeñas secuencias repetidas son características de cada individuo, y se heredan.

–¿Y eso qué implica?

–Implica que Luke McCann no era el padre del hijo de Natalie.

Noté que me ruborizaba.

–Lo siento mucho, Helen. Me he comportado como una idiota.

–No, Jane, resulta comprensible. No hemos llegado a detener al señor McCann, ni siquiera lo hemos sometido a un interrogatorio formal. Con lo cual nadie ha sido puesto en libertad, y por eso no se han anunciado los resultados de las pruebas. Tras lo sucedido posteriormente, hemos decidido difundir un comunicado esta tarde.

–¿Las pruebas son fiables?

–Sí.

–Caramba, pues Luke tendría que habérmelo dicho. Aunque ha sido mi culpa.

Terminamos el café. Ella se empeñó en pagar lo suyo. Luego cruzamos la plaza y llegamos a la comisaría. Nos detuvimos en la puerta; cuando me disponía a despedirme, Helen titubeó y dijo de forma entrecortada:

–Theodore Martello y tú... salisteis ese verano, ¿verdad?

–Se podía decir así.

–¿Y por qué... quiero decir... cómo terminó?

–Pues mal.

–Habla mucho de ti, Jane.

–¿Cómo lo sabes?

–Pues porque me he entrevistado con él. Ya te lo había dicho, he estado teniendo unas cuantas conversaciones con él. De vez en cuando.

Mostró un semblante de incomodidad pero también de entusiasmo, y se me vino una idea a la cabeza, una idea terrible. Me quedé mirándola de hito en hito y ella se ruborizó intensamente. Pero no apartó la mirada. Lo supe, y ella supo que yo lo sabía; quise decir algo, prevenirla o avisarla de que no cometiera una estupidez. Pero en ese momento, torciendo el gesto, se dio la vuelta con cierta torpeza y se alejó. Me quedaba media hora de aparcamiento y me dediqué a deambular por el centro de Kirklow, sin percibir nada de lo que me rodeaba.

15

Sin que me diera cuenta, mi vida empezó a seguir ciertas rutinas, casi agradables. Las sesiones con Alex Dermot-Brown constituían las orillas inamovibles entre las que fluían todas las citas, obligaciones y hábitos. Se habían convertido en algo tan regular, tan espontáneo, como comer y dormir. Los trayectos en bicicleta por las mañanas siguiendo el canal y el zigzagueo por el mercado hasta llegar a su casa ya eran algo automático. El número de sesiones fue aumentando en mi memoria y empecé a no distinguir unas de otras, lo que resultaba reconfortante.

Sesión tras sesión, fui revisando lo que yo consideraba que eran todos los aspectos de mi vida. Hablé de mi adolescencia, de Paul y mis padres, aunque el relato siempre acababa volviendo a los Martello, evidentemente, casi como si ellos constituyeran en sí ese relato. Siempre parecían ocupar el lugar central de las mejores partes. Le describí los juegos infantiles durante los veranos. Otras personas conservaban recuerdos nostálgicos e idealizados de sus primeros años, pero nuestra infancia compartida había sido verdaderamente idílica. Hablé de mi intimidad con Natalie y Theo, y también mucho de Claud, como si intentara reformular mentalmente la relación, quizá para, en cierto sentido, justificar mi decisión de abandonarlo.

Era difícil construir un relato a partir de esto último porque nuestro matrimonio no se había roto, sino que más bien se había ido desvaneciendo. Yo no acababa de dar con ningún motivo obvio. No se había producido ninguna infidelidad, ni episodios de violencia, desde luego, ni siquiera una falta de atención evidente. Ése no era el estilo de Claud. En muchos sentidos, ahora lo admiraba más que nunca. Mientras lo volcaba en palabras, en la salita de Alex, noté que corría el peligro de presentarlo como alguien casi irresistible, de dar la impresión de que quería revocar la decisión que ya había tomado.

Claud había conseguido el puesto de asesor sanitario, a los treinta y tantos años, en el hospital de St. David, y había desempeñado su nueva responsabilidad, la organización de comités, de forma espléndida. Verdaderamente maravillosa. Aparte de la cirugía, la ginecología ha sido tradicionalmente la rama de la medicina donde el dominio masculino era mayor, y él y yo siempre habíamos mantenido un conflicto soterrado a propósito de ese tema. Sin embargo, tal como podía haberme respondido, aunque nunca lo hizo, ¿qué iba a hacer desde un puesto de jefe de admisiones, aparte de llevar a cabo gestos inútiles y perjudicar su desarrollo profesional? Los médicos que son conflictivos de jóvenes acaban quedando al margen de los ascensos. Cuando le otorgaron el papel de asesor, todo eso cambió. Al tratarse de Claud, claro está, aquello sucedió de forma seria, poco espectacular, es decir, tardó su tiempo... sobre todo sus oponentes, en darse cuenta de lo que estaba pasando: Claud se había dedicado a formar un comité para estudiar el papel de las ginecólogas en la profesión. Cuando la gente se enteró se produjo un auténtico vendaval. La cosa llegó a los tribunales, apareció un editorial en *The Daily Telegraph* o no sé dónde, pero él no se amilanó.

De pequeños, siempre era él quien sabía cómo funcionaban los cables del enchufe, a qué hora salían los trenes y todo aquello por lo que nadie más se preocupaba; en el hospital demostró la misma atención a los detalles. Otras personas montaban un alboroto tremendo pero él apenas destacaba, aunque en los momentos cruciales siempre era él quien había hablado de antemano con las personas pertinentes del comité o quien había conseguido decidir los temas que debían tratarse siguiendo una regla ignota que sólo él conocía. Como resultado, en los siete años anteriores, todas las consultas de ginecología de St. David las había atendido una mujer. Él se había convertido en un héroe. Y también había obrado con inteligencia, puesto que se había anticipado a una tendencia que aún no se había impuesto. Había iniciado un movimiento, en vez de sumarse a él.

Lo curioso es que nunca vino a espetarme: «Ya te lo había dicho». Jamás me aclaró que había estado guardando la pólvora durante tantos años para utilizarla cuando fuese efectiva. Ojalá lo hubiera hecho, pero siempre asumía sus triunfos con racionalidad y modestia, e insistía en que en ginecología se habían estado malgastando los recursos y que él sólo había aplicado un criterio de eficiencia. Además, a su juicio, con el nuevo sistema de contratación las ginecólogas cooperaban más y eran más flexibles. A lo mejor Claud era de esas personas llamadas a efectuar grandes reformas, un conservador nato que acepta el cambio para salvar todo lo posible del orden anterior. Tal vez. Sin embargo, por las noches, no se apreciaba diferencia alguna entre un Claud que, contra todo pronóstico, había colado sus propuestas a todo un departamento, y un Claud que hubiera fracasado. Esa frialdad le fue de gran utilidad a lo largo de los años pero a mí acabó inspirándome rechazo.

En parte fueron sus triunfos los que me aclararon mis sentimientos por él. Si yo no sentía nada por él después de lo que había logrado, nuestro matrimonio debía de estar atravesando serias dificultades. ¿Cómo se rompe un matrimonio? Casi lamento no poder decir que lo pillé en la cama con la secretaria o con una de las internas, que lo adoraban. Él nunca me había sido infiel; yo sabía que habría sido un marido leal hasta la muerte de uno de los dos, aunque sólo fuera porque lo habían visto firmando un documento que lo obligaba a ello en un registro civil el 28 de mayo de 1973. El problema lo constituían esos detallitos y la ausencia de otros detallitos.

El sexo, claro. Eso hay que clasificarlo en el capítulo de las ausencias. De recién casados hubo mucha pasión en nuestra vida sexual y Claud era un amante espléndido y elegante. No sólo hablo de la estimulación táctil: parecía que él había comprendido perfectamente de qué iba aquello. Más que cualquier otro hombre con el que me hubiera acostado (un número bastante reducido, que se podía contar con los dedos de las dos manos), él no consideraba el sexo como un mero impulso, sino como algo en lo que participaban el cariño, la amistad, el humor, la ternura, la consideración. Yo adoraba ese sexo, y lo adoraba a él.

Durante la mayor parte de mi adolescencia Claud había sido lo que Jerome y Robert llamaban «un pardillo». Había empezado a llevar gafas cuando debía de tener tres años y siempre se había mostrado serio, sin el carisma que Theo y después los gemelos exhibían sin el menor esfuerzo. Era obstinado y minucioso, pero nunca la estrella. Luego, en el espantoso año posterior a la desaparición de Natalie, cuando parecía que el dolor iba a partir a la familia Martello, nos hicimos íntimos. Aquello también se debió a la obstinación. Se había empeñado en seducirme y sus esfuerzos resultaban transparentes, pero funcionaron. Que una persona te guste puede ser una buena manera de conseguir que tú acabes gustando a esa persona, pero muchas veces también se logra el efecto contrario. A Claud le salió bien. Durante mucho tiempo no hubo nada sexual. Yo salía con varios chicos y él se convirtió en un buen amigo. Nos escribíamos en las temporadas que él pasaba fuera en la facultad de medicina, unas cartas largas e interesantes, y yo me sorprendí al ver que le contaba cosas que ocultaba a los demás. No nos exigíamos nada ni intentábamos impresionar al otro; en mi primer año de universidad me quedé algo perpleja al darme cuenta de que era mi mejor amigo. Empezó a salir con una chica que se llamaba Carol Arnott –la primera novia que tuvo, tal como me contó a mí pero absolutamente a nadie más–, y los leves celos que sentí me inspiraron cierta curiosidad.

Corría el año 1971, y lo recuerdo sobre todo por la ropa imperante: terciopelo arrugado, pantalones campana, camisas de estopilla de amplísimas mangas, como las de un juglar medieval, tonalidades de morado que no me atrevería a ponerme de nuevo hasta los comienzos de la década de 1990. Yo tenía dieciocho años, él veinte, y decidí actuar con frialdad y robárselo a la pobre Carol, cosa que logré con suma facilidad. La primera noche que pasamos juntos transcurrió en una cama estrechísima, en la habitación de un piso que él compartía en Finsbury Park con otros estudiantes. Siguiendo un proceso tan fácil que debió de parecer inevitable, llegamos a la conclusión de que queríamos casarnos, cosa que hicimos cuando terminé el segundo curso. Es posible que creyéramos que estábamos cerrando la herida abierta en la familia. En 1975 tuve a Jerome y Robert y, aunque nosotros también seguíamos siendo unos niños, tuvimos que comportarnos como adultos y conciliar el cuidado de los pequeños con nuestra educación y nuestro desarrollo profesional. Al pensar ahora en esa época, veo dos décadas de frenesí y pánico que culminan en la tarde de otoño en que dejé a Robert en la universidad para que empezara su primer trimestre. Tras un momento de reflexión, la primera idea que me vino a la mente fue la absoluta convicción de que debía dejar a Claud. Sin debates, sin consejeros matrimoniales, sin una separación de prueba: quería un antes y un después en mi vida.

Ya estaba. Eso era todo lo que le había contado a Alex. En ese punto me encontraba en ese instante: anonadada, llorosa, desquiciada. ¿Cómo interpretaría él aquello? Aunque no quería caer en ello bajo ningún concepto, ya había empezado a importarme, sin que me apercibiera apenas, lo que Alex pensara de mis palabras. Cabe incluso la posibilidad de que estuviera intentando impresionarlo. Me entró curiosidad por saber más de su vida. Me fijaba en su ropa, en las diferencias de un día a otro. Me gustaban las gafas de montura metálica que llevaba a veces, siempre con un aspecto de despreocupación, como si alguien se las hubiera puesto por casualidad, y el cabello largo que se apartaba continuamente de la frente. En ciertas ocasiones se mostraba severo conmigo. Me sorprendió que censurara mis labores de investigación.

–Creía que querías que me centrara en los datos –protesté, un poco dolida.

–Efectivamente –repuso–, pero los datos que nos interesan ahora mismo son los que tienes en la cabeza. Ahí hay mucho trabajo por hacer, muchos esfuerzos. Tenemos que distinguir, en lo que me cuentas, lo que es cierto y lo que no. También están las cosas que son verdad, y las que no lo son que no me estás contando. Éstas revisten mayor dificultad.

–Todo lo que te estoy contando es cierto. ¿A qué te refieres?

–Hablo de todo el rollo ese de la infancia idílica. Jane, desde el principio te aseguré que iba a intentar ser sincero, a decirte lo que voy pensando, así que igual debería comentarte las impresiones que estoy teniendo por ahora. –Hizo una pausa para meditar. Siempre transmitía la sensación de reflexionar mucho antes de hablar, no como yo, que parloteaba sin cesar. Casi conseguía que pensar pareciera una cuestión de ingeniería, una técnica que se podía aprender–. Me has estado contando dos cosas contradictorias, Jane. Te aferras a esa infancia feliz como si fuera un talismán que te protege de algo. Al mismo tiempo has estado hablando de un cadáver enterrado en el centro de esa infancia. Yo podría aducir que ambas cosas no están vinculadas. No es imposible que aparezca una persona de fuera, que asesine a un miembro de la más feliz de las familias. En el mundo hay muchos ejemplos de acontecimientos aciagos y crueles como ése. Pero eso no es lo que tú estás narrando. Eres tú quien insiste en que eso es imposible.

–¿Qué quieres decir, Alex? ¿Qué quieres que haga?

–Estás intentando levantar dos cargas muy pesadas, y no lo vas a conseguir. Tienes que abandonar una de las dos versiones, Jane, y asumir las consecuencias. Debes pensar en tu familia.

Aquél fue uno de los momentos de las sesiones en los que me sentí como un animal perseguido.

Encontraba un refugio donde me sentía segura, pero Alex seguía mi rastro y me volvía a sacar a la intemperie. Le describí esa imagen y se rió durante un buen rato.

–No estoy seguro de que me entusiasme la idea de que tú seas un zorro precioso y yo un caballero rural, brutal, con la cara sonrosada y montado a caballo. Pero si eso implica que así dejas de evadirte a un paraíso falso, supongo que podré vivir con ello. Ahora es tu turno. Aunque sólo se trate de un experimento, quiero que te alejes de esa versión edulcorada de lo que es tu familia. Empieza a considerarla una familia en la que puede ocurrir un asesinato, y veamos adónde nos lleva eso.

–No te entiendo. ¿Cómo que «una familia en la que puede ocurrir un asesinato»?

Cuando respondió, noté en su voz un tono más duro que hasta entonces no le había oído.

–Yo sólo te he estado escuchando, Jane. La responsabilidad de lo que me cuentas es tuya.

–Yo no he dicho que en mi familia hubiera un asesino.

Noté en la boca un regusto amargo, de vómito.

Él no vaciló.

–Has sido tú, no yo, quien ha señalado lo extraño del lugar en que hallaron el cadáver de Natalie.

–Bueno, porque efectivamente es extraño, ¿no?

–¿Y qué querías decir con eso, si no aspirabas a implicar en cierto sentido a tu familia?

–No la estaba implicando.

–Muy bien, tranquilízate.

–Estoy muy tranquila.

–No, lo que quiero decir es que, aunque la idea te sorprenda, debes considerarla un experimento.

–¿Qué experimento?

–Es sencillo. A veces en terapia se pueden introducir ideas como si fueran hipótesis. Imagina, si puedes, que no procedes de la familia ultraperfecta que todos admiraban y de la que todos querían formar parte. Imagina que era una familia peligrosa.

¿Era eso lo que había estado esperando que Alex me dijera, que lo dijera por mí? Intenté protestar por protestar, pero él me interrumpió y prosiguió:

–No te estoy pidiendo que formules acusaciones ni que los traiciones. Sólo se trata de encontrar otra orientación, de que te concedas una nueva libertad.

Era uno de esos momentos en que ansiaba un pitillo que me ayudara a pensar con claridad. Le conté lo de la tarde en el Instituto de Arte Contemporáneo y lo enorme, vergonzoso, dolorosamente espantoso del comportamiento de Alan. Cuando eres la nuera de Alan Martello tienes gran parte del trabajo hecho. Él lleva siendo famoso desde los veintipocos años y, con independencia de lo que haya hecho o dejado de hacer, también es un símbolo de independencia. Durante un tiempo le colgaron el sambenito del radicalismo juvenil, que ahora ha cedido el puesto a un conservadurismo anárquico igualmente extraño. Ha desempeñado en varios períodos, muchas veces al mismo tiempo, los papeles de representante de la Inglaterra profunda, escritor satírico, adalid de la lucha de clases, libertador, reaccionario, profesional de la iconoclastia, conformista, rebelde, tostón, explotador sexual. A veces no sé qué pensaría de él si lo viera por primera vez, pero siempre lo he adorado, aunque de forma ambigua. Lo he visto asumir las posiciones más indefendibles, he presenciado o me han contado comportamientos que he juzgado deplorables, ha hecho daño a los demás sin ningún reparo, sobre todo a mi querida Martha, pero he estado a su lado. Él era el cabeza de familia en el maravilloso hogar de los Martello, su vitalidad le infundía energía, era el centro de él, su símbolo. ¿Sólo por eso no podía rechazarlo? Incluso en el Instituto de Arte, en medio de todo el desastre, había sentido una lealtad perversa, que en esa ocasión, por una vez, sí me había parecido perversa.

Alex casi nunca prestaba atención a los temas que yo esperaba que le interesasen. A veces casi me parecía que aquello era una cuestión de orgullo, como si tuviera que demostrar su independencia. Escuchaba concentrado la crónica de mi actitud vacilante frente a Alan, pero al final siempre acababa volviendo a mis recuerdos, o a mi ausencia de recuerdos, de esa orilla en la tarde en que vieron a Natalie por última vez. Esta vez mostré cierta impaciencia. Él no cejó en su empeño.

–Voy a escuchar cualquier otra cuestión de la que quieras hablar –me aseguró–, pero me gustaría que no te sulfurases cuando me interese por este tema. Una cosa que me dijiste muy al principio me resulta llamativa. Dijiste: «Yo estaba allí».

–No recuerdo si empleé justo esas palabras, pero tampoco es para tanto. Lo único que quería decir era que me encontraba en la orilla del río, cerca del lugar donde la vieron esa última vez. No tiene mucho más misterio.

–No le estoy buscando el misterio. Te estoy escuchando. Para eso me pagas. «Yo estaba allí. Yo estaba allí.» Es curioso que hayas utilizado esas palabras, ¿no te parece?

–Pues no.

–Yo creo que sí.

Se levantó y empezó a pasearse por la sala, como hacía siempre que se emocionaba exageradamente. Estar detrás de mí, sin que pudiera verlo, no le bastaba en momentos así. Quería ser más alto que yo, dominarme.

–No estás hablando con precisión porque tratamos palabras y emociones. No harías lo mismo en el trabajo, ¿verdad? Si dibujaras unos planos para una casa de veinte metros de ancho en un solar de quince metros de ancho, no harías como si tal cosa, no construirías el edificio esperando que todo se arreglase solo. Volverías a diseñar la casa para que cupiera en ese espacio. Es posible que lo único que debamos hacer sea limar las discordancias de lo que me has contado. Has afirmado proceder de una familia perfecta y feliz, pero uno de sus miembros fue asesinado, y aseguras que no pudo haber sido alguien del exterior. ¿Cómo podemos conciliar ambas afirmaciones? Me cuentas que estuviste allí pero que no estuviste. ¿Puede eso tener sentido? ¿En realidad no estabas, o debemos colocarte en ese escenario?

–¿«Colocarme»?

–Has llegado a mi consulta con una historia llena de lagunas extrañas y oscuras, con muros que hay que saltar. Jane, hagamos un trato. Yo prometo dejar de presionarte. Hablaremos de lo que tú quieras, al menos por ahora. En cualquier caso –alzó un dedo– habrá una excepción. Quiero que sigamos con la escena a la orilla del río, quiero que vuelvas a ella, que vivas en ella, que la explores.

–Alex, te he contado todo cuanto recuerdo de esa tarde.

–Ya lo sé. Y lo estás haciendo bien, quizá mejor de lo que adviertes. Ahora lo que te pido es que dejes de intentar recordar. Siéntete libre de eso. Tratemos de repetir el ejercicio del otro día.

Seguimos el mismo proceso. Cerré los ojos, me relajé, Alex me habló en tonos reconfortantes y yo intenté verme otra vez junto al río, apoyada en la piedra en esa tarde estival. Ya me salía mejor. La primera vez la imagen me había aparecido como una de esas supuestas fotos supuestamente tridimensionales: provocan una ilusión de profundidad, pero no se trata de una profundidad que puedas tocar. Ahora era distinto. No me costó dejarme llevar. Me vi en un espacio por el que podía caminar, en un mundo en el que podía perderme. Era como si la voz de Alex me llegase del exterior. Le describí lo que estaba viviendo. Estaba sentada, con la espalda apoyada en una piedra seca y cubierta de musgo que se encontraba al pie de la cumbre de Cree; el río discurría a mi izquierda, los últimos trozos de papel arrugado flotaban y tomaban la curva que quedaba delante de mí. A la derecha tenía los olmos de la linde del bosque.

Fuera de ese mundo, la voz de Alex me preguntó si podía incorporarme y andar sin dificultad; después, si podía darme la vuelta. Sí que podía. Le dije que ahora el río estaba a mi derecha, que la corriente fluía hacia mí y luego se alejaba de mí, que los olmos y el bosque los veía a la izquierda. Ahora estaba mirando ese cerro, la cumbre de Cree. Su voz me pidió que no me moviera ni hiciera nada. Sólo quería saber si veía el camino. Claro que sí. En la cuneta había unos tupidos arbustos, y de tanto en tanto el sendero desaparecía al serpentear ladera arriba, pero podía verlo casi en su totalidad. Muy bien, me dijo Alex. Lo único que ahora quería que hiciese era darme la vuelta otra vez y sentarme de nuevo en mi postura original. Ya está. Muy bien, dijo. Muy bien.

16

Tenía días mejores y días peores, pero mi resistencia me sorprendió. Por poner un ejemplo típico: una soleada mañana de lunes a principios de diciembre. Era uno de esos días, de esos que se organizan de tanto en tanto, en los que se anima a las mujeres para que reciban a una niña en edad escolar en sus puestos de trabajo, supuestamente consiguiendo así que esos trabajos parezcan menos inquietantes. Yo no podía evitar pensar en que cualquier chica que asistiera a mi rutina laboral sentiría una repentina querencia por la cocina y la crianza de niños, pero pensé que debía hacer el gesto; llamé a Peggy, a quien siempre tenía la sensación de que no llamaba lo suficiente. Evidentemente, Emily, la mediana de la familia anterior de Paul (ya casi ha cumplido los dieciséis), fue la que tardó más en aducir una excusa plausible, y me la ofrecieron para que pasara ese día conmigo.

Al poco de que dieran las nueve de la mañana la vi saliendo con desgana por el camino del jardín, mientras Peggy la saludaba por detrás sin que ella le hiciera ni caso. Iba vestida de negro, como una viuda griega, aunque debido a los *piercings* de la nariz resultaba poco probable que la confundieran con una. Se sentó en el asiento del copiloto, apagó el programa *Empieza la semana* y pusimos rumbo al este, a Kentish Town. Le pregunté cómo estaba Peggy; ella respondió con un gruñido y me preguntó a su vez por Robert. Yo le solté una frase hecha y añadí que me parecía que se llevaba bien con su nueva novia. Me sentía en la obligación de proteger a mis sobrinas frente al depredador de mi hijo menor; les he dicho tanto a Jerome como a él que es su obligación cuidar de sus primas, que son más pequeñas. Estaba un poco tensa, más que nada porque en circunstancias normales habría estado fumando, pero Emily seguramente habría querido sumarse, así que había decidido de antemano dejarlo durante una mañana.

Quiero mucho a mis hijos, pero en su adolescencia a veces me daba la impresión de que nuestra casa se había convertido en el vestuario de un equipo deportivo. Quizás eso explica el afecto especial y efusivo que siempre me han inspirado las tres rebeldes hermanas Crane. A veces me preocupaba propasarme de simpática con ellas y que me cogieran manía; no obstante, mientras nos deteníamos y después entrábamos en York Way, Emily estuvo charlando con una fluidez notable, al menos para lo que era ella. Quise saber si estaba al corriente de lo del documental de Paul. Ella puso los ojos en blanco, que era su manera de reaccionar a casi cualquier tema relacionado con su padre.

–Qué pesado –dijo.

Me sentí en la obligación de mostrarme conciliadora.

–No, Emily, estoy segura de que será muy interesante.

–Ah, ¿acaso quieres salir en la tele y que todo el mundo sepa lo que pasa en tu familia?

–La verdad es que no.

–Nosotras nos hemos negado a participar. Papá ha pillado un mosqueo tremendo. Cath le ha dicho que era un voyeur.

–Bueno, al menos a Paul le habrá gustado que utilice una palabra en francés. Aunque seguramente habría preferido que hubiera recurrido a *auteur*.

Las dos nos reímos. Llegamos al albergue tarde, como siempre; en él nos esperaban dos funcionarias del ayuntamiento. A ninguna de las dos las había visto hasta entonces: Pandora Webb, que ocupaba un puesto de rango medio en el escalafón, y Carolyn Salkin, responsable del área de discapacidad. En una silla de ruedas. Al pie de las empinadas escaleras de hormigón que llevaban a la puerta de entrada. Llevaba el pelo muy corto, lo que le daba el aspecto de un duendecillo feroz. Una de esas personas que me habrían caído bien inmediatamente si la hubiera conocido en cualquier otro lugar que no fuera delante de mi amado proyecto. No se anduvo con rodeos:

–Resulta evidente que no ha incluido usted acceso para minusválidos, señora Martello.

–Llámame Jane, por favor –le pedí entre jadeos–. Os presento a mi sobrina, Emily.

–No hay acceso para minusválidos, Jane.

–Nadie me había comentado el tema –repuse de forma escasamente convincente, pero era un lunes por la mañana y me notaba algo envarada delante de mi sobrina.

–Se lo estoy comentando ahora.

Tenía que estudiar la cuestión en otro lugar, pero eso no parecía posible.

–Tal y como se detallaba en la memoria, esto será un albergue en el que personas con un alto nivel de autonomía y que han recibido un alta reciente pueden vivir durante breves períodos con un mínimo de supervisión. Carolyn, estoy de acuerdo en que, idealmente, todos los edificios deberían contar con pleno acceso para minusválidos, pero después de las modificaciones que he efectuado tenemos una casa de cuatro pisos muy estrechos. Quizá sería más conveniente que a los pacientes e incluso a los empleados con discapacidad se les asignaran otras instalaciones más adecuadas.

Las dos mujeres se lanzaron unas miradas irónicas y despreciativas. Estaba claro que Pandora no me apoyaba, pero que prefería que sólo hablara Carolyn.

–Jane –me espetó esta última–, no he venido para debatir sobre las actitudes frente a la discapacidad en la acera. Este punto es innegociable. Mi cometido consiste sencillamente en cerciorarme de que comprenda las nuevas ordenanzas municipales en cuanto a accesibilidad en los edificios nuevos. Ya se lo deberían haber comentado.

–¿Qué hay que hacer? –pregunté con desgana–. Me refiero a los detalles concretos.

–Se lo enseñaría personalmente si pudiera acceder al interior –respondió Carolyn con gran frialdad–. Tendrá que concertar una cita con otro miembro de mi departamento.

–¿De dónde se saca la financiación para las instalaciones adicionales?

–¿De dónde se saca el dinero para la salida de emergencia, Jane? –replicó Carolyn con sarcasmo–. ¿Y para el doble acristalamiento?

Lo injusto de su actitud me produjo una leve punzada de rabia.

–Si yo fuera Mies van der Rohe, usted no me obligaría a incluir rampas en todos los desniveles.

–No veo muy probable que hubiera diseñado un edificio en este distrito –repuso ella.

–¿Quién es ese Mies no sé qué? –preguntó Emily cuando volvimos al coche.

–Probablemente el motivo fundamental de que me hiciera arquitecta. Construía sus edificios utilizando una claridad matemática absoluta, las líneas rectas, el metal y el vidrio. Creó su obra maestra para una exposición en Barcelona, en la década de 1920, de formas tan puras que Mies ni siquiera permitió que se erigiera un muro en el que colgar cuadros porque habría violado su perfección.

–Pues no parece muy útil para una exposición –objetó Emily.

–No –reconocí–. Creo que con este albergue no le habría ido mucho mejor que a mí. Cuando elegí la arquitectura, todavía creíamos que podía tratarse de una forma de transformar la vida de las personas. Lo cual no parece estar muy de moda ahora mismo.

–¿Qué vas a hacer?

–Creo que se me ha pasado la edad para hacerme abogada y especializarme en derechos civiles.

–No, me refiero al albergue.

–Ah, lo de siempre. Añadir ciertas cosas y quitar otras. Renunciar a una parte aún mayor de mi idea original. No he perdido la esperanza del todo. En cierto sentido, reducirme el presupuesto es su forma de decirme que todavía quieren que se levante el edificio.

Volvimos a mi oficina, hice las presentaciones entre Emily y Duncan y él le enseñó cómo subir y bajar la mesa de dibujo. Dicté un par de cartas que habría tardado menos tiempo en mecanografiar yo misma. Preparamos un café, le conté algunas cosas de la profesión a mi sobrina, también de lo que podía recordar de la carrera, estuvimos cotilleando y luego, poco después del almuerzo, la volví a dejar en Kentish Town. Entré con ella y tomé un café con Peggy, que siempre andaba preocupada por todo. Le preocupaba el documental de Paul, en el que se negaba a tener cualquier tipo de implicación. Le preocupaba Martha, y en esa cuestión no pude replicar. Le preocupaba que Alan hubiera quedado completamente en ridículo, pero le dije que no merecía la pena inquietarse por eso. E incluso yo le preocupaba un poco. Paul le había comentado lo de mi terapia y ella quería que sacáramos el tema.

–Ya sabes que yo hice terapia durante años después de que Paul me dejara –me recordó–. Al cabo de dos años me armé de valor, miré hacia atrás y vi a mi analista dormido.

–Sí, Peggy, ya me lo has contado. Tengo entendido que es bastante frecuente.

–Bueno, pero fue tirar el dinero. Decidí que las pastillas eran más baratas y más prácticas. Me recetaron Prozac, superé la crisis y me marché a Kos con las niñas. Me había dado cuenta de que las vacaciones salían más baratas que tres meses de terapia. También es cierto que, mientras estaba allí, pensaba que me harían falta tres años con un analista para reponerme, después de ver cómo actuaban las niñas con todos aquellos camareros que revoloteaban en torno a ellas como abejas cerca de la miel.

–¿Qué quieres decir? ¿Que estoy perdiendo el tiempo?

–No, supongo que me ha sorprendido, nada más. Tú siempre has sido la fuerte. No quiero que te ofendas por lo que voy a decirte, pero no entiendo qué es lo que buscas. Fuiste tú quien decidió dejar repentinamente a Claud. Él se quedó hecho polvo y sigue destrozado. Ahora te sientes culpable por lo que has hecho y buscas ayuda. No sólo eso, sino que además Paul me ha dicho que vas por ahí removiendo el tema de Natalie. No sé qué pretendes, Jane, en serio.

Noté un dolor ácido en el estómago, causado por la rabia, y tuve ganas de soltarle un grito a Peggy o de golpearla, pero nunca se me han dado muy bien los estallidos emocionales al estilo mediterráneo, por mucha envidia que me hayan inspirado. Y tenía la sensación de que no le faltaba razón. Respondí con una gélida tranquilidad:

–A lo mejor ni yo misma entiendo lo que estoy haciendo, Peggy. A lo mejor es eso lo que intento descubrir.

El vaso de cóctel en el congelador, así como la jarra y la cuchara. La ginebra, evidentemente, también debe pasar un par de días ahí para que, al servirla, tenga una textura viscosa. Por eso, una marca como Gordon's Export Gin, la de la etiqueta amarilla que se compra en el *duty free*, resulta esencial. Otra más floja, como la de la botella verde que se encuentra en las tiendas, se congela, y se pierde toda la gracia. Pocas gotas, quizás una cucharadita, no más, de vermú seco; después se vierte un chorrito de ginebra en la jarra, que debe estar tan fría que apenas permita agarrar el asa. Apenas se remueve. Un gran trozo de cáscara de limón, que se retuerce para que suelte parte del aceite encima del vaso helado; luego se introduce en el líquido amargo y frío. Si queda cierta cantidad en la jarra, se puede volver a meter en el congelador para una segunda copa.

Esa misma tarde rompí el plástico de una nueva cajetilla de tabaco y enjuagué el cenicero en el fregadero. Abrí una lata de aceitunas negras y las puse en un platito. Tenían hueso. Esa tarde no quería verme obligada a concentrarme en nada. Las cogí junto al *dry martini*, tan frío que humeaba como su fuera la pócima de una bruja, y me senté ante el televisor. Elegí un canal al azar y empecé a mirar sin prestar atención.

La copa surtió efecto casi desde el primer sorbo y una agradable sensación de abotargamiento se apoderó de mí. Algunas de mis mejores ideas se me ocurren mientras asisto a un concierto de música clásica, o deambulo por una galería y supuestamente contemplo los cuadros, o, como ahora, medio borracha, medio viendo un programa de televisión. Las palabras de Peggy me habían afectado. Soy una persona que detesta equivocarse, quiero hacer lo correcto, y me di cuenta de que debía estar dando la impresión –a Peggy y a otras personas– de que estaba cometiendo un error e incurriendo en la autocomplacencia. Estaba aprovechando el buen carácter de Duncan al no prestarle la atención debida al trabajo. Estaba aprovechando las sesiones con Alex Dermot-Brown para no asumir la responsabilidad de mis actos. Estaba llevando a cabo una lamentable investigación sobre la familia Martello... ¿Por qué? ¿Para vengarme? Quería conseguir algo, descubrir algo. Pero no sabía el qué. ¿No sería mejor abandonarlo todo, retomar mi vida y centrar mis energías en ella con el estoicismo del que siempre me había jactado?

Me dirigí al congelador y serví lo que quedaba de la bebida en el vaso, que ya estaba húmedo y caliente. Dejé de pensar y empecé a percibir el programa de televisión, como una imagen que se enfoca. Una mujer –bastante guapa, aunque llevaba las cejas demasiado perfiladas– estaba diciendo que la familia era la base de la sociedad.

–«Del mismo modo que tener una casa con goteras es mejor que no tener ninguna –declaraba–, un matrimonio imperfecto es mejor que uno roto. La cuestión social más destructiva de nuestro tiempo, con diferencia, la plantea la actitud irresponsable y egoísta de los padres que anteponen su propia conveniencia al futuro de sus hijos.»

Se escucharon unos fuertes aplausos.

–Que te den –le grité a la pantalla.

–«Sir Giles...» –intervino el moderador.

Sir Giles era un hombre de traje gris.

–«Jill Cavendish tiene toda la razón –afirmó éste–, y debemos decir sin reparos y de forma contundente que estamos ante una cuestión de índole moral. Y si los líderes religiosos no están dispuestos a ofrecer una postura al respecto, ha llegado el momento de que nosotros, los políticos, actuemos. Es por todos sabido que hay chicas adolescentes que se están quedando embarazadas a propósito porque se trata de una forma rápida y fácil de conseguir un piso de protección oficial. Deciden conscientemente vivir del subsidio, a expensas de nosotros los contribuyentes. En consecuencia, una generación de niños está creciendo sin criterios morales, sin un padre que los guíe. No resulta sorprendente que esos niños acaben delinquiendo.

»Creo, damas y caballeros, que ha llegado el momento de que los hombres y mujeres normales de este país reaccionen y digan a los socialistas: "Esto es lo que habéis conseguido. Éste es el resultado lógico de vuestras medidas, del desprecio por la moral y por la familia al que asistimos en la década de 1960". Nos instan a que comprendamos los sufrimientos de esas mujeres irresponsables. En mi opinión, deberíamos comprender un poco menos y castigar un poco más. Cuando yo era joven, una muchacha sabía que, si se quedaba embarazada, acabaría en la calle, convertida en una marginada. Quizá debamos aprender algo de esa época. Estoy convencido de que, si las jóvenes supieran que no iban a tener hogar ni subsidio, habría muchísimas menos madres solteras, qué caramba.»

–Gilipollas –dije, tirando la cajetilla a la pantalla, aunque con penosa puntería.

El aplauso del público fue aún más enardecido que el anterior; apenas se oía la voz del moderador.

–«También contamos con la presencia del doctor Caspar Holt, quien, además de ser filósofo, también es padre soltero y tiene la custodia de una hija de corta edad. Doctor Holt, ¿qué le responde usted a sir Giles?»

La imagen se centró en el rostro nervioso de un hombre de mediana edad al que me sonaba haber visto en algún sitio.

–«La verdad es que no estoy seguro de tener algo que responder –dijo–. Desconfío de las respuestas fáciles a problemas sociales complejos. Aunque no puedo evitar pensar que, si sir Gilles Whittell cree de veras que las jóvenes se están quedando embarazadas para obtener ventajas económicas, debería plantearse quién ha creado esa cultura individualista en la que prácticamente sólo se fomenta la lucha de cada uno por conseguir los máximos beneficios económicos. Y no deja de resultarme graciosa esa idea de que a los muy ricos sólo se los puede incentivar dándoles aún más dinero, pero que a los muy pobres hay que incentivarlos quitándoselo.»

Empecé a aplaudir.

–¡Eso es! ¡Eso es!

No escuché más aplausos; el hombre que había pronunciado esas palabras recibió un abucheo unánime. Entonces recordé quién era: la persona que había tenido al lado durante la catástrofe protagonizada por Alan en el Instituto de Arte Contemporáneo. Me pareció que había estado grosera con él. Sentí una punzada de arrepentimiento. Me dirigí a la mesa de la esquina y revisé un montoncito de postales. Un desnudo grotesco de George Grosz. Demasiado explícito. *La anunciación* de Fra Angelico. Demasiado austera. Unas acuarelas británicas de ratoncitos. Demasiado cursi. *El desollamiento de Marsias* de Tiziano. Demasiado parecido a cómo me sentía. *El reverendo Robert Walker patinando en el lago Duddingston.* Ésa sí me servía. Le di la vuelta y le quité un poco de Blu Tack reseco, una señal de que en determinado momento lo había tenido pegado en la pared, delante de mi mesa. «Apreciado Caspar Holt.» Me quedé bloqueada, y volví a mirar la pantalla en la que él farfullaba unas palabras sobre la educación a edad muy temprana mientras los gritos acallaban su voz. «Soy la mujer que lo trató con poca educación en el Instituto de Arte Contemporáneo. Le escribo esto mientras observo su sensatez y su valentía por televisión. Lamento no haber actuado con corrección esa única vez que nos hemos visto. Estas líneas me están quedando un tanto incoherentes, pero está usted diciendo precisamente lo que yo quiero decir pero nunca se me ocurre en el momento pertinente. Cordialmente, Jane Martello.» Encontré un sello en el bolso, salí inmediatamente y eché la postal al correo. Necesitaba aire fresco. Noté que el frío de la noche me sentaba bien, al menos hasta donde alcanzaba a sentir.

17

–¿Recuerdas cuando venías a jugar aquí?

Aunque hacía un frío intenso, Martha se había empeñado en que diéramos juntas un paseo por el jardín. Nos detuvimos junto al roble gigantesco dentro de cuyo tronco enorme y hueco nos escondíamos de niños. Pasé la mano por la corteza cubierta de musgo.

–Es en esta parte donde Claud, Theo y Paul grabaron sus iniciales. Creíamos que durarían tanto como el árbol. Casi han desaparecido.

Seguimos caminando en silencio. Tuve la sensación de que estaba pisando las huellas de mi infancia. Los graneros, los árboles caídos, los muros de piedra, el jardín de finas hierbas, la parte lisa de terreno en la que había un columpio, las ramas peladas, los escuálidos arbustos. Cuando el viento le pegó a Martha la chaqueta al cuerpo, me percaté de lo mucho que había adelgazado.

–Martha, ¿estás bien?

Ella se agachó elegantemente para arrancar un hierbajo.

–Tengo cáncer, Jane. –Alzó la mano para indicarme que no dijera nada–. Hace mucho que lo sé. Empezó siendo un cáncer de mama, pero se ha extendido.

Le cogí la mano fría y se la acaricié. El viento soplaba con fuerza alrededor de nosotras, procedente de la cima de la colina.

–¿Qué dicen los médicos? ¿Cómo te están tratando?

–Pues no mucho. Vamos, que no dicen gran cosa, dejan que saque yo mis propias conclusiones. Y no voy a someterme a quimioterapia, a radioterapia ni a nada; sólo medicamentos para paliar el dolor, eso sí. Tengo sesenta y siete años, es una buena edad para padecer un cáncer: avanza más lentamente. –Soltó una carcajada–. Seguramente me moriré de un ataque al corazón a los noventa y tres. –Después añadió más seria–: Eso espero. Creo que Alan no se las apañaría muy bien solo.

–Lo siento. Lo siento muchísimo. Ojalá pudiera hacer algo.

Volvimos a la casa cogidas de la mano.

–Martha –le espeté–, ¿lamentas que hayan encontrado el cuerpo?

Ella me lanzó una mirada de extrañeza.

–Esa pregunta no tiene sentido –repuso al fin–. Hemos encontrado a Natalie, es lo que hay. Si lo que quieres saber es si era más feliz antes de eso, la respuesta es que sí, claro. Llegué a tener momentos de felicidad. Cuando la encontraron tuve que pasar otra vez el período de duelo. Ese dolor antiguo y brutal.

Abrió la puerta de atrás.

–Voy a prepararte un té.

–Ya lo hago yo –me ofrecí.

–Jane, aún no me estoy muriendo; siéntate.

Me senté a la mesa de la cocina y advertí que había organizado por montones los libros infantiles que había ilustrado a lo largo de los años. Había docenas de ellos. Empecé a hojearlos. Ya conocía las imágenes, evidentemente, mis hijos habían crecido con ellas, pero seguían siendo igual de maravillosas: divertidas, abigarradas y llenas de color. Le encantaba dibujar familias muy numerosas: briosas abuelas, padres con semblante de agobio y hordas de niños minúsculos y despeinados con rodillas plagadas de costras. En sus ilustraciones aparecía mucha comida, de la que gusta a los niños, como pegajosos bizcochos de chocolate y temblorosos flanes de gelatina morada con crema amarilla por encima; montañas de espaguetis tambaleándose sobre los platos. Y también le encantaba dibujar a chavales divirtiéndose al aire libre: una página doble estaba completamente ocupada por unos niños de corta edad y barriga prominente caminando con unas botas de agua de color rojo; en otra se veía unos rostros infantiles que miraban alegremente entre las ramas de los árboles. Contemplé con más detenimiento la imagen de una niña pequeña que llevaba una guirnalda de margaritas mientras un espléndido sol naranja se ponía detrás de ella. No era frecuente que Martha sacase a niños solos: normalmente eran más numerosos y más fuertes que los adultos.

–Martha, antes de encontrar a Natalie, ¿conseguías pasar un día entero sin acordarte de ella?

La pregunta era un error, lo sabía, conocía la respuesta, pero también sabía que teníamos que hablar de mi amiga. Ella echó agua hirviendo encima de las hojas de té y sacó del armario una caja metálica para guardar bizcochos.

–¿Tú qué crees? –Dejó el bizcocho de jengibre y el cuchillo en la mesa–. Durante mucho tiempo me sentí culpable. No sólo por su desaparición, o su muerte, o lo que fuera, aunque por eso también, claro. Sino por la relación que teníamos.

Aguardé. Ella sirvió dos tazas de té y se sentó a la mesa.

–En mi último recuerdo de ella me está gritando –añadió mirando el té, pero luego se corrigió–: No, no es exactamente así. En mi último recuerdo soy yo quien le grita a ella. Discutíamos mucho por tonterías, desde luego, porque le olía el aliento a tabaco y cosas así. Ella esbozaba la sonrisita de superioridad que solía hacer cuando la regañaban y que me sacaba de quicio. Eran de esas discusiones que forman parte del rol de padre, pero en este caso no llegamos a hacer las paces. A veces me pregunto si murió odiándome. –Sonrió con tristeza–. Cuando Alan y yo volvimos de ese espantoso crucero de aniversario y llegamos a la gran fiesta quise hablar con ella, pero tenía que ver a muchísima gente, no lo hice y luego ya fue demasiado tarde.

–Es normal que te culpes y que te sientas así –le aseguré–, pero también es evidente que no deberías hacerlo.

Recordé que yo había pasado por una versión reducida del mismo sentimiento con la muerte de mi madre. En las semanas posteriores a su entierro había tenido una dolorosísima sensación de pérdida y me había acordado de todas las veces en que la había criticado, en que me había mostrado desdeñosa con ella, en que no la había valorado, en que no le había dado las gracias como merecía, en que no habíamos saldado cuentas definitivamente después de haber asumido ambas las partes imperfectas y fallidas de nuestra relación.

–Pero tienes que recordar toda la vida, no sólo los últimos días o semanas –aduje de forma inane.

–Y así es. Pero en cierto sentido esa pelea resumió todo lo que no funcionaba entre nosotras. –Me miró de hito en hito–. Esto nunca se lo había contado a nadie.

–¿El qué?

–Lo de mi pelea con Natalie.

–¿Y por qué discutisteis?

Ella cogió el cuchillo y cortó dos trozos de bizcocho. Me lo debía de haber preparado al enterarse de mi llegada:

–Tómate el té, se te va a enfriar.

Obedientemente, di un sorbo.

–Fue por lo que hubo con tu padre, Jane. Por el lío que tuvimos.

Seguí bebiendo el té, aunque tuve la sensación de que las manos con que asía la taza se habían vuelto enormes y torpes. La volví a depositar cuidadosamente en la mesa, haciendo un esfuerzo para que el líquido no se derramase.

–Te escucho.

–Yo había mantenido una breve relación con tu padre en el verano del año anterior. Tu madre y él no pasaban por un buen momento, y ya sabes cómo era Alan. Gran parte de ese verano estuvo en Estados Unidos. Me sentía sola; todos mis hijos se estaban haciendo mayores y me parecía que la vida se me escapaba. –Calló e hizo un brusco ademán–. Ya basta, no quiero justificarme. No estoy orgullosa de ello, y tampoco duró mucho. Nunca se lo dijimos a nadie. Christopher no se lo contó a tu madre, ni yo a Alan. Fuimos muy discretos. No queríamos hacer daño a nadie.

Dio un mordisquito muy comedido al bizcocho.

–Natalie encontró una carta que Christopher me había escrito –prosiguió–. Debió de registrarme los cajones. Me pidió explicaciones; no se mostró exactamente enfadada, que fue lo más curioso, sino más bien victoriosa. Me acusó de fingir ser mucho mejor que Alan pero, en realidad, ser idéntica a él. Me aseguró que se lo iba a contar a tu madre y a Alan. Dijo que... –concluyó con tono inexpresivo– era su deber.

Martha calló y, mientras esperaba a que yo dijera algo, el silencio se apoderó de la cocina.

–¿Se lo dijo a alguien?

–Creo que no. Aunque tampoco llegué a enterarme.

–Cabe la posibilidad de que se lo contara a Alan.

–No sé.

–¿Por qué me lo dices ahora, al cabo de tantos años?

Ella se encogió de hombros cansinamente.

–A lo mejor porque éste es un buen momento para desvelar secretos familiares. A lo mejor porque cabe la posibilidad de que me muera dentro de relativamente poco tiempo, porque necesito confesar y he creído que tú podrías entenderme. A lo mejor porque eres tú quien anda por ahí buscando la verdad.

No respondí. No sabía qué decir; tampoco sabía qué pensar. Intenté imaginar a mi padre con Martha, pero sólo pude verlos como eran ahora: viejos, con piel apergaminada, manchas hepáticas y obstinadas costumbres. Ella pasó las páginas hacia atrás y volvió al dibujo de la niña pequeña y el ocaso.

–Ésa es Natalie –anunció–. Sé que no se parece a ella, a excepción de la boca, quizá. Pero es como yo siempre me la he representado. Era una persona solitaria. Le gustaba husmear en las vidas ajenas, tenía novios e iba a fiestas, pero siempre estaba sola. Yo era su madre, pero a veces me daba la sensación de que no la conocía. Mis hijos... sí, fingían ser adultos e independientes y se apartaban de mí o me respondían con rudeza cuando venían sus amigos, pero me necesitaban y siempre fueron muy transparentes. Pero Natalie... muchas veces me sentí rechazada por ella. Yo siempre había creído que disfrutaríamos de una relación estrecha, al ser dos mujeres en una casa de hombres.

Se levantó y se llevó nuestros platos.

–Haz esas llamadas de las que has hablado antes; yo voy a traerte esos esquejes para el jardín.

Se puso la chaqueta, cogió unas tijeras de podar y se internó entre las plantas.

Mecánicamente, hice lo que Martha me había propuesto y rebusqué en mi agenda de teléfonos hasta dar con el nombre de Judith Parsons (de soltera Gill, una de mis mejores amigas del colegio). Le sorprendió y le entusiasmó saber de mí: qué tal me iba en Londres, cómo estaban mis hijos, había que ver lo deprisa que pasaba el tiempo, sí, le encantaría que nos viéramos; a veces Brendon y ella iban a Londres y en una de esas ocasiones me llamaría seguro. Cuando estábamos a punto de despedirnos le pregunté, como quien no quiere la cosa, sintiéndome culpable, ah, por cierto, si por casualidad tenía el número de Chrissie Pilkington. Yo tenía que trabajar durante unos días cerca de donde ésta vivía y me había parecido que sería estupendo ver cómo estaba. El fervor de Judith se aplacó levemente. Sí, tenía el número, pero ahora se llamaba Christina Colvin; anoté los detalles en mi agenda y volví a marcar.

Christina Pilkington-ahora-Colvin no demostró tanta alegría

al oír mi voz. No me extrañaba. Llevábamos veinticinco años sin vernos. Yo le reavivaba recuerdos que seguramente ella no quería recuperar. Pero accedió con desgana a invitarme a tomar el té esa tarde. Apunté cómo llegar y, justo antes de colgar, me avisó de repente:

–Jane, mi marido estará en casa.

Martha me metió los esquejes en el asiento de atrás del coche y señaló el montón de libros infantiles que había en la mesa:

–Son para tus nietos, Jane. Algún día...

Entonces, al fin, nos abrazamos.

Los Colvin vivían a las afueras de Oxford, en una casa de estilo neo-Tudor, con madera y ventanas en forma de rombo por todas partes, con una piscina en el jardín y una avenida de rododendros. Siempre he detestado los rododendros. Flores brillantes y hojas lustrosas debajo de las cuales no hay vida.

No habría reconocido a Chrissie. Cuando nos tratábamos era alta y delgada y tenía un llamativo pelo rubio que siempre se recogía en un moño en lo alto de la cabeza. Ahora parecía haber menguado de estatura, o quizás esto se debía a que había ganado mucho en anchura. Tenía el voluminoso cuerpo enfundado a duras penas en unos elegantes pantalones blancos y una camisa verde, y lo sostenían unos zapatos de tacón. Su belleza salvaje y su delgadez habían desaparecido por completo. Advertí un nerviosismo latente debajo del maquillaje. Le estreché la mano; ninguna de las dos supimos muy bien si debíamos darnos un beso en la mejilla y, mientras nos decidíamos, un hombre corpulento vestido con un traje gris salió de la casa, me dio un cálido abrazo y dijo, tapando con su voz la presentación displicente de Chrissie:

–Qué bien que Chrissie vea a una vieja amiga del colegio. Me han hablado mucho de ti, Jane. –Me permití dudarlo–. ¿Quieres un té? ¿O algo más fuerte?

–Un té está bien, gracias.

–Estupendo. Pues os dejo para que charléis, guapas. Debéis de tener muchas noticias que daros.

–Ian es director de una empresa –me informó ella, como si eso explicara algo. Pasamos al interior. Oí el obediente martilleo de un piano en el piso superior–. Es mi hija, Chloe. Leonore está en casa de una amiga.

Nos sentamos en el salón, entre cojines voluminosos y grabados de flores y paisajes. Mi anfitriona no me ofreció el té.

–¿Para qué has venido realmente? –inquirió.

–¿Te has enterado de lo de Natalie?

Asintió.

–Por eso he venido.

Ella miró inquieta en derredor, como si su marido pudiera estar en la puerta.

–No tengo nada que decir al respecto, Jane. Aquello sucedió hace más de veinte años; no quiero pensar en el tema, y mucho menos hablar de ello.

–Veinticinco años.

–Pues veinticinco. Jane, por favor.

–¿Cuándo fue la última vez que viste a Alan?

–He dicho que no quiero hablar del tema. No quiero pensar en ello.

–¿Sabe tu marido que con quince años mantuviste relaciones sexuales con Alan Martello? ¿Se muestra comprensivo al respecto?

Ella dio un respingo y me miró a los ojos. Me dio cierta pena, aunque también me invadió un sentimiento de victoria porque entonces supo que hablaría conmigo. Hizo un gesto de indiferencia.

–No he visto a Alan desde la desaparición de Natalie. No aspiro a que lo entiendas, pero era tan... glamuroso, aunque parezca increíble. Yo no era más que una niña; él, un hombre famoso que me regalaba cosas y que me decía que era preciosa. –Soltó una risa amarga–. Ahora parece extraño, ¿verdad? Cuando quiso acostarse conmigo me fue imposible negarme. –Se miró las perfectas uñas rojas y añadió, casi con altivez–: Casi me destroza la vida. ¿Por qué no le culpas a él en vez de a mí?

–Vamos, Chrissie, no exageres. Aquello sólo fue sexo. ¿Lo disfrutaste?

–No lo sé. No pienso en ello.

–¿Y por qué se lo contaste a Natalie?

Ella puso cara de sorpresa.

–No se lo conté. Ella nos siguió una vez al bosque. Y nos vio... bueno, ya te imaginas.

Adoptó un gesto mojigato y victorioso.

–¿Y vosotros os disteis cuenta de que estaba ahí?

–Sí.

–¿Y qué pasó?

–¿Tú qué crees? Alan se puso a gimotear. Se acercó a ella y le empezó a tirar de la falda, a decirle que ella era la niña de sus ojos y si algún día iba a poder perdonar al viejo de su padre, y que ya sabía cómo son los hombres, y que Martha sufriría mucho. La verdad es que fue una situación muy incómoda.

–¿Qué hizo Natalie?

–Marcharse.

–¿Y cómo reaccionó Alan entonces?

Me clavó los ojos. Por primera vez vi la mirada provocadora e irresponsable de la Chrissie adolescente.

–Me volvió a tumbar y me folló. Creo que la situación lo había excitado. Aunque ésa fue la última vez. –Se produjo un frío silencio–. Ahora ya puedes contárselo a mi marido.

–Después saliste con Theo, ¿no?

–Pregúntaselo a él.

–¿Y lo de Natalie? Sabes que estaba embarazada, ¿verdad?

–He leído los periódicos.

–¿Quién crees que era el padre?

–No lo sé. Supongo que... cómo se llamaba... Luke McCann.

Mientras me marchaba, su triunfador marido me dijo adiós con la mano, muy contento:

–Vuelve pronto, Jane, siempre resulta agradable ver a viejas amigas de Chrissie.

La vi desde el coche: una mujer de mediana edad con demasiado carmín de labios, y atisbé también a la que debía de ser Chloe, la hija que tocaba el piano, de pie delante de una ventana del piso superior. Era idéntica a la Chrissie de hacía veinticinco años, lo cual debía de resultarle insoportable. Me marché en medio de un lamentable chirrido de neumáticos, y durante todo el trayecto de vuelta a Londres estuve pensando en el sexo, en su carácter extraño y en los azoramientos que suscita.

18

Contrariamente a lo esperado, advertí que la terapia me estaba convirtiendo en una persona más tolerante. En vez de darle vueltas a lo de Martha y a lo de Chrissie, o de llevar a cabo un debate estéril en mi cabeza, era capaz de hablar con Alex sobre el tema. A él no le escandalizaba lo que le contaba, tampoco reaccionaba con un interés morboso y, aunque podía mostrarse crítico conmigo, mordaz incluso, yo nunca tenía que justificarme ante él. En resumidas cuentas, sentía que estaba de mi lado. Confiaba en él. Además, ¿en quién más podía confiar?

El día después de mi regreso a Londres llegué a casa de Alex cargada de compras navideñas, como un viajero que no va a detenerse mucho tiempo. Dejé las bolsas apoyadas en el diván. De tanto en tanto, mientras hablaba, pasaba los dedos por el plástico arrugado, una sensación de normalidad que necesitaba. Cuando le conté lo de Martha y mi padre casi temí que se echara a reír, el asunto me parecía tan excesivo, sórdido y ridículo... Pero no lo hizo, ni tampoco reaccionó con una comprensión ñoña. Y, al describirle el encuentro con Chrissie, pensé que tal vez le molestaba ese nuevo ejemplo de mis labores detectivescas de aficionada. Adopté cierta actitud de disculpa y me puse un poco a la defensiva cuando le repetí el espantoso episodio con Alan y Natalie que Chrissie me había narrado. Me sorprendió que Alex se limitara a asentir con interés.

–No voy a poder convencerte de que dejes tus investigaciones, ¿verdad? –Había cierto deje de exasperación en su voz, pero no era grave.

–No son investigaciones, Alex. En realidad lo único que hago es pasar el rato. Tengo la sensación de que busco algo, pero no sé exactamente qué.

–Ya –respondió de forma reflexiva–. Pero pienso que a lo mejor no estás buscando en el sitio adecuado.

–¿A qué te refieres?

–Me desconciertas, Jane. Empleas técnicas de ilusionista. Cuando me indicas una dirección, tengo la sensación de que es un juego de manos, de que lo importante se está desarrollando en otro sitio.

–No creo que yo sea tan inteligente.

–También te engañas a ti misma, claro. Hay algo que se avecina que quieres y no quieres descubrir.

–¿Cómo? ¿Crees que voy por el buen camino?

Otro de sus largos silencios. Percibía mi respiración y los latidos de mi corazón, como si tuviera una pelota botándome en el pecho. Algo estaba a punto de llegar. Cuando tomó la palabra, lo hizo de forma muy parsimoniosa:

–La impresión que tengo, Jane, es que vas por el buen camino en el sentido de que no cabe duda de que hay algo que descubrir. Pero no lo estás buscando donde debes. Estás hablando con personas que no van a ayudarte a resolver tu problema. Donde realmente deberías buscar es aquí dentro.

Noté su mano fría en la frente y estuve a punto de levantarme del diván dando un respingo. No era la primera vez que me tocaba, pero el carácter íntimo del gesto me sobresaltó. Estaba claro que no me había entendido.

–Alex, no estoy negando que la terapia contigo sea importante y útil. Sin embargo, cuando hablo con la gente, busco algo en concreto, a mi manera confusa y ridícula. Intento descubrir algo que existe, la verdad sobre un hecho que sucedió realmente.

–¿Acaso crees que estoy hablando de otra cosa?

–¿A qué te estás refiriendo? ¿Quieres decir que ya sé la respuesta? ¿Que sé quién mató a Natalie?

–«Saber» es una palabra muy compleja.

Tuve una repentina sensación de hormigueo en la piel.

–¿Me estás acusando de algo?

Él soltó una carcajada tranquilizadora:

–No, Jane, claro que no.

–Pero si lo supiese, lo... bueno, lo sabría, ¿no? Me acordaría.

–¿Ah, sí? Espera un segundo.

Se incorporó, salió de la habitación y volvió enseguida con una desgastada carpeta amarilla y un cuaderno de anillas.

–Déjame que lleve yo la iniciativa durante un momento –me pidió mientras volvía a sentarse–. Quiero hacerte una serie de preguntas sobre ti.

–¿Es esto un test de algo?

–No pienses en eso. Limítate a responder. Sólo si quieres, pero creo que será de ayuda.

–De acuerdo.

–Voy a plantear una serie de preguntas. Tus respuestas pueden ser todo lo cortas que quieras. Si quieres, basta con un sí o un no. ¿Vale?

Sacó la punta del bolígrafo con un chasquido y comenzó. Tras cada respuesta apuntaba unas pocas palabras.

–Jane, ¿te da miedo la oscuridad?

–Sí.

–¿Has tenido pesadillas últimamente?

–Creo que sí. No suelo recordarlas.

–¿Te preocupas por tu cuerpo? ¿Hay partes de él que no te gusten?

–Claro que sí, pero como a todo el mundo.

Aquello era divertido. Me recordaba a los tests de personalidad de las revistas, a los que no podía resistirme.

–¿Has sufrido alguna vez problemas ginecológicos?

–Antes tenía cistitis con mucha frecuencia. No sé si eso cuenta.

–¿Dolores de cabeza? ¿Artritis?

–Artritis no, pero suelo padecer bastantes dolores de cabeza. Antes me entraban migrañas. Durante años tuve una todos los viernes, después de la cena. A no ser que saliéramos a algún sitio. En ese caso me venía el sábado por la noche.

–¿Alguna vez has evitado mirar los espejos?

–Sí, bueno... la misma respuesta que en la pregunta del cuerpo.

–¿Alguna vez has querido cambiarte el nombre?

–¡Pero si ya me cambié de apellido al casarme! Últimamente le he dado vueltas a la idea de recuperar mi apellido de soltera, pero ya es un poco tarde. Tendría que cambiar demasiadas etiquetas y pedidos pendientes.

–¿Alguna vez te pones más ropa de la que parece ser necesaria?

–No tengo buena circulación y a veces paso frío incluso cuando hace sol. Así que seguramente sí. ¿Acaso es un delito?

–¿Tienes alguna fobia?

–No. La altura no me afecta y las arañas me gustan bastante. En los espacios cerrados me siento cómoda. Ahora que lo dices, sí que odio de forma irracional los cereales para el desayuno y me pasé gran parte de la infancia de mis hijos intentando que no entraran en casa. Tampoco me gusta el día de la Madre ni la comida rápida ni ninguna otra cosa inventada por departamentos de marketing.

–¿Algún trastorno alimenticio?

–No.

–¿Has tenido problemas con el alcohol o con las drogas?

–En absoluto.

–¿Has llegado a evitar uno u otras de forma obsesiva?

–La verdad es que no. Más bien reducía un poco el consumo

del alcohol en los días previos a los exámenes finales. Las drogas nunca me han llamado la atención, por toda la parafernalia y la cultura que las rodeaba. Y me daba un poco de miedo que me detuvieran. No creo que se debiera al puritanismo.

–¿Algún episodio de comportamientos compulsivos?

–A montones.

–¿Alguna vez has deseado ser invisible?

–Si he llegado a tener ese deseo, se me concedió durante largos períodos de mi matrimonio. Perdón. La respuesta sincera es que esa tentación nunca se me ha presentado, ni siquiera como una fantasía.

–¿Has tenido alguna depresión?

–Sí.

–¿Y una baja autoestima?

–Pues claro.

–¿A veces lloras sin motivo aparente?

–Esa pregunta casi presenta un cariz filosófico, pero en términos generales la respuesta sería sí.

–¿Ideas o impulsos suicidas?

–Ninguno digno de ser tenido en cuenta.

–¿Has llegado a sentir la necesidad de ser intachablemente buena o, por el contrario, enormemente mala?

–Entiendo la idea. La sensación no me resulta desconocida.

–¿Te has sentido víctima en alguna ocasión?

–Sólo en los momentos de mayor debilidad. Confío en no haberme considerado seriamente una víctima, nunca.

–¿Has sentido alguna vez que estabas en posesión de un secreto? Quizá con una gran necesidad de contarlo y la sensación de que nadie te creería si lo hicieras.

–No estoy segura de entender la pregunta. Creo que no.

–¿Has corrido en alguna ocasión un gran riesgo?

–No. A veces lo lamento.

–¿Te has llegado a sentir incapaz de asumir riesgos?

–Sí.

–¿Sueñas despierta?

–¿Qué has dicho? Estaba pensando en las musarañas. Perdón, era una broma. A veces. Puede.

–¿Tienes la sensación de haber borrado un período de tu vida, especialmente de cuando eras joven?

–No lo sé. Resulta difícil responder a eso. Hay muchas cosas que no recuerdo, evidentemente.

–¿Te preocupa a veces hacer demasiado ruido? Hablo de actividades como el sexo, de contextos sociales o incluso en el cuarto de baño.

–Nos estamos adentrando en cuestiones íntimas, ¿eh? Bueno, no me da vergüenza, responderé a ello. Por orden. Creo que sexualmente estoy bastante desinhibida, y gimo y grito. Me molesta la gente que suelta grandes carcajadas en las cenas, y seguramente los demás me ven como una persona bastante comedida en público. Y seguramente también intento hacer poco ruido en el cuarto de baño cuando hay otros cerca. ¿No lo hacemos casi todos?

–¿Has sentido alguna vez que el sexo era algo sucio?

–No, intrínsecamente no.

–¿En alguna ocasión te ha molestado que te tocaran?

–¿Te refieres a una situación sexual?

–No forzosamente.

–A veces no me gusta que los hombres me soben, aunque depende de cada hombre, lo cual no es del todo justo. Ha habido ocasiones en las que no me ha apetecido mantener una relación sexual y lo he manifestado.

–¿Y en el caso de un ginecólogo?

–Antes no me gustaba que me examinase el ginecólogo si era de sexo masculino. Cuando tenía... veintimuchos años, más o menos, Claud me encontró una mujer estupenda que me sigue visitando desde entonces. Con Sylvia no tengo ningún problema.

–¿Alguna práctica sexual te inspira asco?

–Habrá un par que no me entusiasman especialmente.

–¿Alguna otra que te atraiga de forma intensa?

–Desde luego.

–¿Has tenido alguna vez un comportamiento compulsivamente promiscuo?

–No. Durante una época podría haber sido divertido, y supongo que la universidad habría sido la ocasión de experimentar un poco en ese sentido, pero empecé a salir con Claud muy pronto.

–¿Has sido durante algún período compulsivamente asexual?

–No.

–¿Alguna vez has pensado en el sexo de forma obsesiva?

–No, no de forma obsesiva. De vez en cuando pienso en él.

–¿Sientes el impulso de controlar fuertemente tus emociones?

–No me gusta tener las emociones sin control.

–¿Sientes la necesidad de controlar las situaciones?

–A veces lo intento.

–¿Tratas de controlar compulsivamente cosas que no son importantes?

–A veces puedo ser tremendamente cuadriculada u organizada. Comparada con Claud era el caos en persona.

–¿Te cuesta ser feliz?

–En ciertos momentos eso me ha parecido.

–¿Te cuesta relajarte?

–Sí.

–¿Te cuesta trabajar?

–Últimamente no me ha sido muy fácil.

–¿Alguna vez has tenido la sensación de estar loca?

–Sí.

–¿Te has inventado en alguna ocasión mundos irreales? ¿O relaciones irreales?

–Desde que era pequeña, no.

–¿Has tenido alguna vez la sensación de que tú eras real y de que todo lo demás era de mentira?

–Sé de lo que estás hablando, pero la verdad es que no. Siempre he sido aburrida y demasiado racional. Seguramente tuve esa sensación de pequeña, como le sucede a todo el mundo.

–¿Y al revés?

–¿Que yo no era real, quieres decir? Eso sí. A veces, todavía siento que los demás son adultos de verdad, que yo sólo finjo serlo y que en realidad sigo siendo una niña.

–¿Te da miedo el éxito?

–A veces.

–¿Alguna comida te inspira repulsión o miedo?

–No, pero voy a confesarte un secreto: en el fondo nunca me han entusiasmado las coles ni la coliflor.

–¿Te invade a veces una sensación ominosa?

–Sí.

Alex se quedó callado durante un largo rato pero estuvo escribiendo con gran ahínco en el cuaderno, pasando las páginas hacia atrás de vez en cuando. Al cabo de unos incómodos minutos lo cerró.

–¿Qué tal lo he hecho? ¿He aprobado?

Al responder empleó un tono de seriedad que no le había oído hasta entonces.

–Se suele considerar que, si respondes que sí a más de seis preguntas de las que acabo de plantearte, aproximadamente, eso puede indicar que existe un trauma reprimido.

–¿Qué quieres decir con «reprimido»?

–Sí, un acontecimiento, o una serie de ellos, que te has obligado a olvidar.

–Vamos, Alex, lo que aparece en esa lista podría aplicársele a cualquiera. ¿Se puede saber quién no respondería afirmativamente a varias?

–Jane, no intentes esquivar la cuestión. Hasta ahora has seguido el proceso con una gran dedicación. Las preguntas se han creado de forma muy meditada para revelar síntomas de una ansiedad que puede indicar un conflicto más profundo. No estoy haciendo un diagnóstico, pero deberíamos considerar el tema. Una cosa: has estado imaginando que te encontrabas de nuevo en el paisaje de la desaparición de Natalie. Lo has llevado a cabo no sin hacer un gran esfuerzo. Estoy muy impresionado. Pero cuéntame qué te suscita ese paisaje. ¿Te inspira una sensación de catástrofe inminente? ¿Te parece que en su interior se oculta algo?

De pronto, ahí tumbada en el diván, tuve frío, como acostumbra a sucederme siempre que estoy en esa posición sin moverme durante un rato largo, incluso en una casa bien caldeada como la de Alex. De nuevo, se debía a mi mala circulación.

–Sí, me da miedo. ¿Por qué te interesa?

–Siempre he intentado seguir lo que me ibas indicando. Cuando te pregunté por la desaparición de Natalie me respondiste con un paisaje. Quiero que entres en él, a ver qué encuentras. ¿Crees que merece la pena?

–Sí, de acuerdo.

Volvimos a poner en práctica nuestro ritual acostumbrado. Me gustó que Alex me estuviera dando su aprobación, como si me estuviera convirtiendo en su alumna más aventajada. Me habló en voz baja. Relajé el cuerpo, cerré los ojos y volví a situarme a orillas del Col. A cada nueva sesión aquello me resultaba más fácil, y el mundo en el que me hallaba inmersa cada vez cobraba mayor nitidez.

Estaba sentada con la espalda apoyada en la piedra seca y cubierta de musgo al pie de la cumbre de Cree, el río discurría a mi izquierda, los últimos trozos de papel arrugado desaparecían por la curva, los olmos de la linde del bosque se alzaban a mi derecha.

Sin que nadie me lo dijera, pude incorporarme y darme la vuelta. Ahora el río quedaba a mi derecha, a mi espalda la corriente se acercaba a mí y luego seguía su curso, los olmos y el bosque se hallaban a mi izquierda. Ahora miraba el sendero que ascendía sinuoso por la pendiente de la cumbre de Cree, en cuyos márgenes veía unos arbustos tupidos; cada ciertos intervalos se hacía invisible, al serpentear ladera arriba, pero lo veía casi al completo. Todo se me aparecía con mayor nitidez que antes. Las hojas se recortaban de forma más precisa frente a la luz del sol y parecían más verdes. Al volver la cabeza pude fijarme con precisión en todos los detalles de ese entorno y acercarme visualmente a él, a las piedrecitas del camino que habían acabado en el margen por efecto de las pisadas, que también habían allanado el terreno y dejado al descubierto piedras más grandes y raíces de árboles. Casi sin tomar impulso empecé a avanzar por el sendero. Miré al suelo y vi que calzaba ese tipo de zapatillas de deporte negras que no llevaba desde mi época de estudiante. Ya me había adentrado en el camino, subía por la colina y me alejaba del lugar donde había estado sentada. Al mirar a la derecha vi, desde arriba, la ladera y el río. Al mirar a la izquierda me encontré con el bosque detrás del cual se hallaba La Granja. De repente todo se oscureció. Levanté la vista: una densa nube negra cruzaba el cielo. La temperatura bajó, me recorrió un escalofrío, me di la vuelta y bajé corriendo la pendiente. Me senté cuidadosamente en la posición original; noté en la espalda la piedra rugosa.

Describí a Alex lo que había sucedido.

–¿Por qué no has seguido?

–He tenido miedo.

–Las chicas mayores no tienen nada que temer.

19

–Dígame.

–¿Puedo hablar con Jane Martello, por favor?

–¿De qué se trata?

No estaba de buen humor. Aquélla prometía ser la cuarta vez de la mañana en que una persona del ayuntamiento me llamaba para proponerme cambios en el albergue. Al día siguiente el comité iba a reunirse para aprobar –o no– el presupuesto corregido de un edificio en el que ya se habían realizado tantos recortes, concesiones y revisiones que casi se me habían quitado las ganas de firmarlo con mi nombre.

–Jane, soy Caspar. Caspar Holt.

–¿Perdón?

–No era necesario, pero gracias por la postal.

El filósofo; me senté y respiré profundamente.

–Ah, sí... bueno, quería disculparme por mi comportamiento de aquella tarde.

–Dadas las circunstancias, creo que demostraste bastante aplomo. He pensado que quizá podíamos vernos.

Madre mía, una cita.

–Sí, vale... ¿Cuándo habías pensado?

–¿Qué te parece ahora?

–¿Ahora?

–Bueno, pues dentro de media hora.

Tenía que resolver los últimos detalles de la reunión del comité del día siguiente. Debía pasarme por la oficina... No era un buen día, iba a la carrera y estaba de un humor de perros.

–Dame una hora. ¿Dónde quedamos?

–La plaza de Lincoln's Inn Fields, número trece. Te veo en la puerta.

No conseguí ultimar los detalles relativos al comité ni llamar a la oficina.

Estaba en la calle con el mismo grueso abrigo de *tweed* que llevaba en el Instituto de Arte Contemporáneo. Leía con gran atención un libro de bolsillo, por lo que pude observarlo antes de que me viera. Tenía el pelo de color rubio ceniza, rizado y peinado hacia atrás. Llevaba unas gafas redondas de montura metálica.

–El museo de sir John Soane –observé–. ¿Es aquí donde sueles llevar a las chicas en la primera cita?

Levantó la vista sobresaltado.

–Sí, eso seguramente explica mi poca fortuna con las mujeres. Pero es gratis, y da la impresión de que uno deambula por el interior del cerebro de un hombre.

–¿Tan bueno es?

Posó la mano levemente en mi hombro mientras franqueábamos la puerta de entrada y accedíamos al extraño edificio, que ocupaba varios pisos superiores y un sótano. Me llevó a una sala con las paredes pintadas de un oscuro rojo óxido. Había objetos extraños, fragmentos de edificios, instrumentos arcaicos, obras de arte caracterizadas por la excentricidad.

–Mira eso –me indicó Caspar, señalando una cosa amorfa–. Es un hongo de Sumatra.

–¿El qué?

–Ah, en realidad es una esponja.

Seguimos avanzando por unos pasillos de una estrechez imposible, por los que se llegaba a estampas todavía más inauditas que cubrían las paredes de arriba abajo; en todas partes se exhibía una colección desconcertante de objetos.

–Cada sala es como una zona diferenciada de la mente que la ideó –me explicó.

Advertí que tenía manchas de pintura roja en las manos y que llevaba deshilachado el cuello de la camisa.

–Como el cerebro de un hombre, ¿no? –aventuré.

Él esbozó una sonrisa:

–Dividido en compartimentos, te refieres... Lleno de cosas. Puede. Tal vez tengas razón. No es una casa femenina, ¿verdad? A veces vengo a la hora de comer. Me maravilla que un edificio pueda contener toda una vida. ¿No te parece un lugar muy introvertido? Pero también extrovertido.

–¿Es ésta la charla que sueles soltar?

–Lo siento, ¿estoy siendo un pesado?

–Era una broma.

Subimos al piso superior y accedimos a una sala de cuadros con techos muy altos, pintada de verde y de un amarillo azafrán oscuro. El sol invernal que entraba a raudales por las ventanas en forma de arco iluminaba esos tonos apagados pero intensos; la estancia transmitía una sensación de frialdad y seriedad propia de una iglesia. Pasamos juntos por delante de los grabados de *El progreso del libertino* de Hogarth, esa expresión de brutalidad y rabia. Caspar se detuvo delante de *El libertino en Bedlam*.

–Mira –me dijo–, en el número cincuenta y cinco aparece un hombre con un cetro y un orinal en la cabeza; está miccionando. ¿Ves el gesto de esas dos damas elegantes?

Contemplé la grotesca escena; distinguí unas figuras desdibujadas y retorcidas, y me recorrió un escalofrío.

–Se trata del hospital de Bethlehem. Se hallaba en Moorfields, justo detrás de los muros de la ciudad. Las deudas del padre de Hogarth lo llevaron a la cárcel, y eso causó una gran impresión en el artista. Fíjate en el rostro de esa anciana arrodillada, Jane, parece humana sólo a medias.

Escruté el rostro de mi acompañante, su mirada fija y gris. Advertí que había utilizado mi nombre de pila. De pronto me di cuenta de que llevaba mucho tiempo sin sentirme feliz. Estar ahí con Caspar, en una casa que parecía un cerebro humano, fue como atisbar desde el interior de la tristeza en la que llevaba tanto tiempo instalada, a través de una ventana, un futuro distinto, más luminoso. Vi paisajes y el cielo. Me quedé inmóvil durante un instante mientras la esperanza se apoderaba de mí. Nuestras miradas se cruzaron brevemente.

–Espera –me pidió–. Quiero enseñarte una cosa.

Volvimos a bajar las escaleras y atravesamos dos salas.

–Mira por ahí –añadió.

Vi una especie de pilón que parecía un tótem, hecho con fragmentos de diversas columnas, con una inscripción que rezaba: «Fanny». Miré a Caspar con las cejas enarcadas.

–¿Y? –inquirí.

–Es la tumba de un perro que tuvo la mujer de John Soane. Pero también el nombre de mi hija pequeña.

–Creía que Fanny era uno de esos nombres que había caído en desuso.

–He intentado que volviera a estar en boga.

–¿Estás casado?

–No. Vivo solo.

–Lo lamento.

–No hay nada que lamentar.

En la calle, guiñando los ojos bajo la luz fría, nos sonreímos tontamente. Entonces consultó el reloj.

–¿Comemos?

–No debería.

–Por favor.

–De acuerdo.

Nos dirigimos al Soho a pie; pasamos junto a las tiendas de delicatessen y de los *sex shops* y entramos a una cafetería-restaurante italiana. Pedimos unas crujientes tostas de queso de cabra medio derretido, una ensalada verde y una copa de vino blanco cada uno. Se fijó en mis manos sin anillos, me preguntó si estaba casada y le anuncié que estaba separada. Me interesé por la edad de su hija. Tenía cinco años. Me aseguró que mucha gente lo consideraba más o menos un superhombre sólo por hacer lo mismo que hacían todos los días cientos de miles de mujeres sin que nadie reparara en ello.

–Antes de tener al trasto de Fanny no sabía lo que era el amor.

Yo le hablé de Robert y Jerome, de lo grandes y altos que estaban, de cómo me protegían y se ponían siempre de mi lado, y él dijo que algún día le encantaría llegar a conocerlos. Entonces se abrió ante mí la posibilidad de que hubiera un futuro en aquello, un «algún día», lo cual me produjo miedo y vértigo, y encendí un cigarrillo. Dije que tenía que irme. Él no intentó detenerme, me acompañó hasta donde tenía la bici y se quedó mirando mientras yo me liaba con el candado y el casco y pedaleaba haciendo eses.

Me sentía como una adolescente, estaba mareada de emoción, pero me sentía también como una anciana aterrorizada a la que vuelven a encerrar en una cárcel con cientos de cadenas finas y punzantes. Podía tener una aventura con Caspar... no: supe, al acordarme de la mano que había posado levemente en mi hombro, de su mirada directa y gris, que podía tener una *relación* con Caspar. No nos limitaríamos a acostarnos una noche después de una botella de vino, sino que nos contaríamos nuestro pasado, destaparíamos viejas heridas, nos entregaríamos al dolor adictivo del amor. Y no es que no estuviera preparada, eso que dicen siempre los psicólogos, que debes esperar, volver a encontrarte con fuerzas, aprender a convivir con la soledad. Estaba perfectamente preparada. Llevaba muchísimo tiempo sin abandonarme al amor. Estaba preparada, pero tenía miedo. Me acometió una sensación de cansancio. Un leve dolor de cabeza me empezó a martillear las sienes. El vino a la hora de la comida...

Pasé con la bici por Oxford Street, donde, en esa tarde de invierno, ya brillaban las luces navideñas. Cuánto detesto esos gigantescos personajes de Disney que cuelgan ahora en las calles. Todavía no había acabado las compras de Navidad, aunque ya había comprado unos prismáticos para mi padre y muchas chucherías para colgar del árbol, como si fueran de Papá Noel, que nunca había dejado de pasar por casa, mucho después incluso de que los niños ya supieran que era yo. Siempre había sido mi parte favorita del día de Navidad, esas primeras horas de la mañana cuando todos se agolpaban en mi dormitorio, se sentaban en la cama y sacaban bragas, jabón y sacacorchos de las fundas de las almohadas. Repentinamente pensé que cabía la posibilidad de que pasara sola esa mañana de Navidad: los chicos vendrían a comer, claro, y también mi padre; consideré que quizá debería invitar a Claud, porque la idea de que se sentara ante una pulcra comida para una sola persona me resultaba insoportable, aunque lo más probable era que fuera a casa de Alan y Martha. Pero existía la posibilidad de despertarme esa mañana en una casa vacía.

Durante unos instantes consideré la posibilidad de sumirme en las temibles fauces de unos grandes almacenes impregnados de perfume, para conseguir, mediante violentos tirones, camisas, corbatas y jerséis para mis hijos. Pero ellos odiaban las camisas y las corbatas de los grandes almacenes, y hacía mucho tiempo que había dejado de comprarles la ropa. Presa de un impulso, me acerqué a una de mis tiendas favoritas de Londres, la sombrerería de Jermyn Street, donde me hice con tres magníficos y caros sombreros de fieltro: uno marrón para Jerome, otro negro para Robert y otro verde botella para Kim. Colgué la bolsa de un manillar y me dirigí a Camden, donde compré una gran cantidad de moldes de papel para las trufas de chocolate que iba a preparar para todos, y unos preciosos tarros verdes. En una tienda vi unos pendientes con forma de cajita de plata. Demasiado caros. Se los compré a Hana y salí de allí con ellos dentro de una caja muy bonita y con un lazo.

Esa tarde puse mis tres discos de Neil Young mientras preparaba tomate en conserva y lo metía en los tarros verdes, que etiqueté, y preparé las trufas con chocolate negro y amargo. Les añadí una capa de cacao y las puse en los moldes. Al día siguiente las metería en otras cajitas. La cocina olía a vinagre y a chocolate amargo. Todavía me embargaban la energía y la emoción, así que me serví una copa de vino tinto, encendí un cigarrillo y, con un lápiz espléndidamente afilado y mi regla preferida (larga, con un borde plano), tracé un plano arquitectónico de mi casa. Garabateé un querubín gordo y kitsch encima de las depuradas líneas del tejado. Cuando fuera a la oficina, fotocopiaría el dibujo en unas tarjetas blancas y mandaría las copias como felicitación navideña.

Me serví otra copa de vino –el dolor de cabeza ya había remitido– y me fumé otro pitillo. A lo mejor dejaba de fumar en Año Nuevo. Por la ventana vi que casi había luna llena y, llevada por un impulso, me puse un grueso abrigo de Robert y salí al jardín. La noche era maravillosa: despejada y muy fría. Era como si se pudieran tocar las estrellas; las ramas de los perales y los cerezos estaban peladas.

En un extremo, debajo del laurel sin podar, se encontraban las tumbas no señaladas de las muchas mascotas de mis hijos:

hámsteres, conejillos de Indias, dos conejos, un periquito. Ellos solían jugar al fútbol en el jardín, convirtiéndolo en un barrizal. En primavera y otoño dedicábamos fines de semana enteros a la jardinería, y plantábamos semillas que los gatos del vecindario desenterraban. En abril florecían los árboles y aparecían las nubes de algodón del peral y del cerezo, y las velas de cera del magnolio; durante algunas semanas, el jardín se convertía en un lugar de una belleza y de una elegancia asombrosas. Claud y yo salíamos a tomar unas copas en él cuando el tiempo acompañaba. Organizábamos fiestas en verano en las que servíamos licor Pimm con fresas y los chicos iban ofreciendo patatas fritas a los invitados. También habíamos celebrado barbacoas, a veces preparando perritos calientes con bebidas gaseosas, otras kebabs de langostinos y caballa al estilo cajún y champiñones marinados en salsa picante. Mi memoria volvió a avisarme de algo, de una cosa que se me estaba olvidando. Lo que Alex me había pedido que hiciera: que no bloqueara mis recuerdos.

Con el vino y el cigarrillo en las manos, hice de forma adelantada mis buenos propósitos de Año Nuevo: no descansaría hasta haber recorrido completamente el paisaje de mi memoria, hasta haber llegado a su centro; además, me permitiría ser feliz.

Ni siquiera se me ocurrió que podía llevar a cabo el segundo propósito sin el primero.

20

–¿Qué quiere hacer?

–Venir a la comida de Navidad con un equipo de televisión.

–Pero eso es ridículo. Para empezar, ¿qué equipo va a prestarse a trabajar ese día?

–El suyo, seguramente. Será como el mensaje de la Reina a todos los países de la Commonwealth.

–Jane, tú no habrás accedido, ¿verdad?

Kim jamás chillaba; ahora había soltado un chillido.

–Es que se trata de una cuestión complicada. Está claro que para Paul esto es muy importante, y ya le ha dedicado grandes esfuerzos, y supongo que he pensado que, si ya lo tenía tan avanzado, pues que no me costaba nada sumarme.

–¿De verdad estás diciendo que el día de Navidad van a llegar Paul y Erica, además de Rosie, claro, con unas cámaras grabando, y que te van a filmar preparando el pavo? Por Dios, Jane, tu padre también va a estar. Y Robert y Jerome. Y yo también, con Andreas.

–No van a pasarse ahí todo el día. Sólo van a captar unas pocas imágenes de la familia en Navidad. Se irán mucho antes de que comamos.

Me llegaron unos gorjeos desde el otro lado de la línea telefónica, y me di cuenta con alivio y con un sentimiento rayano en el júbilo que Kim se estaba riendo.

–¿Me ayudarás a soportarlo de la mejor manera posible?

–Pues claro. Pero ¿qué me pongo? Va a ser la primera vez que salga en la tele. ¿Qué es lo que estaba prohibido llevar, rayas o círculos?

–Aquí tienes. Un jerez seco, un pastelillo de carne picada.

El jerez presentaba un color amarillo claro, el pastelillo estaba caliente y picante. Me senté con cuidado en un sofá que parecía que acababan de traer, con los cojines ahuecados, de los grandes almacenes. Tuve la sensación de ser una desconocida, una cortés invitada.

–Qué bonito tienes esto.

La sala ofrecía un aspecto inmaculado, como si fuera una estancia a punto de ser fotografiada para un suplemento dominical. De las paredes color marfil colgaban seis grabados de pequeño tamaño. Una alfombra cuadrada ocupaba el centro exacto del parqué. A ambos lados del sofá nuevo había dos butacas también nuevas. En la mesita se veía un libro sobre iglesias normandas y un ejemplar de *The Guardian*, doblado. Un cactus lucía unas hermosas flores encima del viejo piano, recién abrillantado. En una esquina, sobre un ingenioso pie, se alzaba un árbol de Navidad con luces blancas. Desde el lugar donde me hallaba, sosteniendo delicadamente el jerez y el pastelillo, alcanzaba a ver una cocina tan impoluta que me pregunté si Claud habría llegado a prepararse algo en ella.

–Sí, me gusta. La he puesto a mi estilo.

Nos lanzamos unas sonrisas nerviosas desde ambos extremos del ordenado espacio. Me acordé del desorden de mi cocina: cuencos enormes de mandarinas blanduzcas, montones de facturas y cartas sin responder, listas que me había hecho y que no había vuelto a consultar, platos rotos que llevaba días queriendo arreglar, tarjetas navideñas que iba a colgar de un cordel debajo de los aleros aunque todavía no me había puesto a ello, un racimo de muérdago descartado pero no tirado, abandonado entre las tazas del aparador, narcisos metidos en jarrones y repartidos por la estancia en caóticos estallidos amarillos, esbozos de proyectos arquitectónicos que había empezado y después dejado, fotografías que no había llegado a meter en un álbum, docenas de libros, varias recetas que había recortado de revistas pero que no había archivado, una botella de vino a medio terminar. Y, como no podía ser de otra forma, un abeto falso al que se le caían las hojas cuya decoración, cortesía de mis hijos, parecía lanzada a puñados por una panda de borrachos. Bueno, lo cierto es que tal había sido su intención: a Jerome y Robert les había parecido espantoso el coordenado esteticismo que había logrado ese año, y declararon que los árboles de Navidad debían ser horteras y llamativos. Habían sacado de las profundidades las bolas de color rosa y turquesa y las refulgentes estrellas, todos los adornos que habíamos ido acumulando a lo largo de los años, y los habían puesto de cualquier manera en el árbol.

Le propuse animadamente que pusiéramos música.

–No tengo música –me informó Claud.

–¿Dónde están todos tus compactos?

–Formaban parte de una vida anterior.

–Si no los querías, ¿por qué te los llevaste?

–No eran tuyos.

–¿Me estás diciendo en serio –pregunté horrorizada– que toda la música que has coleccionado a lo largo de la vida... ha acabado en la basura?

–Sí.

Recorrí la sala con la mirada. Me di cuenta de que, con el proceder implacable de un cirujano, mi ex marido había extirpado todas las huellas de nuestra vida en común, de nuestra familia. Aquello no era orden. Era el vacío.

–Claud –le espeté–, ¿cómo recuerdas a Natalie?

Mientras hacía la pregunta advertí que la había planteado de forma extraña, imprecisa.

–¿Que cómo la recuerdo?

–Bueno, es que he estado hablando de ella con varias personas y me ha llamado la atención que nosotros nunca hayamos comentado cómo la ve cada uno.

Claud se sentó en una butaca y me examinó con ese aire profesional que siempre me sacaba de mis casillas.

–¿No crees que estás llevando esa inquietud tuya demasiado lejos? Nosotros, su familia de verdad, por decirlo con sinceridad, estamos intentando recomponer nuestras vidas. No estoy seguro de que sea de gran ayuda que te dediques a husmear en nuestro pasado en aras de tu propio bienestar psicológico. ¿Es eso a lo que tu analista te ha estado incitando?

Sus modales eran suaves y corteses; ahí, en su sofá, me sentí como una niña en edad escolar, revoltosa y desaliñada.

–Vale, Claud, ya me has soltado la charla. Entonces ¿cómo la recuerdas?

–Era cariñosa, inteligente y dulce.

Lo miré de hito en hito.

–No pongas esa cara, Jane. Como estás haciendo terapia recelas de cualquier argumento sencillo. Era mi hermana pequeña, una chica maravillosa, a punto de convertirse en mujer cuando murió de forma trágica. Y ya está. Así es como la recuerdo y así es como quiero recordarla. No quiero que mancilles su memoria, aunque lleve veinticinco años muerta. ¿Vale?

Me serví más jerez en la copa minúscula y di un sorbo.

–De acuerdo. ¿Y cuáles son tus últimos recuerdos de ella?

En esta ocasión reflexionó algo más antes de responder, o quizá sólo se estuvo pensando si responder o no. Luego meneó la cabeza con un gesto casi de pena.

–No sé qué pretendes, pero si insistes... Estábamos todos en La Granja organizando la fiesta de aniversario para el momento en que volvieran del crucero. A la mañana siguiente yo me marchaba a Bombay. Al igual que la mayoría, Natalie estaba echando una mano. El día de la fiesta, por la mañana, tú, ella y yo estuvimos haciendo recados de un lado a otro. ¿No lo recuerdas?

–Ha pasado mucho tiempo.

–También me acuerdo de que fui con ella en coche a buscar el regalo para Alan y Martha, y de que hablamos de lo que ella se iba a poner, creo. Después de eso sólo recuerdo que me encargué de la barbacoa y que no me pude mover de ahí hasta la madrugada. –Me miró–. Pero tú seguro que ni te fijaste, ¿verdad? Estabas demasiado liada con Theo. Me fui a la mañana siguiente, antes de que amaneciera, con Alec. No me enteré de la desaparición de Natalie hasta dos meses después, cuando volví a casa.

Recogí minuciosamente las migas del plato con el dedo índice.

–¿Esa mañana la viste?

–Claro que no. Sólo a mi madre, que nos llevó a Alec y a mí a la estación como a las tres y media de la tarde. Eso ya lo sabes. Jane, en serio, no creo que vayas a llegar a ningún sitio. Y no puedo ayudarte demasiado: no estaba el día en que desapareció.

Se pasó la mano por la frente y me percaté de lo cansado que estaba. Me sonrió, una sonrisita tontorrona e íntima: la hostilidad desapareció del ambiente y fue sustituida por otra cosa igualmente perturbadora.

–No tienes ni idea –añadió, casi como en sueños– lo mucho que lamento no haber estado. Durante mucho tiempo creí que, si no me hubiera marchado, aquello no habría sucedido. Que lo podría haber impedido u otra idea ridícula. Y aún tengo la sensación de que estoy separado del resto de la familia porque ellos lo vivieron juntos, mientras yo andaba por otro lado. –Esbozó una sonrisa triste–. Jane, tú siempre decías que yo era el burócrata de la familia, ¿verdad? Quizá porque ése es el único modo en que puedo sentir que formo parte de ella.

–Claud, lamento si he estado metiendo la pata.

Sin pensar le cogí la mano; él no la quitó, sino que se quedó mirando cómo nuestros dedos se entrelazaban. Nos quedamos sumidos en un profundo silencio durante unos segundos y después me aparté, con vergüenza.

–¿Qué vas a hacer en Navidad? –pregunté en un tono de voz demasiado animado.

Fue él quien adoptó entonces un gesto de azoramiento.

–¿No te lo habían dicho? Iba a comer en casa de Martha y Alan, pero Paul me ha invitado a que pase el día con Peggy y con él.

–Pero si ellos van a venir a mi casa.

Una idea desagradable me cruzó por la cabeza.

–Paul pensaba que no te importaba.

–Es imposible, Claud. Imposible. Van a venir mi padre, también Kim con su nuevo novio, y los chicos, y Hana. Joder, y además tendremos un equipo de televisión grabándonos. ¿Qué quieres que hagamos? ¿Que juguemos a la familia feliz delante de las cámaras?

–Pero si precisamente tú habías dicho que podíamos seguir siendo amigos.

Era cierto. Un estereotipo estúpido, un falso consuelo y una mentira, pero lo había dicho.

–Y quiero pasar el día de Navidad con mis hijos –añadió.

Supe que cometía un tremendo error. ¿Qué me diría Kim?

–De acuerdo.

21

Estaba sentada, y el musgo seco de la piedra me raspaba las vértebras curvadas de la espalda. Sabía que tenía la cumbre de Cree detrás de mí y el río Col a la derecha, cuya superficie, de un gris pizarra, reflejaba el manto de nubes que había tapado el sol. Como sólo llevaba un vestido sin mangas sentí un frío repentino y me abracé: toda la piel de los brazos se me había puesto de gallina. Los trozos de papel arrugado casi habían desaparecido de la superficie turbia y, arrastrados por la corriente, se confundían con las sombras y los reflejos mucho antes de tomar la curva. Las ramas de los olmos que me quedaban a la derecha se mecían y emitían un murmullo debido a una inesperada ráfaga de viento que traía una amenaza de lluvia.

Me levanté y me di la vuelta hasta que me quedé mirando la cumbre de Cree y el camino que ascendía sinuosamente la ladera. En determinados puntos los arbustos ocultaban su ascensión, que se prolongaba hasta perderse en el crepúsculo. Eché a andar por él con decisión. Cada vez que volvía a ese río y a esa colina que me separaba de Natalie, el paisaje cobraba una mayor nitidez. El verde de la hierba era más intenso, las ondas y los remolinos del río se veían con más detalle. En esta ocasión, esa nitidez no sólo presentaba una mayor precisión, sino también un carácter más implacable. El agua parecía más densa y más sólida, el camino por el que andaba estaba más duro, incluso las hojas parecían cuchillas que habrían producido un corte en cualquier dedo que las rozase.

Aquél era un paisaje hostil y cerrado, renuente a desvelar sus secretos. Me estaba acercando a la cima de la cumbre de Cree y notaba de forma palpable que al otro lado había algo malo. Por eso el paisaje se había oscurecido. El cuerpo, todo mi interior, flaqueó. ¿Realmente deseaba aquello? Un momento de debilidad bastó. Di la vuelta y eché a correr colina abajo, alejándome de eso que me esperaba. ¿Acaso no había más lugares a los que ir en ese amado panorama de mi memoria? Llegué al pie de la cumbre y seguí corriendo por la orilla del Col. Sabía de forma intuitiva que ese sendero se alejaba serpenteante del río y que me llevaría a La Granja, donde me encontraría con mi familia tal y como era en aquella época: Theo, alto y taciturno; Martha, guapísima y con el cabello oscuro, risueña y fuerte; mi padre, apuesto y sin haber perdido la esperanza de una vida que pudiera colmarlo. Quedarían ciertas huellas de esa idílica fiesta veraniega.

Pero el camino no tardó en tornarse irreconocible, como si me hubiera internado más allá de los límites del territorio permitido. El bosque se hizo más tupido, el cielo se encapotó y, cuando recobré la consciencia en el diván de Alex, unas lágrimas calientes me recorrían el rostro, las mejillas. Tuve que incorporarme y, sintiéndome ridícula, secarme el cuello y las orejas. Alex se hallaba de pie delante de mí con un gesto de preocupación. Le expliqué lo que había intentado hacer y movió la cabeza con actitud reprobatoria.

–Jane, no estás en Narnia, ni en Oz, ni en un parque temático en el que puedas irte de paseo por donde te apetezca. Estás explorando tus recuerdos. Debes dejarte llevar en la dirección que éstos te indiquen. ¿No tienes la sensación de que estás a punto de lograrlo?

Normalmente, no habría considerado que Alex Dermot-Brown era mi tipo de hombre. Era una persona desaliñada que vivía en una casa desaliñada. Llevaba los vaqueros desgastados en las rodillas, su jersey azul marino tenía lamparones y bastante pelusa, resultaba evidente que sólo se peinaba el cabello largo y rizado al pasarse frecuentemente los dedos por él, mientras se hallaba enfrascado en una conversación. Pero había acabado por sentirme atraída por él, evidentemente, porque era la persona a quien me había abierto, el hombre cuya aprobación buscaba. Todo eso lo sabía. Sin embargo, ahora me di cuenta con cierta sensación de excitación que a él le interesaba mi búsqueda con la misma fuerza que a mí, y que albergaba las mismas esperanzas con respecto a su desarrollo. Al mismo tiempo noté un pinchazo en el interior del estómago, que me recordó a las primeras contracciones que había tenido con Jerome, aquellos avisos de una conmoción que me anunciaban que no me iba a quedar otro remedio que dar a luz. Al cabo de poco tiempo iba a tener que enfrentarme a algo.

Un hombre calvo con un traje gris se levantó. Presentaba el aspecto de haber acudido a la sala de reuniones directamente del trabajo:

–Pues yo sí quiero decir algo.

Todos conocemos esas reuniones o debates públicos en los que, cuando el moderador abre el turno de preguntas, se produce un largo silencio, nadie se atreve a decir nada y todo resulta sumamente embarazoso. Pero ése no fue el caso. Todos querían intervenir y la mayoría intentaba hacerlo al mismo tiempo.

Desde el principio nos habíamos dado cuenta de que había que implicar a los vecinos, al menos de un modo informal, en el proceso de construcción del albergue. Se había celebrado una reunión con la asociación de vecinos de Grandison Road para tratar el tema; éstos habían solicitado una reunión pública con las autoridades responsables del proyecto. No había quedado del todo claro qué implicaba exactamente esa petición, ni siquiera si era necesario atenderla, pero, por cuestiones de tacto, se decidió responder. Chris Miller, del área municipal de urbanismo, encargado teóricamente del edificio, ejercería de moderador, y el doctor Chohan, un psiquiatra que se ocupaba de los pacientes ambulatorios del hospital de St. Christopher, también había confirmado su asistencia, así como Pauline Tindall, de Servicios Sociales; en el último minuto Chris me había llamado para preguntarme si podía ir.

Accedí sin mucho entusiasmo, aunque sólo fuera para vigilar cualquier excesivo compromiso presupuestario en el que pudiera incurrir Chris, y que acabaría saliendo de mis fondos. Esa tarde había quedado con Caspar para tomar algo. Lo llamé para anular la cita y disculparme, pero, cuando le conté lo que tenía que hacer, el tema le interesó y me preguntó si podía asistir y sentarse entre el público; dijo que quería verme trabajando. Le dije que no se molestara, que sólo se trataba de una formalidad.

–No es una formalidad –protestó–. Estamos hablando de los hogares de la gente. Vas a meter locos en su barrio. Sólo hay dos cosas peores que podrías plantear: una fábrica cárnica o un laboratorio de vivisección. Jane, no quiero perdérmelo. Estas reuniones públicas son lo que entretiene ahora a los británicos, en vez de ver cómo unos perros acosan a un oso o asistir a un ahorcamiento.

–No te emociones, Caspar, éste es un proyecto que carece absolutamente de polémica.

–Eso ya lo veremos. Ah, acuérdate de recordarme que te enseñe un interesante estudio que se llevó a cabo hace unos años en Yale. En él se apuntaba que, cuando una persona ha suscrito públicamente una opinión, las pruebas que la desmontan, por sólidas que sean, sólo sirven para profundizar la postura inicial.

–¿Qué quieres decir con eso?

–Que no esperes convencer a nadie utilizando argumentos racionales.

–No me hacía falta un estudio de la Universidad de Yale para saber eso. Bueno, igual nos vemos ahí.

–Puede que la turbamulta me oculte, pero yo sí te veré a ti.

Candé la bicicleta a un parquímetro en la puerta de la sala de reuniones municipal cinco minutos antes de la hora señalada para que comenzara el encuentro. Nada más entrar, pensé que me había equivocado de acto. Esperaba a unas cuantas ancianas que hubieran entrado para refugiarse de la lluvia. Aquello parecía más una *rave* o una manifestación contra el *poll tax*. Pero en la lejana tarima vi a Chris y a todos los demás. No sólo se habían ocupado todos los asientos, sino que los pasillos también estaban abarrotados, y tuve que avanzar a empellones presentando excusas por doquier para llegar a esa tarima, en la que estaba Chris con el rostro colorado y aspecto nervioso. No dejaba de toser y de llenarse un vaso con una jarra de agua. Mientras me sentaba en la silla de plástico que me habían reservado, se me acercó y me confió con un susurro ronco:

–Llenazo absoluto.

–¿Por qué?

–Ha venido todo Grandison Road –respondió–. Pero también mucha gente de Clarissa Road, de Pamela Road y de Lovelace Avenue.

–¿Por qué les interesa este albergue insignificante?

Él se encogió de hombros. Se miró el reloj y, después de hacerles un gesto con la cabeza a Chohan y Tindall, se levantó y pidió silencio. El estruendoso bullicio se convirtió en un cuchicheo. Chris nos presentó a todos y después dijo en pocas palabras que esas iniciativas reflejaban el compromiso de las autoridades del distrito para que los servicios sociales resultasen eficaces. Se esperaba que el albergue fuera el primero de varios proyectados en la zona; iba a ser un modelo de cómo reinsertar a pacientes mentales mediante un tratamiento humano, práctico y económicamente sensato. ¿Alguien quería hacer una pregunta? Se alzó un mar de manos pero el hombre calvo fue el más lanzado:

–Antes de plantear la pregunta –comenzó–, me gustaría en primer lugar expresar el que creo que es el estado de ánimo imperante, y es que los vecinos estamos consternados por no haber sido consultados sobre la ubicación de este centro en nuestra área, y pensamos que todo se ha llevado a cabo de una forma lamentable y opaca.

Chris intentó protestar, pero el hombre lo interrumpió con un ademán:

–Por favor, déjeme continuar, señor Miller –añadió–. Ustedes ya han tenido la palabra. Ahora nos toca a nosotros.

Más que una pregunta lo que pronunció fue un discurso, cuya esencia no parecía ser otra que constatar lo absolutamente inadecuado de la decisión de levantar un hospital psiquiátrico en una calle residencial. Cuando terminó, Chris me pilló del todo desprevenida al preguntarme mi opinión. Yo respondí, a grandes rasgos, que un albergue no es un hospital. Había ideado todo el edificio sobre la premisa de crear un lugar para personas que no necesitaban ayuda para vivir, que sólo requerían supervisión, en algunos casos, para tomarse la medicación prescrita. Precisamente se trataba de que el albergue fuese una casa más de una zona residencial.

Otra mujer se puso en pie y declaró que tenía cuatro hijos, de siete, seis, cuatro y casi dos años, y que estaba muy bien hablar de los servicios sociales pero que ella tenía que pensar en sus hijos. Y, además, la escuela primaria de Richardson Road quedaba sólo a dos calles. ¿Podían los médicos garantizar con absoluta certeza que los pacientes del albergue no supondrían ningún peligro para los niños del barrio?

El doctor Chohan trató de explicar que no se trataba de pacientes. Eran personas que habían recibido el alta, como alguien que ha salido del hospital después de romperse una pierna. Y que, del mismo modo que este último individuo necesitaría muletas durante unas semanas, ciertos pacientes psiquiátricos requieren un lugar de residencia con cierta supervisión. Aquellos pacientes... personas, rectificó, que plantearan el más mínimo problema en potencia no se alojarían en ese albergue.

Pero ¿y la medicación? ¿Cómo podían garantizar los médicos que esos pacientes iban a tomársela? Pauline declaró que aquello constituía el epicentro del funcionamiento del albergue. Que comprendía las inquietudes de los vecinos, pero que todas habían sido tenidas en cuenta en las primeras fases de la planificación. Las personas potencialmente peligrosas (de las cuales existía un número escasísimo) y aquellas que se negasen a tomar la medicación no podrían acceder a un albergue de este tipo. Pero entonces cometió lo que después me pareció el error fatal. Terminó afirmando que no debíamos permitir que los prejuicios y la ignorancia con respecto a los enfermos mentales influyeran sobre las decisiones. Si aquello era una táctica para que el público sintiera vergüenza y aceptara nuestra posición, consiguió exactamente el efecto contrario.

Un hombre se levantó y dijo que una cosa eran los argumentos sobre cuestiones médicas, pero que también estaban en juego valores inmobiliarios. Aseveró que en esa reunión había gente que vivía en casas en las que habían invertido los ahorros de toda una vida. Que otras personas tenían propiedades cuyo valor era inferior al de la hipoteca original, y empezaban a atisbar las primeras señales de crecimiento en el mercado inmobiliario. ¿Por qué iban a sacrificar sus casas por un nuevo dogma puesto de moda por sociólogos que seguramente vivían en la comodidad de Hampstead?

Chris, cuyas palabras dieron la impresión de que intentaba hablar mientras se tragaba la lengua al mismo tiempo, repuso que había esperado que las explicaciones médicas hubieran aplacado los temores de esa índole. Pero el hombre volvió a incorporarse, y proclamó que las explicaciones médicas eran una maldita pérdida de tiempo. Que para los que no vivían allí era muy fácil mencionar supuestos prejuicios. Fuesen éstos ciertos o no, aquello desanimaría a los compradores.

Chris preguntó imprudentemente que cómo podía resolver las dudas de ese tipo y el hombre respondió a gritos que a los vecinos no les interesaba que nadie resolviera sus dudas. Querían que se abandonase el proyecto del albergue, y punto. Entonces, un hombre atractivo con una chaqueta de *tweed* y una camisa sin corbata se puso en pie. Cielo santo. Era Caspar.

–Más que plantear una pregunta, querría hacer un comentario –dijo, pestañeando detrás de las gafas de montura metálica–. Pienso que quizá les sería útil a los presentes imaginar, haciendo una especie de experimento mental, que estamos debatiendo sobre la construcción de un albergue en otra ciudad británica completamente distinta. ¿Aprobaríamos el proyecto si no tuviéramos una implicación personal en él?

–Váyase a tomar por culo –le espetó el tipo preocupado por las cuestiones inmobiliarias a un perplejo Caspar–. ¿Usted para qué cree que hemos venido? Si quieren levantar un edificio para esas personas a las que nadie quiere, ¿por qué no lo hacen en un polígono industrial o en una fábrica vieja?

–También podría ser en uno de esos clausurados manicomios victorianos –propuso Caspar.

–¿A esto no habría que aplicarle carne cruda? –preguntó Caspar–. ¡Ay!

Torció el gesto cuando le pasé el algodón por el ojo.

–Primero debo limpiar la herida. Y además no tengo carne cruda. Sólo me quedan unas salchichas en el congelador.

–Podríamos comérnoslas –propuso él esperanzado, y volvió a torcer el gesto–. ¿Hay más trozos de cristal en la herida?

–Creo que no. La lente se ha partido en unos pocos trozos de gran tamaño. El corte te lo ha causado la montura. Y el puño de ese hombre, claro. Sólo voy a decir una vez más cuánto lo siento, de veras. Considero que la culpa ha sido completamente mía.

–En absoluto.

Nos encontrábamos en mi casa. A Paul Stephen Avery, de Grandison Road, se lo habían llevado dos fornidos agentes de policía. La reunión se había suspendido en medio del caos. Caspar había rechazado la asistencia sanitaria pero no había podido coger el coche para volver a su casa porque le habían roto las gafas, así que yo había metido la bici en su maletero y habíamos venido a la mía, donde me había empeñado en curarle el ojo.

–¿No me habías dicho que no creías en los debates intelectuales? –pregunté mientras él contraía el gesto de nuevo–. Lo siento, estoy teniendo todo el cuidado que puedo.

–En teoría, no. Mi intención no iba más allá de verte en acción; sin embargo, mientras ese hombre hablaba me he acordado de pronto del modelo en que se basa la *Teoría de la justicia,* de Rawls, y he sentido que debía intervenir. En cierto modo ha sido beneficioso. Tengo la fantasía de que, si en ciertos momentos cruciales de la historia de la humanidad, hubiera estado disponible un especialista en filosofía lingüística para cerciorarse de que todos hubieran empleado una terminología coherente, el mundo sería un lugar mejor. Seguramente no está mal que a uno le den una bofetada de vez en cuando. ¿Crees que se me va a poner el ojo morado?

–No me cabe duda.

–¿Tienes un espejo?

Le pasé uno del botiquín. Se examinó con asombro.

–Pasmoso. Es una pena que no me toque aparecer por la universidad hasta el martes. Se quedarían muy impresionados.

–No te preocupes. Ese ojo morado va a mejorar como el buen vino. La semana que viene estará todavía más espectacular.

–Mientras no asuste a Fanny... Hablando de la cual...

–Yo te llevo. En tu coche. No te preocupes. Todavía tengo la bici en el maletero.

22

–¿Qué quieres, Jane? –preguntó Alan, mirándome por encima de las gafas semicirculares.

La mente en blanco, como de costumbre.

–Todavía no lo he decidido. Que pida Paul lo suyo.

–¿Paul?

–Bueno, a mí los menús siempre me plantean un problema existencial. Nunca encuentro ningún motivo para elegir entre un plato y otro.

–¡Caramba, hay que ver! –exclamó Alan–. De primero, salmón ahumado para todos. ¿Alguna objeción? Bien. De segundo yo quiero un budín de ternera y riñón. Os lo recomiendo si queréis un plato decente, de los de toda la vida.

–Vale –dijo Paul con la boca muy pequeña.

–¿Jane?

–Yo la verdad es que no tengo mucha hambre. Sólo una ensalada.

Alan miró al camarero.

–¿Lo ha apuntado? Y esa comida de conejos para la señora. Dígale a Grimley que nos saque una botella de mi blanco de siempre, otra de mi tinto, y voy a empezar con un *bloody mary* grande. Los otros seguramente querrán un agua mineral de precio desorbitado y nombre extranjero.

–A mí tráigame otro *bloody mary* –pedí impulsivamente.

–Así se hace, Jane.

Alan tendió el menú al camarero, se quitó las gafas y se apoyó en el respaldo.

–Una ensalada –comentó horrorizado–. Precisamente por cosas así no han dejado entrar aquí a mujeres durante tanto tiempo.

Aquel comedor recargado y chabacano al sur de Piccadilly Circus, con esos ancianos profesores universitarios de tercera fila, esa rancia arquitectura de club, esos tapices desvaídos, el humo, los chismorreos masculinos, era el hábitat de Alan: Blades, el club del que llevaba más de treinta años siendo miembro. Ese día parecía incómodo, irritable y deprimido, y yo no tenía la sensación de que Paul y yo fuéramos las personas indicadas para quitarle ese estado de ánimo. A Paul le preocupaba su programa. Me había confesado, mientras bajábamos por Lower Regent Street, que Alan era la pieza clave de la estructura, la que debía salir bien, y que no estaba seguro de cómo utilizarlo. A mí, sentada a aquella mesa y encendiendo un cigarrillo tras otro, me daba la impresión de estar contemplando cómo un pescador inexperto le ponía una mosca delante de las narices a un salmón viejo. ¿Y yo? ¿Podía serle útil a Alan en ese momento? Llegaron los *bloody marys* y el agua mineral. Mi ex suegro dio un gran trago a su bebida.

–¿Qué tal la comida con tu editor? –pregunté.

–Una pérdida de tiempo –se quejó Alan–. Por increíble que parezca, antes la comida era mi momento preferido del día. Cuando tenía a Frank Mason de editor, nos duraban tres y hasta cuatro horas. En una ocasión tardamos tanto que nos quedamos directamente a cenar en el restaurante. Ayer me reuní con la nueva, que se llama Amy. Llevaba una especie de traje. Pidió agua. Sólo tomó un primer plato. Yo iba a enseñarle lo que vale un peine: para empezar un gin-tonic, tres platos, un par de botellas de vino, brandy, puro, todo completo.

–¿Y qué pasó? –se interesó Paul.

–Me abstuve –respondió Alan con un gesto de indiferencia–. ¿Sabéis por qué? A ella le parezco un plasta. Alan Martello, el borracho reaccionario que no ha escrito un libro desde los años setenta. Hace veinticinco años las chicas como ella querían acostarse conmigo. Hacían fila para meterse en mi cama. Ahora intentan que las comidas conmigo duren lo menos posible. A las dos y cuarto ya había vuelto a la oficina.

Di un sorbo a mi copa; por debajo del dulzor del tomate, el vodka estaba amargo.

–¿Qué le parecían a Martha esas filas de chicas dispuestas? –inquirí.

–La buena de Jane, siempre preocupada por los sentimientos de la gente. Interesada por que todo funcione de manera perfecta y sin problemas. La respuesta es que fuimos tirando, como casi todo el mundo.

–¿No le importaba?

–Lo comprendía –repuso encogiéndose de hombros.

–¿Y cómo está ahora?

–Ah, pues bien –dijo Alan distraído–. El tratamiento la tiene un poco alicaída, pero eso es todo. Se pondrá mejor cuando lo termine. Son los pesados de los médicos quienes consiguen que se preocupe.

Noté que aquel hombre famoso y fanfarrón que vivía engañándose a sí mismo, con esa barba manchada y ese rostro rubicundo y esa novela que llevaba escribiendo desde que éramos niños me inspiraba una fuerte emoción. Un hombre que no quería pensar en que su mujer se estaba muriendo, que no quería estar a su lado. Pero ¿qué emoción?

–Últimamente he estado acordándome mucho de Natalie –anuncié.

Alan hizo un ademán al camarero y pidió otros dos *bloody marys*. No me molesté en protestar.

–Ya lo sé –repuso cuando se hubo marchado el camarero–. Y me han contado que estás yendo a uno de esos arreglatuercas. Todo esto te ha superado, ¿no?

–Seguramente sí, en cierto sentido.

–Y has estado husmeando por ahí. ¿Qué pretendes? ¿Averiguar quién mató a mi hija?

–No sé. Intento comprender las cosas.

–Luego estáis tu programa y tú, Paul. ¿Ninguno de los dos tiene una familia propia a la que incordiar?

El vodka le estaba haciendo efecto. Ya sabía cómo se iba a poner. Nos iba a provocar, a buscarnos los puntos flacos, a incitarnos para que perdiéramos los estribos. Miré de refilón a Paul, que me sonrió. Podíamos plantarle cara y, además, ya no era el Alan de antes, el dominante, el seductor. Sólo picoteó el salmón ahumado pero se animó cuando llegó el budín de ternera y riñón en un plato hondo y le sirvieron el clarete opaco en una copa enorme.

–A quién se le ocurre pedir una ensalada –insistió mientras se anudaba la servilleta al cuello como si fuera un babero.

He visto viejas fotografías de Alan cuando era un joven airado; en la década de 1950 su aspecto era esbelto y sobrio. Ahora estaba gordo y tenía la piel rojiza. Los hoyuelos y las venas de la nariz delataban décadas de consumo excesivo de alcohol. Pero no había perdido esos vivaces ojos azules, coquetos y arrolladores. Se ganaban a la gente, especialmente a las mujeres, e incluso ahora podía imaginar la fascinación que habían despertado, junto al impulso de mantener relaciones sexuales con él.

–Alan, ¿con cuántas mujeres te has acostado?

Me parecía increíble haberle espetado aquello, y aguardé casi horrorizada su respuesta. Para mi sorpresa, soltó una carcajada.

–¿Tú con cuántos hombres lo has hecho, Jane?

–Te lo digo si me lo cuentas.

–Muy bien. Tú primero.

Cielo santo, la culpa era mía.

–Me temo que no muchos. Unos siete, quizás ocho.

–Y una cuarta parte son hijos míos.

Me sonrojé de vergüenza. Debía de tener ruborizados hasta los dedos de los pies, debajo de esas capas de piel y algodón.

–Bueno, ¿y tú?

–¿Paul no va a responder?

Éste puso una cara de auténtica inquietud.

–Yo no he prometido nada –protestó, tragando saliva.

–Vamos, no seas tímido. Tú aspiras a que todo el mundo airee su vida privada para tu ridículo programa televisivo.

–Pero, Alan, todo esto resulta bastante adolescente, ¿no? Si insistís en saberlo, he debido de acostarme con unas trece mujeres, quizá quince. ¿Satisfechos?

–Pues gano yo –anunció Alan–. Calculo que habré tenido relaciones con más de cien mujeres, seguramente más de ciento veinticinco.

–Eres un fiera –le dije con mi tono más mordaz–. Teniendo en cuenta, sobre todo, que te enfrentabas a la desventaja de estar casado y tener hijos.

Él ya se había bebido una buena parte del clarete.

–Ah, nuestra recatada y fiel Hipocrena –se burló mientras apuraba la copa y después se limpiaba la boca con la servilleta–. Eso no supuso una desventaja. ¿Sabéis una de las cosas buenas que tiene el éxito literario?

Paul y yo mostramos un gesto de socarronería. Sabíamos que no esperaba que le respondiéramos.

–Cuando escribes una novela de éxito y te erigen en representante de una generación joven, aunque no lo seas, consigues dinero y fama, desde luego, pero también a muchas mujeres que de otro modo te habrían resultado inalcanzables. Igual que esto –añadió, metiendo la cuchara en el plato y sacando unos trozos de carne–. Se supone que debemos fingir que esto no nos gusta, ¿verdad? La sangre de la ternera y los riñones con ese espléndido aroma a orina levemente olorosa. Y tenemos que lloriquear por el sufrimiento de los animales. A mí me gusta la carne. El venado. El recental. Me encanta el foie gras. ¿A quién le importa que el ternero haya crecido en la oscuridad o cómo han alimentado al ganso?

–Un momento, Alan –intervine–, ¿todo esto porque he pedido una ensalada para comer? No ha sido por motivos ideológicos. Tengo una cena copiosa esta noche.

Prosiguió como si no hubiera dicho nada.

–Cuando conozco a una mujer, a cualquier mujer, imagino cómo será en la cama. Lo mismo les pasa a todos los hombres, pero la mayoría no se atreve a hacer realidad ese pensamiento. Si conocía a una que me atrajera, le proponía que nos acostáramos. Muchas veces accedían. –Se metió en la boca una cucharada rebosante de budín y masticó enérgicamente–. Estas cosas no se dicen, ¿verdad?

–¿La mujer que fuese? –pregunté.

–Eso es.

–¿Incluyendo a Chrissie Pilkington?

–¿Quién es ésa?

La cuchara humeante se detuvo a medio camino entre el plato y la boca. Carne muerta envuelta en grasa. Alan frunció el ceño tratando de recordar.

–¿No te acuerdas de los nombres de todas?

–Pues claro que no.

–Era una amiga del colegio de Natalie. Pelo largo, rizado, rubísimo, como una modelo de un cuadro prerrafaelita. Pecas. Pechos pequeños. Alta. Quince años.

–Sí, ya me acuerdo –dijo con nostalgia–. Seguramente tenía dieciséis, creo –añadió con un deje de prudencia en la voz.

–A esa edad las chicas están guapísimas, ¿no?

–Desde luego –reconoció él.

Parecía recelar. Le gustaba llevar las riendas de las conversaciones. No sabía qué rumbo iba a tomar aquélla.

–Tienen una piel perfecta y la carne prieta, sobre todo los pechos.

–Sí.

–Y despiertan un deseo sexual particular. Yo lo notaba incluso en las chicas que Jerome y Robert traían a casa. Aún son un poco niñas pero con cuerpo de adulta. Y estoy convencida de que sexualmente son sumisas, que están dispuestas a todo. Seguro que hacen casi cualquier cosa que les pidas y además te dan las gracias. ¿No es así?

–A veces –reconoció Alan, soltando una risa de incomodidad–. Todo eso pasó hace mucho tiempo.

Paul también parecía incómodo. Estaba analizando en qué tipo de pelea íntima se había metido y cómo reaccionar.

–Todo era perfecto, ¿a que sí? Corría el año de 1969, las adolescentes tomaban la píldora y de repente aquello ya no era adulterio ni corrupción de menores, sino liberación sexual. Desgraciadamente las cosas no siempre salían bien, que es lo que sucedió con Chrissie. Natalie lo descubrió. Y se lo contó a Martha, quien, por una vez, no se enfadó contigo ni se quedó de brazos cruzados. Se lió con mi padre. ¿Qué te pareció eso?

–¿Qué? –intervino Paul, profundamente conmocionado.

Alan terminó el budín. Rebañó con mucho ruido lo que quedaba de salsa en el interior del plato y chupó la cuchara. Siempre decía que su manía de comerse hasta la última miga era consecuencia de haber vivido la guerra. Pero ya no podía soltar las diatribas de antes, y su semblante denotaba cansancio.

–Me pareció una reacción lamentable –afirmó–. Si Martha quería tirarse a alguien... –No gritaba, pero hablaba con la potencia suficiente para que un par de comensales con traje de raya diplomática de las mesas adyacentes volviera la cabeza. Ah, era el escritor ese que estaba provocando otra vez–. Si quería tirarse a alguien tendría que haberlo hecho bien y haber echado un polvo espectacular. Pero quiso demostrar algo, y sedujo a vuestro pobre padre. Creo que vuestra madre nunca lo superó, y que el comportamiento de Martha fue despreciable.

Paul había hundido la cabeza entre las manos.

–Pero eso no fue todo –añadí–. Natalie estaba poniendo en peligro a la familia, ese mundo precioso y protegido que habíais construido entre los Martello y los Crane, sólo para sentirse superior. Si eso me hubiera pasado a mí, me habría enfadado.

Alan apuró la copa. Ya no daba la impresión de ser un hombre capaz de aguantar una comida de cuatro horas.

–Y yo me enfadé, evidentemente –declaró, aunque ahora había bajado la voz.

–¿Y cómo reaccionaste, Alan?

Él dejó cuidadosamente la cuchara en el plato:

–Creo que ya hemos hablado de sexo lo suficiente para una comida –farfulló.

–Has empezado tú –repliqué, pero él estaba demasiado absorto para escuchar.

–Nuestra familia, en la que también os incluyo a vosotros, era algo maravilloso –prosiguió–. Fue tremendo que ella pusiera todo eso en jaque sólo para atacarme. Imperdonable. Pero, al final, la única persona a quien se hizo daño fue Felicity. Jane, ¿habías pensado en eso? La cariñosa y amorosa Martha y tu hermana espiritual, Natalie, cometieron ese acto terrible contra tu madre.

–Natalie también sufrió.

Alan reaccionaba ya con mayor lentitud. Presentaba el gesto aturdido de un anciano al que han despertado.

–¿Natalie? No, en realidad hablo de Martha, no de ella.

–Toda la situación llegó al punto culminante ese verano,

¿verdad? Lo tuyo con Chrissie, el descubrimiento de la relación entre Martha y mi padre, luego lo de Natalie. Aquí hay mucho material para un documental de sesenta minutos, Paul. ¿No te hará falta una serie?

Mi hermano apartó el plato, que aún estaba medio lleno.

–¿Qué pretendes, Jane? –preguntó quedamente.

–¿Y qué es lo que pretendes tú, Paul? –intervino Alan, siempre dispuesto a echar gasolina al fuego.

–Alan, yo te quiero, os quiero a todos, eso es lo que aspiro a retratar en la cinta.

–Eso ya lo veremos –respondió mi ex suegro con desconfianza–. Termina ya, Jane, quiero pedir el postre.

Pinché un reblandecido trozo de tomate con el tenedor. Al pensar en meterme comida en la boca me entraron ganas de vomitar.

23

El agua del fregadero había quedado cubierta por una capa de grasa de ganso de color marrón oscuro («¿Por qué un ganso? –había protestado Robert con el tono de un niño de once años–. ¡Siempre comemos pavo!»). Quité el tapón, saqué los platos pringosos y los amontoné ordenadamente a un lado. En el fondo había unos trozos de col lombarda y un par de colillas (supuse que mías), junto a todo un arsenal de cubertería. El desagüe se tragó la porquería, volví a poner el tapón y llené el fregadero de agua caliente con mucho líquido lavavajillas. Luego volví al salón a evaluar los daños.

Todavía había una silla tumbada de costado, en el mismo lugar donde Jerome la había tirado antes de largarse hecho una furia («¡Mamá, esta vez te has pasado!»), llevándose también a Hana, que se tambaleaba con elegancia sobre unos finos tacones negros. La recogí y me dejé caer en ella. Las velas irradiaban una luz titilante en el centro de la mesa e iluminaban los restos de forma vacilante. Un budín de Navidad volcado y medio destrozado, tan poco apetitoso como un balón de fútbol rajado, se hallaba en medio de un caos sucio de copas de vino, vasos, copas de oporto, botellas vacías. ¿Cuánto habíamos bebido? No lo suficiente, no había bastado para borrar el recuerdo de la velada, que en cualquier caso el equipo de televisión había grabado implacablemente.

Cogí una corona de papel verde, me la puse en la cabeza y encendí un pitillo. Qué agradable volver a estar sola. Mientras fumaba, lentamente, junté los restos de las galletas de la suerte y las tiré a los rescoldos de la chimenea; el fuego se avivó momentáneamente pero enseguida volvió a quedar reducido a unas ascuas veteadas de oro. Me fijé en un chiste que había dentro de una galleta. Ah, cómo se habían reído Kim (que llevaba un vestido amarillo chillón) y Erica (de un morado estridente). Se habían pasado casi toda la velada soltando risitas y habían sido mis cómplices inesperadas, como las enloquecidas novias de un gánster con sus mejores y ridículas galas. Les hicieron gracia todos los chistes habituales del interior de las galletas; también se rieron de Andreas, que claramente censuraba a Erica y a esa Kim tan arreglada; de la seriedad de Paul como director; de las cámaras. Se sentaron a izquierda y derecha de mi padre (que iba a cámara lenta mientras todos los demás se aceleraban) y flirtearon escandalosamente con él hasta que consiguieron que les dedicara a regañadientes unas sonrisitas, embelesado por atolondramiento infantil del que hacían gala.

Apagué el cigarrillo y llevé las copas a la cocina. Lavé los platos y los cubiertos y los enjuagué. Un silencio espléndido. Cuántos gritos se habían escuchado: de Paul a Erica («¿Intentas chafarme el documental?»), de Andreas a Kim («Ya has bebido bastante»), de Kim a Andreas («Vete por ahí, pesado de los cojones, estamos en Navidad y no estoy de guardia»), de Jerome a Robert («Si vas a seguir tratando a Hana con mala educación, lárgate»), de Robert a mí («¿Todavía intentas que seamos una familia unida y feliz?»). Mi padre no había levantado la voz, pero apenas había dicho nada. Claud tampoco la había levantado, pero me había seguido a la cocina y me había dicho entre dientes: «¿Quién es Caspar?». Yo no había gritado hasta que el camarógrafo, al dar un paso atrás después de grabar un largo plano de Erica y Kim cantando *Oh Little Town of Bethlehem*, había chocado con mi preciosa licorera de cristal verde y la había tirado al suelo.

Terminé con los platos, que quedaron colocados en una brillante hilera blanca. También con las copas. Cogí una bandeja de diversos objetos (cerillas, unas llaves, un clip, un bolígrafo, un dedal, un abrecartas, un pendiente, una amapola roja del día de los Caídos, un sacacorchos, un peón negro de algún ajedrez) y contraje el gesto al acordarme. Dios mío, habíamos jugado al juego de la memoria. Lo había organizado Claud, quién si no, y había explicado las reglas a los asistentes medio beodos («Memorizad lo que hay en la bandeja; luego la tapo y tenéis que escribir todo lo que recordéis; luego la destapamos y vemos quién tiene más objetos»). Jugábamos mucho a eso de pequeños. Uno de esos objetos, cuya contemplación nos quitó de repente la borrachera a todos, era una fotografía en la que aparecíamos Claud, los niños y yo, tomada muchos años antes (¿Quién la había hecho? Ya no me acordaba). Sonriéndonos, tocándonos. En ese momento Jerome había tirado la silla.

Me serví una copa de oporto con un borboteo espeso y morado y encendí un último pitillo. El resto del desorden podía esperar a la mañana siguiente. Me quité los zapatos y los pendientes. Bostecé. Solté una carcajada al acordarme súbitamente de Kim y Erica. Sonó el teléfono.

–¿Dígame?

¿Quién podía llamar tan tarde?

–Mamá. –Era Jerome, que todavía parecía enfadado–. No vuelvas a repetir lo de esta noche.

–Ah, ¿es que no te lo has pasado bien? Qué pena. Estaba pensando en volver a convocaros para Nochevieja.

–Esto es justo lo que necesitaba.

Estaba tumbada al lado de una superficie de agua verde, rodeada de palmeras y plantas tupidas, con un grueso albornoz blanco. Tomábamos un zumo de mango; hacía mucho tiempo que no me sentía tan relajada. Los músculos se me habían destensado, notaba agilidad en las articulaciones, la piel suave; una luz verdosa me acariciaba los ojos. El sol invernal, que entraba oblicuo por las altas ventanas, me rozaba las piernas desnudas. En la sala resonante se oían los cuchicheos de las mujeres, como si aquello fuera un harén sin dueño. Los acompasados latidos de mi corazón me resultaban reconfortantes. Al cabo de un rato iría a nadar y después me darían un masaje. Luego me volvería a tumbar, a hojear revistas femeninas y leer anuncios de cremas solares y brillo de labios.

Kim me había llamado la tarde anterior, cuando me encontraba triste y cansada; había comprado dos pases de un día para The Nunnery, un *spa* urbano sólo para mujeres, y no me había pedido que la acompañara: se había empeñado. Yo me había resistido aunque débilmente, y, al escuchar su voz, tan mesurada y familiar, mis ojos se anegaron de lágrimas. Noté que, por fin, desaparecían mis tensiones; que todos los nudos se deshacían a la vez.

Cuando colgué, el teléfono volvió a sonar casi enseguida. Era Catherine, desde una cabina. Me dijo que había aparecido Paul y que Peggy y él se estaban peleando, que ni siquiera se molestaban en moderar el tono. Era un horror, un horror, igual que en la época antes de que Paul se marchara definitivamente. Se estaban gritando por algo relacionado con Natalie... que, por favor, por favor, le explicara qué estaba pasando. No se lo pude decir porque no lo sabía. Empecé a endilgarle unas palabras banales, asegurándole que Paul y Peggy la querían muchísimo y que eso no debía olvidarlo, pero al darme cuenta de que le estaba hablando como si tuviera seis años, me callé. Y, en vez de ponerse borde por teléfono, Catherine empezó a sollozar ruidosamente. La imaginé apoyando ese precioso cuerpo delgado en una cabina mugrienta, enjugándose las lágrimas con la camiseta negra mientras el aire invernal le helaba los codos huesudos y marcados. Musité algo y ella siguió llorando. Se le acabaron las monedas mientras emitía un resuello entrecortado.

Cuando Robert y Jerome eran pequeños me había resultado muy sencillo consolarlos. Incluso ahora recuerdo claramente lo fácil que era levantarles los cuerpecitos, que me apoyaran la cabeza en el cuello, con mi barbilla sobre sus coronillas lisas y sus piernas apretándome con fuerza y decisión la cintura; les canturreaba tonterías mientras les enjugaba las lágrimas que surcaban ardientes sus mejillas encendidas... Cariño mío... no pasa nada... mamá te protegerá... ya está, cielo, tesoro... tranquilo, tranquilo... aquí está mamá, precioso... amor mío.

Después, poco a poco, empezaron a no querer que los tocase. Un día me percaté de que ya no se metían en mi cama por las mañanas, de que cerraban la puerta del cuarto de baño. Cuando tenían un problema se metían en sus habitaciones, y yo tenía que resistir el impulso de seguirlos, de fingir que mamá aún podía arreglarlo. Cuando Robert sufrió acoso escolar y pasó una temporada envuelto en un manto de vergüenza callada, no me enteré de nada hasta que, sintiendo una punzada en el estómago, vi que un niño pequeño le llamaba marica; cuando Jerome tuvo su primera novia y se cosió unos absurdos corazones de fieltro (muy horteras) en los pantalones vaqueros, y ella cortó con él después de la primera cita, de modo que tuvimos que pasar toda una tarde descosiéndolos mientras él afectaba indiferencia, mis muestras de apoyo le suscitaron rechazo; cuando Claud y Robert se pelearon porque este último fumaba, y los dos estuvieron días sin hablarse, los muy idiotas, y a mí me entraban ganas de zarandearlos a ambos, me limité a proseguir con la actividad habitual pero pensé, incluso entonces, que aquella actitud era una absoluta pérdida de tiempo. Había días en los que lo único que me apetecía era abrazarlos, tocarlos, a mis niños, a mis preciosos hijos... pero ellos se zafaban azorados y risueños: no seas cursi.

Desde su nacimiento han estado alejándose de mí. Recuerdo que mi madre, justo antes de morir, me dijo: «El mejor regalo que pude hacerte ha sido tu independencia. Aunque siempre tuviste mucha prisa por apartarte de mi lado». Los hijos siempre tienen prisa por alejarse. Me acordé de Robert, con unos cinco años, en la playa. Se le habían desatado los cordones y lloraba porque se había quedado atrás. Se quedó inmóvil, una figura menuda en medio de una gran extensión de arena. Volví corriendo y me agaché para ayudarlo, pero él me rechazó: «Puedo hacerlo yo». Se pasan mucho tiempo ensayando cómo ser adultos hasta que, un día, adviertes que ya lo son. ¿Qué había pasado con todo ese tiempo? ¿Cómo era posible que me hubiera convertido en una mujer de mediana edad, sola, que nunca volviera a conocer la alegría arrebatadora de sostener a un niño en mi pecho y decirle que estuviese tranquilo, que no pasaba nada, que yo le prometía que no pasaba nada?

Me quedé dormida mientras me sacudían unos sollozos dolorosos y espasmódicos, y tuve la sensación de que algo se rompía en mi interior. Por la mañana –el inmenso cielo de un color azul claro y las ramas peladas cubiertas de escarcha–, me puse un chándal, metí champú y *Jane Eyre* en una bolsa, y salí al encuentro de Kim. Ahora, tumbadas una junto a la otra, con los ojos cerrados en ese espacio blanco y verde, hablé como en sueños. Ese día, a Kim, podía contarle cualquier cosa. Las palabras quedaban suspendidas en el aire entre nosotras, nubes de explicaciones. El agua se agitaba levemente, y las olas verdes se reflejaban en mis ojos cerrados. Mi cuerpo era agua, mi corazón se había deshecho, la emoción fluía con suavidad por mi interior, como un río etéreo.

–Kim, tengo la sensación de estar metida en un lío.

–¿Por lo de Natalie?

Me cogió la mano y entrelazamos los dedos, colgando los

brazos en el espacio entre las tumbonas. ¿Era congoja lo que sentía? Ese sentimiento no tiene por qué ser agresivo y doloroso, puede aparecer como un líquido caliente que llena todos los resquicios de tu cuerpo.

–Pudo haber sido un desconocido, una tragedia ocasionada por el azar.

–Sí –respondí con un susurro.

–Seguramente Luke es el mayor sospechoso, aunque no fuera el padre del niño. Puede que la matara precisamente por no ser el padre.

–Quién sabe.

–En cualquier caso, descubrirlo no es responsabilidad tuya.

–Claro que no.

–¿No estarás pensando en otra persona? Jane, cielo, no quiero que quedes en ridículo.

Estuvimos calladas un rato más. Yo seguía con los ojos cerrados; la única parte de mí que notaba sólida eran los dedos, en el punto donde asían los de Kim.

Me di un masaje. Una mujer que olía a limón, con el cabello rubio oscuro recogido en una sencilla coleta y los pies descalzos, se colocó a mi lado y clavó los dedos potentes en todos mis puntos de dolor. Mi escasa resistencia se diluyó a la fuerza por los canales del cuerpo, salió. Mis lágrimas mojaron la camilla y formaron un charco junto a mi mejilla. Me sentí vacía.

Recogí el coche del aparcamiento de St Martin's Lane –hay que ver, menudo capricho me había permitido–, me dirigí a Charing Cross Road y seguí al norte. Puse la radio. No quería música, tampoco quedarme a solas con mis pensamientos, así que fui pulsando el botón hasta que sintonicé a alguien que hablaba.

–«Lo que los adocenados dirigentes que aún gobiernan este

país no han asumido es que, dentro de poco, el bien más preciado del mundo será algo inasible: no el petróleo ni el oro, sino la información.»

–¡No me jodas! –exclamé desde la segura reclusión del coche.

–«Pues bien: esto presenta unas implicaciones casi infinitas, pero voy a plantear sólo dos cuestiones. En primer lugar, se trata de algo irreversible, completamente ajeno al control de las leyes o los gobiernos de cada país. En segundo lugar, toda organización que se sitúe al margen de esa información perderá ímpetu y se quedará atrás.»

–¡Pues mira qué bien! –grité.

La dicharachera voz del locutor preguntó si «Theo» podía dar un ejemplo.

–«Sí: centrémonos en una de nuestras instituciones más respetadas, el cuerpo de policía. Digamos que, si hoy quisiéramos crear una organización que asumiera las labores de la policía ya no crearíamos algo semejante a lo que existe actualmente: se trata de una estructura mal dirigida, con un número de empleados excesivo, que cada año chupa más dinero de las arcas de los contribuyentes y produce peores resultados, y uno de los motivos principales es que se ha construido su papel sobre la premisa de un mito. Lo importante en un cuerpo de policía eficiente es gestionar de forma racional al personal y cómo ordenar la información.»

–«¿Y qué pasa con los agentes que hacen sus rondas?»

–«Esa idea es ridícula. Si queremos que haya personas paseándose por las calles sin dedicarse a nada, que se lo encomienden a los jubilados pagándoles una libra la hora. Las labores policiales no tienen nada que ver con eso.»

–«Hacemos una pausa. Estamos charlando con el doctor Theo Martello sobre su nuevo libro, *El cordón de la comunicación*. Están escuchando Capital Radio.»

Me encontraba en Tottenham Court Road y me di cuenta

con una sonrisa de que estaba a punto de pasar al lado de Capital Tower. Atravesé Euston Road y, sin pensármelo dos veces, giré a la derecha en Hampstead Road y aparqué al lado de la tienda de excedentes del ejército. Me quedé con la radio puesta, escuchando a Theo perorar sobre la desaparición de las fronteras, el desmoronamiento de las instituciones, el fin del estado, los servicios sociales, el impuesto sobre la renta, de casi todo. Al fin terminó, consiguiendo que el locutor volviera a hacer propaganda de su libro. Salí del coche, crucé la calle, me dirigí a Capital Tower y esperé a unos metros de la puerta giratoria.

Al principio Theo no me vio. Llevaba su uniforme profesional, un traje con solapas tan altas y tan feas que seguramente era caro y estaba de moda. Asía un maletín aproximadamente del tamaño y del grosor de una revista. La cabeza le brillaba a través del pelo rapado bajo el frío sol invernal.

–¿Le llevo el maletín, señor? –pregunté con voz animada.

Él dio un respingo.

–¿Qué haces aquí? –preguntó–. ¿Es esto un programa de cámara oculta o algo así?

–No, te he escuchado por la radio y me he dado cuenta de que estaba al lado.

Él soltó una carcajada:

–Ah, qué bien. Me alegro de verte, Jane.

–¿Quieres que te acerque a algún sitio?

–¿Bush House te pilla de camino?

–No, pero te llevo.

Le dijo a un taxi en espera que no lo necesitaba y subimos a mi coche.

–¿Cómo te las apañas con un maletín tan pequeño? Yo voy por ahí con bolsas de plástico repletas de papeles y metidas a presión en la alforja de la bici.

Él negó con la cabeza.

–Pues ya me parece una pérdida de espacio. Dentro de cinco años lo llevaré todo en un objeto del tamaño y el peso de una tarjeta de crédito.

–A mí la tarjeta se me pierde continuamente.

–Me temo que la revolución de la información todavía no ha encontrado nada para solucionar lo de tu cabeza, querida. Ahora tienes que seguir todo recto por la izquierda y luego girar a la derecha.

–Ya sé cómo se llega –dije irritada–. No le has dedicado palabras muy amables a nuestras fuerzas del orden, ¿eh?

–La gente se habrá quedado a cuadros.

Se produjo un breve silencio y aguardé, esperando que Theo no cambiara de tema pero sin atreverme a lanzarme, aunque no me quedó más remedio:

–Theo, ¿qué tienes con Helen Auster?

No reaccionó; sin embargo, la pausa fue ligeramente excesiva.

–¿A qué te refieres?

–Venga, Theo. No estoy ciega.

Vi que agarraba el maletín con más fuerza.

–Bueno... será que me atraen las mujeres de uniforme.

–Helen Auster no lleva uniforme.

–Literalmente no, pero metafóricamente sí. La rendición, la conquista de los símbolos de autoridad presentan un no sé qué erótico.

Yo no sabía por dónde empezar.

–Theo, estamos hablando de una mujer que participa en la investigación del asesinato de tu hermana.

–Reacciona, Jane. Nadie va a resolver el asesinato de Natalie. La investigación es una farsa. No hay pruebas. No vamos a ver resultados.

–A lo mejor se me ha escapado algo. ¿No estabas casado? ¿Dónde queda Frances?

Me miró con una sonrisa de suficiencia.

–¿Qué quieres que te diga? ¿Que mi mujer no me entiende? No estamos en un club de debate.

–¿Y acaso no está casada Helen Auster?

–Con ese gerente de supermercado, sí. No he notado ninguna resistencia por parte de ella. –Le eché un vistazo a la cara. Lucía una sonrisita que parecía plantearme un reto, incluso una burla–. Helen es una mujer muy apasionada, Jane. Si se la anima un poco, incluso muy desinhibida.

–¿Vas a dejar a Frances?

–No, sólo me estoy divirtiendo un poco.

Había sido espantosamente fácil. Aquello me daba asco, pero fui incapaz de parar:

–El otro día quedé con Chrissie Pilkington. Bueno, ya no se apellida así.

–¿Y?

–En la conversación salió tu nombre.

–¿Y qué me quieres decir con eso?

–Es un antiguo amor tuyo. Después de que tu padre finalizara su relación con ella.

–Lo fue poco tiempo. –Otro silencio–. ¿Tú estás bien, Jane?

–¿Por qué?

–¿Que por qué? –respondió, enfadándose por primera vez–. No sé quién sería mi antiguo amor, por usar tu expresión, después de Chrissie... ¿No te suena quién pudo ser? –Miró en derredor, visiblemente inquieto. El tráfico nos tenía completamente parados en Gower Street–. Voy a seguir a pie o en taxi. Gracias por traerme hasta aquí.

Abrió la puerta, salió y se marchó a gran velocidad. Yo me quedé en el atasco, furiosa y avergonzada.

24

Estaba en el baño cuando sonó el teléfono. Cerré el grifo del agua caliente con el dedo gordo del pie, volví a sumergirme en la espuma y me quedé escuchando. Se me había olvidado poner el contestador. ¿Me molestaba en cogerlo? Si salía en ese momento de la bañera, habrían colgado antes de que respondiera. Pero siguió sonando tenazmente. Me obligué a salir del agua, que de pronto se me antojaba irresistible, me envolví el cuerpo hervido en una toalla y me dirigí corriendo al dormitorio.

–¿Dígame?

–Jane, soy Fred.

–¿Fred? Cuánto tiempo sin...

–Te llamo por Martha. Se nos va.

–¿Que se va?

–Se está muriendo, Jane, muriéndose a toda velocidad. Quiere verte. Me ha pedido que te lleve. Salgo mañana en cuanto amanezca.

–¿No deberíamos ir ahora?

–Me temo que en estos momentos no está en condiciones. –Noté que le costaba hablar con claridad–. En cualquier caso, está dormida.

–De acuerdo, ¿a qué hora?

–Te recojo sobre las cinco, así evitamos todo el tráfico y estamos ahí a las ocho. Por la mañana es cuando mejor se encuentra. Se pasa casi toda la tarde durmiendo.

Últimamente había recorrido aquel trayecto demasiadas veces: para la excursión familiar de las setas, para el funeral, para esas tensas conversaciones con Martha y después con Chrissie que habían representado sendas meteduras de pata. Fred había estado bebiendo, aunque ¿lo había hecho la noche anterior o aquella misma mañana? Me ofrecí a conducir, pero rechazó mi propuesta con un ademán. Atravesamos la mañana oscura en silencio, en su coche de empresa de fácil conducción que apenas hacía ruido. Lynn le había preparado un termo de un buen café solo y unos sándwiches, que había cortado formando unos triángulos perfectos y en los que había untado mermelada de ciruela damascena. Rechacé comer uno pero sí acepté el café. Cuando fumé, Alfred bajó la ventanilla. Metí en el radiocasete una de las cintas que había cogido para Martha: la música de Grieg, pura y nítida, se adueñó del coche.

En Birmingham dije:

–¿Recuerdas cuando nos cantaba? En la cena, de paseo, de repente empezaba a cantar: no sólo a tararear, ni a entonar una melodía para que los demás la acompañáramos, sino a grito pelado, a voz en cuello.

Él se limitó a emitir un gruñido. Pues claro que se acordaba. Pero yo no podía parar.

–¿Y cuando montaba en esa vieja bici suya, toda envarada sobre el sillín con el cabello ondeándole por detrás? Todos nos reíamos de ella, pero siempre era la primera en llegar a lo alto de las colinas. ¿Y cuando nos dibujaba? Estábamos jugando y, antes de que hubiéramos advertido su presencia, nos enseñaba el boceto. Algunos de ellos eran preciosos. No sé dónde habrán acabado. Me encantaría tener uno.

–Yo tengo un recuerdo clarísimo de ella sentada en el invernadero. –El tono de voz de Alfred era áspero y seguía con la vista fija en la carretera–. Todas las mañanas iba al invernadero y se sentaba en aquel taburete alto. Muchas veces la veíamos al levantarnos, completamente inmóvil, contemplando el jardín como un centinela. Aquello siempre me resultaba extrañamente reconfortante. Pasara lo que pasara, mi madre estaba ahí, vigilando nuestra parcela del mundo. ¿Quieres más café?

–Sí, gracias. ¿Te importa que me fume otro pitillo?

–Adelante.

Salimos de la autopista y seguimos las señales que indicaban la dirección a Bromsgrove.

–Alfred, con respecto a lo de Natalie...

–No.

Lo dijo de forma cortante, como el chirrido de un freno.

–Sólo quería preguntarte...

–Que no, Jane. Después. Después de ver a Martha. Espera.

La habitación de Martha estaba repleta de flores y bombones, como si estuviera en un hospital.

–Resulta muy curioso que, cuando te haces mayor o te pones enfermo, la gente asuma que te gusta el dulce –declaró entre risas.

Me dio las gracias por las cintas de casete; Alfred le entregó las tarjetas que sus hijos le habían hecho. Ella las miró con atención y las colocó en la mesilla de noche. Nos quedamos ahí sentados, horrorizados por su rostro demacrado. Su cuerpo apenas moldeaba la sábana y sus dedos se hallaban depositados como cinco huesos blanqueados sobre la colcha. Se produjo un incómodo silencio mientras intentábamos dar con un tema de conversación adecuado para un lecho de muerte.

–También es curioso –prosiguió– que, en los momentos en que es más importante hablar, como ahora, que me estoy muriendo, también parezcan los más complicados para ello. O los que más azoramiento suscitan. Como tú, Alfred... estabas a punto de preguntarme por el jardín, o a hablar del tiempo o algo así, ¿verdad? Y, sin embargo, cabe la posibilidad de que nunca más vuelvas a verme.

–Mami –musitó éste.

Me sorprendió que un hombre adulto utilizara ese apelativo tan propio de niño pequeño, tan lleno de confianza. Me miré las manos, que aferraban el bolso.

–Fred, cariño, ¿por qué no vas a ver a Alan? Anda merodeando por el jardín. Quiero hablar con Jane a solas. ¿De acuerdo?

Cuando estuvimos sólo las dos, ella me confesó:

–He tenido mucho tiempo para acostumbrarme a la idea de la muerte, pero creo que eso no la hace más fácil.

–¿Tienes miedo? –inquirí.

–Más bien estoy aterrorizada. Veo un inmenso agujero negro que me espera, pero me da la sensación de que mi vida aún no ha comenzado. Ha pasado demasiado deprisa, en cierto sentido me siento estafada. Pero eso no puedo decírselo a Alan. Él se dedica a hablar de mi recuperación, de dónde iremos este año de vacaciones. Se pasa la mitad del tiempo incordiándome y ni siquiera puedo beber un vaso de agua sin que venga corriendo a sostenérmelo –añadió levantando una mano temblorosa–, pero otras veces propone que me levante y que vayamos a pasear por el jardín. Me recorta recetas de las revistas y me anima a que intente prepararlas. O pretende hacerme la comida, *dumplings* y cosas así, me pone un plato con una cantidad de comida cinco veces superior a lo que podría comer y se queda mirándome. Se niega a hablar de lo que hay que dejar arreglado. Lo que hay que organizar de verdad para después de mi muerte.

–¿Puedo hacer algo?

Me miró de hito en hito, como si lo supiera todo.

–Sí. Alan siempre ha confiado en ti. Vigílalo. Cerciórate de que esté bien, Jane.

–No sé si podré –objeté.

–Sí podrás –insistió.

¿Cómo te despides de alguien a quien quieres, a quien sabes que no verás más? Me acerqué a ella; me lanzó desde abajo una mirada turbia y cansada.

–Eres preciosa –dije de forma ridícula, y le aparté un mechón blanco de la frente.

Le di un beso en ambas mejillas y después otro en los labios.

Su respuesta fue:

–Lo siento.

Al volver a casa, Fred condujo con una velocidad más que excesiva. Había mucho tráfico y bastante niebla, pero no nos salimos del carril de alta velocidad, dando frenazos cuando aparecían otros contornos, pitando a coches que circulaban a una velocidad moderada y prudente. Al principio estuvo callado, y me sentía más cómoda así. Escuchó las noticias por la radio y luego un serial cuyo argumento no entendí. A unos sesenta kilómetros de Londres me soltó:

–Jane, tienes que dejarlo.

No fingí que no entendía a qué se refería.

–¿Por qué lo dices?

Dio un puñetazo al volante, después giró para no atropellar un animal muerto y repuso:

–¿No te das cuenta de que ya nos hemos hartado de estas tonterías? He hablado con Claud, quien, debo decir, se está mostrando extraordinariamente comprensivo contigo, protegiéndote, dadas las circunstancias... y me ha contado que todo esto está relacionado con no sé qué terapia. Y también he hablado con Theo. ¿A qué estás jugando?

Abrí la boca para responder, pero no había terminado.

–No sé por qué tienes esa necesidad de vengarte, ya que fuiste tú quien dejó a Claud, pero qué más da. La cuestión es que ya no vamos a aguantar que sigas hurgando en nuestras vidas. Y ahora que mamá se está muriendo... ¿no puedes dejarlo?

–Pero si no estoy haciendo nada.

–No me vengas con gilipolleces. ¿Qué intentas hacernos? Déjanos en paz. Sigue viviendo esa vida tan cómoda y estupenda, sigue mirándote el ombligo con esa terapia, ¡y déjanos en paz!

Fred había estado bebiendo, evidentemente. Pero ¿era aquello lo que pensaban de mí? Una parte de mí quería ser perdonada y volver al redil. Algo me frenó. Recorrimos el resto del trayecto sumidos en un silencio lúgubre.

«Tengo que comprarme un gato», pensé mientras abría la puerta y entraba en la casa fría y silenciosa. Sin siquiera quitarme el abrigo, me dirigí al teléfono del salón y marqué el número de Theo. Respondió antes del segundo tono.

–Theo, soy Jane.

–Qué tal, Jane.

Su tono no era demasiado acogedor.

–Tenía que hablar contigo. Acabo de estar con Fred.

–Lo sé, me ha llamado desde el móvil.

–¿Tú piensas lo mismo, que estoy metiendo las narices en un asunto que no es de mi incumbencia?

–Si necesitas plantearme esa pregunta, eres mucho menos inteligente de lo que siempre te había considerado. Creo que estás haciendo el ridículo de una manera lamentable.

Se cortó la comunicación. Las puertas de la familia Martello se me estaban cerrando.

Eché un vistazo a mi armario ropero. ¿El traje gris de tela gabardina, el que tenía una falda larga y ajustada con una abertura hasta la rodilla? Demasiado profesional. ¿El vestido rojo con escote, mangas largas, muy ceñido hasta la rodilla? Demasiado provocativo. ¿El vestido negro? Demasiado estereotipado. ¿Leotardos y una túnica de seda de estilo chino, en tonos otoñales? Demasiado poco arriesgado. Me los puse, uno tras otro, di una vuelta delante del espejo y elegí la túnica china. Luego me di un baño, me lavé el pelo y me vestí muy lentamente. Me pinté una raya verde oscuro en los ojos, me apliqué rímel en las pestañas, me puse un brillo labial de color morado. Sonreí, y un rostro inquieto me devolvió la sonrisa. Demasiado chillón. Impregné desmaquillador en un poco de algodón y me quité la raya de ojos.

Por Dios santo, si sólo se trataba de una cena, no de un examen. Me peiné el pelo hacia atrás y me lo sostuve con horquillas. Escogí unos pendientes elegantes, gotas de ámbar, y me eché agua de rosas en las muñecas. Sólo una cena con otras siete personas y la hija de Caspar al fondo... ¿y si no le caía bien?

Fanny entró de espaldas, arrastrando una pesada maleta. Se dio la vuelta y nos miró con gran seriedad.

–Soy una viajera –proclamó. Se detuvo delante de mis rodillas y me escudriñó durante unos instantes con los mismos ojos grises de Caspar–. ¿Tú quién eres?

Caspar no dio señales de intervenir; se quedó esperando mi respuesta.

–Jane.

–Dime todas las palabras que se te ocurran que rimen con «viajera». ¡A la de una, a la de dos, a la de tres!

–Aventurera, camarera, portezuela, escombrera, cabecera, enredadera...

–Ahora con «cenar».

–Viajar, pasear, amar, escuchar, pensar...

–En el colegio los niños hacen rimas feas. Por ejemplo, dicen: «Fanny quiere ser viajera pero es una piojera». ¿Eso qué quiere decir?

–Que tienes piojos, supongo. Pero no es verdad. Y no hay que hacer caso. A mí me decían: «Jane se cree pensadora pero es una embaucadora».

Caspar se levantó y le anunció a Fanny:

–Venga, es hora de acostarse. Vamos a leer un capítulo de *Pippi* y a dejar solos a nuestros invitados durante unos minutos, ¿vale? Ya sabéis dónde está el vino.

Ella alzó los brazos, de forma absolutamente vertical, y él la subió a sus hombros.

–¿Otra copa, Jane?

–Media.

Levanté la mano para indicar que ya bastaba y nuestros dedos se tocaron. Me quedé sin aliento. El estómago se me deshizo y el corazón me palpitó como un pececillo agitado.

–¿Y dónde conociste a Caspar? –me preguntó el hombre que estaba a mi lado: Leonard, que trabajaba en el Hospital de Enfermedades Tropicales y que acababa de volver de Angola.

–Me senté al lado de ella en un acto y me soltó unos cuantos gritos –intervino Caspar.

–Luego vino a una reunión con asociaciones de vecinos y le dieron un puñetazo en un ojo –añadí.

–Para ser tan pacifista –observó Carrie desde el otro extremo de la mesa– te metes en un montón de peleas. ¿No te pegó una vez un vagabundo por querer darle dinero?

–Fue un malentendido.

–Sí, claro –intervino Eric, el pelirrojo que se mordía las uñas–: y también lo que te pasó en el supermercado con esa anciana cuando le cogiste el carrito de la compra. Si hay luz suficiente aún se te ve la cicatriz.

Había sido una velada estupenda, llena de conversaciones frívolas. Los amigos de Caspar me habían sonreído como si ya hubieran oído hablar de mí. De vez en cuando, al observarlo, lo sorprendía mirándome. Siempre que yo hacía o decía algo, era consciente de su presencia al otro lado de la sala. Zas, la felicidad me formó un nudo en la garganta y me cortó la respiración. Me incorporé de un respingo.

–Lo siento, no me había dado cuenta de la hora que es. Tengo que irme a casa. –Sonreí a todos los presentes–. Ha sido una noche maravillosa, gracias.

Caspar me sostuvo el abrigo y yo metí en él los brazos encogidos, procurando no tocarle. Abrió la puerta y salí a la calle, donde el aire prometía nieve.

–Gracias, Caspar. Lo he pasado muy bien.

–Buenas noches, Jane.

Nos quedamos muy quietos. Durante un instante pensé que me iba a besar. Si lo hacía, yo lo besaría también, me abrazaría a su cuerpo alargado. Pero en ese momento nos llegó el eco de una risa; en el piso superior la niña tosió. Me fui a casa.

–«Lo siento, Jane Martello no está; deje su mensaje después de oír la señal.»

–«Hola, soy Paul, estamos a jueves por la noche y son las... como las diez y media. Te llamo para decirte que van a emitir mi programa el veintiuno de febrero. Me gustaría mucho que vinieras a casa para celebrarlo. Y para verlo, claro. Confírmamelo en cuanto puedas.»

¿Cómo era posible que el documental estuviera listo? Sí, había visto a Paul pululando y tomando apuntes y cosas así, y habíamos vivido ese día de Navidad espantoso, desde luego, pero pensaba que el proyecto aún se hallaba en fase embrionaria. La verdad es que, en el fondo, había supuesto que nunca llegaría a retransmitirse.

–«Hola, Jane, soy Kim, sólo era para saber si estás bien.»

–«Soy yo. Alan. –Parecía haber pillado una cogorza–. Llámame, por favor.»

Mi impresión era correcta: estaba borracho. Cuando me habló de Martha se me puso a llorar por teléfono.

–Ay, Jane –gimoteó; me estremeció su vulnerabilidad torpe e infantil, así como mi traición rebuscada y furtiva–. Ella te considera hija suya.

No del todo, aunque sabía a qué se refería. Para mí ella también era, casi, mi madre.

–¿Entre Claud y tú no hay ninguna esperanza? A ella le haría muy feliz.

No, no había ninguna esperanza en absoluto. Martha sabía que todo había terminado.

–Jamás volveré a escribir, nunca –prosiguió–. Soy un viejo y estoy acabado.

Saqué el paquete de tabaco.

–No nos abandones, Jane –me imploró.

Empezó a hablar de Natalie de forma inconexa: una niña preciosa... tan cariñosa... ¿por qué se había vuelto tan hosca en los últimos años? ¿Acaso ellos no habían intentado ser unos buenos padres? ¿En qué se habían equivocado tanto? Él sabía que había sido débil con las mujeres, pero era imposible que eso explicara... en una ocasión ella le había escupido... los recuerdos son algo terrible, terrible, terrible.

25

Llamé a Caspar. Había estado pensando en él todo el día y por la noche cogí el teléfono.

–Soy Jane. ¿Quieres que nos veamos en el cementerio de Highgate el domingo?

–Vale. ¿A qué hora?

–A las tres, donde la tumba de George Eliot.

–¿Y cómo la encuentro?

–Aquella junto a la cual me veas a las tres de la tarde.

–De acuerdo. Yo llevaré un ejemplar de *Daniel Deronda* con la mitad de las páginas sin leer. En realidad, sin cortar.

Eso fue todo, veintipico palabras, y la conversación telefónica más erótica que había mantenido en mi vida. Preparé dos pasteles de Madeira, tres barras de pan integral y un bizcocho para meterlos en el congelador. Me tomé cuatro copas de vino tinto, fumé ocho cigarrillos, escuché música de Bach escasamente romántica. El sábado limpié la casa de arriba abajo. A fondo, sacando los libros de las estanterías y pasándoles un trapo. Colgué unos cuantos cuadros que llevaban varios meses apoyados en la pared de mi estudio, quité unos pósteres de iglesias antiguas, con los bordes enroscados, que Claud había dejado en las paredes. Pegué fotografías del año pasado en el álbum. En todas aparecían edificios, menos una en la que salía yo con Hana, ella con el rostros cubierto por un sombrero campana. Por la tarde me acerqué a Hampstead y me compré un abrigo. No tuve que desembolsar ninguna cantidad, lo pagué con la tarjeta de crédito. Alejé a Natalie de mis pensamientos. Ese fin de semana era para mí.

Por la tarde preparé una ensalada de arroz y me la tomé con esa media botella de vino tinto que había abierto hacía muy poco. Bajé una caja del desván, encendí una vela y leí las cartas de amor que Claud me había escrito, casi todas fechadas los años anterior y posterior a nuestra boda. Después, nada, excepto alguna que otra postal desde un congreso: «Te echo de menos», lo cual seguramente era cierto.

La caligrafía de esas misivas era meticulosa. En algunas la tinta aparecía desvaída. «Jane, cariño –había escrito–: estabas preciosa con ese vestido azul.» «Amor mío, ojalá estuviera a tu lado esta noche.» La primera databa de octubre de 1970, pocos meses después de la desaparición de Natalie. Era curioso que la hubiera olvidado: era la carta cariñosa de un adulto, en la que se afirmaba que la familia estaba formando una piña. «Volverá a casa –afirmaba en ella–, aunque no cabe duda de que nada volverá a ser como antes. La primera parte de nuestras vidas ha tocado a su fin.» Tenía razón. Lo imaginé en su pulcro apartamento, con sus libros de iglesias y su correspondencia ordenada alfabéticamente. Me pregunté si todavía esperaba que yo cambiase de parecer; si hubiera aparecido por la puerta en ese instante, la tarde antes de mi cita con Caspar, creo que le habría permitido quedarse. Las despedidas nunca se me han dado bien.

Llegó puntual, pero acompañado de Fanny, que traía el rostro enmarcado por unos rizos rebeldes y unos pantalones vaqueros unas dos tallas más grandes de lo necesario para su cuerpecillo delgado. Abrió la mano enguantada para enseñarme las piedras que había recogido mientras esperaban. Tenía la cara entumecida por el frío y manchada de tierra.

–La amiga con la que iba a pasar el día se ha puesto enferma –me explicó Caspar.

–Me alegro de volver a verla –mentí–. Vamos por aquí, Fanny, te voy a enseñar un obelisco en el que un perro apoya el hocico. El perro se llamaba *Emperador*.

–¿Qué es un obelisco?

–Un objeto puntiagudo.

Salimos del camino principal de grava. Las zarzas nos arañaron las piernas.

–¿Os habéis dado cuenta –observó Caspar– de la cantidad de niños pequeños que hay enterrados aquí? Mirad, ahí un Samuel de cinco años, de la misma edad que Fanny, y allá un bebé de once meses.

Nos detuvimos delante de una lápida familiar: cinco nombres, todos de menos de diez años. En algunas tumbas cuidadas se veían flores. La mayoría estaban cubiertas de ortigas y hiedra; el musgo se introducía en las letras y las tapaba.

–Fijaos en eso –dije. A pocos metros, detrás de unos tupidos árboles, un ángel sin cabeza custodiaba una losa enterrada–. Hemos olvidado cómo llevar un duelo, ¿verdad? Cómo recordar. A mí me gustaría tener un monumento así. Pero la gente diría que es hortera o morboso.

–¿Morboso? –repitió Caspar–. ¿Pensar en tu escultura funeraria a los cuarenta años? Jamás se me habría ocurrido calificarlo así.

–Tengo cuarenta y uno. Mira.

Cuatro cabezas prerrafaelitas con expresión soñadora y triste se juntaban formando un círculo de piedra.

–Jane, ¿dónde están enterradas las mascotas? –Fanny había vuelto de su inspección a través de una hilera de lápidas caídas.

Señalé el camino:

–Por ahí. Un poco más lejos.

Fanny volvió a salir disparada, arrastrando tras de sí los extremos de la bufanda.

–Ven, Jane.

Atravesé unos matorrales hasta el lugar donde estaba Caspar. Caminé muy despacio. Aquel momento era inmejorable. Me detuve a treinta centímetros de él y nos miramos.

–Jane, la pensadora y la embaucadora –musitó.

Recorrió mis labios con el dedo índice. Con mucho cuidado, como si yo fuera de un valor incalculable, me sostuvo la nuca con la mano. Me quité los guantes, los dejé caer entre las ortigas y metí las manos debajo de su abrigo, de su jersey, de su camisa. Olía a humo de madera. Me veía el rostro en sus ojos; él los cerró y me besó. Demasiadas capas de ropa; nos estrechamos el uno contra el otro. Me dolía el cuerpo.

–¡Caspar! ¡Caspar! ¿Dónde estás? Ven a ver lo que he encontrado. Ah, estáis ahí. ¿Por qué os escondéis? ¡Jane, se te han caído los guantes! Venid. Deprisa.

Al volver a verme inmersa en mi mundo compuesto de recuerdos, al sentir la dureza de las primeras piedras de la cumbre de Cree en las vértebras de la espalda, tuve frío y miedo. En cuanto monté en la bici y bajé sin pedalear la pendiente de Swain's Lane, tras dejar a Caspar y Fanny cogidos de la mano en la acera, tuve la sensación de que el beso en el cementerio formaba parte de un sueño y de que volvía a lo real. Las vacaciones habían terminado y volvía al colegio.

Alex y yo apenas nos dijimos nada. No nos miramos a los ojos. Me tumbé en el diván y, mientras él pronunciaba las escasas palabras rituales, noté que la sala desaparecía y que volvía a encontrarme donde debía estar. Unas ondas desagradables recorrían la superficie del río Col, como si fluyera petróleo espeso en vez de agua. La corriente describía la curva con lentitud. Me puse en pie y me di la vuelta; noté un leve escalofrío porque sólo llevaba unas zapatillas de deporte y un fino vestido de algodón, negro como el que Natalie se había puesto con tanta frecuencia ese verano. La brisa me lo pegaba a la piel, resaltando así las formas de mi cuerpo firme y joven, ese cuerpo que había entregado a Theo el día anterior, que él había acariciado y desnudado y finalmente penetrado en el bosque umbrío mientras las risas y la música de la fiesta resonaban en nuestros oídos. Me había llevado el cuaderno que contenía mis ensoñaciones y fantasías de adolescente, y las había arrancado una a una. Esas ilusiones infantiles ahora me producían desprecio y noté que quemaba mis naves al arrugarlas y arrojarlas una a una al agua, donde acababan confundidas con la quebrada superficie de luz y ondas que ocultaba el punto en el que terminaba el aire y comenzaba el agua. ¿No me había convertido ya en mujer?

Me di la vuelta y quedé frente a la cumbre de Cree. Me recorrió una oleada de pavor y me mareé; las piernas apenas me sostenían. Los olmos de mi izquierda se mecían y agitaban, o quizás estaban quietos y era yo quien se tambaleaba. Empecé a subir por ese sendero estrecho y escarpado que tan bien conocía y que no había visto desde hacía tantos años. Abajo, a través de los arbustos de la derecha, veía el agua caliginosa de la corriente, pero en esta ocasión me esforcé en no mirar otra cosa que no fuera el camino que ascendía, ese camino de mi mente bloqueada. Las ramas me rozaban y me prendían el vestido, las espinas se me clavaban en la carne de los brazos y pantorrillas desnudos, como si me estuvieran reteniendo. Sin prestarles atención, seguí avanzando. Había llegado a la cima de la colina, aunque la visibilidad quedaba mermada en todas las direcciones a causa de las tupidas matas de aulaga que la cubrían. Dicha cima era muy pequeña y, después de dar unos pasos, inicié el descenso.

Me detuve y escuché. Entonces lo supe. Se percibía movimiento a través de los arbustos de delante, se atisbaba algo.

También unos sonidos, ahogados e imprecisos. Estaba ahí. Estaba ahí. Eran cosas que había enterrado en mi mente durante veinticinco años; sólo tenía que seguir avanzando y franquear las barreras que yo misma había erigido. Al abrir los ojos y guiñarlos, al principio sin ver nada, luego enfocándolos en Alex, no sentí el miedo anterior sino una fría determinación. Estaba ahí. Pero aún no estaba preparada del todo. No del todo.

26

La mañana del miércoles 15 de febrero me desperté con la sensación de que algo iba a suceder de forma inminente. Llevábamos días con lluvia –el jardín estaba encharcado–, pero de pronto teníamos un tiempo frío y soleado. Por la ventana de atrás, la aguja y el repetidor de televisión de Highgate Hill se veían con una nitidez inacostumbrada. Los objetos cotidianos de la cocina aparecían distintos, cargados de significado. Notaba un picor en la piel. Era como si una luz posterior iluminara todas las cosas que veía, como si su contorno se resaltase y estuviera más dibujado, más vívido. Yo también. Me sentía capaz, precisa. Debía hacer cosas.

Había ido al supermercado el día anterior y, en parte, estaba preparada. Puse en la mesa la balanza y los voluminosos pesos, una bolsa de harina integral y otra de harina blanca y compacta, bolsitas de plástico llenas de pipas de calabaza, de girasol y de semillas de sésamo, levadura que parecía arcilla blanda, sal marina, vitamina C en polvo en un tarro de medicinas naranja, una botella de plástico de aceite de pepitas de uva, un paquete de azúcar mascabado duro y amazacotado. Aquél era un proceso que podía seguir sumida en una felicidad inconsciente. La levadura subió formando burbujas recubiertas de brillantes. Incorporé la sal con un tenedor a la arenosa harina integral, después mezclé los demás ingredientes con la masa de levadura, que olía a cerveza. Estuve fumando en el jardín durante media hora, sin pensar en nada; después volví y amasé y trabajé las dos masas, haciendo fuerza con la parte inferior de las manos, enrollándolas una y otra vez. Las corté, les pasé el rodillo y las metí en cuatro moldes. Otra pausa. Deambulé delirante por la casa doblando camisas, volviendo a colocar los libros en las estanterías. Apliqué agua salada, con un pincel, a la superficie de las hogazas que se iban hinchando, espolvoreé semillas de sésamo por encima y las metí en el horno abrasador. El olor de ese ardor controlado, de ese renacimiento propiciado por la levadura, inundó la casa y casi me embriagó. Al cabo de un rato que juzgué brevísimo di unos golpecitos en la parte inferior de los moldes; sonaron a hueco, y los vacié en unas bandejas de rejilla. Unas minúsculas semillas tostadas se desparramaron por la encimera; me mojé los dedos, las recogí y las mordí produciendo un crujido.

Aparté tres hogazas que iba a envolver y meter en el congelador. Corté una rebanada caliente de la cuarta, le unté mantequilla con sal y queso de cabra frío y agrio y la engullí con avidez, acompañándola exclusivamente de agua del grifo. Sin vino, sin café: no los necesitaba y tampoco habría podido soportarlos. Agitada, temblando, cogí la bici y me dirigí a la oficina atravesando el aire frío y despejado; en ella Duncan y yo habíamos concertado algo a lo que habíamos dado el nombre demasiado ambicioso de reunión. Llegué cuando acababan de dar las dos y abrí el correo de los últimos días, que se componía fundamentalmente de circulares procedentes de listas de correspondencia de las que aún no me habían borrado. Lo tiré casi todo. Si no hubiera tenido otras cosas de las que preocuparme, me habría inquietado por mi trabajo.

Yo estaba igual de ociosa que los demás. A falta de algo más constructivo con lo que llenar el tiempo, Gina se dedicaba a reordenar los archivadores. Una semana antes, el resultado ofrecía un aspecto apocalíptico: todo el pasado del estudio CFM había reaparecido en forma de papel y estaba desperdigado por toda la oficina. Ahora esos papeles volvían a desaparecer al ser introducidos en sus lugares recién designados, acompañados por el chasquido de las anillas de las carpetas y el estruendo de los archivadores. Sólo nos quedaban un par de días para alcanzar el orden perfecto, como en Pompeya. Casi iba a ser una pena desordenar esa perfección taxonómica al reanudar el trabajo.

Duncan estaba muy concentrado en los aspectos técnicos de la máquina de café exprés, uno de nuestros mayores dispendios durante los días de auge de finales de la década de 1980. Me trajo un café minúsculo que me produjo un subidón casi instantáneo de cafeína al tomármelo de un solo traguito. Me habló del nuevo proyecto que estaba discutiendo con el ayuntamiento para alojar a familias de personas sin techo («los destechados», tal y como los llamaba él con afectación) en casas derruidas, dejando que ellos mismos restauraran los inmuebles. Me mostré entusiasmada. Aquello resultaba sumamente económico (excepto para nosotros), práctico, socialmente ventajoso; no se aplicaba un concepto tradicional de la arquitectura y era casi seguro que el departamento de Vivienda lo rechazaría inmediatamente. Un proyecto ideal para CFM. Entonces pasamos a mi albergue.

–He leído en el periódico local que los vecinos han organizado una manifestación con antorchas –me informó Duncan–. Está claro que no has conseguido aplacar plenamente la intranquilidad de barrio. ¿Significa esto que se ha desestimado finalmente la idea de construirlo?

–No necesariamente –repuse–. Un abogado del ayuntamiento nos ha propuesto un modo un tanto rebuscado de conseguir sacar adelante el proyecto. Como en la reunión se produjo una pelea y después hubo detenciones, el asunto llegará a los tribunales. El ardid, al menos según tengo entendido, consiste en lo siguiente: dado que el tema está pendiente de resolución judicial, no podemos responder a ninguna pregunta referente a él. Al menos, eso alegaremos. Entretanto, seguiremos construyendo. Los que se muestran críticos tendrán que vérselas con un albergue terminado y en funcionamiento, lo cual acarreará otra serie de problemas. Una cosa son unos vecinos que luchan contra unos funcionarios arrogantes y una arquitecta vanguardista. Eso viste mucho en la prensa local. Pero unos insolidarios que luchan contra enfermos mentales a los que se está reinsertando es otra muy distinta. Ésa es la fastuosa estrategia, en cualquier caso.

–¿Les has explicado que, si no tuvieran a esas personas de vecinos, se las encontrarían en las aceras y en las puertas de las tiendas y en los bancos públicos?

–No. Los acontecimientos nos distrajeron.

Pusimos punto final a la reunión de bastante buen humor y volví a mi mesa, donde estuve fumando y dándole golpecitos al teléfono con el lápiz hasta que me di cuenta de que no tenía nada que hacer y de que lo mejor que podía hacer era irme. Estaba convencida de que lo veía todo con una claridad insuperable y que mi presencia resultaba más útil en otros sitios, haciendo otras cosas. Gina me preguntó qué tal andaba de salud pero no pude prestar la atención debida a lo que me decía y me marché, sin siquiera despedirme de Duncan. Más adelante se lo explicaría todo.

Ya en casa, descorché una botella de vino tinto, me subí a un taburete, rebusqué en un armario y encontré unos anacardos salados, una bolsa enrollada de pistachos a la que quedaba un cuarto del contenido y otra bolsita de unas cosas con sabor a langostino con cierta semejanza a las patatas fritas. Con eso ya tenía la cena. Me bebí el vino, me comí esa especie de patatas y zapeé. Emitían un concurso con preguntas que me parecieron mal planteadas, un telediario local, una serie estadounidense de ciencia ficción que supuse que era *Star Trek* aunque al final resultó que no, ni siquiera la versión nueva. También retransmitían un programa sobre los albatros y los largos viajes que emprenden aprovechando los vientos alisios y el compromiso de por vida que esa ave asume con su pareja, una serie cómica que se desarrollaba en un instituto norteamericano, y otro telediario.

Después de hartarme de ver programas de ese estilo, quité el sonido y llamé a La Granja porque quería hablar con Martha, pero no fue ella quien cogió el teléfono, cosa que me sorprendió. Respondió Jonah, que me dijo en un tono muy tranquilo, oficial incluso, que Martha había entrado en coma esa mañana y que había muerto tranquila y en paz aquella tarde. Intenté hacerle unas preguntas, que no terminara la conversación, pero él dijo que, lamentándolo mucho, tenía que irse. En el televisor vi a un hombre con un traje gris que abría y cerraba la boca en silencio, como un pez en una pecera. Necesitaba llamar a alguien. Marqué el teléfono de Claud y me saltó el contestador. Luego el de Caspar, aunque respondió una mujer y colgué. Después el de Alex Dermot-Brown; éste se puso. Se sorprendió, y su primera reacción fue decirme que al día siguiente nos tocaba sesión, que si no podía esperar, pero después de escucharme brevemente me instó a que fuera a su casa inmediatamente; también me preguntó si podía llegar sola o si quería que se pasara a buscarme. Le aseguré que podía acercarme en bici, y eso hice, sin gorro ni guantes, aunque ya se veía escarcha en las ventanillas de los coches.

Cuando abrió la puerta, Alex presentaba un aspecto levemente distinto. Pese a que ése era el sitio donde siempre lo veía y siempre iba vestido de manera informal, me sentí como una colegiala que se presenta en casa de su profesor, ilícitamente, fuera del horario escolar. Me saludó con un gesto evidente de preocupación, quedamente; me llegaron unas voces desde la cocina del piso inferior. Advertí a medias que quizá lo estaba interrumpiendo en algo, aunque en mi estado no me importaba. Me llevó a la sala. Me interesé por sus hijos. Dijo que estaban dormidos, en la parte superior de la casa, y que no debía preocuparme por ellos. Encendió la luz, que me deslumbró. Con la oscuridad del exterior y la iluminación tenue y agradable del vestíbulo y de las escaleras, reinaba allí un ambiente clínico, de interrogatorio. Me tumbé en el diván y él se sentó detrás de mí.

–Martha ha muerto –anuncié.

Respiré profundamente, concentrada, como había hecho cuando me hallaba en un barco para no vomitar. Él tardó mucho en tomar la palabra y, cuando lo hizo, habló de forma amable pero tajante.

–Quiero que vuelvas a pensar en el día de la desaparición de Natalie –me pidió.

Aquello era más de lo que podía soportar.

–No puedo, Alex. No puedo.

De repente me di cuenta de que estaba arrodillado a mi lado. Noté su aliento dulce en la mejilla y su mano en mi cabello.

–Jane, esa mujer a quien tanto querías ha muerto. Sé cuánto estás sufriendo. Pero no has venido para que te consuele. Quieres utilizar esta emoción. ¿Me equivoco?

–No sé qué quiero hacer –aduje, pero supe que toda mi resistencia había desaparecido.

–Adelante.

Pronunció en voz baja esas palabras reconfortantes que ya se habían convertido en un hechizo familiar, como una música entreoída y procedente de otra habitación. Sentí un profundo alivio mientras dejaba que mi cuerpo se relajara, que mi voluntad se ablandara, y llegué a aquel lugar. En esta ocasión llegué de veras. El tacto del musgo agostado en la espalda, los muslos en contacto con ramitas y piedras. Al levantarme y sacudirme el vestido aprecié las marcas que me habían dejado en la carne, como las de una alfombra de rafia, en la cara inferior de los muslos. El sol desapareció tras una nube y el río Col quedó sumido en una densa penumbra. La superficie manchada y umbría describía unas ondas letárgicas e iba desapareciendo. Los papeles rasgados y arrugados ya no estaban, ni tampoco las fantasías infantiles que representaban. Todo eso había terminado.

Me di la vuelta, temblando a causa de las ráfagas de viento, de las gotas de humedad que presagiaban lluvia, que habían empezado a abatirse sobre mí. Tenía el vestido negro pegado al cuerpo, a ese cuerpo que ya había experimentado el despertar sexual, cuyos pechos y muslos ahora pertenecían también a otra persona, aparte de a mí. Supe lo que debía hacer sin vacilación. La cumbre de Cree estaba delante, los remolinos del río se deshacían en la orilla junto a mi pie derecho. Empecé a subir por el sendero estrecho y empinado que llevaba al bosque y a las matas de aulaga que cubrían ese accidente orográfico. Oí unos ruidos, no producidos por pájaros, por el viento ni por la corriente: eran unos chasquidos extraños, unos silbidos y unos gemidos. No les presté atención. Eché a correr: noté mis jadeos y un dolor en mi pecho contraído. Los árboles en torno a mí se me antojaron muertos, los arbustos desprovistos de hojas, el río, por abajo y a mi derecha, marrón y lento. Sin embargo, mi deber en aquel momento consistía en no pensar ni en razonar, sino en avanzar. Las ramas me arañaban el rostro, las espinas me herían, la ropa se me quedaba enganchada. Llegué a lo alto de la cumbre de Cree, la atravesé corriendo y empecé a bajar por la otra ladera. Por la cuesta que llevaba a Natalie. A través de los matojos que tenía ante mí vi movimiento, atisbos entrecortados entre las ramas, me llegaron gritos, exclamaciones ininteligibles. Yo ya había tomado mi decisión. Seguí corriendo, irrumpí a través de los arbustos y me encontré en un lugar inundado de sol.

Al principio no vi nada porque la luz me cegaba, sólo percibía unas explosiones doradas y moteadas. Entrecerré los ojos y me obligué a mirar. Vi con claridad. Percepciones simultáneas: una joven tumbada en la hierba. Gritando y gritando. Natalie. Cabello oscuro, mirada encendida de rabia. Inmovilizada. Encima de ella se hallaba un hombre, que le sujetaba el cuello con las manos. Ella agitaba brazos y piernas inútilmente; luego se fue quedando quieta hasta dejar de moverse. Intenté gritar, aunque tenía la sensación de que me habían sellado la boca con ceniza. Intenté correr, pero los pies se me habían convertido en bloques de piedra. La joven fue liberada y quedó allí tendida, quieta. El hombre me daba la espalda. Tenía el cabello oscuro, no gris. No era enjuto ni corpulento. Llevaba el rostro afeitado, sin barba. Pero no cabía duda. Se trataba de Alan.

De pronto empecé a gritar y a gritar, alguien me agarró, era Alex, que me abrazaba y me susurraba al oído. Me levanté del todo. El cabello me tapaba el rostro. Estaba exhausta. Era como si me hubieran arrancado la piel, como si me hubieran vuelto del revés. Dije que estaba a punto de vomitar, Alex me acercó la papelera, sentí una arcada y vomité y vomité hasta vaciarme. Me volví a tumbar en el diván con el cuerpo extendido, indefensa, llena de mocos, con restos de vómito en el rostro, con los ojos anegados en lágrimas, gimiendo, llorando, jadeando. Completamente agotada, avergonzada, espantada.

Me llegó una voz íntima:

–Has llegado, Jane. No pasa nada. Estás a salvo.

27

Me desperté en mi cama sin saber cómo había llegado a ella. Ah, sí, Alex me había llevado en su coche. ¿Había montado una escena y asustado a sus hijos? Debía de tener la bici aún candada a un parquímetro, delante de su casa. Cogí el despertador. Eran casi las diez. ¿De la mañana o de la noche? Seguramente de la mañana. Si hubiera sido de noche, el reloj habría marcado las veinte horas. No, las veintidós. Me llegó otro pensamiento a punto de hacerse consciente y que no quería salir a la luz. Me obligué a pensar en él. Tuve que darme prisa en ir al baño. Me agaché delante de la taza y me sobrevinieron varias arcadas, que únicamente produjeron unas pocas manchas calientes y dolorosas.

Me lavé las comisuras de la boca con una toallita. Seguía con la ropa puesta. Me la quité ahí mismo y me metí en la ducha. Agua muy caliente y después muy fría. Me puse unos vaqueros y una vieja camisa de pana. Los dedos me temblaban tanto que me costó abotonármela. Pensé que debía comer algo y bajé a la cocina. Tenía dos paquetes de granos de café en el congelador y elegí los más oscuros. Llené una cafetera de émbolo grande. Después de rebuscar un poco, encontré una cajetilla de tabaco sin abrir en el bolsillo del abrigo que había llevado la noche anterior. Vacié la cafetera, taza a taza, y también me fui fumando los cigarrillos.

El teléfono sonó unas cuantas veces y oí varias voces en el contestador. Duncan, Caspar, mi padre. Ya los atendería después, otro día. Al escuchar la voz de Alex Dermot-Brown atravesé velozmente la habitación y lo cogí. Estaba preocupado por mí.

Me preguntó si me encontraba bien y luego me dijo que quería que fuera a verlo. Inmediatamente, si era posible. Respondí que llegaría al cabo de una hora. En la calle hacía frío pero había sol, luz. Me eché encima un abrigo largo, con mucho vuelo, me anudé una bufanda al cuello, me puse una gorra plana y me fui al parque de Hampstead Heath. Las ráfagas de viento me rodeaban y, cuando llegué a la parte superior de la colina de Kite, Londres apareció milagrosamente nítido debajo de mí. Mi vista alcanzaba hasta las colinas de Surrey. Bajé la pendiente, salí del parque por la colina del Parlamento y pasé junto al hospital Royal Free. Claud me había contado que en él se encontraba ingresado un paciente aquejado de un trastorno obsesivo-compulsivo que lo inducía a contar el número de ventanas. Como nunca conseguía dos veces el mismo número, aquella tarea era eterna.

Las cosas que llegamos a hacer para crear orden en nuestras vidas. En cierta ocasión leí un poema sobre un hombre detenido por dedicarse a rellenar las oes de los libros de las bibliotecas. ¿Pensaba en las letras que ya había rellenado, o en las que aún le quedaban? El paseo fue largo y arduo y, cuando llegué a casa de Alex, me había quedado sin aliento. Tantos cigarrillos... Casi me entró la risa cuando me sorprendí diciéndome que estaba decidida a dejarlo. Todavía no. Todavía no.

Cuando la puerta se abrió, Alex me dejó perpleja, casi abrumada, porque me estrechó contra sí y me abrazó con fuerza, me dijo al oído unas palabras de consuelo como si yo fuera uno de sus hijos y tuviera miedo de la oscuridad. Aquello era lo que más falta me hacía en ese momento. Después de esa muestra de apoyo, su mirada se volvió seria y me preguntó de nuevo si me encontraba bien.

–No lo sé. He estado vomitando y aún me encuentro indispuesta. Tengo la sensación de que alguien me está intentando inflar la cabeza con una bomba de bicicleta.

–No te preocupes –repuso con una sonrisa–. Es lo normal, como si te hubiera entrado fiebre. Ten en cuenta que tu cuerpo está intentando expulsar un cuarto de siglo de venenos e impurezas que han quedado atrapados en tu interior. Te estás purificando.

–¿Me voy a volver loca, Alex?

–Estás recuperando la cordura. Estás descubriendo lo dolorosa que es la vida sin fantasías.

–Pero ¿es posible? ¿De veras? ¿Que un hombre como Alan dejase embarazada a su propia hija? ¿Que la matase?

Con suma delicadeza, él me sostuvo el rostro con ambas manos y me miró fijamente a los ojos:

–Jane, eres tú quien ha derribado todas las barreras y las mentiras hasta descubrir esto. Quien ha hecho el viaje. Dímelo tú. ¿A ti te parece imposible que él hiciera algo así?

Me costó una barbaridad responder. Di un paso atrás y él bajó las manos. Lentamente, negué con la cabeza.

–No –respondí de forma apenas audible–. No creo que sea imposible.

Un par de minutos después volvía a estar en el diván y Alex en su butaca. Quise intentar reconstruir los detalles de lo que había sucedido tantos años antes, pero él se mostró inflexible, y afirmó que todo eso podía esperar. Me dirigió unas palabras en voz baja, como tantas veces había hecho, y volvió a introducirme en mi recuerdo, en el escenario del crimen. A lo largo de esa sesión y de otra, al día siguiente, y de otra al siguiente, me hizo repasar una y otra vez los acontecimientos hasta que cobraron mayor claridad y precisión. Aquello se parecía a una imagen fotográfica que yo juzgaba ya satisfactoria pero que iba adquiriendo una mayor nitidez, que aportaba más detalles y matices. Vi a Natalie oponiendo resistencia, la ropa que llevaba, desde aquella familiar diadema trenzada hasta las zapatillas de lona negra que siempre asocio con ella. Vi a Alan, fuerte y pesado, sujetándola, agarrándole el cuello, apretando cada vez con más fuerza hasta que ella dejaba de moverse.

–¿No podría haber hecho algo?

–¿El qué? Tu mente te salvó protegiéndote del horror de lo que había sucedido. Ahora has roto esa protección.

El proceso de revivir lo acaecido me resultó indescriptiblemente duro. El crimen se me aparecía de forma tan intensa y violenta, y yo estaba tan cerca –a pocos metros, entre los arbustos–, que tenía la sensación de que podía intervenir, hacer algo, gritar tal vez. Pero sabía que no había intervenido, que ahora eso ya quedaba fuera de mi alcance y que nada se podía hacer. El estupor y el dolor no disminuyeron. No se produjo ninguna aceptación, ninguna catarsis, ninguna superación del dolor, ni surgió una forma de dejarlo atrás. No conseguí distanciarme de los acontecimientos, no pude pensar en ellos de forma mesurada. Aquellos días los pasé sollozando, sintiendo arcadas de congoja, fumando en vez de comer, bebiendo sola en casa.

Se espolvorea un poco de sal de apio en la jarra, después unas cuantas pizcas de pimienta negra molida, tres chorritos de Tabasco, una cantidad ingente de salsa Lea & Perrins, el zumo de medio limón y otro poco de ketchup. Se empieza siempre por los ingredientes más baratos. Si se va a utilizar todo un cartón de un litro de zumo de tomate, como era mi caso, hace falta un vaso colmado de helado vodka ruso. Por último, el ingrediente secreto: medio vasito de vino de Jerez seco. Un puñado de hielo en el vaso llenísimo y ya tenemos una copa con la sustancia suficiente para sustituir a la cena. Un cuarteto para cuerda del período intermedio de Bartók habría reflejado mi estado de ánimo, pero me puse *Rigoletto*. La mujer es tornadiza. Yo no. Había mirado en mi interior y me había quedado espeluznada por lo que había encontrado. El exterior estaba oscuro, y hacía frío. Pronto tendría que salir y ocuparme de los asuntos mundanos. Era lo que tocaba a continuación.

Después de apurar el charquito aguado que quedaba en el vaso, decidí aventurarme a la calle. Debía proceder con sumo cuidado. Hacía frío. Me puse un jersey. Luego, un abrigo y un gorro. Encontré las llaves y la cartera, y las metí en un bolsillo del abrigo. El aire gélido del exterior me aclaró un poco la cabeza. Había destruido mi matrimonio. Quién sabe lo que habían sufrido mis hijos por mi culpa. Había perjudicado mi salud mental. Había descubierto cosas horribles. Lo que había hecho inspiraba un profundo rechazo en las personas a las que quería. ¿Qué catástrofe estaba a punto de infligir a la familia que era lo más importante para mí en la vida? El viento me azotaba el rostro con unas gotas de lluvia frías y punzantes. Mi vida se había convertido en algo espantoso.

Pasé al lado de unas tiendas. En la puerta del supermercado había un hombre sentado, de cabello ensortijado, largo y apelmazado, con un chucho sarnoso. Me extendió el brazo. Aquello era lo que les sucedía a las personas que se apartaban del entorno de la familia, de la sociedad, del trabajo. Abrí el monedero, encontré una moneda y se la di, sosteniéndola con firmeza entre dos dedos para que no se me cayera.

Sabía que estaba proyectando mi desesperación en el mundo (aunque algunos de sus miembros individuales, efectivamente, ya estuvieran desesperados de por sí), así que no me sorprendió mucho, al llegar a la tienda de alquiler de televisores, encontrarme con unas imágenes de Alan moviendo los labios en silencio en una docena de pantallas. Ahí estaba el patriarca, justificándose con unas palabras que no alcanzaba a comprender. Durante un instante creí que me había vuelto completamente loca, que el mundo real y el de mis recuerdos y pesadillas se habían fundido y que Alan me había vencido, completa y definitivamente. Entonces me acordé.

–¡Joder!

Miré en derredor aturdida, aunque esa visión me había hecho reaccionar. Vi una luz amarilla indicando que un taxi estaba libre y lo paré. Di una dirección de Westbourne Grove. Mientras atravesábamos Swiss Cottage, Paddington y las calles de detrás, mantuve la ventanilla abierta dejando que el vendaval me golpeara el rostro.

–¿Te encuentras bien, guapa? –me preguntó el taxista.

Dije que sí con la cabeza, pues no estaba segura de poder hablar de forma coherente. Cuando llamé a la puerta, me abrió Erica.

–Casi ha terminado –anunció–. ¿Quieres beber algo?

–Agua –repuse mientras la seguía escaleras arriba.

–¿Has dejado el alcohol?

–Para nada.

Me hizo pasar a una sala en penumbra, únicamente iluminada por una pantalla de televisión enorme. Unas siluetas indiscernibles ocupaban las sillas; encontré un hueco en el suelo. Erica me pasó algo en lo que entrechocaban cosas. Mi agua. Me llevé el vaso mojado a la frente. Había asumido que el documental de Paul sobre nuestra familia consistiría en una serie de entrevistas. No estaba preparada para su versión auténtica. Cuando empecé a prestar atención a lo que se estaba desarrollando vi una fotografía de Natalie en la pantalla, una ampliación borrosa de una imagen escolar que no le hacía justicia. Alguien hablaba del espíritu perdido de los años sesenta, creo que era Jonah, aunque podía haberse tratado de Fred. Después aparecía otra imagen, en este caso de La Granja, vista, supuse, desde la colina de Chantry. Al principio supuse que era otra fotografía, pero se apreciaban detalles, un temblor de la cámara, movimientos apenas perceptibles de las hojas, destellos, que indicaban que se trataba de una filmación. La cámara empezó a moverse hasta enfocar a Paul, que contemplaba la casa dando la espalda a los espectadores. Entonces se daba la vuelta, empezaba a caminar, la cámara lo seguía y él le dirigía la palabra como si fuera un amigo. Todo un profesional.

Paul decía que la familia es el hogar, y que el hogar es aquel sitio en el que no te pueden negar la entrada; que la familia es el símbolo de nuestros afectos, el símbolo de la sociedad con todos sus vínculos y obligaciones. Me costó un poco concentrarme, aturdida como estaba, pero entendí que estaba narrando una historia de su infancia dorada. En cuanto terminó de contarla se detuvo. La cámara se alejó de él y el espectador veía que había llegado al lugar donde se había hallado el cadáver de Natalie. El hoyo seguía ahí, y él se quedaba inmóvil aparentando estar conmovido. La imagen seguía alejándose hasta que se apreciaba toda la escena: un reflexivo Paul contemplando el hoyo, La Granja, la luz del alba, los gorjeos de un pájaro. Empezaba a sonar una banda sonora que recordaba a Delius y aparecían los títulos de crédito. Alguien encendió una lámpara.

–¿Dónde estabas? –me preguntó Paul desde atrás, dándome un empujoncito.

–Lo siento.

–Bueno, me alegra que hayas visto la última secuencia. Fue un *tour de force* en toda regla. Cuatro minutos sin cortes. Bajé la colina y llegué al lugar preciso en el mismo instante en que terminaba de narrar mi recuerdo. Es el plano más complejo que he abordado en mi vida. Cuando dije: «¡corten!», hasta los técnicos aplaudieron. Pediré que te manden una copia.

–Gracias. Tengo que irme ya –anuncié.

–Pero si acabas de llegar. Quiero que conozcas a unas personas.

–Tengo que irme.

Ni siquiera me había quitado el gorro ni el abrigo, así que bajé las escaleras sin más preámbulos y salí a la calle. Podía haberme gastado el dinero que me quedaba en un taxi, pero no comprobé cuánto tenía. Volví a casa a pie. De camino, pasé por Regent's Park. Tardé una hora y media y me encontraba lúgubremente sobria cuando abrí la puerta.

28

Al levantarme a la mañana siguiente, tras una noche de sueños intranquilos, estaba tan mareada y con tantas náuseas que tuve que agarrarme al borde de la cama y respirar profundamente durante varios segundos. En el espejo alargado que tenía delante vi una figura avejentada y atribulada de rostro blanco como la tiza y cabello sucio. Llevaba varios días sin comer en condiciones, y tenía un regusto rancio en la boca. Una semana antes había besado a Caspar y había sentido que mi cuerpo cobraba vida. Esa mujer demacrada que me devolvía la mirada era otra persona completamente distinta, inestable y enfermiza, habitante de regiones oscuras.

La imagen del cuerpo agachado de Alan no desaparecía. Lo vi; lo vi con la nitidez de siempre. Ya no me hacía falta la ayuda de Alex. El monstruo había salido de su escondrijo, a la luz del día. No iba a poder meterlo de nuevo en él. Lo recordaba todo. Había sido testigo de un asesinato, de un doble asesinato, y ahora volvía a presenciarlo. Me veía a mí misma mirándolo. Con una respiración agitada y superficial, vi a Alan de pie junto a Natalie, victoriosa y espantada.

Me puse la bata, bajé a la cocina, molí café y me preparé dos tostadas. Les unté mantequilla y mermelada, me senté a la mesa y me quedé contemplándolas. Al cabo de cinco minutos di un mordisco. Luego otro. Sabían a arena. Mastiqué y tragué, mastiqué y tragué. Me volvieron las náuseas y el sudor perló mi frente fría. Corrí al baño, donde vomité hasta que me dolió la garganta y me picaron los ojos.

Llené la bañera y me froté el cuerpo. Me lavé los dientes, aunque el sabor a vómito y a miedo no desapareció. Encendí un pitillo y me llené los pulmones de ceniza. Yo sí que estaba reducida a cenizas.

Me puse unos vaqueros negros y un jersey negro de cuello alto. Me peiné el cabello hacia atrás. Me senté en una silla de la cocina y me tomé el café, ya frío y con un deje salado, fumé otro cigarrillo y me quedé mirando a través de la ventana la lluvia, que confería al descuidado jardín un aspecto borroso. Eran las nueve de la mañana y no tenía ni idea de qué hacer con el resto del día. Con el resto de mi vida.

Llamé al trabajo de Kim. Estaba ocupada con una paciente, así que le dejé el recado de que se pusiera en contacto conmigo. «Lo antes posible. Por favor.» Mi voz era un bronco susurro. La recepcionista debió de pensar que me estaba muriendo. Otro cigarrillo. Oí el impacto del correo de la ranura de la puerta al suelo del vestíbulo, pero no me moví. Notaba el cuerpo pesado y vacío. Sonó el teléfono.

–Jane.

Abrí la boca pero no pude pronunciar palabra.

–Jane, soy Kim. Dime qué pasa.

–¡Díos míooooooo!

¿Había salido de mí ese débil gemido?

–Oye, voy para allá. No te muevas. Estaré ahí dentro de quince minutos, ¿vale? Quince. No te preocupes.

–No puedo contártelo. No puedo contártelo. Madre mía, no puedo.

–Jane, tómate el té.

Di un sorbo obedientemente y torcí el gesto: llevaba leche y azúcar, parecía preparado para un bebé.

–Bueno, voy a hacerte unas preguntas, ¿de acuerdo?

Asentí.

–¿Tiene esto que ver con Natalie?

Asentí.

–¿Crees saber algo relacionado con su muerte?

Volví a asentir.

–¿Crees saber quién es el asesino?

Otro gesto de asentimiento.

–¿Lo has descubierto en tus sesiones de terapia?

–Sí.

–Jane, dime entonces quién crees que la mató, aunque no olvides que contarlo no hace que sea más cierto.

–No... no... ay, Dios, Dios mío, no puedo.

–Sí que puedes. ¿Es alguien de tu familia?

–Del clan familiar, sí. –Era incapaz de decir su nombre. Empleé una palabra que parecía no corresponderle–: Mi suegro.

Mi suegro. El mejor amigo de mi padre. El abuelo de mis hijos. Un hombre al que había conocido toda mi vida y a quien, hasta unas pocas semanas antes, podía afirmar tranquilamente que quería. Mientras se lo soltaba entrecortadamente a Kim, se me apareció el rostro lascivo de Alan.

–Debió de matarla porque estaba embarazada. Es posible que el padre de la criatura fuera él. No resulta improbable. Me lo puedo imaginar. Otra gran emoción, otra forma de vengarse de Martha. O quizá fue otro quien la dejó embarazada y él se enteró. Desde que he empezado a indagar sobre ella, todo el mundo ha señalado lo peculiar que era: una chica manipuladora, calculadora, reservada, encantadora, atractiva, con una actitud extraña en lo referente al sexo. Ahora todo cobra sentido.

Volví a notar que la bilis me subía por la garganta y salí corriendo, pero ahora sólo podía vomitar té con leche. Al volver, Kim miraba por la ventana. Tenía el ceño fruncido:

–Jane, es muy grave esto que cuentas.

–Ya lo sé –repuse, tragando saliva.

–Estamos hablando de tu familia. ¿Estás segura?

–Lo vi claramente, tal como te estoy viendo a ti ahora.

–¿Estás diciendo que Alan Martello asesinó a su propia hija, quizá después de haberla dejado embarazada, y que la enterró delante de la puerta de su casa?

–Sí.

–¿Se lo has contado a la policía?

–No.

–¿Y qué vas a hacer?

Vi una urraca, que siempre presagian desgracias, avanzando a saltitos por el jardín empapado.

–Decírselo a alguien; seguramente a Claud. Por lo menos, le debo eso.

–Eso me parece a mí también. Pero piénsalo bien. No te precipites, reflexiona sobre ello. ¿Vale?

–Jane, soy Caspar. ¿Cuándo podemos vernos? ¿Qué haces esta noche?

–Ay, no puedo. No me viene bien.

–Bueno. ¿Y mañana?

–Tampoco puedo.

–¿Estás bien?

–Sí, estoy bien.

–Vale. –Su tono de voz pasó de expresar cariño a un educado desengaño–. Si quieres que nos veamos, llámame.

–Eso haré. Caspar...

–Dime.

–Nada. Adiós.

–Tienes un aspecto deplorable. ¿Estás enferma?

Claud, que acababa de volver del trabajo vestido con un traje color gris claro, estaba en la puerta, y un gesto de preocupación se extendía por su rostro. Yo sabía que ofrecía un aspecto lamentable, me había visto en el espejo antes de salir y el reflejo de mi mala cara me había asustado. Al ver a Claud me acometió un dolor intenso entre los ojos. Tenía la sensación de que me iban a fallar las piernas.

–Ven, entra y siéntate.

Me condujo al sofá; no se mostraría tan cariñoso y tierno después de que se lo hubiera contado. Oh, no. Yo era la responsable de que todo se viniera abajo.

–Dime cuál es el problema –añadió.

Su voz de médico. En otro momento su aplomo profesional me habría irritado. Ahora me inspiró admiración, y agradecí la distancia que marcaba entre nosotros. Respiré hondo.

–Alan asesinó a Natalie.

Espantosamente, el gesto de Claud habría resultado gracioso en cualquier otra circunstancia. Se produjo un silencio absoluto.

–Lo vi haciéndolo. Quise olvidar pero ahora he recordado.

–¿De qué estás hablando? ¿Cómo que lo viste?

Le ofrecí un resumen de mi terapia con Alex Dermot-Brown. Pensé que iba a vomitar otra vez. El rostro de Claud me aparecía enfocado y desenfocado. Me agarró el hombro con una mano que parecía una garra desesperada.

–¡Estás hablando de mi padre! Afirmas que mi padre asesinó a mi hermana. Y entonces ¿quién era el padre del niño?

Me encogí de hombros.

–Perdóname un segundo.

Se levantó y salió de la estancia. Oí que se abría un grifo y luego volvió secándose el rostro con una toalla. Se volvió a poner las gafas y me miró.

–Dame un motivo para no echarte a la calle.

–No sé qué hacer, Claud.

Se quedó mirándome. No quería que me echara.

–¿Quieres una copa?

–Sí –respondí aliviada.

Sirvió un vaso de whisky a cada uno y se quedó de pie a mi lado mientras me bebía prácticamente la mitad. Me quemó la garganta y se abrió paso ardiendo hasta mi estómago vacío, donde causó un incendio.

–¿Estás bien?

Dije que sí y bebí más whisky. Él me cogió la mano y dejé que me extendiera los dedos y me los acariciara. Se detuvo especialmente en el anular sin anillo.

–Jane, esta revelación obtenida en terapia no me inspira mucha confianza. Has puesto fin a tu matrimonio, tus hijos se han ido de casa, has descubierto el cadáver de Natalie... ¿no crees que simplemente estás algo enajenada?

–¿Piensas que me lo estoy inventando?

–Estás hablando de mi padre.

–Lo siento. Ay, lo siento, lo siento, lo siento. ¿Qué puedo hacer?

–¿De repente recurres a mí y me pides consejo?

Me quedé callada. Él se acercó a la ventana y contempló la opaca oscuridad durante cinco minutos de reloj, dando algún sorbo que otro al whisky. Yo seguí completamente inmóvil. Intentando no hacer un solo ruido. Al fin volvió a su silla y se sentó ante mí.

–No tienes pruebas –adujo.

–Sé lo que he visto, Claud –repuse.

–Ya –observó dubitativo–. Voy a serte del todo sincero. No creo que mi padre matara a Natalie. Pero intentaré ayudarte a salir del desastre en que te has metido. Por dos motivos. Lo que siento por ti, cosa que ya sabes. Y también quiero evitar que se produzca una catástrofe aún mayor en la familia. Que es lo que sucederá, de un modo u otro, si vas por ahí lanzando una acusación como ésta. Si podemos demostrar la inocencia de Alan, tanto mejor.

–¿Y yo qué puedo hacer?

–Buena pregunta. No hay pruebas físicas. Ni posibles testigos, exceptuándote a ti. –Levantó la ceja al decir esto último. Otro prolongado silencio–. Se me ha ocurrido una cosa, Jane, no sé si servirá. ¿Has estado en el estudio de mi padre?

–Desde que era pequeña, no.

–¿Sabes lo que guarda en él?

–Supongo que sus manuscritos, borradores, copias de sus obras y libros de referencia.

–Y sus diarios.

–Claud, no creo que haya asesinado a su hija y que después lo dejara por escrito.

–No olvides que soy yo quien lo considera inocente. Si pudieras conseguir sus diarios de ese año, en ellos se podría encontrar una coartada para el momento en que afirmas haberlo visto, y cabe la posibilidad de que existan testigos y de que se pueda hablar con ellos. Si no, quizá se puedan hallar al menos indicaciones de cuál era su estado de ánimo en entradas anteriores.

–Tampoco me parece una gran idea.

–¿Ah, no? –replicó con profundo sarcasmo–. Pues en ese caso te presento mis disculpas por haberte impuesto mi ayuda. No sé, pídesela a otros, como Theo o Jonah.

–Perdóname, no quería dar a entender eso. Te estoy muy agradecida, de verdad. Es una idea espléndida, ¿cómo podemos llevarla a cabo?

–¿Cuándo vas a salir para asistir al funeral?

–¿Qué? Ah, no sé, supongo que el sábado. ¿Y tú?

–Mañana. Si se me presenta la ocasión intentaré entrar ahí. Si yo no lo consigo, tendrás que ser tú. Haré todo lo posible. Todo.

Se levantó y me miró. Yo le devolví la mirada, con semblante adusto: nos quedamos con la vista clavada el uno en el otro, y no pude apartarla. Entonces su expresión serena se deshizo y se dejó caer en el sofá, a mi lado. Ahora fui yo quien le cogió la mano. Todavía llevaba la alianza, y la giré lentamente. Las lágrimas le corrían de forma incesante por el rostro; se las enjugué con cuidado y le sostuve el rostro con las manos.

–Claud, lo siento.

Él soltó un gemido y se me acercó; yo no se lo impedí, ¿cómo iba a hacerlo? Me apoyó la cabeza en el cuello y se lo permití. Él se encogió y me puso la cara húmeda en el regazo.

–Jane, por favor, no me abandones. No puedo, no puedo estar sin ti. Nada es lo mismo sin ti. Soy incapaz de superar todo esto solo. Tú siempre has estado a mi lado. Siempre me has ayudado. Siempre. Cuando más te he necesitado, has estado ahí. Me has salvado. No te vayas ahora. Ahora no.

–Chisss. –Le acaricié el cabello y sentí su aliento caliente en el muslo. Esa situación me parecía incestuosa–. Chisss. Ya está, Claud, no llores. No soporto que llores.

Se quedó tendido como un niño voluminoso; lo incorporé y lo acuné contra mi pecho.

29

Me encontraba de nuevo en el lugar donde todo había empezado, en la cocina de Alex Dermot-Brown, tomando café en una gruesa taza. Él hablaba por teléfono con alguien y emitía ruidos que no denotaban gran interés, ajá y hummm..., intentando a todas luces que su interlocutor colgara. De tanto en tanto me miraba desde el otro lado de la sala y me enviaba una sonrisa alentadora. Recorrí la estancia con la mirada. Era de esas cocinas en las que me sentía cómoda: atestadas, recetas pegadas a un tablón, un montón de facturas en la mesa, periódicos desperdigados, fotografías apoyadas en candelabros, platos del desayuno apilados en el fregadero, dientes de ajo en un cuenco y flores en un jarrón. Me fijé en una imagen de la repisa en que se veía a una mujer de cabello oscuro y una sonrisa tímida: supuse que se trataba de su mujer. Reflexioné sobre la importancia de la cocina de Alex en mi proceso terapéutico. ¿Habría confiado en un hombre con una cocina ordenada y fría?

Colgó el teléfono y se sentó en el otro extremo de la mesa, delante de mí.

–¿Más café?

–Sí, por favor.

Me resultaba extraño estar al mismo nivel que él, mirarlo cara a cara.

–Tienes un aspecto algo mejor.

Esa mañana me había puesto de vestido de lana con cintura baja, un original gorrito, y también lápiz de labios y rímel.

–Me encuentro un poco mejor. Creo.

Había llorado tanto que ya no me quedaban lágrimas. Él se me acercó desde su lado de la mesa.

–Jane, has demostrado un enorme valor –me aseguró con su voz queda y agradable–, y estoy muy orgulloso de ti. Sé que ha sido difícil.

–¿Por qué no me encuentro mejor? –le espeté–. Me dijiste que esto era como sajar un absceso. ¿Por qué me siento tan culpable? No sólo por lo que les he hecho a ellos, también por lo que me he hecho a mí.

Alex me pasó un pañuelo de papel.

–Sajar un absceso es un acto doloroso y acarrea una serie de problemas. En una etapa muy frágil de tu vida, cuando pasabas de la infancia a la edad adulta, fuiste testigo de un acontecimiento tan atroz que tu mente lo censuró. No puedes pretender que todo se arregle enseguida. Saber las cosas duele; asumir las riendas de tu vida es complicado; la curación tarda. Pero debes darte cuenta, Jane, de que no puedes volver al estado previo. Nunca volverás a olvidar.

Me estremecí.

–¿Y qué hago?

–¿Estás de acuerdo conmigo en que no puedes huir de lo que ahora sabes?

–Sí.

–¿Crees que puedes vivir con ello sin hacer nada?

–No, supongo que no.

–Pero te das cuenta, desde luego, de que aunque decidieras no actuar, limitarte a vivir con ese recuerdo espantoso, seguirías ejerciendo el control, estarías tomando una decisión.

–Sí, lo sé.

–¿Quién te preocupa?

Esa pregunta me pilló desprevenida.

–¿Qué?

–Que quién te preocupa.

–Robert y Jerome –pronuncié sus nombres tan rápido que me di cuenta de que mis hijos, el horror que todo aquello les produciría, habían estado cerca de la primera línea de mis pensamientos, aunque de forma reprimida–. Mi padre. Kim. Y ahora también Hana.

–¿Quién más?

–Bueno, en cierto sentido, Claud. Todavía.

–¿Quién más?

–Después de los anteriores, mucha gente. Pero no tanto.

–¿Alan?

–No, claro que no –repuse casi con indiferencia. Apenas soportaba nombrarlo.

–¿Ninguna otra persona en concreto?

–Nadie en especial.

–¿Seguro?

–Alex, ¿qué pretendes?

–¿Y tú?

–¿Yo?

No le entendía.

–¿No te importas a ti misma?

–Bueno, sí, ya sé lo que quieres decir, pero...

–Jane, ¿no crees que te debes a ti misma anunciarlo públicamente? Piensas en tus hijos, en tu padre, en tu ex marido. Estás tan ocupada pensando en todo lo que no eres tú que has olvidado lo más importante.

–Pero es que debo hacerlo. Les estoy destrozando la vida.

Él se inclinó y me miró fijamente:

–No es la primera vez que me enfrento a un caso como el tuyo. En todos ellos, las mujeres han tenido que reaccionar con valentía y determinación. No sólo han debido lidiar con su dolor considerable, sino también enfrentarse a la incredulidad sin más de sus allegados, de las autoridades. No sólo te debes a ti misma llegar hasta el final, Jane, se lo debes a todas ellas, a esas mujeres que conocen el dolor de reprimir sus recuerdos, y a todas las que han encontrado el coraje suficiente para hacerse oír. No llores.

Volvió a bajar el tono de voz. Me tendió otro pañuelo y me soné estruendosamente en él.

–No me dejas fumar un pitillo, ¿verdad?

Esbozó una sonrisa.

–Podemos salir al jardín.

En el exterior hacía frío y humedad. El césped ralo apenas cubría el barro. Unas campanillas se marchitaban en unas macetas al lado de la puerta. Me llevé el cigarrillo a la boca y prendí una cerilla, que lanzó una llamarada y se apagó. Encendí otra, protegiendo el fuego con la mano. Inspiré agradecida.

–Esas otras mujeres... –dije al fin–, ¿qué hicieron?

–La mayoría recordaron haber sido víctimas de abusos, no haber presenciado una atrocidad, como tú. Estamos empezando a descubrir que la mente es capaz de crear una amnesia para protegerse. Pero los recuerdos ocultos no se pierden. Son como archivos de un ordenador que se pueden recuperar con el estímulo adecuado. En algunos tipos de terapia es posible recuperar esta información.

–Ya, pero ¿qué hicieron exactamente? Después de saberlo.

–Algunas nada, evidentemente, aparte de cortar todo vínculo con el agresor.

–¿Y las otras?

–Sacaron las heridas a la luz. Se encararon con sus agresores; incluso acudieron a la policía. Se negaron a seguir asumiendo el papel de víctimas.

Encendí otro cigarrillo y paseé hasta el final del jardín.

Él no hizo ademán alguno de seguirme. Me observó mientras yo deambulaba. Al fin dije:

–Entonces ¿crees que debería encararme con Alan?

Él no respondió, me siguió mirando.

–¿O hablar con la policía? –proseguí.

Pero siguió callado. De repente me acometió una rabia incontenible. La ira me cegó. Sentí calor y escozor en aquel ambiente frío.

–¡No tienes ni idea de lo que me estás pidiendo que haga, ni idea! –le grité–. Estamos hablando de mi familia. De toda mi vida. Me quedaré sin un lugar propio. Seré una marginada. –Me picaban las lágrimas que me caían por el rostro–. ¿Cómo voy a hablar con la policía y a contarles lo de Alan? Para mí era como un padre. Lo quería.

Callé con un gemido y reinó el silencio. Desde algunos jardines más allá me llegó el aullido débil y entrecortado del bebé que lleva llorando mucho tiempo y que no va a parar. Rebusqué un cigarrillo en el bolsillo, lo encendí y me sequé el rostro manchado con un pañuelo empapado, sin mucho éxito.

–Toma. –Alex me ofreció otro.

–Lo siento. Te estoy agotando las existencias.

–No pasa nada. Tengo un gran depósito. Recibo fondos de la Comisión Europea para mantenerlo.

Volvimos a la casa. Al llegar a la puerta, él se detuvo y me posó la mano en el hombro.

–No te estoy pidiendo que hagas nada. Eso tienes que decidirlo tú, faltaría más. Sólo te estoy preguntando si puedes no hacer nada.

Ya en el interior, preparó más café mientras yo entraba al baño para lavarme la cara. Mi semblante era espantoso. Ríos de rímel surcaban mi rostro, tenía el pelo hecho una pena debajo del gorro y algunos mechones pegados a los mocos de las mejillas, los ojos hinchados y la nariz roja de frío. «Recobra la compostura», le mascullé a la mujer del espejo, y vi cómo un rictus triste se extendía por su rostro sucio. Canturreé una melodía: «Nunca irás al cielo». Una canción que cantábamos en La Granja. Daba igual. Hacía mucho tiempo que no creía en el cielo.

Alex había dejado una caja de galletas en la mesa. Mojé una de mantequilla en el café y me la comí con avidez. Cuando acabé, él recogió las tazas y las llevó al fregadero. La conversación había llegado a su fin.

–Gracias, Alex –le dije mientras me subía a la bici.

Al llegar a Camden Lock supe que tenía que anunciarle una cosa, así que emprendí el camino inverso y llamé a su puerta. Abrió casi de inmediato, sin parecer sorprendido en lo más mínimo.

–Voy a seguir hasta el final –afirmé.

Él ni siquiera pestañeó; se quedó mirándome de hito en hito. Después asintió.

–Que así sea –dijo.

Esas palabras me sonaron alarmantemente bíblicas. Me marché sin pronunciar otra palabra.

30

Llevaba media hora preparada cuando el claxon del coche sonó en la calle. Nevaba, una nieve preciosa que caía en copos enormes, que se posaban como plumas en los árboles, en las casas y en los coches estacionados. En aquella luz entreverada, Londres ofrecía un aspecto puro y sereno; estuve sentada junto a la ventana, fumando y pensando. Las furgonetas oxidadas, los cubos de basura, las botellas de leche vacías se habían convertido en formas blancas de contornos nítidos. Todos los sonidos estaban amortiguados. Incluso las puertas de seguridad de la casa de enfrente se habían convertido en una rejilla centelleante. Esa noche todo quedaría reducido a un fango mojado. Esa noche, Martha reposaría al lado de su única hija. Me alegraba de que hubiera muerto.

Me puse el abrigo que había comprado antes de acudir a la cita en la que besé a Caspar en el cementerio de Highgate. Cogí un gorro de fieltro marrón y unos guantes de piel, también marrones, y salí al encuentro de Claud. Se había empeñado en acercarse en coche para recogerme. Con ese tiempo. Según él, quería cerciorarse de que no faltase.

Al principio nos quedamos callados. Yo fui fumando y contemplando cómo Londres iba dando paso al campo. Él estuvo manoseando unas casetes y mantuvo una velocidad constante de ciento diez kilómetros por hora por la autopista M1. Los limpiaparabrisas quitaban metódicamente la nieve y la dejaban formando líneas compactas de mugre.

–Bueno, ¿y?

–¿Qué?

–Ya sabes a qué me refiero.

Él torció el gesto.

–Alan se ha pasado encerrado en el estudio todo el tiempo que he estado en La Granja. Y, cuando no está, cierra la puerta con siete llaves.

–Pues vaya –comenté.

–No te preocupes, entre los dos ya se nos ocurrirá algo.

Proferí un gruñido de asentimiento y vi cómo dejábamos atrás Birmingham, con sus desperdigados bloques de pisos. Intenté no pensar en el tabaco. Tampoco había pensado en qué iba a decirle a Alan. Ni siquiera me había preparado para verlo. Rebusqué en el bolso y encontré un peine que me pasé a duras penas por el cabello, antes de recolocarme el gorro de fieltro. Claud me miró de reojo.

–¿Nerviosa?

Se me ocurrió que él era el único miembro de la familia Martello con el que en esos momentos podía mantener una conversación semejante.

–Has reaccionado muy bien a todo esto –le dije.

Él siguió con la vista clavada en la carretera.

–Eso espero –respondió.

Bajo la fina capa de nieve, la tumba de Natalie seguía pareciendo nueva, en buen estado. Había unas flores primaverales –campanillas, acónitos– metidas en el orificio de un jarrón de piedra. Me pregunté si alguien iría a cuidarla a partir de entonces. Al lado se veía un feo hoyo en la tierra, con las fauces abiertas. Los últimos copos de nieve gélida caían sobre él como gotas de saliva.

Los miembros de la pequeña comitiva fúnebre nos pusimos en pie y presenciamos cómo los cuatro hijos de Martha acercaban el ataúd hacia nosotros. Presentaban un aspecto lúgubremente apuesto debajo de aquel peso, unos genéricos hijos de luto que trasladaban los restos de su querida madre. Delante de mí, un hombre se quitó el sombrero, y reconocí de repente a Jim Weston, ataviado con un abrigo negro, algo bastante inesperado. La última vez que lo había visto había sido junto a otra tumba. A una especie de tumba. Yo también me quité el gorro. Algunos copos cayeron sobre mi cabello. Me situé en los márgenes del grupo para evitar cualquier ocasión de encontrarme con Alan, quien después querría darme un abrazo largo y fuerte y susurrarme unas palabras íntimas sobre su pérdida. Todo eso podía esperar. Noté que me daban un leve codazo y me di la vuelta. Era Helen Auster.

–Quería estar presente –me dijo con una leve sonrisa.

La abracé rápidamente mientras volvían a repetirse las consabidas palabras.

Oí a Alan antes de verlo. Mientras bajaban el ataúd de Martha al hoyo que la aguardaba, un aullido atravesó el aire. Todo el mundo estiró el cuello. De pronto, a través de un hueco, vi la escena con claridad: Alan estaba agachado delante del féretro, bramando algo que quizás era una acusación. El viento le había echado hacia atrás el cabello cano y grasiento; pese al frío, no llevaba abrigo, y tenía el traje gris mugriento y desabotonado. Un torrente incontenible de lágrimas surcaba sus mejillas; levantó el bastón y lo blandió como un espontáneo rey Lear.

–¡Martha! –aulló–. ¡Martha!

Los cuatro hijos lo rodearon y sostuvieron a su padre, gordo y desbocado, ofuscado por el dolor y el alcohol. Él se cubrió el rostro con las manos, a través de las cuales se filtraron las lágrimas mientras él gemía y sollozaba. Los demás nos quedamos en silencio. El espectáculo tenía un único protagonista.

–¡Perdóname! –exclamó–. ¡Lo siento!

Claud le pasó un brazo por los hombros; Alan se apoyó en él, musitó algo y lloró. La mujer que yo tenía al lado, a quien nunca había visto, empezó a sollozar también cubriéndose el rostro con un recatado pañuelo. Erica, que se hallaba algo alejada de la escena con Paul y mi padre a su lado, se sonó la nariz con gran estruendo y soltó un único gemido entrecortado. Pero yo me encontraba tan serena, tan fría como el día. Ya me había despedido de Martha por última vez. Ahora me disponía a no cumplir su última petición: «Cuida de Alan».

Unas frías pellas de tierra repiquetearon en el ataúd. Martha y Natalie ya estaban una al lado de la otra, y Alan siguió llorando ruidosamente.

Helen enlazó su brazo con el mío, nos alejamos del grupo, salimos del sendero y nos internamos entre las lápidas.

–No tienes muy buen aspecto –observó.

–He pasado una mala temporada. Pero creo que ya estoy mejor. ¿Y tú qué tal?

Sonrió.

–Quería comentarte una cosa. Una de tus listas me ha resultado útil. El lunes vamos a difundir un comunicado, solicitando que todos los hombres que estuvieron en los alrededores de La Granja el 27 de julio, el día después de la fiesta y el último en que Natalie fue vista, den una muestra de sangre para trazar un perfil genético.

–¿Y encontrar así al padre?

–Es posible.

–¿Y al asesino?

–Esta prueba no demostraría nada.

–Bueno, pero parece un paso adelante.

–Eso creemos.

Seguimos caminando calladas durante unos instantes más. Todos se habían marchado ya del cementerio excepto nosotras. Me obligué a decir:

–¿Y tú cómo lo llevas, Helen?

–¿Yo?

Evidentemente, se había quedado perpleja.

–¿Te has dado cuenta, entonces?

–Sí.

Se detuvo y se sentó al borde de un pedestal que sostenía una urna de piedra medio tapada por un paño, asimismo de piedra. Me miró con un gesto casi de súplica.

–¿Y qué quieres que te diga? –me preguntó.

–Helen, no te estoy pidiendo ninguna explicación. Sólo me preocupo por tu estado.

–Pues estoy hecha un lío. Mi vida ha dado un giro radical. –Se sacó un pañuelo del bolsillo, lo desdobló torpemente en medio del frío y se sonó la nariz–. Estoy actuando de manera poco profesional. Estoy destruyendo mi matrimonio. Te prometo que es la primera vez que hago algo así, y creo que tendré que contárselo pronto a Barry, mi marido. Tal vez te parezca horrible, pero también estoy feliz y emocionada. Aunque a ti no tengo que decírtelo, claro. Si hay alguien que sepa cómo es Theo, ésa eres tú.

–Sí.

–De repente me planteo las cosas de otro modo, veo nuevas posibilidades. Estoy un poco embriagada.

–¿Qué vas a hacer?

–Mis planes cambian continuamente. Seguramente, esperaremos hasta que la investigación termine; entonces se lo diré a mi marido, me marcharé de casa y nos iremos a vivir juntos.

–¿Es lo que te ha propuesto Theo?

–Sí. –Volvió a levantar la vista y a mirarme–. Da la impresión de que no lo consideras una buena idea.

–No importa lo que yo considere. –Me senté, de forma muy incómoda, en el borde del pedestal, al lado de Helen–. No quiero darte ningún consejo y es posible que todo suceda exactamente tal y como dices. Pero creo que debes recelar un poco de la familia Martello. Son fascinantes y seductores, atraen a la gente, pero creo que pueden llegar a engañar.

–Pero si tú eres miembro de la familia...

–Lo sé, y todos los cretenses son mentirosos.

–¿Qué?

–Nada. No sé lo que digo. Bueno, pero no saltes sin paracaídas.

–Pero ¿tú no estuviste enamorada de Theo?

–¿Cómo lo sabes?

Dio la callada por respuesta.

–Piénsatelo antes de destruir tu familia y tu carrera –añadí.

Me miró con una expresión que me llevó a pensar, de forma insoportable, en un niño pequeño y triste.

–Creía que me ibas a felicitar o a desearme suerte.

Entonces se vino abajo y echó a llorar cuando la abracé.

–Es una estupidez tan grande y me da tanta vergüenza que me cuesta reconocerlo –añadió–, pero fantaseaba con la idea de que íbamos a ser amigas y de que todo esto nos acercaría.

–Bueno, pero mira –objeté levantándole el rostro mojado–, sí que nos ha acercado.

–No, aún más, quería decir. Casi como si fuéramos hermanas.

La estreché entre mis brazos.

–Más que una hermana, lo que necesito es una amiga –le susurré al oído.

No tenía que haberme preocupado por mi reacción al encontrarme con Alan; él no quería verme, ni a mí ni a nadie. Cuando volvimos a la casa él ya se había refugiado, como un cangrejo gigante con el viejo caparazón agrietado, en su estudio. «A escribir», había asegurado.

Los participantes en el cortejo fúnebre atestaban la cocina y el salón; a algunos los reconocí y a otros no los había visto en la vida. Me pareció atisbar la nariz ganchuda y los pómulos marcados de Luke, aunque ¿qué iba él a estar haciendo ahí? Jim Weston deambulaba arrastrando los pies; vestía un traje marrón y ceñido, de solapas anchas, en el que no parecía muy cómodo, y que casi podía haber sido su uniforme antidisturbios. Me agarró de la manga y me musitó unas palabras, que no alcancé a oír. Las conversaciones zumbaban a mi alrededor, sonidos sin sentido. Vi que las bocas se abrían y cerraban. La gente se enjugaba las lágrimas. Reía. Se echaba sándwiches al coleto. Alzaba unas delicadas tazas de té asiéndolas con el índice y el pulgar. Los cuerpos me zarandeaban.

Tenía calor; las piernas me picaban debajo de las medias; me sudaban las manos; un tic nervioso me palpitaba de forma invisible debajo del ojo izquierdo. El dolor se extendió por mi cabeza. Me encontré a Theo delante de mí con el ceño fruncido. Paul me agarró un hombro y me dijo al oído algo referente a nuestro padre, y que tenían que irse enseguida. El párroco –un joven con una nuez de Adán que subía y bajaba nerviosa encima de su alzacuellos– me estrechó la mano sudorosa con otra mano sudorosa y dijo distraídamente que al final llegaba la paz. Luke, pues efectivamente era él, me preguntó si me encontraba bien, y alguien me ofreció un vaso de agua. Peggy iba vestida de gris y Erica de azul marino. Mi padre estaba sentado en una silla, cerca de la puerta del patio; de vez en cuando algún sombrero bajaba hasta su nivel y luego volvía al original. Parecía viejo, triste y ofendido.

Me puse el abrigo otra vez y di un enérgico paseo por el jardín. Me fumé lo que quedaba de la cajetilla y sólo volví a la casa cuando vi que la gente arrancaba los coches y se marchaba.

Formamos un hogar extraño y temporal, desprovisto de esa sensación habitual de compartir un objetivo común. Paul y Erica volvieron enseguida a Londres. A la mañana siguiente se fueron Jonah y su familia, y Theo llevó a Frances a la estación. Fred y una Lynn de semblante preocupado se quedaron. Y Claud, claro. ¿Qué hacíamos todos allí? No era necesario ordenar los restos materiales de la vida de Martha. La mañana del funeral le habíamos revisado los cajones y armarios. Todas las prendas se habían lavado, doblado y guardado. Algunas estaban metidas en cajas de cartón con el destinatario escrito en su caligrafía clara y firme. Su cuarto de trabajo daba la impresión de estar vacío, pero sólo porque había sido ordenado de manera definitiva. Yo sabía que ella había acabado su último libro un par de meses antes de su muerte, y que durante las últimas semanas había procedido de manera sistemática. Había tirado notas y muchos de sus papeles viejos. Un par de cajones abiertos al azar demostraron que todas las carpetas, todas las grapadoras, ocupaban el lugar correspondiente. Aquél era el último gran gesto de Martha. No había un solo rincón de la casa donde pudiéramos pillar a su fantasma desprevenido, a medio vestir. Antes de morir lo había dejado todo firmado, sellado, como ella lo quería. Darme cuenta de eso fue lo único que me inspiró una sonrisa aquel día.

Los hermanos no tenían nada que hacer allí. No hablaron mucho –Fred apenas estaba más sobrio que su padre–, pero yo suponía que a los tres les resultaba inconcebible dejar solo a Alan en esa casa. Tal y como se desarrollaron las cosas, eso nunca sucedió.

El almuerzo fue bastante deprimente. Pan, queso, vino y algunas conversaciones extrañamente animadas, en las que incluso Alan intervino de vez en cuando. Aquél no era el mundo real. Avanzábamos tambaleantes por un saliente que se extendía entre nuestras vidas. Todavía no se había abandonado la vida antigua y reconocible, organizada por Martha; en lo referente a la nueva, nadie hablaba de ella ni la imaginaba siquiera. ¿Consideraban que podíamos marcharnos y dejar allí a Alan, para que se ocupara sólo de llevar la casa?

Cuando terminamos, Claud casi obligó físicamente a Alan a quedarse y no subir al piso superior.

–Jane, tú y yo vamos a salir a dar un paseo –anunció.

Alan nos miró sobresaltado a ambos; la sorpresa tampoco fue pequeña para mí.

–¿Ah, sí? –comenté.

–Sí, hace un día espléndido –repuso Claud animadamente.

Miré por la ventana y vi unas nubes cada vez más bajas.

–Vamos, a ponerse los abrigos –añadió.

Ayudó a Alan con el impermeable, el gorro, la bufanda y los guantes, y le colocó el bastón en la mano. Nosotros sacamos unos abrigos viejos que encontramos en sus perchas (con un escalofrío advertí que yo llevaba uno de Martha), y salimos sosteniendo firmemente a Alan entre los dos. Mientras cruzábamos el jardín, Claud nos contó que, en el paseo que había dado el día anterior, le parecía haber visto un nido de búho en un fresno junto al camino de entrada, y nos propuso que fuéramos a observarlo. Súbitamente, se dio una palmada en la frente.

–En qué estaré pensando, se me han olvidado los prismáticos. Jane, cielo, ¿te importa acercarte en un santiamén para cogerlos?

Volvíamos a estar casados, por lo visto.

–¿Dónde están?

–En el trastero. Que he cerrado con llave, cómo no.

–¿Y se puede saber por qué has hecho eso? –quiso saber Alan.

–Espera, te doy mis llaves –dijo Claud mientras se metía la mano en varios bolsillos–. Ay, lo siento, he debido de dejarlas en otro lado. Papá, ¿puedes darle las tuyas a Jane?

Alan se sacó un manojo de llaves enorme del bolsillo y se las tendió a Claud, que me las pasó sin denotar expresión alguna, exceptuando un posible atisbo de irritación por ser tan despistado. Dicen que los médicos también deben ser actores.

–Os veo dentro de un minuto –dije, me di la vuelta y volví a toda prisa por el jardín.

El vestíbulo, el primer piso, las empinadas escaleras que llevaban al gran ático. Me temblaban tanto las piernas que pensé que me iba a caer, y me agarré con fuerza a la barandilla. Metí varias llaves hasta que una encajó; abrí la puerta y entré en el espacio de Alan, un lugar sacrosanto con un extraño parecido, precisamente, a la nave de una iglesia, al estar situado debajo del tejado. En las dos vertientes del tejado unas claraboyas difundían una luz grisácea en aquel espacio y lo iluminaban tenuemente, antes incluso de que encendiera la luz. En toda mi vida sólo había estado en contadas ocasiones en aquel recinto, el sitio donde Alan había escrito y fingía escribir. En su estado actual estaba atestado y casi resultaba impenetrable: facturas cotidianas, recibos, cartas de editores y universidades, propaganda, folletos, peticiones de alumnos que lo estudiaban, periódicos viejos, postales de sus hijos, invitaciones, muchas cartas que no habían sido abiertas. Miré un matasellos al azar: 1993. Contemplé los montones de libros que ocupaban desordenadamente el suelo, los pañuelos de papel arrugados en una esquina, la hilera de tazas de café en las que crecía el moho, la botella de whisky casi vacía en el alféizar.

Su escritorio era el único espacio despejado de la estancia. Su máquina de escribir alemana, voluminosa y antigua, se aposentaba en el centro como si fuera un tanque. Al lado vi una taza llena de lapiceros y bolígrafos y un cuaderno en blanco. En la estantería de encima estaban colocados ejemplares de *El primer tren* en toda una babel de idiomas. La traducción de ese título siempre había planteado dificultades. Abrí algunos cajones. Más cuadernos con fragmentos de anotaciones, postales sin escribir, cintas para la máquina de escribir, chinchetas, una grapadora, pilas usadas y algunos objetos absolutamente incomprensibles. Recorrí la habitación con la mirada. En una pared había un archivador gris y metálico, y en otra una fila baja de armarios. Los diarios no se guardan en un archivador. Abrí las puertas de los armarios. En el primero encontré unas grandes cajas de cartón amontonadas. Si era necesario, las podía examinar después. El siguiente contenía muchas carpetas viejas dispuestas en estanterías. En otro más sólo vi una gran caja con la inscripción: *El corazón de Arthur (título provisional)*. Eché un vistazo al interior y sólo vi unos pocos folios en los que se extendía la caligrafía apretada de Alan. Fragmentos de diálogos, frases inconexas, descripciones que no llegaban a ningún sitio. Aquélla era la gran novela, el esperadísimo regreso de Alan, la obra maestra que, supuestamente, con tanta regularidad había subido a ese piso a desarrollar. De forma involuntaria, sentí una punzada de compasión por él. Menuda vida.

El siguiente estaba atestado de revistas y periódicos, seguramente antiguas reseñas y entrevistas. El contiguo contenía lo que andaba buscando. Docenas de cuadernos de tapa dura llenaban la estantería. Saqué uno al azar, en cuya portada se veía escrito *1970*. Una fecha cercana. Lo hojeé; todas las páginas describían pormenorizadamente los acontecimientos de un día. Saqué otro y después otro. Todos eran iguales. Al menos había seguido practicando una forma de escritura. Desde lejos, en los pisos inferiores, me llegaban voces, el entrechocar de la porcelana. No iba a subir nadie.

Encontré rápidamente el tomo que buscaba. Al abrirlo, un papel salió de él y cayó con un movimiento oscilante delante de mí. Revisé a toda velocidad esa libreta y, al llegar al mes de julio, me topé con algo inesperado: los restos de unas páginas arrancadas. Desde principios de julio hasta septiembre no había nada. Después, las anotaciones se reiniciaban como antes. Me acometió una sensación de frustración. Casi de forma automática, me agaché para recoger el papel que se había caído. Amarilleaba y estaba pautado: era una hoja entera, doblada. La desplegué. Parecía haber sido arrancada apresuradamente de un cuaderno porque el borde superior presentaba un aspecto irregular. Reconocí inmediatamente esa letra en bolígrafo azul, la de Natalie, que todavía conocía tan bien como la mía. Leí lo siguiente:

> No sé qué pretendes conseguir evitándome. ¡Vivimos en la misma casa! Eres consciente de lo que me has hecho. Eres consciente de lo que está pasando. ¿Crees que puedes no hacer nada? ¿Que vas a salirte con la tuya? Vale, pues no me hables. Pero que sepas que voy a hacer lo que debo hacer, aunque eso suponga la destrucción de toda la familia. Lo voy a contar todo, y no me importa si después tengo que suicidarme. Sigo sin poder creérmelo. Creía que las familias estaban para ofrecer protección.
>
> NATALIE

Me invadió una gran tranquilidad. Volví a doblar la nota de Natalie y a meterla entre las páginas del diario. Al darme la vuelta vi a Alan en la puerta. Todavía llevaba el impermeable enorme y las botas de goma que habían amortiguado sus pasos en la alfombra de la escalera. Jadeaba por haber subido tantos pisos.

–¿No tendrías más posibilidades de encontrar los prismáticos en las plantas inferiores?

–No buscaba los prismáticos. ¿Dónde está Claud?

–Abajo. Si quieres entrar en mi estudio sin mi permiso, Jane, deberías tener más cuidado y no encender la luz. Desde enfrente, en el bosque, esto estaba más iluminado que las atracciones del paseo marítimo de Blackpool. ¿Qué haces aquí? Veo que has estado leyendo mis grandes obras.

–Te vi, Alan.

–No me digas.

–Vi cómo matabas a Natalie. Cómo la estrangulabas. Lo había olvidado, pero he recuperado esos recuerdos. Y ahora tengo la prueba.

–¿Cómo que me viste? ¿Qué prueba?

Se me acercó. Intenté escapar pero me agarró de la muñeca, y el cuaderno cayó al suelo. Grité de dolor mientras él me obligaba a sentarme en una silla a la fuerza. Intenté levantarme pero él volvió a inmovilizarme cogiéndome el cuello con la otra mano, después con las dos.

–¿Es esto lo que viste? ¿Fue así como sucedió?

No podía hablar. No podía respirar. Pugnaba por respirar y unos espasmos me convulsionaron. Entonces me soltó. Mientras yo tosía y resoplaba, él se agachó lentamente y se hizo con el diario.

Enseguida encontró la nota de Natalie, la abrió y la leyó. La volvió a dejar en la libreta, la cerró y me la entregó.

–Violaste a tu hija y la mataste –lo acusé–. Pero yo lo vi.

Él empezó a farfullar algo incomprensible y a darse unos golpes repetidos en la cabeza al tiempo que un líquido espeso le caía por las mejillas.

–Lo hiciste, ¿verdad, Alan? –grité–. ¡Te follaste a tu hija y luego la mataste!

Un fino riachuelo de sangre comenzó a descenderle por el rostro. Tocó la sangre con un dedo y luego lo levantó.

–Culpable. ¡Culpable, culpable, culpable!

Entonces se calmó. Se desplomó y se quedó sentado en el suelo, en silencio, aparentemente sin advertir siquiera mi presencia. Me levanté de la silla con el cuaderno en la mano y salí de allí de puntillas.

31

No quería encontrarme con nadie. Bajé sigilosamente las escaleras y salí por la puerta de atrás. Me guardé bien el cuaderno en el bolsillo interior de mi grueso abrigo y me alejé de la casa a buen ritmo. Elegí uno de los recorridos que mejor conocía, uno de los más largos, menos protegidos y más conocidos, que sabía que podía emprender sin tener que pensar. Atravesé una franja de bosque, a continuación subí unas colinas en las que soplaba un viento tan fuerte que a punto estuvo de tumbarme y, en ese día frío y borrascoso, desde donde habría podido jurar que alcanzaba a ver el parque nacional de Brecon Beacons, en Gales.

Seguí caminando, alejándome cada vez más de la casa. Cuando empezó a oscurecer llegué a un pub, desde el que llamé a La Granja para decir a Claud que no me esperara a cenar y que ya se lo explicaría todo. Pedí una lasaña con una cerveza caliente y espumosa, después de lo cual tomé una astringente tarta de ruibarbo con natillas y un café solo. La mujer de la barra me enseñó un mapa gracias al cual pude volver a La Granja siguiendo la carretera y con una luna llenísima iluminándome. Cuando oí el crujido de mis botas en el camino de entrada todas las luces estaban ya apagadas. Me dirigí a mi habitación y dormí profundamente, con el diario debajo de la almohada.

A la mañana siguiente bajé después de las nueve. Vi que Fred y Lynn estaban en el exterior, cargando el coche. Claud arreglaba una estantería en la cocina. Le pregunté dónde se encontraba Alan y me dijo que se había ido al pueblo con Theo. Creía que de compras. Me señaló el horno con un ademán. En el interior había una sartén con huevos, tomates y beicon. Lo engullí todo regado con un té y un zumo de naranja. ¿Me podía dejar el coche esa mañana? Sí. Quiso saber si tenía algo que contarle. Respondí que aún no. Apuré el té, cogí sus llaves y me encaminé al coche, abrazando a Fred y a Lynn antes de salir.

En el mostrador de recepción de la comisaría de Kirklow pregunté por Helen Auster. No estaba.

–¿Puedo ver entonces a la persona que está cumpliendo ahora sus funciones?

Estuve mirando los pósteres hasta que apareció un joven fornido que declaró ser el sargento Braswell. Le mostré el diario y la nota de Natalie y, en pocas palabras, le expliqué dónde los había encontrado. Pareció sobresaltarse, me hizo atravesar la comisaría y me llevó hasta el departamento de investigación criminal de Kirklow, de diseño agradablemente moderno e industrial. El rumor de las conversaciones cesó cuando entré, y varias personas me observaron con curiosidad. Braswell me indicó que siguiera y me condujo a una sala de entrevistas. En ella me preguntó si podía llevarse el diario durante un instante. Al cabo de muy poco rato regresó con otros dos hombres, el más joven de los cuales llevaba una silla de una pieza, de plástico azul, que dejó en una esquina. El otro, claramente un agente veterano, era un tipo menudo de rostro rubicundo y cabello castaño y sin brillo, cuyos rizos había domado con esfuerzo evidente; este último dio un paso adelante y me estrechó la mano.

–Soy el comisario Wilks, responsable de esta investigación –declaró–. Creo que ya conoce usted al oficial Turnbull.

Saludé con una inclinación de cabeza al joven situado en la esquina. Todos tomamos asiento mientras Wilks seguía diciendo:

–El sargento Braswell, con el oficial Turnbull como asistente, se ocupará de la entrevista. Yo sólo quería mantener una charla previa con usted, si no le importa. Antes de nada, ¿quiere tomar algo? ¿Un té, un café?

Mandaron a Turnbull a que trajera cuatro tés.

–¿Dónde está la sargento Auster?

–De permiso –respondió Wilks.

–¿Con el caso a medias?

–La sargento Auster ya no participa en este caso, a petición propia –añadió Wilks.

–Ah.

–Veamos, señora Martello, háblenos de este diario.

Conté de forma detallada la búsqueda que había llevado a cabo en el estudio de Alan, cómo lo había encontrado con la nota en su interior.

–Ajá –dijo Wilks, levantando la nota que ahora estaba dentro de una carpetilla de plástico–. ¿No le cabe a usted ninguna duda de que se trata de la caligrafía de Natalie Martello?

–Ninguna en absoluto. En mi casa todavía tengo cajas donde hay muchas cosas escritas por ella, en caso de que quieran verlas.

–Bien. Afirma usted que Alan Martello la encontró en ese lugar. ¿Qué sucedió?

Narré la estremecedora escena con toda la calma que pude: las manos con que me había rodeado el cuello, el derrumbamiento, el «culpable, culpable, culpable».

–¿Por qué registró usted el estudio de Alan Martello?

–¿Perdón?

–En principio, parece extraño que alguien sospeche que su suegro ha asesinado a una hija. ¿Por qué sospechó usted de él?

Respiré profundamente. Ésa era la parte que había estado temiendo. Relaté toda la historia de mi terapia con Alex; me ardían las mejillas. Esperaba que los agentes sonrieran y se lanzaran miraditas, pero el gesto de concentración de Wilks no varió y sólo me interrumpió para preguntarme un par de detalles relativos a las circunstancias de la terapia: con cuánta frecuencia se realizaba, dónde, de qué manera. Cuando terminé hubo un silencio. Wilks lo rompió:

–Bien, señora Martello, hablemos con claridad. ¿Afirma haber sido testigo del asesinato?

–Sí.

–¿Y está dispuesta a hacer una declaración oficial al respecto?

–Sí.

–¿Con la posibilidad de que sea citada a declarar ante el juez como testigo de la acusación?

–Sí.

–Muy bien.

Se levantó y se metió las manos en los bolsillos. Miré a los tres agentes consecutivamente.

–Tenía miedo de que se rieran de mí –confesé.

–¿Y por qué íbamos a hacer eso? –objetó Wilks.

–Pensé que tal vez no creyeran que hubiera recuperado el recuerdo de haber visto a Alan.

–No cabe duda de que usted también ha tenido sus dudas.

–¿A qué se refiere?

–Pues que no vino a contarnos sus sospechas –respondió Wilks con cierta indiferencia–, sino que se embarcó en una investigación personal, durante cuyo transcurso parece haber encontrado pruebas materiales, tanto las suyas como las brindadas por Alan Martello.

–No parecen ustedes muy agradecidos.

–No es mi intención parecer descortés, pero habría sido mejor que acudiera a nosotros desde el principio. Podría haber resultado herida.

–¿Y qué sucederá ahora?

–Si está usted dispuesta, como espero que sea, el sargento Braswell y el oficial Turnbull le tomarán una declaración detallada, que seguramente se prolongará unas dos horas. Debo añadir que tiene todo el derecho de consultar a un abogado antes de realizar cualquier tipo de declaración. Si quiere, podemos darle un par de nombres.

–No es necesario. ¿Y después qué harán? ¿Citar a Alan para interrogarlo?

–No.

–¿Se puede saber por qué no?

Wilks esbozó una sonrisa, debajo de la cual detecté una levísima nota de perplejidad.

–Porque ya se encuentra aquí.

–¿Cómo es posible que lo hayan llamado tan rápido?

–Ha venido voluntariamente, diciendo que quería prestar declaración. Ha llegado a las nueve horas y doce minutos de la mañana y, veinticinco minutos después, Alan Edward Dugdale Martello ha confesado, sin que se le hubiera preguntado, ser el autor del asesinato de su hija Natalie.

–¿Qué?

–Ahora mismo está en una celda del sótano mientras preparamos la acusación.

Me quedé anonadada.

–¿Ha...? O sea, ¿ha dicho por qué y cómo lo hizo?

–No. No ha añadido nada.

–¿Y van a acusarlo?

–Siempre hay que contemplar la posibilidad de una falsa confesión. Algunas personas cínicas y retorcidas incluso acusan a la policía de incitarlas. Sin embargo, y extraoficialmente –me confió alzando una ceja–, después de escuchar su relato y de haber visto el diario y la carta, me inclino por presentar la acusación. Pero esperemos a que preste usted declaración, si le parece. Guy y Stuart resolverán cualquier problema que se le plantee. Nos vemos dentro de un rato.

El agente Turnbull rebuscó en una caja de cartón que tenía a los pies y sacó un voluminoso magnetófono con dos bobinas. Mientras hurgaba en ella para sacar unas cintas, el sargento Braswell metió un papel carbón en un grueso taco de impresos. Me pilló observándolo y sonrió:

–Y usted que pensaba que ya había pasado lo peor. No ha visto aún todos los impresos que tenemos que rellenar.

32

A las nueve de la noche del día después de la confesión de Alan, me llamó a casa un periodista del *Daily Mail*. Según él, una «fuente» había revelado al periódico que estaban a punto de acusar a Alan Martello del asesinato de su hija embarazada, veinticinco años después de los hechos, porque yo había recordado de forma repentina haber sido testigo de ello. ¿Estaba dispuesta a conceder una entrevista al periódico? Me quedé tan estupefacta que tuve que sentarme para responder, aunque fui capaz de controlar la voz. Respondí que, por lo que yo sabía, si acusaban a Alan sería a raíz de la confesión que había hecho. El hombre parecía estar seguro del terreno que pisaba. Me preguntó si era cierto que yo había presenciado el crimen.

Por un instante se me quedó la mente en blanco. ¿Y si mentía? ¿O era mejor cooperar? Me acordé de mi última comparecencia en la esfera pública, de mi desafortunado intento de defender el albergue frente a la comunidad a la que éste debía beneficiar. Eso me aclaró las cosas. Le respondí que lo mejor sería que hablara directamente con la policía. Pero entonces se me ocurrió una idea, y añadí que, dado que probablemente se iba a formular una acusación de forma inminente, todo el asunto estaba sub júdice. Me dio la impresión de que no se quedaba muy satisfecho, pero colgó.

Llamé enseguida a Alex Dermot-Brown y le conté lo que había sucedido. Esperaba que se mostrara compasivo, sorprendido, pero en cambio soltó una carcajada:

–¡No me digas!

Ése fue su único comentario.

–Pero es tremendo, ¿no? –insistí.

Él no lo consideraba así. Comentó que era lo que cabía esperar, una consecuencia que había asumido al decidir actuar con respecto a Alan. Aquello no me convenció del todo. Él siguió hablando con voz animada:

–Me alegro de que hayas llamado, porque quería hablar contigo. ¿Vas a hacer algo mañana a mediodía?

–Nada especialmente urgente. ¿Por qué? ¿Quieres que celebremos una sesión extraordinaria?

–No, quiero llevarte a un sitio. Te recogeré sobre las once y media.

–¿De qué se trata?

–Te lo diré de camino. Hasta luego.

Estuve tentada de volver a llamar y alegar que estaba ocupada, pero suponía demasiada molestia y, además, sentía curiosidad.

Me tomé un par de pastillas para dormir, lo que implicó que me levantara con dolor de cabeza. A mi café solo y pomelo les añadí unas cuantas aspirinas. Me duché y, como no sabía adónde iba, elegí ropa un tanto informal. Una falda más bien larga y oscura, un jersey gris, un collar discreto, muy poco lápiz de labios y raya de ojos, zapatos sin tacón. Si mi aspecto era el de un paciente con problemas psiquiátricos, al menos que fuera uno que pudiera reinsertarse sin riesgo. Estuve lista a las diez y media, así que pasé una hora matando el tiempo, fumando, escuchando música, leyendo una novela sin prestarle demasiada atención. Debería haber salido a trabajar en el jardín, a plantar bulbos, pero pensé que si lo hacía tal vez no oiría llamar a la puerta. El timbre no funcionaba.

Finalmente oí los golpes en la puerta. Alex vestía traje, cosa rara. Se había afeitado. Tenía el cabello muy bien peinado.

–Qué elegante –comenté–. Esto no es una cita, ¿verdad?

–¿A las once y media de la mañana? Tú también estás elegante. Vamos.

Conducía un Volvo. En la parte posterior había una sillita para niños; todas las superficies estaban cubiertas de bolsas de patatas, cintas de casetes y cajas de cintas vacías. Quitó algunas del asiento del copiloto y las tiró al suelo para hacerme espacio. Una luz parpadeante me conminó a ponerme el cinturón y emprendimos la marcha, al sur, por Kentish Town Road.

–Y bien, ¿adónde vamos?

Él encendió el radiocasete. Una música que recordaba a Vivaldi inundó el habitáculo. Llevaba meses fijándome con curiosidad en los detalles aislados de la vida íntima de Alex que podía recoger, y ahora me encontraba en su coche, con sus cintas, Miles Davis y Albinoni, Blur y los Beach Boys, con las inscripciones de su puño y letra. Para mí resultaba tan insólito como ir en un coche que condujera, no sé, Neil Young, con la sensación añadida de que en ello había algo prohibido, incestuoso.

–Voy a pronunciar el discurso inaugural de un congreso –me reveló–. He pensado que podía interesarte.

–¿Por qué a mí?

–Porque trata de la recuperación de los recuerdos.

–¿Qué? –Me había quedado de una pieza–. ¿Lo dices en serio?

–Claro.

–A ver si lo entiendo... ¿Tiene algo que ver conmigo?

–No, Jane –me tranquilizó entre risas–, pero es un tema que me interesa.

Me pasé el resto del trayecto mirando por la ventanilla. Alex entró en el aparcamiento subterráneo del hotel Clongowes, en Kingsway. Subimos por el ascensor, atravesamos el vestíbulo y llegamos a una sala de conferencias con un cartel en el exterior que rezaba: «Recuerdos recuperados: supervivientes y acusadores». Alex nos apuntó en la recepción y me dieron una etiqueta con mi nombre escrito a bolígrafo. Al parecer, no me esperaban. En la sala había hileras de pupitres, como si se fuera a llevar a cabo un examen. Casi todos estaban ocupados y Alex me llevó a una silla en el fondo.

–Quédate aquí –me dijo–. Volveré contigo dentro de unos veinte minutos. Quiero que conozcas a un par de personas.

Me guiñó un ojo y se dirigió al estrado por el pasillo. Avanzaba lentamente porque saludaba a casi todos los asistentes junto a los que pasaba, les estrechaba la mano, los abrazaba, les daba palmaditas en la espalda. Una mujer muy guapa, morena, de piel aceitunada, se acercó a él de forma ruidosa y lo abrazó, apoyando un tacón en la parte posterior del muslo. Noté una punzada de celos, que reprimí. Durante meses había tenido a Alex para mí sola y me resultaba un tanto extraño verlo en público. Se parecía a aquella ocasión en que había visto a mi padre en la oficina y me había percatado dolorosamente que él tenía una vida ajena a la relación conmigo. Me obligué a pensar en otra cosa. En la mesa, delante de mí, había un bolígrafo blanco y un pequeño cuaderno de papel pautado: en ambos aparecía la inscripción «Actitud mental». También encontré una carpeta en la que aparecía el nombre del congreso, en cuyo interior se ofrecían varios documentos. Uno detallaba una lista de delegados, unos cien. Al lado de cada nombre se veía la titulación de cada persona. Había médicos, psiquiatras, trabajadores sociales, representantes de organizaciones de voluntariado y varias personas, todas mujeres, simplemente calificadas de «supervivientes». Supuse que yo también era una superviviente, aunque, ya puestos, también una acusadora.

Al fondo de la sala habían colocado una mesa con una jarra de agua y cuatro vasos y, al lado, un atril. Dando nuevas muestras de la irresistible seguridad que ya le conocía, Alex estrechó la mano a un último delegado y se dirigió al atril. Dio unos golpecitos al micrófono, que resonaron por toda la sala.

–Son las doce y cuarto, así que será mejor que empecemos. Os doy la bienvenida al Congreso sobre Recuperación de Recuerdos de 1995, organizado por Actitud Mental, y me alegra ver aquí tantas caras conocidas. Este congreso es vuestro y, al igual que el año pasado, ha sido concebido para fomentar la máxima participación de los delegados, por lo que intentaré refrenar mi elocuencia natural, o al menos yo la llamaría así. Soy consciente de que entre el público hay muchos psicoanalistas distinguidos.

Se escucharon las risas de rigor. Alex tosió nerviosamente, dio un sorbo a un vaso de agua (me sorprendió ver que le temblaba la mano), y prosiguió.

–Me limitaré a dar una breve charla de introducción, con el fin de delimitar algunos de los temas que vamos a tratar –añadió–. Después, el doctor Kit Hennessey nos contará los puntos más importantes de sus investigaciones recientes. Luego haremos una pausa para el almuerzo, que, según me dicen, se servirá saliendo a la derecha. Basta con que entreguéis la ficha que veréis en la carpeta. Tras la comida haremos pequeño grupos de trabajo para desarrollar una serie de talleres en distintas salas de esta misma planta. También tenéis los detalles en la carpeta. Creo que ya está. Y ahora procederé a mi breve contribución.

Abrió la carpetilla que llevaba y sacó unos papeles. Aquél era un Alex distinto del hombre campechano, irónico, que me había proporcionado herramientas, que me había escuchado y con el que tanto tiempo había pasado en los meses anteriores. Desde la primera frase se mostró vehemente, tajante, polémico: «La recuperación de recuerdos constituye uno de los mayores escándalos ocultos de nuestro tiempo». Dijo que a generaciones de personas, especialmente mujeres, se las había obligado a ocultar traumas que habían sufrido en la primera etapa de sus vidas. Al hablar de ellos habían sido sometidas a la incredulidad, el ridículo, la marginación, habían sido calificadas de enfermas, se les habían practicado lobotomías. Reconoció con pesar que precisamente eran las autoridades médicas mejor preparadas para sacar a la luz ese horror, los psiquiatras y los psicoanalistas, así como los profesionales asociados a la delincuencia, la policía y los abogados, los que habían ayudado a reprimirlos.

–La ley y la ciencia –declaró– se han utilizado de forma errónea contra estas víctimas, del mismo modo que en otras épocas se han utilizado contra otros grupos siempre que las autoridades han considerado conveniente negar los derechos a alguna minoría agredida. La supuesta objetividad científica, la supuesta necesidad de pruebas, también han sido utilizados como instrumentos de represión. Les debemos a esas víctimas de abusos, que han tenido el valor suficiente para recordar, decirles: «Os creemos y os apoyamos».

Ya sabía por qué Alex me había llevado allí. Yo había tenido la sensación de estar loca, de ser rara, una marginada atrapada en mis sufrimientos particulares. Aquello formaba parte del proceso del que él había hablado, de sacar las cosas a la luz: descubrir que no estaba sola, que otras personas habían vivido lo mismo que yo. Con una punzada que casi me hizo llorar, mientras ocupaba mi lugar al fondo de la sala dibujando garabatos en la reluciente portada de la carpeta, recordé que eso era lo que me encantaba de Natalie: había dado validez a mis sentimientos porque ella también sentía lo mismo. ¿Había estado enterrada yo también en el lugar que ella había ocupado?

Alex concluyó su intervención. Pidió si había preguntas y varias manos se alzaron. Un hombre, subdirector de servicios sociales, le agradeció sus palabras pero afirmó que en el panorama trazado echaba en falta la dimensión política. Se necesitaban leyes. ¿Por qué no veía algún miembro del Parlamento entre los delegados, ni siquiera un concejal? Alex se encogió de hombros y sonrió: se mostró de acuerdo con él, que, gracias a sus contactos personales, conocía a varios políticos que apoyaban su causa, pero que las implicaciones de los descubrimientos sobre los recuerdos reprimidos eran tan grandes, y las anquilosadas autoridades médicas y jurídicas tan poderosas, que dichos políticos se mostraban muy reticentes a manifestar públicamente ese apoyo.

–Tenemos que promover la causa de otro modo –prosiguió–. Necesitamos varios casos judiciales de gran notoriedad que demuestren que el fenómeno no puede ignorarse. Cuando eso suceda y la concienciación entre la opinión pública haya aumentado, el tema parecerá menos peligroso. Quizá, cuando la tendencia sea favorable, los políticos la sigan.

Se desató una salva de aplausos. Mientras se iba sofocando una mujer se puso en pie. Era de estatura llamativamente baja, iba vestida sin elegancia y rondaría los cuarenta y muchos. Esperaba que relatara un testimonio personal de haber recordado abusos, pero se presentó como Thelma Scott, especialista en psiquiatría del hospital St. Andrew, en el centro de Londres. Alex torció el gesto al reconocerla.

–Creo que ya sabemos todos quién es usted, doctora Scott.

–Doctor Dermot-Brown, he estado echando un vistazo al programa –dijo, sosteniendo la carpeta del congreso–. «Creer y proporcionar herramientas», «Escuchadnos», «Obstáculos jurídicos», «El dilema del médico», «Proteger al paciente». –Hizo una pausa.

–¿Y bien? –preguntó Alex, con una leve nota de exasperación en la voz.

–¿Es éste un foro para debatir e investigar? No veo ningún debate programado para tratar los problemas de diagnóstico, de la posible falta de fiabilidad de los recuerdos recuperados, de cómo proteger a las familias de falsas acusaciones.

–No hacen falta, doctora Scott –repuso Alex–. En este asunto, siempre se ha protegido a las familias de acusaciones que eran verdaderas. Todavía no nos hemos topado con el problema de tener que convencer a la gente para que no saque a la luz los abusos. Las presiones que reciben los que realmente sufren son tan fuertes que casi les resulta imposible asumir esos recuerdos recuperados, y mucho menos pedir justicia de forma pública.

–Advierto otra ausencia entre los delegados –insistió la doctora Scott.

–¿Cuál?

–No han invitado ustedes ni a un solo neurólogo. ¿No sería interesante contar con una aportación relativa a los mecanismos del recuerdo?

Alex soltó un suspiro de hartazgo.

–Desconocemos los mecanismos de desarrollo de un tumor. Eso no nos impide saber que fumar aumenta el riesgo de padecer un cáncer. Las investigaciones actuales en el campo de la neurología me fascinan, Thelma, y comparto sus dudas. Ojalá tuviéramos un modelo científico aplicable al funcionamiento de la memoria y a su represión en el cerebro, pero las limitaciones de nuestros conocimientos no me van a impedir llevar a cabo mi labor profesional para brindar ayuda a pacientes que la necesitan. ¿Hay más preguntas?

Los murmullos se fueron apagando y, después de presentar al señor Hennessey, un hombre alto y delgado con un fajo de papeles épicamente grueso debajo del brazo, Alex bajó de la tarima. Saludó con la cabeza a un par de personas, cruzó la sala de puntillas sin alejarse de una de las paredes y se sentó a mi lado. Le sonreí.

–Veo que no has convencido a todo el mundo...

Él torció el gesto.

–A esa mujer no hay que hacerle caso –musitó–. Imagino que Galileo fue perseguido por personas como la doctora Scott, con la salvedad de que éstas contaban con instrumentos de tortura. Afirmar que se puede convencer a todo el mundo empleando sólo la razón es un gran mito. Dicen que una idea científica nueva y radical sólo es aceptada cuando los viejos científicos comprometidos con una idea anterior desaparecen. Salgamos de aquí. Quiero presentarte a una persona.

Mientras nos encaminábamos sigilosamente a la puerta, dirigió un ademán a una mujer apoyada en la pared para que nos siguiera, y ésta obedeció. La antesala se hallaba vacía.

–Quería que mis dos estrellas se conocieran –declaró Alex–. Jane, te presento a Melanie Foster; Mel, ésta es Jane Martello. ¿Por qué no vais a la sala de al lado y coméis algo antes de que llegue la turbamulta?

Melanie vestía un traje de oficina, gris e impecable, al lado del cual me sentí un desastre. Calculé que tendría unos cinco años más que yo, pero en su rostro se veían infinidad de pequeñas arrugas, como un periódico que hubieran aplastado para después alisarlo. Llevaba el pelo corto, lo tenía gris y de textura hirsuta, casi como mechones de una cola de caballo. Lucía unas gafas de abuela y mostraba una sonrisa algo insegura. Me cayó bien inmediatamente. Nos miramos, asentimos y fuimos a comer.

Habían dispuesto un bufé y unos camareros con chaquetas blancas charlaban en grupos, esperando el aluvión. Yo sólo pensaba tomar un poco de queso con pan, pero ella me sirvió una cucharada de pasta con especias en el plato y cedí entre risitas.

–Estás muy delgada –afirmó–. Toma.

Me puso una ensalada de tomate al lado de la pasta y unos brotes de soja hasta que exclamé: «¡Basta!» fingiendo estar horrorizada.

–Tienes que acompañarme –arguyó.

Nos sentamos con las bandejas a una mesita de una esquina en la que era imposible que se nos uniera alguien.

–Supongo que debería preguntarte de qué conoces a Alex –le dije.

–Claro –repuso ella en un tono firme, como de institutriz–. Aunque debo decir que yo ya sé de qué lo conoces tú.

–¿Ah, sí? –comenté estupefacta–. ¿No debería ser un asunto privado?

–Desde luego –contestó enseguida–. Pero tu caso ha pasado a ser del dominio público, ¿no?

–Imagino, pero aun así...

–Querida Jane, estoy aquí para ayudarte, y puedo asegurarte que el apoyo te va a hacer falta.

–¿Y por qué precisamente tú, Melanie?

Ella acababa de dar un mordisco al pan y, al intentar responder, se atragantó. Le di unos golpecitos en la espalda. Se hizo un largo silencio.

–Gracias, ya puedo hablar –dijo–. Empecé a ver a Alex hace diez años. Estaba deprimida, tenía problemas en mi matrimonio, no llevaba nada bien el estrés del trabajo. Lo de siempre, Jane, el estado normal de una mujer trabajadora.

Sonreí y asentí.

–Estuve un par de años hablando de mi infancia y adolescencia y cosas así, pero parecía que nada cambiaba. Un día, Alex me dijo que pensaba que yo había sufrido abusos por parte de un familiar próximo y que estaba reprimiendo el recuerdo. Monté en cólera, rechacé completamente la idea y pensé en dejar el psicoanálisis, pero algo me instó a continuar. Así que seguimos, examinando de forma tentativa ciertos episodios de mi infancia, ciertas lagunas, pero no sucedió nada. Todo aquello no parecía tener sentido, hasta que él me propuso que me imaginara a mí misma siendo víctima de abusos y que avanzáramos a partir de ahí.

Hizo una pausa y dio un sorbo al vaso de agua.

–Entonces fue como si se hubieran abierto las compuertas. Aparecieron ciertas imágenes que me atormentaban, de índole sexual. Al ir concentrándome en ellas, desarrollándolas, me di cuenta de que eran recuerdos de agresiones sexuales a las que me sometió mi padre. No te voy a contar lo que me hizo, fueron cosas terribles y perversas que casi me resultaban inconcebibles. A medida que Alex y yo fuimos progresando descubrí cada vez más. Averigüé que mi madre se había puesto de acuerdo con mi padre, no sólo limitándose a permitir que aquello pasara, sino también ayudando de forma activa. Y que mi hermano y mi hermana también habían sido víctimas de agresiones y violaciones.

Hablaba con una tranquilidad pasmosa, como si se hubiera entrenado para narrar esa historia espeluznante. Yo no sabía qué decir.

–Qué horror –comenté, consciente de lo torpe de mi comentario–. ¿Llegaste a estar segura de que era verdad, de que no lo habías imaginado?

–Sentí una inquietud agónica y necesité mucha ayuda y mucho ánimo, la mayor parte de los cuales me llegaron de Alex.

–¿Y qué hiciste? ¿Se lo contaste a la policía?

–Sí, después de un tiempo. Interrogaron a mi padre, pero él lo negó todo y no se presentó ninguna acusación.

–¿Qué dijeron tus hermanos?

–Se pusieron del lado de mis padres al cien por cien.

–Entonces ¿qué ha pasado con tu familia?

–Nunca la veo. ¿Cómo voy a mantener una relación con las personas que me han destrozado la vida?

–Vaya, cuánto lo siento. ¿Después? ¿Cómo reaccionó tu marido?

Yo estaba horrorizada, pero ella parecía sentir indiferencia, casi diversión, al describir el desmoronamiento de su vida.

–Fue absolutamente incapaz de enfrentarse a ello, pero entonces me vine abajo del todo, me puse muy enferma: no podía trabajar, funcionar ni hacer nada. Me fui de mi casa y dejé el trabajo. Perdí casi una década de mi vida. Y eso que siempre había querido tener hijos. Empecé a ver a Alex con treinta y tantos años. Ahora tengo cuarenta y seis y ya nunca seré madre. Aunque, por ahora, bastante tengo con cuidar de mí misma.

–Madre mía, Melanie... ¿Ha merecido la pena?

Su extraña media sonrisa se desvaneció.

–¿Que si ha merecido la pena? Cuando tenía cinco años, mi padre me sodomizaba. Mi madre lo sabía pero decidió no darse por enterada. Eso fue lo que me hicieron, con eso tengo que convivir.

Tuve ganas de vomitar; la comida se me quedó seca y se me hizo una bola en la boca. Me obligué a tragar.

–¿Nunca te han pedido perdón por lo que hicieron?

–¿Pedir perdón? ¡Si ni siquiera han reconocido haber hecho nada!

–¿Y ahora a qué te dedicas?

Era una pregunta absurda, pero no sabía qué decir.

–Hace un par de años creé un grupo de autoayuda para personas, como yo, que han recuperado recuerdos de abusos. La verdad es que ésa es la razón por la que Alex ha propuesto que nos conozcamos. Esta tarde vamos a celebrar un taller y hemos pensado que tal vez quieras asistir.

–No sé, Melanie.

–Vendrá un grupo de mujeres extraordinarias, creo que te van a caer bien. Ven a ver lo que hacemos. Es posible que podamos ayudarte. –Echó un vistazo al reloj–. Ahora tengo que irme. Pero empezamos a las dos, en el mismo pasillo, la sala 3. ¿Te animas?

Asentí con un movimiento de la cabeza. Aquella mujer atormentada y traumatizada se puso en pie, se colgó del hombro el asa del bolso, recogió un montón de documentos y atravesó la muchedumbre saludando a algunas personas. Dado su aspecto, parecía encontrarse en un acto benéfico o en una reunión del Instituto de la Mujer, pero se dirigía a presidir un seminario para gente con traumas psicológicos.

Necesitaba un cigarrillo y un café. Me puse en la cola pero, cuando llegué a las tazas amontonadas y empecé a servirme, me temblaba tanto la mano que el café cayó en cualquier sitio menos en la taza.

–Espere, se lo serviré yo –se ofreció una mujer a mi lado, que llenó su taza y luego la mía. Luego me condujo a la mesa vacía más próxima y se sentó conmigo. La reconocí. Le di las gracias y me tendió la mano–. Encantada, soy Thelma Scott.

–Lo sé. Antes he escuchado su intervención en el debate.

–Yo también sé quién es usted –repuso bruscamente–: Jane Martello, el último y más destacado espécimen de Alex Dermot-Brown.

–Da la impresión de que aquí ya me conocen todos.

–Se ha convertido usted en una propiedad de gran valor, señora Martello.

Aquello era más de lo que podía soportar.

–Doctora Scott, le agradezco su ayuda pero no sé muy bien qué hago aquí y, desde luego, no quiero verme implicada en ninguna polémica.

–Ya es un poco tarde para eso, diría yo. Su suegro está a punto de ingresar en la cárcel para pasar en ella el resto de su vida y usted es la única responsable.

–Él ha confesado el crimen, doctora Scott. Va a declararse culpable.

–Ya lo sé –replicó con una indiferencia evidente–. ¿Qué le ha parecido Melanie Foster?

–Me parece un caso insoportablemente trágico.

–Estoy de acuerdo.

Apuré el café.

–Tengo que irme –anuncié mientras me disponía a levantarme.

–¿Al taller de Melanie?

–Sí.

–¿Para recibir apoyo entre hermanas? ¿Para que le digan que no se ha equivocado?

–No es eso lo que busco.

Ella enarcó una ceja de forma burlona.

–Ah, qué bien. Me alegro –dijo, y empezó a abrir el bolso.

–Pago yo –protesté.

–No hay que pagar. El café es gentileza de Actitud Mental. Quería darle esto.

Sacó una tarjeta, apuntó algo en el dorso y me la ofreció:

–Aquí tiene mi tarjeta, Jane. En el reverso he anotado mi teléfono de casa y mi dirección. Si en alguna ocasión le apetece hablar conmigo, llámeme. En el momento que sea. Y le garantizo la discreción, que ya es más de lo que ofrecen otras personas del sector.

La cogí con desgana.

–Doctora Scott, la verdad es que no creo que tengamos nada de qué hablar.

–Bien, entonces no llame. Pero guárdesela en el bolso. Adelante, que yo lo vea.

–Vale, vale. –Mientras me observaba atentamente, hice lo

que me había pedido–. Ya está, la tengo debajo de la tarjeta para descuentos en productos de ocio.

Antes de que pudiera incorporarme, ella se inclinó desde el otro lado de la mesa y me cogió la mano:

–Guárdela. Esto no ha terminado, Jane –afirmó con un ímpetu que me sorprendió–. Cuídese.

–Siempre lo hago –repliqué, y me marché sin mirar atrás.

La sala de conferencias número 3 era mucho más pequeña que la otra donde habíamos estado antes. En ella había diez sillas colocadas en círculo; cuando entré, la mayoría estaban ocupadas, todas ellas por mujeres, que me miraron con curiosidad mientras me sentaba. No supe si presentarme o no; tampoco si era de mala educación leer una revista mientras esperaba a que empezara el taller. Abrí mi carpeta como si tuviera algo muy urgente que preparar. Noté que otras personas entraban y se sentaban; después Melanie me saludó y levanté la vista. No quedaba una sola silla vacía y dos personas estaban de pie, Alex Dermot-Brown entre ellas, así que trajeron más y todos nos echamos hacia atrás para que cupieran.

–Buenas tardes –comenzó Melanie cuando todos estuvieron ya acomodados–. Bienvenidos a la sección «Escuchadnos». Intentaré ceñirme al espíritu del título y hablar lo menos posible. Como ya sabréis, no estamos ante una reunión normal de nuestro grupo. Contamos con un par de observadores y con una invitada. No es mi intención que la reunión sea formal, así que, en calidad de moderadora, no voy a ser rígida. Propongo que empecemos presentándonos y diciendo qué hacemos aquí. En el sentido de las agujas del reloj, desde mi posición. Me llamo Melanie, y he recuperado el recuerdo de haber sufrido agresiones por parte de mis padres.

Arrancaron entonces las presentaciones, un catálogo de sufrimientos que me resultó casi insoportable.

–Me llamo Christine y he venido porque he recuperado el recuerdo de haber sido agredida por mi padrastro.

–Yo me llamo Joan y he acudido porque he recobrado el recuerdo de haber sufrido abusos sexuales por parte de mi padre y de mis tíos.

–Yo me llamo Suzanne y estoy aquí porque he recuperado el recuerdo de los abusos a las que me sometió mi padre.

–Hola, yo soy Alex Dermot-Brown y soy un médico que quiere escuchar a las víctimas de abusos y ayudarlas a que se ayuden a sí mismas.

–Me llamo Christine. –Una sonrisa de congoja–. Otra con el mismo nombre. He recuperado el recuerdo de los abusos sexuales que me infligieron mis hermanos mayores.

–Yo me llamo Sylvia y he recuperado el recuerdo de haber sido violada por mi padrastro y por otro hombre.

–Yo me llamo Lucy y he recobrado el recuerdo de los abusos a los que me sometieron mis padres.

–Yo soy Petra Simmons, abogada. –Una risa nerviosa–. Estoy aquí para ver qué puedo hacer. Y para aprender algo, o eso espero.

–Yo me llamo Carla y he recordado que fui violada. Pero no sé por quién, era muy pequeña.

Mi turno. Me ardían las mejillas.

–Me llamo Jane. La verdad es que no estoy preparada para esto. No sabía en qué consistía. Creía que sólo iba a participar como observadora, a ver de qué se trataba.

–No pasa nada, Jane –intervino Sylvia, una mujer de mediana edad de una robusta belleza–. En primer lugar debemos aprender a encontrar las palabras que describan lo que nos ha sucedido. Estamos demasiado acostumbradas a que no nos crean, a que nos cuestionen. Por eso reprimimos esos traumas.

–Perdón –interrumpió la mujer que tenía a mi izquierda–. ¿Puedo presentarme antes de que comience el debate?

–Claro que sí –respondió Melanie–. Adelante.

–Hola, me llamo Sally –prosiguió ésta–. Yo recordé que mi padre y un amigo de la familia habían abusado de mí. Eso es todo. Siento haberte interrumpido, Sylvia.

Hubo un momento de cierta tensión porque en realidad Sylvia ya había terminado su intervención. Rompí el silencio:

–Lo siento, pero no estoy preparada para esto. Todas vosotras sois unas valientes y me resulta insoportable pensar en todo lo que debéis de haber vivido, pero todo es muy reciente para mí.

–No lo sientas –repuso Carla, una joven con una melena preciosa teñida con henna, que llevaba un vestido largo con unos dibujos muy bonitos. Parecía una gitana sacada de un cuento–. Lo tremendo es no poder hablar de ello. En este grupo lo que hemos hecho es liberarnos las unas a las otras. Jane, no conozco a fondo tus circunstancias, pero imagino que, en este momento, te atenazan las dudas sobre los recuerdos que has recobrado y un sentimiento de culpa por el efecto que han causado. Las víctimas de abusos vuelven a sufrirlos nuevamente cuando intentan describir lo que les ha ocurrido. Toda persona que cuestiona el testimonio de una víctima de abusos se convierte con otro agresor. El grupo está concebido para que nos demos apoyo y fuerza entre nosotras. Te creemos, Jane, y confiamos en ti.

–Gracias, estoy segura de que esto debe de brindar una gran ayuda emocional.

Por el círculo se extendieron unas risitas y varias mujeres se miraron. Melanie dio unos golpecitos con el bolígrafo en la carpeta y pidió silencio. Después dijo:

–No sólo nos interesan las emociones. Estamos ante un tema de índole política. Si te unes a nosotras, y esperamos sinceramente que así sea, empezarás a darte cuenta de que hay redes de agresores, que éstos ocupan posiciones de poder. Contra eso luchamos.

–No estaréis hablando en serio –objeté.

–¿Cuál ha sido tu experiencia, Jane? Has descubierto a un asesino y violador que ha conseguido escapar de la justicia durante veinticinco años. ¿Y qué ha pasado? ¿Utilizarán tu testimonio? ¿Va a ser aceptada oficialmente tu revelación?

–He hablado con la policía. Pero él ha confesado –reconocí–. Va a declararse culpable.

–Qué cómodo –observó Melanie–. A la gente le cuesta muchísimo admitir que los abusos están muy extendidos, que no sólo los perpetran pérfidos desequilibrados sino también personas normales, un vecino, un familiar. Asumirlo es demasiado terrible. Por eso a nosotras, las víctimas, no se nos deja recordar, se nos castiga por hacerlo. Ahora hemos empezado a tomar la palabra. Otras personas no tardarán en imitarnos, y las protecciones sistemáticas de las que han gozado los agresores saldrán a la luz. Tanto la policía como tu familia han intentado obligarte a que negaras tu propia realidad, a que te alejes de ti misma. Nosotras estamos aquí para ayudarte.

Después del taller, Alex quería presentarme a más personas, pero le dije que quería irme y que iba a coger un taxi; él se empeñó en llevarme para cerciorarse de que me encontraba bien. Me quedé callada varios minutos mientras avanzábamos lentamente por el tráfico de la hora punta, que ya comenzaba.

–¿Qué te ha parecido el grupo de Melanie? –inquirió.

–No sé qué decir. Resulta complicado hablar con racionalidad de tanto sufrimiento.

–¿Quieres formar parte de él?

–Madre mía, pues no lo sé, Alex. Una vez tuve que organizar

un rastrillo benéfico en el colegio de mis hijos. Esa experiencia me ha quitado las ganas de formar parte de ningún grupo. No soporto las multitudes.

Otro largo silencio. Tenía dos preguntas incómodas que plantearle:

–Alex –dije al fin–, tú eres especialista en recuperación de recuerdos y ha dado la casualidad de que en mi caso había un recuerdo susceptible de ser recuperado. ¿No resulta curioso?

–No, Jane. ¿Te acuerdas de nuestra primera sesión? Yo pensé que no podía ayudarte. Mencionaste que había un agujero negro en el centro de tu infancia ideal. Eso me interesó. Busqué un recuerdo oculto porque ya estaba convencido de que había uno.

–¿Y no podías haberte equivocado?

–Pero lo encontraste, ¿no?

–Sí. Ojalá eso me hiciera más feliz.

–No olvides lo que Melanie te ha dicho. Es normal que un recuerdo recuperado te inspire un sentimiento de culpa. ¿A que la vida antes te parecía más sencilla? Pero no fuiste tú, precisamente, quien mató a Natalie.

–Alex, no has hablado de mí con ningún periodista, ¿verdad?

Con una brusquedad que me sobresaltó, dio un volantazo y detuvo el coche de repente en el bordillo. Alguien tocó el claxon y gritó algo.

–Jane, soy tu analista. ¿Cómo puedes decir eso?

–Parecía que en el congreso todos sabían lo mío.

–Son una comunidad de personas que han sufrido, Jane. Pueden ayudarte y tú a ellas. Eres una mujer fuerte e inteligente, una superviviente. Tienes una oportunidad para aportar muchas cosas buenas.

–Todo está sucediendo demasiado deprisa. No puedo empezar a comprometerme con otros. Ya me cuesta bastante cuidar de mí misma.

–Eres más fuerte de lo que crees. Si quisieras, podrías convertirte en la portavoz de una gran causa. Considera la posibilidad de escribir sobre tu experiencia, aunque sólo sea como una forma de terapia. No respondas, piénsatelo y ya está. Si necesitaras ayuda, podríamos hacerlo juntos.

Negué con la cabeza. Me invadió un cansancio infinito.

–Llévame a casa, por favor.

33

De todos los personajes que intervenían en aquel drama espeluznante, Claud era, sin ningún género de duda, el héroe. Durante meses (años, si soy sincera) él había ocupado una posición irrelevante en mi vida, hasta que yo quise que desapareciera completamente de escena. Ahora me costaba imaginar mi vida sin él, aunque procuraba no verlo demasiado, ni buscar su apoyo cuando lo hacía. Kim me prevenía continuamente.

–Sé amable –insistía–, pero no olvides lo que la amabilidad implica en tu situación.

Había días en que quería que volviera, en que no entendía por qué lo había abandonado. En esos momentos me dedicaba a cocinar, a trabajar en el jardín y a beber ginebra, e intentaba hacer caso omiso del aleteo y las convulsiones de pánico que notaba en todo el estómago.

A Claud, evidentemente, le contaron lo de Alan con antelación, pero no estoy segura de que eso le restara horror al asunto, ni que disminuyera el dolor. En el transcurso de los cuatro meses siguientes reaccionó asumiendo el papel de hijo mayor, de hombre de la casa. Yo observaba con una perpleja admiración cómo manejaba a la prensa, escribía cartas, ordenaba las pertenencias de Martha. Daba la impresión de que había dejado de dormir, de estar permanentemente pendiente de que la vida de todos transcurriera más fácilmente. Parecía haberse quitado años de encima: las arrugas que le brotaban de las comisuras de la boca, que habían conferido a su rostro un aspecto maduro y apenado, resultaban menos visibles; su mirada era más luminosa. Mientras todos los que lo rodeaban se venían abajo, de un modo u otro, él se fortaleció, recobró una compostura que no tenía desde hacía mucho tiempo. Cumplía una misión; yo pensé que quizá se encaminaba hacia un colapso nervioso.

Nunca me echó la culpa. Me daba la sensación de que observaba todas mis palabras y todos mis gestos, de que siempre se esforzaba en no decir nada que me hiriera. Sus miramientos resultaban irritantes, me recordaban a nuestra primera época de novios, cuando siempre me abría las puertas, llegaba con flores, nunca interrumpía mis frases, no dejaba de alabar mi ropa. Intentaba no mostrarse en desacuerdo conmigo y, cuando lo hacía, era de un modo respetuoso y cauto que me sacaba de quicio. Había tardado mucho –cuando ya llevábamos tiempo casados, teníamos dos hijos, una hipoteca y todo un círculo de amigos comunes– en bajar la guardia, en no prestarme gran atención, aunque no estoy segura de que llegara a dejar de prestármela. Siempre había tenido demasiado miedo de ahuyentarme y perderme. Es posible que me perdiera porque nunca había llegado a entregarse a mí del todo. Me había brindado su adoración y su fuerza, pero no había compartido sus miedos ni sus fracasos. Se había esforzado demasiado. Ahora, con esas recobradas atenciones, me informaba diligentemente de todo: de cómo estaban Theo, Jonah y Alfred, de cómo habían llevado todo el asunto sus mujeres y sus vástagos, incluso de lo que decían de mí, aunque sus informaciones sobre este punto eran más parcas, y yo me daba cuenta de que él omitía todo el rencor.

–¿Y Alan? –le pregunté en una de sus primeras visitas.

–Se niega a hablar –repuso–. Con nadie. Ni una sola palabra.

Pensar que Alan –quien, desde que lo conocía, siempre se había mostrado incapaz de dejar de hablar– se hallaba sumido en el silencio resultaba aterrador. Imaginé su mente, como si fuera un pez enorme, dando coletazos a poca distancia de la superficie tranquila.

A medida que la celebración del juicio se fue convirtiendo en algo más tangible, me empecé a sentir cada vez más vulnerable y expuesta. Un día me fotografiaron, sin que me diera cuenta, cuando iba de compras, y la imagen fue ampliamente difundida: «La mujer que recordó». Existían limitaciones legales con respecto a los detalles que se podían contar de mí, pero eso no impidió que los periodistas especializados en temas médicos escribieran sobre la recuperación de recuerdos, de que los columnistas hablaran de las cuestiones a las que supuestamente atañía, sobre la familia y las presiones que recibe un escritor famoso al envejecer. Me había metido en un zoo y no podía salir de él.

Se llevaron a cabo esfuerzos desesperados para convencer a Alan de que aceptara un abogado, pero rechazó toda representación jurídica. Insistió en que iba a declararse culpable, que no iba a defenderse y que no permitiría que nadie lo hiciera por él. Se extendió cierto nerviosismo, ante el temor de que aquello se tratara de un ardid perverso y que de repente se declarara no culpable en el último minuto. Yo tuve dos entrevistas en dos pequeños bufetes de abogados cerca de Fleet Street, en los que un joven y una mujer vestidos formalmente me sometieron a una batería de preguntas, prestando especial atención al modo en que había descubierto los diarios y a las sesiones con Alex Dermot-Brown. Casi todo lo que dije suscitó murmullos y expresiones serias.

–¿Hay algún problema? –inquirí.

–La admisibilidad de las pruebas –respondió el joven–, pero de eso nos preocupamos nosotros, no usted.

Claud actuaba como si pudiera, simplemente queriéndolo, conseguir que las cosas «se arreglaran». (Repetía la frase: «Todo se arreglará», de forma mecánicamente esperanzada.) Era la única persona que seguía viendo a todos los hermanos, hablando con Jerome y Robert, jugando al squash con Paul, sosteniendo la ficción de que todavía existía esa gloriosa entidad que componían los Crane y los Martello. Fue a ver a mi padre varias veces, y creo que llegaron a charlar de un modo en que nunca lo habían hecho cuando aún estábamos juntos. Incluso visitó a Peggy, con la que nunca se había llevado bien, y respondió las preguntas que ésta le planteó. «El hecho de que Paul y ella estén divorciados no implica que haya que excluirla. Al fin y al cabo, ella conoce a Alan mucho mejor que Erica.»

Me despertaba cierta curiosidad saber qué haría cuando llegaba a su ordenado pisito, cómo se enfrentaba a los momentos en que no tenía tareas que acometer. Me pregunté si hablaría de sí mismo con alguien. Lo imaginaba preparándose un filete, sirviéndose una única copa de vino tinto, tomando esa cena frugal delante del telediario de las nueve. Luego seguramente recorría la casa colocando los cojines en su sitio, corriendo las cortinas, cerciorándose de que la puerta estaba bien cerrada y de que tenía la ropa preparada para el día siguiente, de que el despertador de la radio estaba puesto. Después lo veía tumbado en el centro de la cama esperando a que le llegase el sueño, y estaba segura de que las imágenes de los recientes y espantosos acontecimientos se repetían en su cabeza, y que él no las reprimía. A pesar de sus manías, de su prudencia, de su apego a las costumbres y su fijación por los detalles, es un hombre valiente: estoico, supongo.

Una noche lo invité a cenar a casa. Era la primera vez desde nuestra separación que cocinaba para él, exceptuando el día de las setas. Planeé la cena con nerviosismo: no debía ser demasiado especial, como si aquello fuera una cita, pero tampoco demasiado informal, como si siguiéramos casados. Al final me decidí por un pollo sencillo con pan de ajo y ensalada, después un par de quesos de buena calidad y fruta. Cuarenta y cinco minutos antes de la hora acordada de la cita, corté en tiras dos pimientos rojos grandes y los sofreí. Cuando se enfriaran les añadiría vinagre balsámico y una lata de tomates con el líquido escurrido. Espolvoreé romero en el pollo y lo metí al horno; lavé la lechuga, la corté y la mezclé en un cuenco con pepino, hinojo y aguacate. Consideré por un instante cambiarme la ropa de la oficina, pero al final no lo hice, aunque me puse rímel en las pestañas y unas gotas de agua de rosas detrás de las orejas.

Es agradable ver comer a Claud. Procede metódicamente, pincha un poco de todo con el tenedor, después mastica bien y lo riega todo con un sorbo de intenso chardonnay. Verlo comer me inspira la misma sensación que tenía de pequeña cuando veía a mi padre afeitarse por las mañanas. ¿Volveríamos a estar juntos Claud y yo?, pensé mientras observaba sus muñecas finas, sus dedos largos y astutos y su gesto de concentración tranquila. Esa tarde no parecía tan improbable, aunque al mismo tiempo que se me pasó la idea por la cabeza me acometió un sentimiento de derrota. Cuando terminó dejó ordenadamente el cuchillo y el tenedor, uno al lado del otro, se limpió la boca con una esquina de la servilleta y me sonrió.

–¿Quién es Caspar?

La pregunta me cogió desprevenida.

–Un amigo.

–¿Sólo amigo?

–No quiero hablar del tema.

–Por lo menos dime si vais en serio.

–Ni en serio ni de ninguna otra forma. Llevo semanas sin verlo. ¿Vale?

–No te sulfures, cielo.

–No me llames cielo.

Se cortó dos trozos de queso y sacó más tostadas de la caja.

–¿No crees que tengo derecho a enterarme?

–Pues no.

Aquello estaba mejor: esa sensación de que nuestro matrimonio era algo inevitable se disipaba; tuve ganas de que la velada terminase. Me apetecía tomar un té en la cama mientras leía una novela de suspense.

Él colocó, en precario equilibrio, un poco de queso de cabra sobre una tostada de harina y agua y se lo metió en la boca. Masticó varias veces.

–Pero es que siento que aún sigo casado contigo –objetó con gran serenidad–. Que tú eres mi mujer y yo tu marido.

–Tú...

–Déjame terminar. –Ni siquiera pareció darse cuenta de que aquél no era el momento, de que esa noche ya se habían esfumado todas las posibilidades–. Lo he sentido con mayor fuerza desde la confesión de mi padre. Hemos vivido una época espantosa, la peor época que cabe vivir, y nos hemos ayudado. Al menos yo te he ayudado, ¿no? –Asentí sin decir nada–. No te voy a mentir –prosiguió–: una de las razones por las cuales he superado esto, este espanto, es la esperanza de que la situación volviera a unirnos. Jane, ya somos personas de mediana edad, deberíamos cuidarnos, no alejarnos. Lo lógico es que estemos juntos, los chicos y nosotros. –Me puse rígida ante la mención a nuestros hijos: eso era jugar sucio, utilizarlos. No advirtió mi rechazo–. Deberíamos formar una familia. ¿No piensas lo mismo?

Pero no me dejó responder. Se levantó, rodeó la mesa y me sostuvo el rostro con las manos; no parecía emocionado ni enfadado, sólo muy decidido, como si considerara que ya había conseguido arreglar todo lo demás y que ahora también iba a resolver aquello. Se me había acercado demasiado y lo veía desenfocado, y también le olía el aliento a vino y ajo. Me zafé de él.

–Claud, no, por favor. No te va a servir de nada. –Yo temblaba–. Ha sido culpa mía; es verdad que últimamente nos hemos tratado más y que nos hemos cuidado el uno al otro. Al invitarte yo aquí, claro, has pensado...

–Calla. No digas nada más. –En su rostro pálido habían aparecido dos manchas rojas. Cogió el abrigo–. Ni una palabra. Ahora no. Pero piénsatelo, ¿vale? No quería precipitarme tanto, ni inquietarte. –Se quedó un instante en la puerta–. Adiós. –Titubeó–. Cariño.

Yo no había sentido ningún deseo, pensé mientras recogía los platos y volvía a envolver los quesos con el papel encerado. Ninguno en absoluto. Pero sí había notado un pánico ominoso: no podía volver a mi vida anterior, como si hubiera atravesado la crisis de la mediana edad y después hubiera recobrado el equilibrio. Claud había dicho que ésa era nuestra edad y razón no le faltaba, desde luego. Pero yo no me sentía así.

–Lamento llegar tarde.

Caspar se sentó en el asiento que yo tenía delante; no me tocó.

–Yo también acabo de llegar.

Los dos nos mostrábamos recelosamente corteses. Le pasé la carta de vinos y él la cogió con cuidado, de modo que nuestros dedos no se rozaran.

–He pedido un pinot noir –dije.

–Estupendo. ¿Pedimos aparte algo de beber? –Levantó la mirada y nuestros ojos se encontraron–. ¿A que has echado de menos mi humor irresistible?

Yo negué con la cabeza sin seguirle el juego.

–¿Eso lo consideras gracioso?

–Bueno, últimamente no he tenido muchas ocasiones de bromear.

Nos trajeron el vino y le dimos unos sorbos con gesto serio. Encendí un cigarrillo y me di cuenta de que las manos me temblaban levemente. Su expresión se ensombreció un poco.

–¿O preferirías que te preguntara con rencor por qué de repente desapareciste sin dar explicaciones, y por qué luego has vuelto a llamar repentinamente?

–Puedes preguntármelo. No quiero que sientas rencor.

–¿Cómo estás, Jane?

Había olvidado, en las semanas en que no había visto a Caspar, cuán intensamente te escuchaba. Cuando me miraba, me parecía que se fijaba de veras; su mirada era escrutadora. Si me preguntaba cómo estaba, yo sabía que la pregunta no era retórica, que realmente quería saberlo. Respiré profundamente.

–Pues supongo que no estoy en mi mejor momento. Es que...

–¿Ha disminuido ya la atención mediática? –preguntó comprensivo.

–Sí, un poco. Pero todavía falta el juicio, así que seguramente volverá a aumentar.

–¿Y tendrás que prestar declaración?

–Probablemente no. A no ser que Alan cambie de idea repentinamente y se declare no culpable. En ese caso, todo dependerá de mí.

–¿Me lo cuentas?

Había empleado las palabras adecuadas. Si hubiera dicho: «¿Quieres contármelo?», me habría parecido que me estaba ofreciendo ayuda y me habría cerrado en banda. Pero me di cuenta de que sí tenía ganas de contárselo, muchas, de que quería explicarle lo que había vivido. Al fin y al cabo, todavía no me lo había explicado a mí misma. Necesitaba tener esa conversación.

–Siento no haberte llamado –le dije impulsivamente.

–Me alegro de que así sea, pero no pasa nada –repuso él con una sonrisa. Examinó detenidamente el menú–. Vamos a pedir algo de picar y unas aceitunas. Casi no he comido nada desde el desayuno.

Se lo conté todo. Le hablé de mi infancia, de nuestra amistad con los Martello (lo mío con Theo muy por encima) y de la desaparición de Natalie. Le dije que me había casado con Claud muy joven, que mi largo matrimonio había ido deteriorándose inapreciablemente con el paso de los años, como un castillo de arena que se va erosionando y desaparece entre las olas de una playa. Que al final había dejado a Claud, y después le narré el descubrimiento del cadáver de Natalie. A Caspar se le daba bien escuchar. Cuando hice una pausa para encender un cigarrillo él pidió otra botella de vino.

Añadí que me había dado cuenta de que era profundamente infeliz y que, después de algunas tentativas fallidas (le referí mi primer y malogrado intento de hacer terapia, aunque no mencioné la aventura de una noche con William), había empezado una terapia con Alex Dermot-Brown.

–¿Y qué esperabas de la terapia? –inquirió.

–Pues seguramente tomar las riendas de mi vida, en cierto sentido. Tenía la sensación de que todo era un desastre y de que no sabía salir de él. Luego aquello se convirtió más bien en un esclarecimiento sobre la verdad de mi pasado.

–Algo muy complicado de esclarecer –observó él en voz baja.

Intenté referirle la terapia, pero eso me resultó más difícil: parecía como si las revelaciones que había tenido en el diván se deslizasen como bolitas de mercurio bajo la presión de un dedo.

–Él me ayudó a dar un discurso coherente a mi vida –afirmé torpemente, repitiendo unas palabras que Alex me había dicho en una ocasión.

–Siempre he pensado –comentó Caspar– que el psicoanálisis resulta atractivo en gran medida porque nos permite ser dueños de la historia de nuestra vida.

No tuve muy claro si aquello suponía un halago o una crítica: seguramente ni una cosa ni otra.

–Ahora me cuesta hablar de ello; es dificilísimo recordarlo como un proceso cronológico –reconocí–. Se trata más bien de un espacio en el que he explorado mi interior. Aunque no sé si seguiré con las sesiones, no sé si existe un motivo para ello. –El bar de vinos se estaba llenando y tuve que levantar un poco la voz para que no me silenciaran los murmullos y los ruidos del día que terminaba–. Además da algo de miedo. Nunca me había detenido a pensar en cuánto dolor acarrea la gente en su interior sin que eso le impida seguir con sus vidas. Y tampoco estoy convencida de que remover recuerdos y reabrir heridas resulte una práctica siempre deseable. A veces, el horror debería seguir enterrado. –Me recorrió un escalofrío–. No en mi caso, desde luego. Pero creo que hay cosas que no hace falta explicar. Y a veces habría que guardar el sufrimiento en contenedores sellados, como si fuera un residuo nuclear. Para los terapeutas esto debe de equivaler a una herejía, desde luego. Excepto para los que mantienen una actitud crítica, como Alex.

–Me alegra que tú mantengas la misma actitud –observó Caspar–. Y también que no hayas utilizado la expresión «dotar de herramientas».

Solté una carcajada y le conté lo del grupo en el que había estado; él se quedó callado.

–Ya está, hemos llegado al presente. Ahora sabes mil veces más de mi vida de lo que yo sé de la tuya.

Me entró una timidez mareante y repentina, como si se hubieran encendido las luces de un cine.

–Ya llegará mi momento –respondió, y llamó al camarero–. La cuenta, por favor. –Se puso los guantes–. Tengo que volver a casa y ocuparme de Fanny. Que suele hablar de ti, por cierto.

Salimos juntos.

–¿Estarás bien? –preguntó.

–Sí –respondí, pues me parecía que probablemente así sería.

–¿Y me llamarás?

–Lo haré. En serio.

–Entonces, adiós.

–Adiós, Caspar. Gracias.

Durante un instante pensé que me iba a tocar, pero al final no lo hizo y se lo agradecí.

34

Una tarde, al volver del trabajo, Claud me trajo una caja de La Granja con cosas mías. Se quedó remoloneando un rato en la puerta. No me lo pidió, pero me di cuenta de que quería que lo invitase a una copa, a cenar, o a vivir otra vez conmigo. Me mantuve firme en todos los aspectos. Ésa no era la tarde indicada para abordar esos temas. Quería revisar el contenido de la caja a solas. Él me contó cómo iban las cosas por allí, ahora que Jonah lo estaba tirando todo y dejando lista la casa para venderla. Le escuché, pero no pregunté nada y apenas reaccioné. Al cabo de unos minutos la conversación se fue apagando y yo continuaba firme en la puerta entreabierta. Él se quedó muy desanimado, dijo que mejor se iba; le di las gracias por haberme traído la caja, se quedó aún más consternado y musitó algo incomprensible; no le pedí que me lo aclarara, se quedó con cara de hacerse la víctima y se marchó.

Los hermanos sí habían vivido en La Granja, evidentemente, pero Paul y yo sólo habíamos pasado temporadas en ella, y por eso teníamos unas cajas, que Martha y Alan nos habían dado de pequeños: tenían una tapa y en ellas guardábamos las pertenencias que habíamos llevado a esa casa, todo lo que guardábamos cuando acababa el verano y volvíamos a la vida ordinaria: entonces, las cajas se quedaban en el desván. Lo primero que hacíamos al volver de esa vida ordinaria, el mes de julio siguiente, era subir corriendo, cogerlas y sacar todo aquello que había empequeñecido porque nosotros habíamos crecido.

La imagen de aquel receptáculo me resultó incoherente, casi

indecente. Su lugar era La Granja, formaba parte de mi pasado, y ahora mi ex marido me lo había dejado en la puerta de mi casa. Al intentar levantarlo casi lamenté no haber pedido a Claud que entrara. Yo tenía los brazos demasiado cortos para transportar un objeto de esas dimensiones: me vi obligada a arrastrarla por el pasillo, produciendo un ruido semejante al que hace una uña en un cristal, y dejando una polvorienta raya blanca que, según sospechaba, ahí se quedaría. Conseguí llevarla hasta la cocina y la dejé junto a la mesa.

Aquello me iba a llevar su tiempo. Debía estar lista para algo así, así que me preparé un gin-tonic, saqué una cajetilla sin abrir de un cartón de Marlboro de la tienda *duty free* que Duncan me había traído, muy tolerante, la semana anterior. Encendí el primer cigarrillo y abrí la caja. No se parecía a las que todavía tengo en la buhardilla. En ella no había fajos de cartas viejas atadas con un lazo, notas del colegio y carnés de estudiante, redacciones, certificados, fotografías escolares. Aquello no era una vida, sino fragmentos de períodos vividos al margen de la vida.

Saqué algunos libros: *El caballito blanco*, *Ana de las tejas verdes*, *Orgullo y prejuicio*, *Mujercitas*, *Kim*, y algunos ejemplares viejos de *Mira y aprende*, que tuve ganas de leer de inmediato pero que aparté para otra noche. Encontré objetos sin ninguna utilidad: bolígrafos y pilas usados, tubos de pegamento aplastados, pendientes desparejados, barras de labios vacías. ¿Por qué no había tirado todo eso a la basura? Infinidad de objetos curiosos. Una caja en forma de corazón llena de algodón. ¿Qué había contenido en su momento? Peines. Una piedra llena de dibujos, que decidí utilizar de pisapapeles. Un gracioso platito de arcilla con una imagen de un mono, y que había olvidado completamente. A lo mejor podía servirme para dejar los clips. Varias cintas de casete antiguas. Un par de guías de bolsillo de

Grecia e Italia que tiré directamente a la basura. La de Grecia la había comprado sin llegar a viajar a ese país.

Al fondo había varias capas de cuadernos viejos. Todos nosotros, pero sobre todo Natalie y yo, escribíamos sin cesar, especialmente en esos períodos estivales que olvidamos en años posteriores, los momentos en que llovía un día sí y otro también y nos dedicábamos a matar el tiempo en la casa, llena de ecos. Revisé someramente los libros, los dibujos desvaídos y los cuentos, los juegos del ahorcado y otros juegos de palabras, garabatos y cartas. Y los diarios que había llevado casi todos los años. Me vino una idea a la cabeza y rebusqué hasta que encontré un anodino cuaderno de tapas rojas en el que se leía: *J. Crane. Diario. 1969*. Lo hojeé hasta llegar a las últimas páginas, escritas a bolígrafo. Evidentemente, no sirvió de nada. No había ninguna anotación con la fecha del día después de la fiesta, ni siquiera de la fiesta en sí. La vida se había convertido en algo demasiado grande, un océano de emociones, para ser anotada en un diario. ¿Qué había hecho en esos últimos días idílicos? Pasé un par de páginas hacia atrás y leí lo siguiente:

24 de julio

¡¡Theo Teodosio!!

Natalie está pesadísima y no me habla, Paul no para de quejarse, no sé qué le pasa, Fred y Jonah parecen dos niños pequeños, a Claud lo de organizar la fiesta lo ha vuelto medio loco, tiene cara de enfermo y dice que no sabe dónde se va a poner la carpa ni quién la va a montar, que de quién ha sido la idea de construir la barbacoa, que es lo más importante de la fiesta, justo el día en que ésta tiene que celebrarse, y que si alguien puede ponerse en contacto con Alan y Martha en caso de emergencia, y la verdad es que Claud tiene un aspecto horrible. Y Luke anda por ahí con cara de pena y mis padres tampoco están precisamente felices de la vida. En medio de este caos, mientras que a todo el mundo le entra un colapso nervioso, yo me siento mejor que nunca en mi vida. Todo está empezando y es maravilloso. Escribo esto de madrugada (Natalie duerme, hay que ver qué mal aspecto tenía esta tarde, pero si se dedica a ponerse antipática conmigo no pienso preocuparme por ella). Estoy iluminando la página con una linterna, tan emocionada que me cuesta sostener el boli.

Claud se ha pasado el día organizando cosas: comprando comida en Westbury, ordenando, decidiendo dónde iba a dormir cada uno, así que apenas he visto a Theo. Pero luego, después de la cena, cuando empezaba a oscurecer, nuestras miradas se han cruzado, nos hemos visto en el jardín, nos hemos dado la mano y, sin hablar, hemos dado un paseo entre los árboles hasta la cumbre de Cree. Nos hemos sentado uno al lado del otro, nos hemos besado y tocado. Él me ha desabotonado parte de la ropa y ha tocado mi cuerpo por encima de las prendas que no me había quitado y yo le he tocado el suyo con las manos temblorosas, esperando que no notara el temblor y que no le importara en cualquier caso. Todavía noto un cosquilleo por todas partes y, si cierro los ojos, noto dónde me ha tocado, todas las partes, todos los puntos. Nos hemos dicho que nos queríamos. Nos hemos quedado abrazados y me han entrado ganas de llorar pero no lo he hecho. Luego hemos vuelto muy lentamente, la luna estaba en cuarto menguante, una franja finísima. Nos hemos besado muy profundamente, nos hemos deseado buenas noches, he subido al piso superior para escribir esto y sé que no voy a poder dormir en toda la noche.

25 de julio

Acerté casi del todo. Estuve horas despierta, luego me dormí y los pájaros me despertaron muy temprano, a las cuatro y media; he estado todo el día medio dormida, medio soñando. Un día aburrido, aburrido, aburrido. Qué suerte la de Alan y Martha, que llegan justo a la fiesta y no tienen que prepararla. Todo el mundo sigue de tan mal humor como ayer. Y, encima, el señor Weston ha venido con la carpa y con ladrillos y cosas así para hacer la barbacoa, y también estaba de un humor de perros. Y Claud no ha parado de decirle lo que tenía que hacer y los dos se han puesto de mala leche. A mí me ha dado la risa. (Natalie con cara de pocos amigos, muy como es ella.) Primero Claud ha dicho que había que preparar la barbacoa, luego montar la carpa, por la tarde la barbacoa no se había hecho, Claud ha dicho que no pasa nada si se termina mañana a primera hora, el señor Weston de los nervios, etcétera, etcétera. Muchos gritos. La fiesta es mañana y va a ser un caos total con todo el mundo de un lado a otro, van a llegar unos diez millones de personas que van a dormir en no sé cuántos sitios, nada más empezar el día todos tendremos que salir a hacer recados por las cuatro esquinas de Shropshire siguiendo las órdenes de Su Alteza Claud de Martello. Pero ésas son las partes aburridas. Theodore y yo lo hemos hablado en secreto, ¡¡¡¡y no vamos a ir a la fiesta!!!! Mientras Claud esté sirviendo perritos calientes en la barbacoa recién inaugurada, Theo y yo nos vamos a escabullir, a irnos al bosque, y yo me voy a entregar completamente a él, estoy impaciente, siento mucha felicidad y mucho miedo.

Después de leerlo no es que llorara exactamente, no sé qué estaba haciendo, pero tenía las mejillas mojadas. No me sentía débil ni nada parecido. Me dediqué a aullar durante cinco minutos; luego ya me encontré mejor, me lavé la cara y llamé a Caspar. Cuando respondió, de pronto no supe para qué lo llamaba y le propuse que tomáramos una copa; él accedió y preguntó que cuándo, a lo que respondí: «Ahora». Adujo que había un problema, que tenía a una niña dormida en el piso de arriba; le sugerí acercarme con una botella de vino, prometiendo ser educada y comportarme, no montar ninguna escena, no quería apoyo ni comprensión... Me pidió que me callara, que dejara de hacer promesas. Me dijo que vale. Así que salí.

–Eres un hombre paciente –le dije cuando mi bicicleta ya se encontraba en su vestíbulo y la botella de vino en la mesa de su cocina.

–Lo soy contigo –precisó Caspar–. Pero no te acostumbres.

–Sé que te lo he puesto muy complicado. Lo lamento mucho.

–Seguramente me atraen las mujeres traumatizadas. Será interesante ver qué hago con una Jane Martello feliz.

–¿Feliz? –objeté–. Tampoco te pases.

Le conté lo que había hecho esa tarde y le describí, sin entrar en demasiados detalles, lo que había leído en mi viejo diario.

–¿Todavía estás buscando algo?

–Pues claro que no, voy a pasar página, pero supongo que esperaba hallar algún detalle asombroso que lo confirmara todo. El asunto me sigue pareciendo sumamente extraño. Lo que quiero es otra cosa, que alguien me diga que no he actuado mal.

Hubo un largo silencio que, en cierto sentido, esperaba que él rompiera con unas palabras de consuelo, pero no fue el caso. Se quedó sonriendo de forma curiosa, manoseando la copa; después bebió un poco de vino.

–Sin embargo –observó–, has rechazado la invitación de incorporarte al grupo de apoyo de personas que han recuperado recuerdos. En él todos estaban contigo. ¿Por qué te negaste?

Solté una carcajada, me saqué la cajetilla del bolsillo, me acordé de que Fanny estaba arriba y la volví a guardar.

–Por varios motivos, supongo. Entre ellos una cosa que me dijiste tú, precisamente.

–¿Yo? –repuso él, levantando las manos y fingiendo inquietud.

–Esa vez que hablamos, antes de que vinieras a la reunión del albergue con los vecinos... Me hablaste de un estudio que demostraba que, cuando una persona se ha implicado públicamente en algún tema, aunque después surjan pruebas que contradicen su postura, éstas sólo sirven para reafirmar esa primera implicación. Más o menos era eso, ¿no?

–Efectivamente.

–Yo quiero que me apoyen, pero también quiero no equivocarme.

–Pues entonces yo no puedo darte ese apoyo.

–Yo no estoy tan segura.

Los dos dejamos nuestras gafas en la mesa y no sé quién movió ficha primero, pero de pronto allí estábamos, uno encima del otro, besándonos apasionadamente, tocando con las manos nuestros cuerpos. Le desabotoné la camisa, plop, plop, plop, aparté mi boca de la suya y le recorrí con los labios el vello suave del pecho. Él me sacó el jersey por la cabeza y me quitó el sujetador sin abrirlo siquiera.

–Espera –le pedí entre jadeos–. Deja que me desate las botas.

Las llevaba anudadas como si fueran un corsé victoriano. Él negó con la cabeza; noté que me ponía las manos en las rodillas y que después ascendían por mis piernas. Por suerte no llevaba medias. Llegó a mis bragas, las agarró con ambas manos, tiró de ellas hacia abajo y me las quitó sin que todavía me hubiera descalzado. Volví a tumbarme en el sofá, con la falda por encima de la cintura, y él me penetró.

Después fuimos al dormitorio, nos zafamos de la ropa enredada y enmarañada, recorrimos nuestros cuerpos de arriba abajo sin dejar ningún rincón y volvimos a hacer el amor, y tuve la sensación, casi por primera vez, de que el sexo era algo que se me podía dar realmente bien. Estuvimos juntos durante horas, hablando, hasta que, cerca de las cinco, él dijo no sé qué de

Fanny, yo lo besé profundamente y me vestí, lo volví a besar con la misma intensidad y me marché. En el recorrido en bicicleta, en esas horas oscuras de la madrugada, pensé con un dulce desdén en todas las personas que estaban en la cama, durmiendo.

35

El día antes del juicio, un par de fotógrafos se escondieron cerca de la puerta de mi casa y me hicieron unas fotos mientras salía a comprar un cartón de leche. Me tapé la cara con las manos, pese a que sabía cómo interpretarían los periódicos ese gesto al día siguiente: «El rostro oculto de la acusadora», «La nuera rebelde».

Pero al final no asistí al juicio. Sabía que, si me necesitaban, me llamarían. En la mañana en que comenzó y terminó, salí muy temprano a la oficina, antes de las siete, para evitar mayores presiones mediáticas, aunque un periodista consiguió darme caza. «¿Vas al juzgado?», me gritó, pero yo seguí mi camino sin fijarme en él ni detenerme, empujando la bici, sin decir nada.

Al volver a casa lo vi en el quiosco, escrito en mayúsculas: EL NOVELISTA DECLARA: «HE MATADO A MI HIJA». Frené en seco y compré un ejemplar del *Standard*. Una espléndida imagen de Alan ocupaba la primera plana. El sudor perló mi frente y la respiración se me entrecortó.

Llegué a casa y abrí con esfuerzo la cerradura Chubb. Me habían metido a duras penas un paquete por la ranura del buzón de la puerta, y reconocí la letra: era la de Paul. Debía de ser su vídeo. Lo que me faltaba.

En el interior hacía frío, así que puse la calefacción enseguida y me dirigí a la cocina. Eché agua en el hervidor y metí dos rebanadas de pan en la tostadora. La luz del contestador me avisaba de que tenía mensajes pero no los reproduje. Estaba casi segura de que serían de periodistas en busca de declaraciones. El periódico, todavía doblado dentro del bolso, me atraía como un imán, pero al principio me contuve. Unté mermelada de naranja amarga (que Martha me había dado el año anterior) en las tostadas y metí una bolsita en el agua hirviendo. Me senté a la mesa sin quitarme el abrigo y di un trago al té flojo.

Leí el texto en diagonal, intentando dar con los detalles importantes. Alan se había declarado culpable y se había negado a presentar alegaciones para que le rebajaran la condena. El fiscal había enumerado brevemente las pruebas (básicamente, la nota de Natalie, las circunstancias en que ésta había sido hallada y mis recuerdos). Concluyó que, a tenor de lo que se recogía en el informe psicológico, la acusación no dudaba de que Alan Martello se hallaba en plena posesión de sus facultades mentales. En ningún momento se añadía que había dejado embarazada a Natalie, lo cual me extrañó. Antes de que el juez dictara sentencia, Alan realizó una única declaración: «Estoy expiando un crimen horrible que ha atormentado a mi familia durante décadas», aunque se negó a dar más detalles y a añadir nada más. El juez afirmó que el asesinato de una hija a manos del padre constituía uno de los crímenes más horrendos y atávicos, y también aseguró que la negativa del señor Martello a reconocer claramente lo que había hecho, a cooperar plenamente en la investigación, sólo había servido para empeorarlo todo. A Alan le cayó una condena a cadena perpetua, con la recomendación de que cumpliera al menos quince años.

También aparecía una fotografía enorme de los hermanos, con expresiones sombrías: todos habían asistido al juicio. No habían querido hacer declaraciones a los periodistas y el *Standard* aseveraba que habían demostrado «una gran dignidad rayana en el heroísmo». Al parecer, Claud había abrazado a Fred cuando éste había roto a llorar. También se incluía una imagen mía, en formato más pequeño, con la mano tapándome el rostro, y un retrato de Natalie recortado de otra foto, que yo no había visto hasta entonces. En él parecía tener menos de dieciséis años y lucía una belleza convencional. En ese rostro no se apreciaba nada siniestro ni amenazador. Había un artículo de dos páginas debajo del siguiente titular: LA BREVE VIDA Y LA BRUTAL MUERTE DE NATALIE. Bajo una foto algo borrosa de los siete Martello, todos juntos y risueños, habían publicado un despiece que comenzaba con las palabras: «Parecía una familia muy feliz». Se incluía otro artículo sobre la investigación policial; en el primer párrafo de este último vi sin querer mi nombre, aunque no leí ese texto; no podía.

Sonó el teléfono y me quedé inmóvil, agarrando el té ya frío con ambas manos.

–Jane, soy Kim. Venga, cógelo.

–¡Kim! –Nunca me había alegrado tanto de oír una voz–. Menos mal que eres tú.

–Oye, hablamos con más calma después. He reservado una habitación en un hotelito en Bishop's Castle, cerca de Gales. Este fin de semana te llevo de viaje. ¿Puedes estar lista a las cinco? Te recojo entonces.

No opuse resistencia.

–¿Qué haría sin ti, Kim? Claro que puedo.

–Estupendo. Mete en la maleta botas para hacer senderismo y mucha ropa de abrigo. Hasta luego.

Subí enseguida al piso superior y llené una bolsa de viaje con camisetas de manga larga, jerséis y calcetines; saqué las botas, que aún tenían una costra de barro del año anterior; encontré el chubasquero enrollado al fondo del armario. Eran las cinco menos cuarto. Encendí un pitillo y luego puse el pequeño televisor que había delante de la cama. Volví a toparme con el rostro de Alan, todo barba y mirada desafiante, antes de que la cámara enfocara a un periodista ridículamente joven. «Al dictar sentencia, el juez ha afirmado que el asesinato de una hija a manos de su padre constituye uno de los crímenes más horrendos y antinaturales que cabe imaginar.» Me acerqué a la pantalla, presa del pánico, y puse la cinta de Paul en el reproductor de vídeo. El joven periodista desapareció bruscamente. Envuelta en volutas de humo, La Granja apareció ante mí mientras pasaban los títulos de crédito.

Yo había tenido la sensación de que Paul había rodado ese documental sobre la familia de forma esporádica y desordenada, y, pese a haber visto la última secuencia, creo que esperaba algo más parecido a la película de unas vacaciones grabada con una videocámara. Pero nada más lejos de la realidad. Nada más empezar, Paul salía leyendo un fragmento de *Un muchacho de Shropshire:*[1]

> En mi corazón un aire mortal
> sopla desde esa región lejana:
> ¿Qué son las colinas azules del recuerdo?
> ¿Qué esos campanarios, qué esas granjas?

La cámara iba ofreciendo lentamente una visión panorámica del paisaje de Shropshire que rodeaba La Granja, un paisaje pelado con aquellos atavíos invernales, aunque seguía siendo hermoso. El sol brillaba entre las ramas desnudas y la vieja casa se alzaba, con sus piedras de color rosado, dando la bienvenida. La casa de mi infancia, el país de mi inocencia perdida.

Me quedé embelesada mientras el cigarrillo se me iba consumiendo hasta quemarme los dedos, y vi a Paul hablando confidencialmente a la cámara. Decía que la memoria es algo intan-

1. Libro de poemas, fechado en 1896, del poeta inglés Alfred Edward Housman (1859-1936).

gible, que los recuerdos que se tienen de la infancia, que siguen brillando con absoluta nitidez durante toda nuestra vida adulta, presentan un cariz seductor y nostálgico. Y, si uno conoce una niñez feliz, toda la etapa adulta parece un exilio de esa felicidad. No podemos volver a ella. Más música, y la cámara enfocaba la puerta de La Granja. Alan salía por ella. Se me cayeron las cenizas a la funda del edredón y las quité de un manotazo, sin prestar atención. El anciano citaba a Wordsworth y hablaba del amor. Afirmaba, con su fanfarronería de antaño, que él había sido un joven rebelde que había desdeñado el concepto de familia, que había luchado contra él. Sin embargo, se había dado cuenta de que en aquel lugar –y señalaba el edificio– era donde podía ser él mismo. Aseveraba que la familia era el lugar donde se podían vivir los mayores tormentos, o la mayor sensación de paz. «En mi caso, he encontrado una especie de paz», declaraba. Desde aquella posición en el umbral parecía un patriarca sabio y producido a gran escala que uno podía comprar en una tienda de souvenirs. Me fijé en sus manos anchas mientras hablaba y me recorrió un escalofrío. Martha, delgada como la rama de un árbol, aparecía por la puerta con una gran cesta y unas tijeras de podar, dedicaba una sonrisa extraña a la cámara y desaparecía del encuadre. El plano se desplazaba lateralmente y se detenía en el lugar donde habían hallado el cadáver de Natalie. Paul relataba los hechos. Luego se mostraba una serie de imágenes de la fallecida: de bebé, con pocos años, con diez, de adolescente; sola y junto a la familia. Después, su tumba.

Entonces se veía a Claud; ahora que yo era su espectadora aprecié lo guapo y lo serio que era. Me quedé como un muelle encogido, esperando que hablara de mí, del fin de nuestro matrimonio, pero se limitaba a declarar que «algunas cosas no habían salido según lo previsto». Me sorprendió el espasmo de compasión y amor que se adueñó de mí. A continuación pasábamos a un plano de Robert y Jerome jugando al *frisbee* en Hampstead Heath. Tan jóvenes y despreocupados... Luego Jerome mostraba cierto desdén cariñoso al decir que a la generación anterior le obsesionaba el pasado. Fred en casa, con su familia, en su cuidadísimo jardín trasero. De nuevo Alan, tomando un brandy y perorando sobre el poder del perdón. Theo comparando la familia con un programa de ordenador.

Yo, ésa era yo, con la cara enrojecida, en la cocina. Cielo santo, el día de Navidad; aunque la Navidad que contemplé, mientras esperaba la llegada de Kim, era un acontecimiento festivo y lleno de risas; las carcajadas salían a raudales del televisor; yo sonreía mucho e iba ofreciendo copas de vino (¿Tanto había sonreído esa tarde? No me acordaba). Erica y Kim parecían dos llamativas aves del paraíso con sus atuendos de color morado y amarillo. Mi padre representaba una digna Ancianidad, y mis hijos la lozana Juventud. El poder del montaje: se habían suprimido las imágenes de modo que un trauma colectivo se había convertido en una demostración de unidad regada con alcohol.

Me fumé el último cigarrillo de la cajetilla. Pese a que el mensaje del documental me inspiraba asco, al haber quedado completamente invalidado por la confesión de Alan, me cautivó a medias su insistencia melancólica en presentar el pasado como un ámbito de inocencia y alegría, el Edén perdido para todo el mundo. La música, el verdor invernal de Shropshire, los rostros que iban desfilando por la pantalla y que yo conocía como la palma de mi mano, el modo en que Paul, no sé muy bien cómo, había conseguido que los entrevistados más reticentes hablaran con una especie de concentración interior, que pareciera que descubrían por primera vez verdades sobre ellos mismos: todo aquello hizo que una intensa pena se apoderara de mí.

El documental casi había terminado. Paul caminaba por la orilla del Col con las manos en los bolsillos. Las últimas lluvias habían provocado la crecida de las aguas marrones. Mi hermano se detenía y miraba a cámara, extendiendo los brazos como si realizara una ofrenda. Madre mía, otra vez se ponía a recitar un poema:

Es la tierra de la plenitud perdida;
intensamente la veo brillar:
caminos felices que transité,
ya no podré regresar.

Empecé a hacerme un lío. ¿Cuál era la tesis del documental, que podías volver al hogar o que resultaba imposible? Pero Paul se había puesto a hablar de nuevo: «La familia... –decía–. Alan Martello la describía recurriendo a las palabras tormento y paz. Jane Martello, mi hermana, afirma que es el entorno donde sacamos lo mejor y lo peor de nosotros. (Ay, Dios.) Para Erica, mi mujer, es un refugio y una prisión: siempre podemos volver a ella pero, por mucho que nos alejemos, nunca escapar de ella». (¿De qué galleta de la suerte había sacado esa frase, si podía saberse?) Paul sonreía con una sabiduría infinita, seguía andando y comenzaba la última secuencia, la que ya había visto: se cerraba el círculo y volvíamos a la casa y al lugar donde había estado enterrado el cadáver.

Apagué el televisor, dispuesta a venderlo. Con un poco de suerte, igual un adicto al crack forzaba la entrada y me lo robaba mientras yo estaba de viaje con Kim. Casi habían dado las cinco y media. Cerré la bolsa, pero la abrí de nuevo obedeciendo un impulso y metí el diario de mi adolescencia. Marqué rápidamente el número de Paul pero me saltó el contestador. Después de la señal dije:

–Soy yo, Jane. Acabo de ver tu documental. Me ha parecido magnífico, en serio: pese a todo, consigue transmitir lo que se propone. Este fin de semana me voy fuera con Kim, pero te llamaré en cuanto vuelva. Enhorabuena. –Iba a colgar pero me asaltó una idea repentina–: Ah, una cosa, ¿podrías decirme por qué orilla del río ibas caminando al final?

Nada más colgar oí el claxon de Kim. Me puse la cazadora de cuero, cogí la bolsa y salí a la calle.

River Arms era una pequeña posada blanca con vigas bajas y una enorme chimenea abierta en el bar. Teníamos reservada una habitación doble con baño. Kim me aseguró que, cuando nos despertáramos por la mañana, podríamos ver el río y las montañas desde la ventana. Llegamos al anochecer, y había mucha humedad. Me senté en la cama, demasiado cansada para moverme.

–Son las nueve –anunció Kim–. ¿Por qué no te das un baño y nos vemos en el bar dentro de media hora? La comida aquí es estupenda, pero ya la probaremos mañana. Esta noche mejor picamos algo en el bar.

–Vale. –Bostecé y me puse en pie–. ¿Cómo es que conoces este sitio?

–Por mi pasado romántico –respondió entre risas–. A veces resulta muy práctico.

Me di un baño caliente con el agua hasta arriba y abrí todos los geles de baño que producían espuma. Me lavé el pelo y me puse unos leotardos y una gruesa camisa de algodón que me venía enorme. En el piso de abajo, Kim había pedido dos gintonics largos y había conseguido una mesita al lado de la chimenea. Alzó la copa y brindamos.

–Por que vengan tiempos mejores –dijo.

Los ojos se me anegaron de lágrimas y di un largo trago al líquido frío y límpido.

–También he pedido la comida –prosiguió–. Sándwiches fríos de rosbif y una botella de vino tinto. ¿Te parece bien?

Asentí; me alegraba que, aquel día, alguien tomara las decisiones por mí.

–Mañana podemos salir a dar un largo paseo por las montañas, con aire puro y vistas maravillosas. Eso si no llueve. He traído en el bolso unos mapas del servicio oficial de cartografía; podemos echarles un vistazo mientras desayunamos.

Estuvimos tomándonos las copas en silencio durante un rato. No hay muchas personas con las que puedas estar callado y a gusto. Entonces Kim dijo:

–¿Ha sido peor de lo que esperabas?

–No sé. Tampoco sé qué esperaba. Aunque ha sido bastante horrible.

Llegaron los sándwiches: lonchas finas de carne poco hecha, con salsa de rábano picante a un lado; una botella de vino de uva *shiraz* lo bastante fuerte y suave a la vez para sumirme en un estupor parecido a la paz.

–¿Por qué lo habéis dejado Andreas y tú? Daba la impresión de que estabais muy contentos.

–Lo estábamos. O eso creía. –Abrió el bocadillo y untó cuidadosamente una fina capa de rábano por encima de la ternera–. Un día estaba hablando de nuestras vacaciones de verano y del tipo de casa al que nos iríamos a vivir juntos, y al siguiente va y me suelta que su anterior novia le había dado otra oportunidad. Que lo sentía y que muchas gracias y que nunca me olvidaría, que soy maravillosa y todas esas gilipolleces. –Rellenó nuestras copas–. Era demasiado mayor para él, ya no puedo tener hijos. Soy el pasado, no el futuro. –Volvió a alzar el vino–: Brindemos por una vejez sin dignidad.

Me acerqué y le di un abrazo.

–Menudo tarado. No se ha dado cuenta de la suerte que tenía.

Ella esbozó una sonrisa algo forzada.

–En la vida nunca pasa lo que uno espera... Cuando estábamos en la universidad, si me hubieras preguntado qué le pedía al futuro, habría dicho que lo quería todo: una relación sólida y duradera, hijos, muchos hijos, una carrera profesional, amigos. Los amigos y la carrera los tengo, aunque últimamente el trabajo tampoco me llena demasiado, puedo hacerlo con los ojos cerrados. Pero lo de la relación duradera no parece irme muy bien. Y nunca tendré hijos.

¿Qué podía alegar yo?

–La vida es cruel. Yo siempre había pensado que uno controlaba su destino, pero esa idea sólo la pueden tener los jóvenes, ¿no crees? Mira tu caso: eres guapa, inteligente, cariñosa... y estás sola. Y luego mírame a mí: hasta ahora había tenido más o menos lo que quería y de repente me veo inmersa en una pesadilla. En cualquier caso –añadí ya con ese punto de ebriedad, locuazmente lastimera–, siempre nos tendremos la una a la otra. –En esta ocasión fui yo quien alzó la copa–. Por nosotras.

–Por nosotras. Menuda cogorza llevo.

Comimos con avidez.

–¿Sabes que no estamos lejos de La Granja? –dije al cabo de un rato.

–La verdad es que sí –repuso–. ¿Te incomoda?

–No, no exactamente. ¿Significa eso que has elegido este sitio por su proximidad a La Granja?

–Más o menos. Me parecía un lugar precioso para hospedarnos, pero también he pensado que igual querías ir. Para acallar algunos fantasmas. Si no, ese lugar podría acabar ejerciendo una influencia nefasta sobre ti.

Me quedé mirándola anonadada.

–Kim, eres increíble. Desde nuestra llegada he estado pensando que debía volver a él. Tengo que estar en el sitio donde todo sucedió, no sólo en la casa, sino también en la ladera de la colina. No puedo explicarlo, pero tengo la sensación de que todo esto no terminará hasta que vuelva a ver aquello. He regresado tantas veces con el recuerdo... si cierro los ojos puedo describir ese paisaje centímetro a centímetro, con todas las zanjas y todos los árboles. Pero jamás he vuelto a él personalmente, ni una sola vez, desde la desaparición de Nat: para mí se convirtió en un entorno prohibido. Ahora ya sé por qué, claro, pero también sé que no puedo deshacer lo que he hecho, así que debo enfrentarme a ello. Entrar físicamente en esa situación, por decirlo de algún modo. Me entiendes, ¿no?

Ella asintió, y sirvió lo que quedaba de la botella.

–Desde luego. De estar en tu lugar, creo que habría reaccionado del mismo modo. –Quise decir algo, pero me interrumpió–. Pero como no estoy en tu lugar, mañana me iré a dar un largo paseo mientras espero a que vuelvas.

Volvimos a quedarnos calladas, ambas mirando fijamente el fuego, con la vista desenfocada por el vino y el cansancio.

–¿En qué piensas? –me preguntó.

–¿Sabes que no se llamaba el juego de la memoria? –dije.

–¿Qué?

–Eso a lo que jugábamos en Navidad, cuando teníamos que recordar los objetos de una bandeja. No se llama el juego de la memoria. Se llama el juego de Kim.

–¿Mío? ¿Se puede saber de qué estás hablando?

–Encontré un ejemplar de *Kim*, la novela de Kipling, en una caja con las pertenencias que yo había dejado en La Granja, y que Claud me trajo. Empecé a hojearlo y, cuando Kim está aprendiendo a convertirse en espía, entrena la memoria recordando series de objetos heterogéneos que después se esconden. El juego de Kim.

–Creo que necesitas otra copa de vino –declaró con una sonrisa.

–En el juego de la memoria tienes unas cartas boca abajo y debes descubrir las parejas. No sé cómo he podido olvidarlo.

Ella se incorporó.

–Te perdono –dijo–. Vamos. A la cama.

36

La Granja ya presentaba el aspecto de una casa abandonada. En cuanto bajé del coche de Kim y miré en derredor noté la ausencia de Martha. Ésta, en cierta ocasión, me había comentado que no sabía muy bien cómo ilustraba los libros y que los niños se criaban solos, pero que tenía la impresión de que el jardín la necesitaba de veras. Un hombre de Westbury iba un par de veces por semana, pero, durante mis épocas en La Granja, era como si ella se pasara casi todo el tiempo en el jardín, de rodillas, cavando con una pala, podando, plantando. Había desplegado unos conocimientos infinitos sobre una actividad de la que los demás lo desconocíamos prácticamente todo. Cuando nos fijábamos en las flores, las frutas, las hortalizas, nos encantaban, nos alegraba tenerlas, pero no prestábamos atención a las pequeñas batallas que se habían ganado y perdido para crearlas. ¿Había pensado alguien en cómo podría subsistir el jardín sin Martha? Ella llevaba menos de seis meses sin frecuentarlo (al principio sin dedicarle tiempo y después físicamente ausente), pero ya parecía abandonado. En los arriates se alzaban rodrigones que no apuntalaban nada, se veían tallos de diente de león en el jardín, esparcidos entre los montones de hojas, medio deshechos.

La casa estaba cerrada, y yo no tenía llave. Nunca la había necesitado. Eché un vistazo al interior y vi habitaciones vacías, suelos sin alfombras, franjas de papel de pared con los rectángulos pálidos que evocaban cuadros ausentes. Ya no era nuestra; me procuró un lúgubre placer ver que todas las señales de la familia Martello habían sido arrancadas tan brutalmente de la casa. La habían puesto en venta. Al cabo de poco tiempo alguien se mudaría allí y llevaría sus propios recuerdos. Los míos seguían llenando aquel lugar, como la hojarasca que llegaba desde la carretera comarcal, al final del camino de entrada. Me di la vuelta. Aquel lamentable remedo de hoyo en el que habían hallado a Natalie seguía allí, medio lleno de agua enfangada. ¿Es que nadie lo iba a tapar nunca?

Pero yo no había ido para quedarme mirando eso. No tenía ningún sentido andar zascandileando por ahí, no había nadie con quien charlar. Sólo quería acabar rápido, ver lo que debía ver. Entonces me marcharía de La Granja para siempre, volvería junto a Kim, pediría una comida estupenda y pasaría un fin de semana también estupendo, regresaría a Londres y retomaría el resto de mi vida. Crucé rápidamente el césped crecido y noté que la humedad me permeaba en los dedos de los pies. Maldije por haberme equivocado de calzado. Llegué al bosque; a la izquierda veía la granja de Pullam y, a la derecha, el sendero que avanzaba paralelo a los árboles, que después daba la vuelta y regresaba otra vez a la casa. Pero ese día no. Ese día, por primera vez en un cuarto de siglo, tomé el camino que se internaba en el bosque, que llevaba a la cumbre de Cree y al río Col. Era una mañana húmeda, llena de neblina, y tuve un escalofrío a pesar de llevar un anorak. No tardaría mucho. El camino se bifurcaba al llegar a la elevación del terreno que impedía que se viera el agua; tomé la desviación de la derecha, por la que pasaría junto a una ladera de la cumbre y llegaría a otro camino a la orilla del río.

Casi nadie utilizaba ya esa desviación y las ramas impedían avanzar. Después de pasar varios minutos apartándomelas de la cara llegué al margen del Col y al pie de la cumbre. Ya estaba allí. ¿Así que un detalle lo había iniciado todo, había despertado el interés de Alex? Esos poemillas de adolescente arrugados y arrojados al agua mientras yo estaba sentada en ese punto, de espaldas a la cumbre de Cree, y observaba cómo flotaban corriente abajo. ¿Habría alcanzado el mar alguno de ellos? ¿O se habían quedado varados en los juncos tras la primera curva? Metí la mano en el bolsillo del anorak y saqué el menú de un restaurante de comida india para llevar de mi barrio: promoción de precios al cincuenta por ciento. Hice una bola con él y lo tiré al río.

Sucedió algo que me dejó perpleja y que casi me hizo soltar una carcajada. El río fluía al revés. El menú arrugado de The Pride of Bengal no se alejó de mí, arrastrado por la corriente, ni desapareció en la curva. Volvió a pasar por delante de mí. Efectivamente: cuando miré el Col, con la corriente de cara, vi que en esa dirección no había ninguna curva hasta después de varios cientos de metros. No me lo podía creer. Durante un instante me sumí en la confusión, pero no tardó en resultar evidente lo que había pasado. Subí rápidamente por la ladera de la cumbre de Cree. Los árboles eran menos tupidos; al llegar a la cima vi que la neblina se había disipado y se distinguían claramente el río y el camino que se extendía por el margen. El Col describía una leve curva a la derecha, pero luego retomaba la trayectoria inicial, formando una C invertida. Al cabo de cincuenta metros estaba el puente desde el que habían visto a Natalie por última vez.

El sendero por el que andaba adquirió una inclinación muy pronunciada y tuve que frenar para no bajar corriendo la ladera. Al llegar al terreno llano me senté, apoyando la espalda en una roca enorme al pie del cerro. En el bolsillo encontré el recibo de un pago con tarjeta de crédito en una gasolinera. Si hubiera sido una persona eficiente, lo habría archivado para desgravar o algo así. Hice una bola con él y lo tiré al agua. El sol ya había salido y el papel de color azul claro se confundía fácilmente con las ondas centelleantes, pero centré toda mi atención en él: fue ganando velocidad y desapareció por la curva rodeada de hierba. Como si todo hubiera sido un sueño.

37

Acostumbrábamos a jugar al lado del haya roja, que tenía un tronco grueso en el que se mezclaban tonos blancos y negros, y unas hojas que parecían una llamarada. Se alzaba delante de un muro de piedra seca, y, si nos subíamos a ese muro, las ramas quedaban lo bastante cerca del suelo para que pudiéramos trepar a alturas que ahora me parecían vertiginosas. Divisábamos La Granja a través del follaje broncíneo, observábamos las entradas y salidas de los adultos por el porche de la entrada, pero a nosotros nadie nos veía. Pasábamos horas ahí arriba. Nos llevábamos muñecas y, ya de más mayores, libros y manzanas. Natalie y yo nos quedábamos charlando mientras la luz entreverada se filtraba por las hojas. Contemplábamos las nubes fugitivas, nos contábamos secretos, y los días transcurrían lenta, muy lentamente. No había recordado lo suficiente a esa Natalie tranquila y feliz. No le había sido una amiga lo bastante leal tras su desaparición. Si hubiera sido yo la desvanecida, de repente y sin ninguna explicación, ella me habría buscado con gran ahínco, lo sabía. Se habría sentido traicionada por mi deserción, y los adultos que intentaran consolarla le habrían inspirado un sentimiento de rabia. Su furia habría sido inmensa. Pero yo... yo había reaccionado de forma pasiva y acongojada, pasando noche tras noche en el cuarto que había sido suyo, soñando con ella y sin llegar a buscarla jamás. Una vez estuvimos jugando al escondite en el jardín y no pude encontrarla; después de espiar con gesto abatido desde detrás de un gran arbusto y de mirar en los cobertizos, me había metido en la cocina, donde Martha preparaba unos bollos con frutos secos. Mientras rebañaba el cuenco, Natalie había irrumpido en la estancia y me había gritado: «¡Te rindes demasiado pronto! No sé por qué pierdo el tiempo contigo si te rindes sin más. Paso de ti, Jane Crane».

Pasé un dedo por el tronco. A Martha también le encantaba ese árbol. Había plantado azafranes de primavera y campanillas en torno a la base. Me senté y me apoyé en el tronco, notando sus surcos y su edad a través de la cazadora.

Con veintipocos años había pasado cuatro meses en Florencia como ayudante de un arquitecto. La ciudad me había encantado, y durante el tiempo libre deambulé por callejuelas, entrando en iglesias oscuras e impregnadas de incienso, con hornacinas que ocupaban unas madonas sin ojos, y en las que las ancianas encendían velas para honrar a sus muertos.

Había vuelto al cabo de diez años; todavía tenía el mapa de la ciudad en la cabeza, pero no tardé en darme cuenta de que no era del todo exacto. Las calles resultaban ser más cortas de lo que recordaba; donde tendría que haber habido un mirador aparecía un edificio alto; el café en el que todos los días había tomado un exprés y pastelitos de arroz había cambiado su ubicación del centro de la plaza a una esquina. Claud había comentado sin concederle importancia que siempre hay que redescubrir los lugares; que lo bonito de los viajes precisamente radicaba en que siempre surgían nuevos significados, y los viejos cambiaban. Pero yo me había sentido vagamente estafada: quería volver a introducirme en un pasado intacto, en el que cada lugar era depositario de un recuerdo, pero había llegado a una ciudad que, sin saber muy bien cómo, me había dejado atrás. Florencia ya no era mía.

Ahora me asediaban las mismas imprecisas sensaciones de fastidio. Impulsivamente, me subí la cremallera hasta el mentón, me puse en pie y me senté en la rama más baja del árbol. Fui subiendo de una a otra hasta llegar a un lugar familiar. Atisbé La Granja a través del entramado de hojas de color verde claro. Ahí estaba la casa, en la que se percibían las señales invisibles del desmoronamiento. ¿Cómo nota uno, si los rasgos siguen siendo los mismos, el momento en que la vida desaparece del rostro de un amigo, o cómo sabe, aunque no se pueda indicar un cambio específico, que una casa está abandonada? Desde el punto en el que me había sentado no se veía la puerta de entrada, aunque recordaba claramente que, de niña, la había visto desde allí. Bajé por las ramas y salté torpemente a la hierba; me volví a sentar con la espalda apoyada en el vetusto árbol.

Cogí mi viejo diario; lo había sacado de la bolsa esa mañana antes de salir, y empecé a hojear con indolencia las últimas páginas. Algunas anotaciones eran estímulos que avivaban recuerdos con facilidad: la vela que le quemó la barba a Alan cuando éste se agachó, llevado por un impulso de glotonería, para comerse las patatas que quedaban; me había reído tanto que me habían acabado doliendo los músculos del vientre. Una ocasión en que fuimos a remar al embalse cercano y en que me asusté cuando la barca se inclinó y el agua entró por uno de los bordes, aunque no quise reconocerlo, sobre todo a Natalie o a Theo, que siempre demostraban valentía física y que desdeñaban el apocamiento. Otra vez en que me levanté a las cuatro de la madrugada con Alan y los gemelos para escuchar el coro del alba, después de lo cual volví tiritando de frío, muerta de hambre y eufórica.

No obstante, algunas anotaciones –una discusión con mi madre, que yo había descrito con una pazguata falta de imaginación, o una visita a una mansión debajo de cuyos suelos de madera se escondían los católicos en la época de la Reforma– se negaban tercamente a revelar sus tesoros. Eran semejantes a las tumbas del cementerio de Highgate, cubiertas de hiedra y ortigas, sumidas en el olvido. La mayor parte de nuestras vidas se encuentra debajo de la superficie.

Nunca me había costado recordar la última entrada, cosa que no resultaba sorprendente, ya que el día anterior a la desaparición de Natalie se había convertido en un borde definido en torno a un agujero negro. Podía rememorar los preparativos de la fiesta sin grandes dificultades: había besado a Theo en el cuadrado de barro delimitado por las baldosas de piedra recién colocadas, donde se iban a erigir las últimas partes de la barbacoa, justo a tiempo para la fiesta, y también me acordaba del respingo de culpabilidad que dimos al oír aproximarse a Jim Weston.

Cerré el diario y me froté los ojos. Unas gruesas gotas de lluvia cayeron sobre la tapa. Tuve la sensación de que estaba contemplando algo a través de un líquido espeso; todas las formas que intentaba distinguir se deshacían y deformaban. Los besos con Theo en el terreno preparado para la barbacoa. Esa barbacoa.

Me levanté, tan apresuradamente que tropecé, y corrí bajo la lluvia cada vez más copiosa hasta el lugar donde se había hallado el cadáver, que seguía siendo una cicatriz de tonos oscuros, compuesta de barro removido, escombros y algunas malas hierbas de raíces poco profundas. Bajé de un salto al hoyo, hundí las manos en la arcilla y empecé a cavar sin un objetivo claro. Saqué la pierna de una muñeca, un tenedor oxidado con los dientes obstruidos, una botella de cerveza con el cuello mellado, una baldosa rota, un fragmento de parrilla también oxidado. Los restos de la barbacoa. A Natalie la habían enterrado debajo de ella.

Me senté lentamente en el borde del hoyo y me limpié las manos embarradas en los pantalones asimismo llenos de barro. La lluvia ya caía regularmente, oscureciendo el paisaje; era como si se estuviera corriendo una cortina por delante de La Granja y de todos sus secretos. Algo fallaba. No podía pensar con claridad, como si intentara recordar un sueño pero no lo consiguiera del todo. Habían enterrado a Natalie debajo de la barbacoa, pero ésta la habían construido antes de que ella muriera.

–Por eso la enterraron ahí –dije en voz alta–. Era poco probable que buscaran ahí porque habría parecido imposible que estuviera ahí.

Hundí la cara en las manos y miré el hoyo enfangado a través de los dedos. La lluvia me resbalaba por la nuca. Volví a intentarlo:

–A Natalie la enterraron antes de que muriera.

Y también:

–La enterraron debajo de la barbacoa; murió después de que terminaran esa barbacoa, por tanto...

Por tanto, ¿qué? Di una patada a varios trozos de baldosa, que cayeron al interior del hoyo, y me levanté. Kim estaría preguntándose dónde me encontraba.

38

Kim estaba tumbada en nuestra habitación cuando volví, estudiando un mapa. Se incorporó.

–¡Vaya, cuánto has tardado! Menuda cara traes. ¿Te has dado un baño de lodo, o algo así? ¿Qué pasa?

–¿Qué? Nada. No sé.

Entré en el baño y me quité el barro del rostro y las manos mugrientos. Al regresar a la habitación, Kim se estaba calzando las botas.

–¿Quieres comer algo? –me preguntó.

–No. Ve tú si te apetece. –Luego añadí bruscamente–: ¿Te importa que salgamos a dar un paseo?

–Claro que no. He encontrado una ruta de quince kilómetros que empieza justo en esta carretera, así que podremos acabarla antes de que haya anochecido por completo. Muchas colinas y valles. Aunque con este tiempo seguramente habrá bastante barro.

Me miré los pantalones.

–A mí eso ya no me importa especialmente.

Estuve callada durante los primeros dos kilómetros; en todo caso, subimos tan deprisa por el estrecho sendero rocoso que seguramente me habría faltado el aliento para caminar y hablar a la vez. Las zarzas se me enganchaban en la ropa, y las hojas mojadas goteaban. El sendero acababa ensanchándose y alcanzamos la parte superior de la cuesta. Con buen tiempo se habría visto algo.

–Tengo la cabeza hecha un lío –anuncié.

–¿Por qué?

–Al principio todo estaba claro, las cosas estaban donde esperaba. Cómo iba a ser de otro modo: conozco La Granja casi tan bien como mi propia casa. Estuve dando unas vueltas por ahí, pensando en mis recuerdos... –Kim asintió pero no dijo nada–. Luego volví al lugar donde todo sucedió. –Resultaba extraño que todavía me costara decir lisa y llanamente: «Donde Alan mató a Natalie»–. Llevaba casi veintiséis años sin ir allí. –Pasé por encima de un árbol que atravesaba el camino, y esperé a que Kim me alcanzara–. Me dirigí a ese lugar, pero nada estaba en su sitio. Mi recuerdo era inexacto.

–¿Y eso qué tiene de raro? Tú misma has dicho que llevabas años sin pisar ese sitio. ¿Cómo ibas a acordarte?

–No... Sí que me acordaba de él, pero el recuerdo era inexacto. ¿No te das cuenta, Kim? He recorrido ese paisaje muchísimas veces con Alex, pero, cuando efectivamente me encontré en él, todo estaba al revés. Como dado la vuelta. Joder, no sé... –Saqué una cajetilla mojada de la cazadora y encendí un pitillo sin detenerme.

–A ver si lo entiendo, Jane. ¿Estás diciendo que el recorrido que recompusiste con Alex no era real?

–No, no es eso. Era real, los detalles eran verdaderos, no sé si me explico, pero todo estaba al revés.

–No sé si te sigo. ¿Eso qué implica?

–No tengo ni idea. Estoy absolutamente perpleja. Pero eso no es todo.

–¿Cómo que no es todo?

El tono de voz de Kim, un punto exasperada, subió un poco.

–Que no sólo ha resultado que mi recorrido estaba al revés, sino que he descubierto otra cosa, y me resulta inaudito que nadie haya reparado en ello hasta ahora. Tengo la sensación de que es absolutamente evidente.

–¿Qué es tan evidente? Joder, Jane, no te pongas tan misteriosa y suéltalo de una vez.

–Vale, ahí va. Ya te he contado que he estado releyendo mi diario, el que me trajo Claud, que llega hasta el día anterior a la desaparición de Natalie.

–Sí.

–Bueno, pues en la última anotación, con fecha del día antes del asesinato, hablo de la barbacoa inacabada; esa barbacoa que Jim Weston estaba construyendo para que estuviera lista el día de la fiesta.

–¿Y?

–Kim, ahí es donde estaba enterrada Natalie. Debajo de la barbacoa.

Lentamente, el semblante de Kim fue abandonando su inexpresividad y mostrando un gesto de estupefacción.

–Pero no es posible. Eso quiere decir...

–Quiere decir que la enterraron debajo de unos ladrillos que se colocaron antes de su muerte.

–Pero...

Fui contando los puntos con los dedos.

–Veamos, punto número uno: sabemos que murió el día después de la fiesta. Fue vista al día siguiente por una persona de confianza y no vinculada con la familia. Dos: sabemos que Alan la mató, yo lo recuerdo y él ha confesado. Pero Alan no llegó a La Granja hasta después de que hubieran terminado la barbacoa. Tres: a Natalie la enterraron debajo de dicha barbacoa.

Ahora caminaba a grandes zancadas, con un ímpetu surgido de la frustración. Kim prácticamente tenía que correr para seguirme el paso.

–Si lo que estás diciendo es cierto, deberías contárselo a la policía –aseveró.

Me detuve en seco.

–¿Y qué les digo? ¿Por qué iban a creer ese nuevo cambio en mis recuerdos? En cualquier caso, el resultado sería el mismo. Alan la mató y está en la cárcel. Lo que quiero saber es cómo lo hizo.

Di una patada a un matojo del camino y busqué otro cigarrillo en el bolsillo.

–Pero bueno, Jane, ¿no puedes dejarlo? ¿Por qué es tan vital saberlo? Piénsalo. Ya conoces el aspecto más importante de su muerte: quién la asesinó. Ahora también quieres conocer los detalles. Y, si los descubres, seguirás husmeando por ahí, preocupándote y fumando un sinfín de esos cigarrillos tuyos hasta que hayas averiguado todos los pormenores. Pero nunca llegarás a saber toda la verdad de este asunto. ¿Quieres que te diga lo que pienso?

–Adelante; aunque te diga que no, lo harás igualmente...

Estaba mojada y enfadada. Una piedrecita de la bota me molestaba en la parte anterior de la planta del pie; me picaba el cuero cabelludo, me sudaban las manos y tenía la nariz fría. ¿Por qué no se limitaba a escucharme, asentir y darme la mano?

–Creo que para ti todo este tema se ha convertido en una obsesión irresistible. En cuanto resuelvas este rompecabezas, aparecerá otro. Aspiras a darle un sentido absoluto y coherente a una desagradable tragedia. Se te ha ido la chispa.

–Querrás decir que se me ha ido la olla.

–No, la chispa. Te estás convirtiendo en una persona aburrida. ¿Por qué no te olvidas del tema?

Subí los escalones de una cerca, manchándome las palmas de las manos con un liquen viscoso.

–Eso me gustaría. Creía que aquí acabaría todo, que venir aquí pondría el punto final a todo este repugnante asunto, y que... tal vez esto te parezca una estupidez, pero que volvería a encontrar a Natalie. Para mí se ha convertido en un rompecabezas o algo así, y las únicas partes de su personalidad que he tenido en cuenta son aquellas que ayudaban a explicar su asesinato. Pero el otro día me vino una imagen muy nítida de ella, como si pudiera extender el brazo y tocarla. Yo la quería con locura: fue mi primera mejor amiga. Tenía que venir y despedirme de su verdadero yo, en el último lugar en que estuvo viva. Pero se ha apoderado de mí una sensación de... cierta extrañeza. Como si supiera algo más pero no acabara de identificar qué sé. Puede que sea aburrido, pero... lo que me vendría bien es aplicar un poco de pensamiento lateral, joder. Me parece que me estoy volviendo loca.

Ella se quedó callada. Bajamos la colina y llegamos al coche.

–Sigues queriendo quedarte todo el fin de semana, ¿no? –me preguntó Kim mientras volvíamos al hotel.

–Claro. –Pero luego aclaré–: Bueno, la verdad es que creo que me veo incapaz. Estoy muy inquieta. Lo siento mucho, pero ¿podemos volver esta noche?

Ella torció el gesto.

–Hemos hecho un viaje muy largo para una sola noche y un único paseo, además empapadas.

–Ya lo sé. Pero no sería una compañía muy agradable. –Abrí la ventanilla y encendí un pitillo–. Tengo que cerrar algunos asuntos. Como me dijo una loca en una ocasión: esto aún no ha terminado.

–Llevo todo el día así, pero no tengo ni la más remota idea de qué hablas. Pero bueno –me dijo, rozándome el hombro con la mano–, no nos peleemos. No es mi intención ponerme protestona. –Esbozó una sonrisa triste–. Sólo que ya había pensado lo que pediría para cenar: vieiras, atún marinado en zumo de limón y especias, y después cordero recental. Para acabar me apetecía mucho la tarta de manzana con nata.

–Compraré unos sándwiches para el camino. Vegetales con queso, en pan integral, y de postre una manzana.

–No quepo en mí de gozo.

Todavía no habían dado las ocho cuando nos marchamos del hotel con las bolsas y las botas. Me empeñé en pagar la segunda noche que no habíamos utilizado al estupefacto dueño.

–Seguramente creerán que somos novias y que hemos reñido –comentó Kim.

–Seguramente creerán que somos domingueras de Londres y que huimos de la lluvia.

En efecto, seguía lloviendo cuando emprendimos la marcha en la oscuridad creciente, en esa horrible noche de junio. Los limpiaparabrisas apartaban el agua ruidosamente; Kim puso música. Las notas metálicas de un saxofón de jazz llenaron el coche y sofocaron el tamborileo del mal tiempo. Nos quedamos sumidas en un silencio que no resultaba incómodo. Poco a poco la lluvia cesó, aunque los charcos de la carretera seguían salpicando debajo de los neumáticos, y Kim tenía que encender el limpiaparabrisas siempre que nos cruzábamos con un estruendoso camión.

Me recosté cansada y me quedé mirando el paisaje que pasaba por la ventanilla, en la que veía mi rostro reflejado, una mancha borrosa. Había tenido que marcharme, aunque no sabía para qué volvía. ¿Qué hacía? Mi vida se hallaba en un punto muerto. A lo mejor la única solución era volver al diván de Alex e intentar resolver todas esas incoherencias que me fastidiaban e inquietaban. Gracias a él había podido iluminar una franja perturbadora de mi pasado, pero todo lo demás seguía en tinieblas. Quizá debía iluminar también esa otra parte. Simplemente pensar en ello me produjo un cansancio indescriptible, como si me dolieran los huesos. Al emprender ese viaje de regreso a la infancia había utilizado la imagen de un agujero negro en el paisaje reconocible de mi pasado. Ahora me parecía que esa imagen había sido puesta al revés, como el negativo de una fotografía. Lo único que resultaba visible, cegadoramente visible, era aquello que antes había estado oculto. Un país patas arriba regido por una joven muerta.

–¿Puedes encender la luz a ver si encuentro otra cinta de casete? –me pidió Kim, manoseando el caos de cajas que había en el compartimento de su puerta.

–Claro. –Guiñé los ojos bajo el resplandor; el mundo y el exterior del coche desaparecieron–. La verdad, Kim, tengo la impresión como si le hubieran dado la vuelta a todo. Esta mañana, al subir por la cumbre de Cree, me he sentido como Alicia en el jardín del espejo, en el que todo está invertido, en el que, para llegar a algún punto, debes alejarte de él. Qué raro, ¿no?

Parpadeé para contener unas lágrimas inesperadas, y me quedé mirando por la ventanilla. Me devolvió la mirada una mujer de mediana edad, con un rostro fino en el que se veían arrugas de preocupación, atrapada en su mundo al otro lado del espejo. Nos contemplamos con los ojos muy abiertos y horrorizados. No era una desconocida; nos conocíamos bastante bien, aunque a veces no lo suficiente. Un cuchillo frío me atravesó el cerebro. No, Dios mío, no, por favor, no. ¿Qué había hecho?

Levanté la mano y apagué la luz. Los sones de una flauta, cautivadora, argentina, quedaron suspendidos en el aire. El rostro de la mujer se desvaneció. Me había estado mirando a mí misma. Claro. Yo era la chica de la colina, había ocupado el lugar de Natalie durante una hora; me había visto a mí misma en ese paisaje y me había buscado a mí misma. Había entrado en el jardín al otro lado del espejo y había seguido a mi propia imagen y, al encontrarme, me había perdido del modo más devastador. Sumamente devastador. Noté que un grito ascendía por mi garganta y me tapé firmemente la boca con la mano. No había visto a Natalie en la colina en ningún momento; la que había estado allí era yo, su amiga, la que tanto se parecía a ella. Era a mí a quien había visto, hacía tantos años, ese anciano que se dirigía a desmontar la carpa, a mí a quien habían tomado por Natalie. A mí a quien había buscado a través de esas pesadillas vividas.

–Kim, por favor, déjame en la parada de metro más cercana.

Estábamos llegando a los barrios del extrarradio de Londres; sabía adónde tenía que ir en ese momento.

Ella me miró sorprendida pero frenó obedientemente.

–Jane, espero que sepas lo que haces, porque a mí me tienes muy confundida.

Le di un beso en la mejilla y un largo abrazo.

–Sé lo que hago; por primera vez en mucho tiempo, sé lo que hago. Tengo que resolver una cosa y creo que va a ser doloroso.

–Jane, si llegas a superar todo eso –me dijo cuando yo ya me disponía a marcharme–, me debes una. Más de una.

39

–¿Dígame?

–Hola, ¿puedo hablar con la doctora Thelma Scott?

–Soy yo.

–Soy Jane Martello, no sé si se acuerda que nos conocimos en...

Me interrumpió con un nuevo matiz de interés en la voz.

–Sí, la recuerdo.

–Igual esto parece una locura, pero ¿puedo ir a verla ahora?

–¿Ahora mismo?

–Sí, si fuera posible...

–Es sábado por la noche, ¿cómo sabe que no he organizado una cena, que no voy a salir a una discoteca?

–Lo siento, no es mi intención desbaratar sus planes.

–No pasa nada, estoy leyendo una novela. ¿Está segura de que el asunto es importante? ¿No puede planteármelo por teléfono?

–Si resulta no serlo, pídame que me vaya. Pero concédame cinco minutos.

–De acuerdo. ¿Dónde está?

–En la estación de metro de Hanger Lane. ¿Cojo un taxi?

–No, hay poca distancia. Coja el metro hasta Shepherd's Bush.

Me indicó brevemente cómo llegar y, al cabo de unos minutos, salía de esa estación, doblaba una esquina y llegaba a una tranquila calle residencial al lado de Wood Lane. Cuando llamé a la puerta, abrió la misma mujer bajita con gesto perspicaz que ya recordaba, pero vestida de manera informal, con pantalones vaqueros y un jersey de colores muy vivos. Lucía una sonrisa levemente sardónica, como si yo estuviera cumpliendo sus expectativas, pero me estrechó la mano amistosamente.

–¿Tiene hambre?

–No.

–Entonces me temo que tendrá que mirarme mientras yo como. Pase a la cocina. Aquí no se puede fumar –dijo cuando vio el cigarrillo que sostenía.

Lo tiré al camino de entrada.

En la cocina, se sirvió una copa de chianti; yo sólo quise un vaso de agua.

–Como usted no va a comer, me limitaré a picotear un poco –prosiguió–. Cuénteme por qué quería verme.

Mientras hablábamos fue preparando una tremenda selección de alimentos: pistachos, aceitunas rellenas de anchoa y pimiento picante, tortillas mexicanas con guacamole, que sacó del frigorífico, *focaccia* de mozzarella y jamón de Parma con un buen chorro de aceite de oliva.

–¿Es usted psicoanalista?

–No, psiquiatra. ¿Supone algún problema?

–Ya sabe usted lo que me ha pasado, lo que he hecho, ¿verdad?

–Creo que sí, pero cuéntemelo.

Madre mía, qué ganas tenía de fumarme un cigarrillo. Para que me ayudara a pensar. Para tener algo que hacer con las manos. Tenía que concentrarme.

–He estado realizando una terapia con Alex Dermot-Brown desde noviembre. Tuve algunos problemas emocionales después de que se encontrara el cadáver de Natalie, una muy buena amiga, que había desaparecido en el verano de 1969. Alex pareció interesarse especialmente cuando le dije que yo estaba en las inmediaciones la última vez que la habían visto con vida. Volvimos una y otra vez a esa escena, la visualizamos, y poco a poco fui recobrando el recuerdo de haber visto cómo la asesinaba su padre, mi suegro, Alan Martello, a quien acusé, y él confesó. Ahora está... bueno, ya habrá leído usted la prensa.

–Sí.

–Debo preguntarle algo, doctora Scott. Bueno, en realidad dos. ¿Es posible que alguien confiese un crimen que no ha cometido? ¿Por qué iba a hacerlo?

–Un segundo –repuso–. Tengo que estar concentrada para esto. –Estaba cortando en secciones esa *focaccia* de varios pisos–. Ya está. ¿Por qué me hace esa pregunta?

–Lo que realmente quiero saber es lo siguiente: ¿resulta posible recordar algo que después sea falso? Hablo de un recuerdo visual claro, con todo detalle. –Ella iba a responder, pero continué–: Yo tenía la sensación de que lo que estaba llevando a cabo era algo así como recuperar un archivo informático que se ha perdido por accidente. Si uno recupera algo así, no duda de que se trata del mismo documento que uno ha escrito, ¿verdad?

Ella ya estaba sentada a la mesa de la cocina, rodeada de platos de comida. Cuando se dio cuenta de que debía responder, un trozo de sándwich le llenaba la boca, así que tuvo que masticar con brío y después tragar.

–Por cierto, llámame Thelma. Mi nombre es un ejemplo interesante de los problemas de comunicación. Procede de una novela de Marie Corelli, escrita en la década de 1880; el nombre de la heroína, que es noruega. En cierta ocasión asistí a un congreso en Bergen y empecé mi ponencia destacando la pertinencia de que yo estuviera allí, dado que tenía un nombre noruego, etcétera. Después un hombre se me acercó y me dijo que Thelma no tiene nada de noruego. Corelli debió de oír mal, o algo así. O se lo inventó.

–Entonces, ¿tu nombre es un error?

–Sí, a todas las Thelmas deberían reunirnos para ponernos nombres de verdad. –Soltó una carcajada–. No importa, siempre que uno no se aferre demasiado a las tradiciones culturales.

»La comparación que has establecido con un ordenador es interesante. Ni siquiera los neurólogos cuentan con un modelo exacto para reproducir el funcionamiento de la memoria, así que todos inventamos metáforas improvisadas. A veces la memoria puede ser como un sistema de clasificación. Cabe la posibilidad de que se pierda una sección entera, quizá la parte donde se almacena una clase que tuviste en el colegio. Luego, de pronto, te encuentras con alguien que asistió a la misma clase, te proporciona algunas pistas y repentinamente recuperas toda una serie de recuerdos que no sabías que tenías.

»El problema surge cuando las metáforas adquieren un papel demasiado importante y empiezan a crear una realidad falsa. Esa comparación con el sistema de clasificación puede inducirte a creer que todo lo que has vivido puede ser potencialmente recuperado y experimentado de nuevo, siempre que encuentres el estímulo adecuado. Algunos recuerdos se parecen a un castillo de arena en una playa. Después de que haya llegado la marea y lo haya destruido, ya no queda nada, y no puede reconstruirse de manera precisa, ni siquiera en un plano teórico. ¿Eso era todo lo que querías contarme?

–No, claro que no. Estoy desesperada, y no sé con quién hablar.

–¿Por qué no recurres a Alex Dermot-Brown?

–No creo que se mostrara muy receptivo con lo que estoy a punto de decir.

–Y crees que él me inspira la suficiente antipatía para creerte –aventuró mientras se servía una tercera (¿o era la cuarta?) copa enorme de vino.

–En el congreso en que nos conocimos también me presentaron a varias mujeres estupendas, que habían sufrido diversos traumas y que me ofrecieron apoyarme, creerme y no dudar de mí. Estoy a punto de lanzarme a algo terrible, pero lo importante es que no quiero que nadie me apoye. Si me equivoco, no quiero que me crean. ¿Entiendes lo que quiero decir?

–No del todo, pero sigue.

–Voy a referirte los detalles cruciales. El último testigo que vio a Natalie con vida la divisó junto a un río, cerca de su casa, el domingo 27 de julio de 1969. Todo el trabajo que hice con Alex, utilizando mis recuerdos, se basaba en el hecho de que yo estaba allí, justo al lado de donde había sucedido aquello, al mismo tiempo. En ese momento vivía una historia de amor muy apasionada con el hermano de Natalie; me acerqué a la orilla del río Col y me quedé sentada, con la espalda apoyada en la pequeña colina que me separaba de Natalie. En un gesto impulsivo, típico de una adolescente, arranqué varios poemas que había escrito, los arrugué, los tiré al río y vi cómo se los llevaba la corriente por una curva del río.

Thelma alzó una ceja.

–¿Estos detalles son relevantes?

–Sí, mucho. Ésa fue la crónica inicial que le ofrecí a Alex, la parte que recordaba de forma absolutamente fidedigna, de la que no dudaba.

–¿Y?

–Esta mañana he ido al río, por primera vez desde que sucedió todo. Al llegar al lugar que recordaba, el río fluía en la dirección que no debía.

–¿Cómo que en la dirección que no debía?

–Parece una estupidez, pero es verdad. He tirado un papel, que no se ha alejado de mí llevado por la corriente, sino que ha pasado por delante de mí.

Thelma parecía defraudada y se encogió de hombros. ¿Y eso era todo?

–La explicación era fácil –proseguí–. He dado la vuelta, he cruzado la pequeña colina y he llegado al otro lado; me he dado cuenta de que ése era el lugar en el que me había sentado y desde el que había tirado los papeles. Para comprobarlo, he tirado otro, que se ha alejado arrastrado por la corriente y que ha desaparecido en la curva, tal y como recordaba.

El entusiasmo ya se había esfumado del gesto de Thelma. Parecía distante, algo azorada. Ni siquiera comía con las mismas ganas. Me di cuenta de que empezaba a plantearse cómo librarse de mí de la forma más sencilla posible.

–Lo siento –dijo–. Disculpa mi torpeza, pero no veo muy bien hacia dónde vamos. No entiendo la importancia de que recordaras las cosas al revés.

–No sólo es que estuvieran al revés. El puente desde el que el testigo vio a Natalie también se encontraba en ese lado de la colina. Escúchame sólo un minuto más. Por motivos que ahora no vienen al caso, acabo de recibir muchos objetos procedentes de la época en que pasaba los veranos en casa de Natalie. Entre ellos estaba el diario que yo había llevado ese verano, y que terminaba dos días antes de que la vieran por última vez, así que no le presté demasiada atención. Sin embargo, al echarle un vistazo hoy me he fijado en un detalle revelador. Siempre había parecido extraño que su cadáver no llegara a encontrarse. Cuando fue hallado el mes de octubre pasado, aquello se me antojó, al menos a mí, todavía más extraño. Se trataba de un lugar muy inteligente donde ocultar un cuerpo, porque lo teníamos delante de las narices, en el jardín, a escasos metros de la casa. Pero ¿cómo lo habían hecho?

–Pues no sé. Dímelo tú –replicó ella con una impaciencia evidente.

–Gracias al diario recordé que estaban construyendo una barbacoa delante de la casa, y que la terminaron la misma mañana en que se celebró una fiesta, el sábado 26 de julio, el día antes de que Natalie fuera vista por última vez. Esta mañana he ido al hoyo donde se encontró el cadáver, y he encontrado los restos de esa barbacoa, que se había fabricado con ladrillos, sobre unas baldosas de arcilla colocadas encima de argamasa de hormigón. Ahora sólo quedan fragmentos porque quitaron esa barbacoa y rompieron las baldosas cuando Martha, mi suegra, decidió ampliar el jardín. Pero la cuestión es que el asesino enterró el cadáver en el hoyo sabiendo que estaban a punto de taparlo con hormigón, baldosas y una voluminosa construcción de ladrillo.

–¿Y no es un hoyo el primer lugar donde la policía buscaría?

–Pero es que ya no había hoyo, ¿no lo entiendes? La última vez que vieron a Natalie, el día 27, la barbacoa ya llevaba erigida más de veinticuatro horas. Evidentemente, habría resultado imposible esconder un cuerpo debajo de una estructura de ladrillo que ya había sido construida.

–Y bien, ¿no responde eso ya a tu pregunta?

–No me sigues. Es imposible que Natalie muriera el 27, y menos aún el 28, cuando se denunció su desaparición. Ya estaba muerta y enterrada la mañana de la fiesta, el día 26.

Thelma puso cara de perplejidad, pero ya prestaba atención.

–¿No has dicho que la vieron el día 27?

–Sí. Pero ¿qué pasaría si te digo que ella y yo teníamos la misma edad, el mismo tono de piel, que utilizábamos la misma ropa? ¿Que, además, a ella la conocía todo el mundo en esa zona y yo sólo pasaba los veranos, así que muchos lugareños nunca me habían visto? ¿Y que ahora creo que he descubierto que yo me encontraba en el mismo sitio, a la misma hora, donde la vieron por última vez con vida? ¿Qué pasaría entonces?

Una sonrisa se extendió muy lentamente por el rostro de Thelma, como una llamarada que acaba prendiendo en papel de periódico.

Empezó a cavilar intensamente.

–¿Estás segura de lo de la barbacoa? –inquirió.

–Segurísima. He encontrado trozos de baldosa en los cuatro lados del lugar en que la hallaron. Estaba debajo de ella, no cabe duda.

–¿Y también de que no la terminaron días después? A lo mejor no la acabaron a tiempo para la fiesta.

–No, todo giraba en torno a ella. Tengo fotos en las que sale gente haciendo cola para que les dieran costillas y perritos calientes.

Le vino a la mente otra objeción.

–Ya, pero ¿importa todo esto? Alan ha confesado. La policía se limitaría a aducir que te confundes con las fechas.

–Pero es que Alan no estaba. Mi padre los recogió a él y a Martha en el puerto de Southampton la mañana de la fiesta. Acababan de volver de las Indias Occidentales en un barco de vapor. No llegaron a La Granja hasta primera hora de la tarde, justo cuando empezaba la fiesta. Es imposible que Alan la asesinara. Sólo hay un problema.

–¿Cuál?

Levanté las manos, desesperada:

–Que yo vi cómo lo hacía. Y que ha confesado.

–Ah, ¿sólo es por eso? –respondió Thelma con una carcajada.

–Sí –respondí.

–Jamás me he creído toda esa historia.

–¿Estás insinuando que me lo he inventado todo?

Es posible que eso lo dijera gritando.

–Jane, me voy a servir un whisky, te voy a servir otro a ti, te voy a dejar que fumes esos cigarrillos pestilentes y vamos a hablar muy en serio. ¿De acuerdo?

–De acuerdo.

Sacó dos vasos desproporcionadamente voluminosos y un cenicero de cristal igual de voluminoso. Yo no habría permitido que esos objetos entraran en mi casa.

–Aquí tienes –me dijo tras echar un whisky aparentemente quíntuple en cada uno–. Olvídate de esos *single malt* tan de moda últimamente. Esto es un *blended* de toda la vida, como hay que tomarlo. Salud.

Di un sorbo y una maravillosa calada al cigarrillo.

–¿Y? –pregunté.

–Háblame de tus sesiones con Alex Dermot-Brown.

–¿A qué te refieres?

–Al proceso mediante el cual recuperaste ese recuerdo. ¿En qué consistía?

Le referí en pocas palabras el ritual que él y yo observábamos siempre que volvía a ese lugar a orillas del Col. Mientras iba hablando, al principio Thelma frunció el ceño pero después su gesto serio se transformó en una sonrisa.

–Disculpa –le dije–, pero ¿acaso he contado algo gracioso?

–No. Continúa.

–Ya está. ¿Qué piensas?

–¿Se mostraron dispuestos los abogados de la acusación a citarte como testigo?

–No hizo falta. Alan confesó.

–Sí, ya. Pero ¿te dio la impresión de que tuvieran intención de que declararas?

–No lo sé. Un par de ellos me parecieron algo incómodos.

–He de decirte que a Alan Martello nunca lo hubieran condenado con tu declaración como única prueba. Cabe incluso la posibilidad de que no la hubieran aceptado.

–¿Por qué?

–Porque la hipnosis altera los recuerdos, y a ti te hipnotizaron.

–No digas tonterías, yo sabía lo que estaba haciendo: sólo me tumbaba en el diván e intentaba recordar. Si me hubieran hipnotizado, me habría dado cuenta.

–No lo creo. No estamos hablando de trucos de magia. Seguramente seas una persona muy receptiva. Ahora mismo te podría sumir en un trance y decirte que... no sé, que has visto cómo atropellaban a una persona en el trayecto desde Shepherd's Bush hasta aquí. Al despertarte, estarías convencida de que es cierto.

–Aunque eso fuera así, Alex nunca me dijo qué debía recordar.

–Ya; sin embargo, mediante esas repeticiones y refuerzos, estabas viviendo un proceso de reconstrucción de la memoria que iba en aumento. En cada ocasión añadías algo nuevo a la historia y, en la sesión siguiente, recordabas el detalle que habías añadido la vez anterior, y volviendo a añadir algo más. Ese recuerdo, en cierto sentido, es real, pero es el recuerdo de un recuerdo.

–¿Y el espantoso crimen del final? Lo vi con suma precisión.

–Todo el proceso está orientado a que suceda algo así. Alex Dermot-Brown te estaba preparando para ello, te tranquilizaba diciéndote que todo lo que recordabas era cierto, y utilizaba su estatus profesional y la autoridad que, como analista, ejercía sobre ti, para convencerte de que lo habías visto y no lo habías inventado.

–¿Es eso posible?

–Lo es.

–¿Alex lo hacía a sabiendas? ¿Intentaba introducir en mí un falso recuerdo?

–Desde luego que no. Pero a veces uno mismo puede crear aquello que busca. Sé que el doctor Dermot-Brown es un firme defensor del fenómeno de la recuperación de recuerdos. Estoy convencida de que quiere ayudar a las personas que han sufrido, y ahora toda su carrera gira en torno a ello.

–¿Afirmas entonces que se equivoca?

–¿A ti qué otra explicación se te ocurre?

–Entonces, ¿qué pasa con esas mujeres que afirman haber sufrido abusos en la infancia? ¿Sostienes que son todo fantasías, como decía Freud?

Ella dio un trago largo al whisky:

–No. En estos momentos estoy tratando a unas seis víctimas de abusos. Dos de ellas, unas hermanas que tuvieron dos hijos con su padre antes de los dieciséis años. En el juicio yo presté declaración, cosa que, espero, ayudara a condenarlo. Pero también sé que a veces resulta complicado demostrar esos abusos. Conozco a algunos agresores que en estos momentos no están siendo perseguidos y eso me llena de rabia. Tal vez ésa sea la razón de que beba más de lo que debería de esto –dijo moviendo un poco el vaso de whisky. Estaba casi vacío–. Pero no creo que las agresiones se den en un mundo aparte, en el que dejan de ser válidas las reglas habituales, y me refiero a las reglas de la ley o la ciencia. El hecho de que resulte complicadísimo demostrar los abusos no implica que debamos condenar a las personas acusadas de ellos sin prueba alguna.

–Pero sí que hay pruebas. Esas mujeres a las que conocí en el taller... ellas se acordaban de esos episodios.

–¿Ah, sí? ¿Todas? He leído informes en los que se habla de mujeres jóvenes, procedentes de familias aparentemente cariñosas y sanas, que han iniciado una terapia y que, al cabo de un par de años, empiezan a relatar historias de abusos repugnantes sufridos a lo largo de la infancia, cuentan que han sido sometidas a violaciones rituales, sodomía, torturas, rituales satánicos, que han sido forzadas practicar la coprofagia. Eso nos podría hacer pensar que esas insólitas acusaciones requieren un rigor especial en lo referente a las pruebas, pero los que apoyan a esas infortunadas mujeres defienden que no hay que pedir más prueba que el testimonio que ellas prestan, que exigir más equivale a colaborar con el agresor. Ni siquiera contamos con un modelo neurológico para explicar el proceso. Todos sabemos que se produce una pérdida de memoria después de un golpe en la cabeza recibido en un accidente de tráfico. Pero no se han estudiado casos de una amnesia sistemática aplicada a incidentes aislados y regulares, acaecidos a lo largo de muchos años. Al lado de eso, esa imagen en la que tú supuestamente presencias cómo tu suegro asesina a tu amiga, casi parece carecer de importancia.

–Pero ¿por qué vi precisamente a Alan?

Ella esbozó un gesto de indiferencia.

–No puedo responderte a eso. La que lo conoce eres tú. Cabe la posibilidad de que él te estuviera despertando unos sentimientos particularmente intensos durante la época en que te sometías al psicoanálisis. En esa etapa en la que tu imaginación buscaba un villano, él pudo parecerte una persona capaz de agredir a una mujer. Ese asesinato inventado fue el momento en que tu mundo interior se encontró con tu mundo exterior. De un modo perverso, eso supuso una especie de triunfo para el método psicoanalítico. Es una pena que la realidad se imponga con tanta obstinación.

–¿Y se puede saber por qué ha confesado?

–No sería el primero. La gente tiene sus motivos.

–Cielo santo –dije, mientras se me caía el alma a los pies–, si lo que estás sugiriendo es que Alan Martello es de esas personas perfectamente capaces de reaccionar a sus sentimientos de culpa y de dolor llevando a cabo un gesto desmesurado, autodestructivo e histriónico... Pues sí, ¡y tanto que lo es, joder!

Thelma apuró el vaso.

–Pues entonces ya está.

Miré el mío: yo no podía apurar todo eso, ni aunque quisiera. Aún quedaba al menos un whisky triple y ya se me había subido a la cabeza. Me levanté un tanto insegura.

–Creo que es hora de que me vaya –anuncié.

–Te llamaré un taxi.

Apenas pasaron un par de minutos y sonó el timbre.

–Supongo que querrás utilizarme como prueba en tu cruzada

contra la recuperación de recuerdos –comenté mientras me dirigía a la puerta.

–No, no te preocupes –respondió con una sonrisa triste–. Tu experiencia no mermará en absoluto las certezas de todos ellos.

–Eso es imposible.

–¿Ah, no? ¿Cómo que no? ¿Tú qué habrías pensado si hubieras llegado a ese río y te lo hubieras encontrado fluyendo en la dirección que esperabas?

–No lo sé.

–Ten cuidado al volver a casa –me pidió cuando entré en el taxi–. Mañana por la mañana tendrás que llamar a la policía; van a verse obligados a abrir otra investigación por el asesinato.

–No, no lo creo –repuse.

Ella puso cara de estupefacción pero el vehículo ya se estaba poniendo en marcha, y yo demasiado lejos para añadir nada.

40

Salimos de Londres por la A12, en dirección contraria al de toda la gente de la periferia, y no tardamos en llegar a ese simulacro de campo que se encuentra entre el extrarradio de la ciudad y los bloques de pisos de Essex. Llevaba el mapa de carreteras abierto en el regazo. Aparte de las indicaciones que fui dando, reinó el silencio. Nos alejamos de la carretera principal y nos internamos en la maraña de rotondas, pueblos pegados a la calzada, barrios industriales. Estaban construyendo una vía de circunvalación y pasamos media hora en un cuello de botella, viendo cómo un hombre iba subiendo y bajando una señal. Stop, pasen. Stop, pasen. Consulté el reloj varias veces.

En el último tramo del trayecto el mapa ya no fue necesario. Seguimos unos paneles azules que nos guiaron hasta Wivendon. Aparcamos delante de un edificio neoclásico que podría haber sido tanto un supermercado como un punto de información para turistas. Pero se trataba de una cárcel.

Los otros se quedaron en el aparcamiento. Yo recorrí un camino flanqueado por unos setos bajos de ligustro y llegué a la puerta de seguridad. Me pidieron que acreditara mi identidad, examinaron mi carné de conducir y me quitaron el bolso. Una mujer con un uniforme azul marino me sonrió pero me cacheó los brazos y debajo del vestido. Me hicieron pasar por unas puertas relativamente pequeñas, como si me estuvieran dejando entrar a una piscina municipal por la zona de los empleados.

Me quedé esperando en una sala en cuyo centro había una mesa con una maceta sin flores y revistas viejas. En la pared colgaba un póster que anunciaba una exhibición de fuegos artificiales. La puerta se abrió y la franqueó un hombre. Llevaba unos pantalones de pana marrón y una basta camisa de cuadros, con los botones superiores abiertos. Una melena tupida, de color entre castaño y pelirrojo, le llegaba a los hombros. Era fornido, más o menos de mi edad. Traía varias gruesas carpetas marrones bajo el brazo izquierdo.

–¿Señora Martello? –Se sentó a mi lado y me tendió la mano–. Soy Griffith Singer.

–Hola.

–Parece usted sorprendida.

–Esperaba a un celador, supongo.

–Intentamos no ser tan formales en ese aspecto.

–¿De cuánto tiempo dispongo?

–De todo el que desee –respondió enarcando una ceja–. Lo siento, me ha pillado en un día con mucho lío. ¿Le importa que vayamos hablando mientras caminamos?

Nos levantamos, salimos de la sala y me condujo por un pasillo que terminaba en dos puertas enrejadas consecutivas.

–Por aquí se llega al módulo –me anunció Griffith mientras pulsaba un sencillo timbre de plástico pegado a la pared, detrás de la primera puerta.

Un hombre uniformado salió de una oficina con paredes de cristal situada entre las dos puertas. Griffith le mostró un pase y buscaron mi nombre en una tablilla sujetapapeles. No lo encontraron, y tuvimos que esperar varios minutos hasta que vino alguien de la puerta de entrada con otro documento.

–¿Qué tal le va? –inquirí.

–Es una de nuestras estrellas –respondió Singer–. Estamos muy contentos. Este módulo es nuevo. Lo abrí... bueno, lo abrimos muy poco antes de que llegara y ha sido una de las personas gracias a las cuales hemos conseguido que sea viable. ¿Le ha hablado de nosotros?

–Todos le hemos escrito, pero no ha respondido.

–A todos los internos de aquí les falta mucho para que les concedan la condicional. En vez de dejar que se pudran, los hemos reunido en un entorno en el que pueden ayudarse entre ellos y también, o eso esperamos, pasar el tiempo de forma creativa.

–Pueden contarse los recuerdos –apunté.

–No, no se dedican a eso –objetó Singer–. Él está teniendo un comportamiento espléndido. Ha organizado un cursillo y ha logrado que todos participen. También... ah, estupendo, ahí está Riggs.

Otro hombre uniformado avanzaba por el pasillo produciendo un ruido metálico. Se disculpó entre jadeos. Tuve que escribir mi nombre en un papel y después meterlo en un plástico que me prendieron en el ojal. Abrieron y cerraron la primera puerta. Después la segunda. Un celador con una chapa que anunciaba su nombre –Barry Skelton– nos siguió.

–¿Corro peligro?

Singer lució una sonrisa:

–Aquí corre menos peligro que en el aparcamiento. En cualquier caso, Barry no se alejará de usted en ningún momento.

Ante nosotros apareció un pasillo, con una suave moqueta de fieltro y paredes encaladas, que se extendía en ambas direcciones. Singer me cogió del brazo.

–Voy a intentar encontrarle un lugar tranquilo. Por aquí hay un almacén que debería estar vacío.

Pasamos junto a un par de salas. Atisbé a unos hombres que veían la televisión. Ninguno volvió la cabeza. Estaban haciendo algo, no llegué a ver el qué, en el almacén, de modo que seguimos avanzando hasta llegar a una sala destinada a talleres en la que no había nadie.

–Entre con Barry –me dijo Singer, que siguió por el pasillo. Pero le vino una idea a la cabeza y se dio la vuelta–. ¿Sabía usted que está escribiendo una novela? La cosa promete.

Se trataba de una sala de tamaño mediano con ventanales en un extremo, por los que se veía una zona de recreo desierta. En el centro, ocho sillas de plástico, de una sola pieza, formaban un círculo. Los neones conferían un gran brillo a aquella estancia. Barry se acercó a las sillas, cogió una y la puso justo al lado de la puerta.

–Yo me quedo aquí –anunció, con un leve acento del Ulster. Era un hombre muy alto de piel pálida y cabello negro y lacio–. Usted se sienta dándome la cara. Aplicamos las reglas sin un celo excesivo, pero no pueden ustedes pasarse ningún objeto. Si desea dar fin a la entrevista, por el motivo que sea, no hace falta que diga nada. Toque la etiqueta con su nombre y yo me aproximaré a usted y la acompañaré a la salida.

Hice un gesto de asentimiento. Me senté en la silla tal como me había pedido. Hundí el rostro entre las manos. Tenía que poner mis ideas en orden.

–Hola, Jane.

Levanté la mirada.

–Hola, Claud.

Había perdido unos seis kilos al menos. Ofrecía un aspecto más enjuto, más anguloso, con un tono algo más gris en el cabello cortísimo. Llevaba una sudadera azul y desgastada, vaqueros negros y zapatillas de deporte. Miró de reojo al lugar de la puerta en el que se encontraba Griffith Singer.

–Bien, les dejo solos –dijo éste azorado, como si nos hubiera preparado una cita a ciegas y no estuviera completamente seguro de que nos fuéramos a caer bien.

Claud asintió y preguntó:

–Barry, ¿me siento aquí? –preguntó al tiempo que señalaba la silla del círculo que quedaba delante de mí.

El celador asintió. Claud se sentó y nos escrutamos con la mirada.

–Tienes buen aspecto –le dije.

Y lo tenía; nunca le había visto con mejor semblante. Él movió la cabeza levemente para agradecerme el halago. Metió la mano en el bolsillo del pantalón y sacó una cajetilla arrugada y un mechero de metal gris. Me ofreció un cigarrillo y yo dije que no. Él se encendió uno y le dio una profunda calada.

–Éste es un entorno estimulante –anunció–. Se están desarrollando ideas interesantes aquí. En varios aspectos, creo que supone una mejora con respecto al modelo Barlinnie. Y en lo que a mí respecta... –añadió con modestia– ésta es una vida enormemente sana. ¿Y tú cómo estás?

–¿Te has enterado de lo de Alan?

–No veo la tele ni leo los periódicos.

–Se ha vuelto a convertir en una estrella de la literatura.

–¿Y cómo ha sido eso?

–Ha escrito unas memorias sobre su etapa en la cárcel. Se llama *Ciento setenta y siete días*. Los editores lo acaban de sacar este mes, a toda prisa. Ha causado un impacto tremendo. El *New Yorker* ha dedicado un número entero a su publicación completa. Los críticos lo han puesto a la altura de *Un día en la vida de Iván Denísovich*. Alan me ha dicho que Anthony Hopkins le interpretará en la versión cinematográfica. Creo que lo único que no tiene muy claro en estos momentos es si le van a dar el Nobel de Literatura o de la Paz.

Claud sonrió. Dio unos golpecitos al pitillo y la ceniza cayó al suelo, al lado de su pie derecho.

–Entonces, ¿habláis entre vosotros? –preguntó.

–Con mucha frecuencia. Me acogió y me perdonó. Eso me conmovió un montón, aunque sucediera en un estudio de televisión y se retransmitiera en directo.

–¿Y qué ha pasado con tu terapeuta?

Hice un gesto de indiferencia.

–¿Qué tal están los chicos?

–Paul también está bien. Ha creado un montaje nuevo del documental y lo ha vendido en todo el mundo. Ahora mismo está en un festival de televisión en Seúl.

–Qué bien. La verdad es que la primera versión me pareció bastante superficial.

–No me extraña.

–¿Tu albergue está ya en funcionamiento?

–No del todo, aunque ya nos han fijado la tercera fecha de inauguración y hemos aguantado durante más tiempo que nunca sin que nos la cancelen. Tengo esperanzas.

–Me alegro. Es una buena señal; el proyecto lo vale. Enhorabuena.

Un dolor me iba aumentando detrás de los ojos.

–Cuéntame lo de tu obra magna. Me han dicho que estás escribiendo una novela.

–¿Te lo ha chivado Griff? –dijo con una carcajada–. Ya sabía que no había que enseñar lo que uno hace hasta que está terminado, pero no he podido negarme.

–¿De qué trata?

–Pues estoy escribiendo una especie de novela criminal, casi como ejercicio intelectual. Debo decir que estoy bastante contento.

–¿Y qué cuenta?

–El asesinato de una adolescente.

–¿Quién la mata?

–Eso es lo interesante. Estoy intentando alejarme de esa imagen tan manida de las chicas jóvenes, que siempre son seres dulces y pasivos. La víctima del asesinato es una adolescente manipuladora, consciente del poder sexual que está naciendo en ella. Es guapa, encantadora, pero utiliza esos atributos para hacer daño a quienes la rodean. Descubre sus secretos y los chantajea.

–¿Por eso la matan?

–No exactamente. Ni siquiera puede resistirse a emplear su atractivo físico con los hombres de su familia. Sin que nadie se dé cuenta, empieza a seducir a su hermano mayor.

–¿Cómo lo consigue?

–Ya sabes cómo van estas cosas: un mirada por aquí, un roce por allá, un gesto de complicidad, momentos de flirteo. Una de las cosas que intento retratar es el cambio que se origina en una familia, el paso de una situación donde las relaciones se basan en la inocencia a otra en la que los mismos comportamientos adquieren un profundo matiz sexual, porque la chica ha alcanzado su madurez en ese aspecto y es consciente del poder que ejerce.

–¿Y qué sucede después?

–Que no calcula lo lejos que podían llegar las cosas. Incita tanto al hermano que éste la obliga a llegar hasta el final, y le hacer ver cuál es el resultado lógico de su comportamiento. Pero ahí se produce un giro. Incluso en esas circunstancias ella utiliza su sexualidad para dominar a su hermano, para atormentarlo, para humillarlo. Lo que debía constituir un castigo se convierte en una fuente de placer para ella.

–¿Y después?

–Todo el asunto podría haber ido muriendo por sí solo, pero ella se queda embarazada.

–¿Y no puede abortar?

–No se plantean esa opción. Ella lo amenaza con ese tema; él recibe una nota en la que ella le advierte de que se lo va a contar a toda la familia.

–Da la impresión de que te has posicionado del lado del asesino.

–En una historia hay que considerar todas las aristas. ¿No es eso lo que nos hace humanos, nuestra imaginación? Al menos, eso decías siempre.

–¿Crees que vas a convencer a los lectores de que una joven merece morir a manos del hermano que la ha dejado embarazada?

Él se permitió una sonrisita y un pequeño gesto de despreocupación:

–Es un reto artístico.

–¿Y cómo decide cometer el crimen?

–Eso es lo interesante, ¿verdad? –El rostro de Claud denotaba calma, reflexión–. Es fácil matarla, pero difícil que no lo pillen. El hermano sopesa dos métodos distintos. El primero consiste en matarla abiertamente, como si se hubiera producido un accidente en una pelea. En el peor de los casos, al asesino lo condenarían a un breve período de cárcel; con suerte, a lo mejor ni siquiera lo acusaban. Pero como solución no resulta muy atractiva. Yo tenía que... –Se calló; pareció quedarse sin palabras. Se apagó el cigarrillo en la suela de la zapatilla y encendió otro–. Quiero crear un personaje que mate a la hermana casi movido por el decoro. Resulta evidente que ella lo ha provocado, pero es que además está envenenando a toda la familia. Se dedica a descubrir secretos y a utilizarlos. En las familias los secretos son necesarios, pequeños subterfugios que garantizan la unión. Esa chica está a punto de destrozar una buena familia, una familia maravillosa. Es posible que mucha gente convenga en que es mejor que desaparezca una chica antes de que lo haga una familia entera.

–Pero en tu historia no parece que se dé voz al punto de vista de esa joven.

–Su punto de vista está clarísimo: sólo quiere satisfacer sus deseos más inmediatos, por mucho daño que cause a los demás.

–¿Y cómo se perpetra el asesinato?

–De forma bastante sencilla. Se celebrará una gran fiesta estival en la casa de campo donde reside esa familia, habrá invitados por todas partes, que se quedarán a dormir. Nadie se fijará en una desaparición. El hermano está organizando la fiesta y de repente le viene una idea. Manda que construyan una barbacoa en el último minuto, y consigue que, la tarde anterior a la fiesta, los obreros sólo la hayan terminado a medias. Esa noche, de madrugada, concierta una cita con la hermana. Ella ha estado flirteando con un muchacho de las inmediaciones y él le propone que le cuente a su compañera de cuarto que va a reunirse con ese nuevo novio. La estrangula y la entierra, a poca profundidad, en el lugar donde van a colocar las baldosas de la barbacoa a la mañana siguiente.

–Pero ¿no es ése uno de los primeros lugares donde todos buscarían?

–Lo espléndido de este plan es que interviene otra serie de factores. La novela se desarrolla en 1969. En esa época, si una chica de dieciséis años rebelde y difícil desaparece, todo el mundo imaginará que se ha fugado. Cuando se empiecen a considerar posibilidades más siniestras, habrá pasado mucho tiempo y, con el caos de la fiesta, resultará complicado establecer con precisión el momento de la desaparición. Aunque la gente tiene la vaga impresión de haberla visto en la fiesta. El hermano ha procurado correr la voz entre varios artesanos locales y algunos amigos que ella se va a encargar de varias tareas durante ese día. Cuando dicha fiesta empieza, claro, ella ya está muerta y bien muerta. Pero la hermana tiene una amiga íntima de la misma edad. Una chica muy dulce. Se parecen, visten igual. A esa amiga apenas la conocen en el pueblo porque vive en Londres. Lo único que me hacía falta, lo único que le hace falta a la historia, es que un par de personas confundan a ambas chicas en la fiesta:

entonces, el lugar donde está escondido el cadáver deja de ser una buena elección para convertirse en perfecto.

Miré por detrás de Claud y vi que Barry parecía aburrido. Estaba claro que los libros no le interesaban demasiado.

–Pero yo no estuve en la fiesta, Claud.

–Ya lo sé. Theo me lo contó cuando volví de la India. Ese detalle no aparece en la novela, es un accidente demasiado afortunado para que resulte creíble dentro de un libro con una estructura tan bien organizada como el que estoy escribiendo. Como tú misma indicas, no estuviste en la fiesta para proporcionar esa coartada crucial. No obstante, cuando Gerald Docherty cruzó el puente del Col el domingo 27 de julio, mientras se dirigía a desmontar la carpa, tú sí que estabas ahí, con un aspecto muy semejante al de Natalie. No sólo alejaste aún más la atención de donde ella estaba enterrada, sino que me brindaste una coartada tan perfecta que yo sólo no podría haberla urdido. Sin darte cuenta, colaboraste conmigo en la creación de un engaño perfecto.

–¿Por qué te casaste conmigo, Claud? ¿Por qué te casaste y tuviste hijos conmigo?

Por primera vez pareció sorprenderse.

–Porque me enamoré de ti, cariño. Nunca he querido a nadie más. Siempre te querré. Eres la mujer de mi vida. Y aspiraba a que tú me quisieras también. El único fallo del plan fue no conseguir que siguieras enamorada de mí. A partir de ese fracaso, todo se precipitó.

–Y estabas dispuesto a sacrificar a Alan con tal de sobrevivir... ¿La nota que colocaste era realmente de Natalie o la falsificaste?

–Era una nota que me había mandado a mí. Me bastó con rasgar un poco el papel y eliminar el «Querido Claud», o el encabezamiento que fuera. Yo no sacrifiqué a Alan. Tú siempre has dicho que es un histrión. Vi cómo se estaban desarrollando los acontecimientos y sólo di un empujoncito. Él aceptó el papel cuando confesó. Y, a tenor de lo que cuentas, estoy convencido de que no ha sido más feliz en su vida. Aunque no estoy orgulloso de ello, si te refieres a eso. Me temo que también me pareció que así podría vengarme de ti, y seguramente eso me nubló el juicio. Ahí fue donde cometí el fallo, ¿verdad? Te percataste de que, si Alan era inocente, forzosamente tenía que haber colocado yo la nota en su diario.

Se me acercó y dijo con una voz que apenas era más que un susurro:

–Jane, ¿quieres que te diga qué es lo único que lamento? –No respondí, ni me moví–. Si hubieras descubierto esto cuando seguíamos casados... –Frunció el ceño y meneó la cabeza–. No, no casados, quiero decir juntos, juntos de verdad... me habrías comprendido. No, no digas nada. Sé que lo habrías hecho. Sólo quiero decirte una cosa más, porque sé que no volverás a venir a verme. No pasa nada Jane, nada de esto me importa. Lo único importante es que aún te quiero. No me has dicho qué piensas de mí, y quizás es lo máximo que puedo pedirte. Pero no te olvides, Jane, de la familia y de nuestros dos hijos: ése es el regalo que te he hecho. Siempre vivirás en el mundo que creé para ti.

Me toqué la etiqueta con mi nombre. Mientras Barry me acompañaba a la puerta, evité establecer contacto visual con Claud. Los dos nos quedamos callados.

Griffith me acompañó por los pasillos hasta la salida. Me tendió la ancha mano.

–Adiós, señora Martello. Si le sirve de consuelo...

–Adiós. Gracias.

Salí al exterior; la puerta se cerró detrás de mí con un chasquido apagado. Mientras estaba en el interior, el día había cambiado. El sol brillaba en un cielo que, entre las franjas de nubes, lucía un azul casi turquesa. Las pocas hojas secas que aún se veían en los arbolillos que jalonaban el camino brillaban. Me eché el cabello hacia atrás con las dos manos, dirigí el rostro al sol y me quedé con los ojos cerrados en ese clima cálido. Al cabo de unos segundos el griterío que había en mi cabeza se había apaciguado.

–Ya está, Natalie –dije en voz alta–. Todo ha terminado. –Y añadí–: Ojalá aún estuvieras entre nosotros. Hermana mía. Amiga mía.

Lentamente, bajé los pequeños escalones y eché a andar entre los setos bajos y los arriates cuidados y sin flores, pero entonces me detuve otra vez. En el aparcamiento, una figura menuda que llevaba una trenca enorme con una capucha puntiaguda, como la de un duendecillo, daba vueltas en un haz de luz. Cesó de darlas, se inclinó y se sentó bruscamente mientras su mundo seguía girando. Un joven de greñas rubias, con un grueso jersey anudado debajo de una gastada cazadora de cuero, se acercó corriendo a ella, la cogió y la lanzó por los aires. Fanny soltó unas estruendosas carcajadas; la capucha le cayó hacia atrás y una nube de cabello claro quedó suelta. Robert volvió a lanzarla; luego la depositó cuidadosamente sobre el asfalto y se quedó quieto, con las manos en los hombros de la niña.

Caspar y Jerome se aproximaron a ellos; hablaban con semblante serio y, en un determinado momento, Caspar se detuvo y entrelazó su brazo con el de Jerome. Llegaron donde estaban los otros dos, y Fanny le dio la mano a su padre mientras lo miraba con su rostro pálido, solemne y triangular, y le decía algo. Jerome le volvió a tapar el cabello despeinado con la capucha.

Entonces me vieron y se callaron. Se volvieron hacia donde estaba yo y aguardaron: tres hombres altos y una niña. Respiré profundamente y bajé los escalones para ir a su encuentro.

Título de la edición original: *The Memory Game*
Traducción del inglés: Ismael Attrache Sánchez
Diseño: Eva Mutter
Imagen de la sobrecubierta: Estudio Idee
Fotografía de los autores: Camera Press / Cordon Press

Círculo de Lectores, S. A.
Travessera de Gràcia, 47-49, 08021 Barcelona
www.circulo.es
1 3 5 7 9 11 10 9 8 6 4 2

Licencia editorial para Círculo de Lectores
por cortesía de Joined Up Writing.
Está prohibida la venta de este libro a personas que no
pertenezcan a Círculo de Lectores.

Depósito legal: B. 27340-2011
Fotocomposición: Víctor Igual, S. L., Barcelona
Impresión y encuadernación: Rotocayfo (Impresia Ibérica)
Barcelona, 2011. Impreso en España
ISBN 978-84-672-4538-7
N.° 28811